NEGUST

JOHN GRISHAM

NEGUSTORUL DE MANUSCRISE

Descrierea CIP a Bibliotecii Naţionale a României
GRISHAM, JOHN
Negustorul de manuscrise / John Grisham ; trad. din lb. engleză: Gabriel Stoian. - Bucureşti : RAO Distribuţie, 2019
ISBN 978-606-006-298-1

I. Stoian, Gabriel (trad.)

821.111

RAO Distribuţie
Str. Bârgăului, nr. 9-11, sect.1, Bucureşti, România
www.raobooks.com
www.rao.ro

JOHN GRISHAM
Camino Island

2019

ISBN 978-606-006-298-1

PENTRU RENÉE

Cu mulţumiri pentru poveste

CAPITOLUL UNU

FURTUL

1

Impostorul împrumutase numele lui Neville Manchin, profesor de literatură la Universitatea Portland State, care urma să își dea doctoratul la Universitatea Stanford. „Profesorul Manchin" susținea că este un cercetător în devenire al scriitorului F. Scott Fitzgerald și că dorește cu ardoare să cerceteze „manuscrisele și documentele" marelui scriitor în cursul unei vizite pe Coasta de Est. Scrisoarea îi era adresată doctorului Jeffrey Brown, director al Diviziei Manuscrise, Departamentul de Cărți Rare și Colecții Speciale de la Biblioteca Firestone, din cadrul Universității Princeton. Aceasta sosise împreună cu alte câteva, fusese sortată conform procedurilor și transmisă mai departe, ajungând, în cele din urmă, pe masa lui Ed Folk, bibliotecar de carieră printre ale cărui numeroase sarcini monotone se număra aceea de a verifica datele persoanei care expedia scrisoarea.

Ed primea câteva astfel de scrisori în fiecare săptămână, toate semănând în mare măsură între ele și toate sosind din partea unor autoproclamați specialiști și experți în opera lui Fitzgerald și chiar din partea unor savanți adevărați în domeniu. În precedentul an calendaristic, Ed verificase şi admisese o sută nouăzeci dintre aceşti solicitanţi în bibliotecă. Proveneau din întreaga lume şi apăreau umili, cu ochii mari, ca nişte pelerini ajunşi în faţa unui altar. În cei treizeci şi patru de ani petrecuţi la acelaşi birou, Ed analizase toate acele cereri. Şi, cu toate acestea, ele nu încetau să sosească. Solicitările rămăseseră la fel de numeroase ca şi în urmă cu trei decenii. Acum însă, Ed se întreba ce anume din viaţa marelui scriitor rămăsese neverificat, studiat în amănunţime, pentru a fi consemnat în vreo lucrare. Cu puţin timp în urmă, un cercetător adevărat îi spusese lui Ed că în prezent existau cel puţin o sută de cărţi şi peste o mie de articole ştiinţifice despre omul Fitzgerald, despre opera sa şi soţia lui nebună.

Iar el băuse până murise, la vârsta de doar patruzeci şi patru de ani! Ce s-ar fi întâmplat dacă ar fi ajuns la bătrâneţe şi ar fi continuat să scrie? Probabil că Ed ar fi avut nevoie de un asistent, poate chiar de doi, dacă nu chiar de un întreg personal. Însă Ed ştia că o moarte prematură era deseori cheia aprecierii ulterioare (fără a mai vorbi despre drepturile de autor mai substanţiale).

După câteva zile, Ed ajunsese, în cele din urmă, să se ocupe şi de profesorul Manchin. O verificare rapidă a registrului bibliotecii îl lămurise că era vorba de o persoană nouă şi de o cerere nouă. Unii dintre veterani apăruseră la Princeton de atâtea ori, încât, pur şi simplu, îl sunau şi spuneau: „Bună, Ed, voi ajunge acolo marţea viitoare". Situaţie care îi convenea lui Ed. Nu acelaşi lucru era valabil şi pentru Manchin. Ed intrase pe website-ul Universităţii Portland State şi îl găsise pe omul acesta. Absolvent al Universităţii din Oregon, unde studiasc literatură americană; masterat obţinut la Universitatea din Los Angeles California; profesor cu normă redusă de trei ani. Fotografia înfăţişa un tânăr nu tocmai atrăgător ca înfăţişare, având în jur de treizeci şi cinci de ani, cu un început de barbă, care era probabil temporară, şi purtând ochelari înguşti, fără rame.

În scrisoarea lui, profesorul Manchin ruga persoana care avea să îi răspundă să o facă prin e-mail, comunicând o adresă de Gmail şi susţinând că rareori verifica mesajele primite pe adresa universităţii. „Asta pentru că eşti un profesor suplinitor cu normă redusă şi probabil că nici nu ai un birou al tău", se gândise Ed. Exprima deseori astfel de gânduri, dar, desigur, profesionalismul îl împiedica să şi le exprime cu voce tare faţă de cineva. Din prevedere, în următoarea zi transmisese un răspuns prin serverul de la Portland State. Îi mulţumise profesorului Manchin pentru scrisoare şi îl invitase în campusul Universităţii Princeton. Îl rugase să îi precizeze în mare data la care avea să sosească şi îi prezentase câteva dintre regulile de bază privind colecţia Fitzgerald. Acestea erau multe, aşa că îi sugerase profesorului Manchin să le studieze pe website-ul bibliotecii.

Răspunsul sosise în mod automat, informându-l pe Ed că Manchin nu era de găsit de câteva zile. Unul dintre partenerii lui pătrunsese în directorul universităţii atât de departe, încât afectase serverul catedrei de literatură – aceasta fiind o treabă uşoară pentru un hacker cu experienţă. El şi impostorul aflaseră imediat că Ed răspunsese.

„Asta-i bună", se gândise Ed. În ziua următoare, transmisese acelaşi mesaj pe adresa personală de Gmail a profesorului Manchin. După o oră, Manchin îi răspunsese cu mulţumiri entuziaste, afirmând că abia aştepta să ajungă acolo şi aşa mai departe. Scrisese pe larg despre faptul că studiase website-ul bibliotecii, că îşi petrecuse ore în şir citind arhivele digitale ale scriitorului Fitzgerald, că deţinea de mulţi ani seria de volume care cuprindeau ediţii în facsimil ale primelor versiuni ale marelui scriitor şi că îl interesau în mod special recenziile apărute după publicarea primului său roman, *Dincoace de paradis.*

„Mare chestie“, îşi spusese Ed. Mai auzise toate acestea. Tipul încerca să îl impresioneze chiar dinainte de a ajunge în faţa lui, lucru care nu era nicidecum neobişnuit.

2

F. Scott Fitzgerald s-a înscris la Princeton în toamna anului 1913. La vârsta de șaisprezece ani, visa să scrie marele roman american și chiar începuse să lucreze la *Dincoace de paradis*. A abandonat studiile patru ani mai târziu pentru a se înrola în armată și pentru a pleca în război, dar acesta s-a încheiat înainte ca el să fie trimis pe front. Romanul lui cel mai cunoscut, *Marele Gatsby*, s-a publicat în 1925, dar nu a fost apreciat decât după moartea lui. S-a zbătut din punct de vedere financiar pe tot parcursul carierei sale, iar în 1940 lucra la Hollywood, peticind scenarii proaste, decăzând din punct de vedere fizic, dar și creativ. Pe 21 decembrie a murit din cauza unui atac de inimă, provocat de ani și ani de alcoolism sever.

În 1950, Scottie, fiica şi singurul lui urmaş, a donat manuscrisele, notiţele şi scrisorile sale – „hârtiile“ lui, cum s-a exprimat ea – Bibliotecii Firestone de la Princeton. Cele cinci romane ale lui fuseseră scrise de mână pe hârtie ieftină, care nu îmbătrânea deloc bine. Șefii bibliotecii și-au dat seama imediat că ar fi lipsit de înţelepciune să le permită cercetătorilor să le manevreze fizic. S-au făcut copii de bună calitate, iar originalele au fost încuiate într-o cameră de valori sigură de la subsol, unde calitatea aerului, lumina și temperatura erau controlate cu grijă. De-a lungul anilor, ele au fost mutate din loc doar de câteva ori.

3

Bărbatul care se dădea drept profesorul Neville Manchin a sosit la Princeton într-o frumoasă zi de toamnă, la începutul lunii octombrie. A fost îndrumat spre sectorul de cărți rare și colecții speciale, unde a fost primit de Ed Folk, după care a fost trimis la un alt bibliotecar, care i-a verificat și copiat permisul de conducere emis în statul Oregon. Desigur, acesta era fals, dar era unul perfect. Falsificatorul, care era în același timp și hackerul, fusese instruit de CIA și avea o experiență îndelungată în lumea tulbure a spionajului privat. Încălcarea câtorva reguli de securitate ale campusului nu reprezenta nicidecum o provocare deosebită pentru el.

Apoi profesorul Manchin a fost fotografiat și i s-a dat un ecuson de securitate care trebuia purtat tot timpul la vedere. L-a urmat pe bibliotecar până la etajul doi, într-o încăpere spațioasă, unde se aflau două mese lungi și ai cărei pereți erau străjuiți de sertare din oțel, fiecare dintre ele fiind încuiat. Manchin a observat cel puțin patru camere de supraveghere plasate sus, în colțuri, despre care a presupus că trebuiau să fie văzute. A bănuit că altele erau bine ascunse. A încercat să îl atragă într-o conversație pe bibliotecar, dar a obținut puține răspunsuri. L-a întrebat în glumă dacă putea vedea manuscrisul original al romanului *Dincoace de paradis.* Bibliotecarul i-a aruncat un zâmbet autosatisfăcut și i-a răspuns că acel lucru nu era posibil.

– Dar ai văzut originalul? l-a întrebat Manchin.

– Doar o dată.

A urmat o pauză, în care Manchin a așteptat mai multe lămuriri, apoi a întrebat:

– Și cu ce ocazie a fost asta?

– A, un renumit savant a dorit să îl vadă. L-am însoţit până la camera de valori şi l-am lăsat să arunce o privire. Însă nu a atins nimic. Doar bibliotecarul-șef are dreptul să facă asta, însă doar folosind niște mănuși speciale.

– Desigur. În fine, să trecem la treabă!

Bibliotecarul a deschis două dintre sertarele mari, ambele etichetate „Dincoace de paradis", și a extras câteva caiete cu notiţe groase, de dimensiuni exagerate.

– Acestea cuprind recenziile apărute după publicarea romanului, a spus el. Avem multe alte mostre ale unor recenzii ulterioare.

– Perfect, a răspuns Manchin zâmbind.

Și-a deschis apoi geanta diplomat, părând pregătit să se arunce asupra tuturor documentelor aşezate pe masă. Jumătate de oră mai târziu, în timp ce Manchin era absorbit în lucru, bibliotecarul și-a cerut scuze și a dispărut. Având în vedere camerele de supraveghere, Manchin nici nu a ridicat ochii din hârtii. Într-un târziu, a simţit nevoia de a merge la toaletă și a plecat. A greșit un colţ, apoi altul, s-a rătăcit și astfel a ajuns la secţia Colecţii, evitând contactul cu vreo altă persoană. Pretutindeni existau camere de supraveghere. Se îndoia că în acele momente era cineva care să urmărească totul în direct, dar imaginile puteau fi examinate în caz de nevoie. A găsit liftul și l-a evitat, alegând scările. Etajul unu era similar cu parterul. Dedesubtul lui, scara se oprea la S2 (Subsol 2), unde se afla o ușă mare și groasă pe care scria cu litere masive: „Doar pentru urgenţe".

Alături de uşă se afla o tastatură, iar un alt anunţ spunea că alarma avea să pornească imediat ce uşa ar fi fost deschisă fără „autorizare". Două camere de securitate erau îndreptate spre uşă şi zona din vecinătatea ei.

Manchin s-a tras înapoi şi a plecat de acolo. Când a revenit în sala de lectură, bibliotecarul asistent îl aştepta.

– Aţi păţit ceva, profesore Manchin? l-a întrebat el.

– A, da, un deranjament stomacal, din păcate. Sper să nu fie ceva molipsitor.

Bibliotecarul a plecat imediat, iar Manchin a rămas acolo toată ziua, scotocind prin materialele din sertarele de oţel şi citind recenzii vechi care nu îl interesau nici cât negru sub unghie. În câteva rânduri a ieşit din sală şi a hoinărit, verificând, privind atent, cântărind şi memorând.

4

Manchin a revenit trei săptămâni mai târziu, dar de această dată nu s-a mai dat drept profesor. Era proaspăt bărbierit, avea părul vopsit într-un blond nisipiu, purta ochelari de vedere fără dioptrii, cu rame roşii, şi avea asupra lui un carnet de student fals, cu fotografie. Dacă l-ar fi întrebat cineva, lucru la care sigur nu se aştepta, ar fi spus că era un student în pragul absolvirii din Iowa. În viaţa lui reală se numea Mark, iar ocupaţia lui, dacă se putea spune aşa, era hoţia profesionistă. Era pregătit pentru acţiuni de clasă mondială, plătite regeşte, plănuite minuţios, care aveau în vedere furtul de obiecte de artă şi lucruri rare, ce puteau fi revândute victimelor disperate contra unor recompense. Făcea parte dintr-o bandă alcătuită din cinci oameni, condusă de Denny, fost membru în forţele speciale aeropurtate, care devenise infractor după ce fusese dat afară din armată. Deocamdată, Denny nu fusese prins cu nimic, aşa că nu avea cazier; la fel ca şi Mark, de altfel. Cu toate acestea, doi dintre ceilalţi membri ai bandei aveau cazier. Trey avea la activ două condamnări şi două evadări, ultima dintre ele reuşită cu un an în urmă, dintr-un penitenciar federal din Ohio. Acolo îl cunoscuse pe Jerry, un hoţ mărunt de obiecte de artă, în acel moment eliberat condiţionat. Un alt hoţ de opere de artă, cândva un tovarăş de celulă care avea de executat o sentinţă lungă, îi vorbise prima oară lui Jerry despre manuscrisele lui Fitzgerald.

Ideea era perfectă. Existau doar cinci manuscrise, toate scrise de mână şi toate aflându-se în acelaşi loc. Iar pentru cei de la Princeton erau nepreţuite.

Cel de-al cincilea membru al bandei prefera să lucreze de acasă. Ahmed era hackerul, falsificatorul, creatorul tuturor iluziilor, dar nu avea curaj să poarte asupra lui arme sau alte lucruri. Lucra din subsolul locuinţei lui din Buffalo şi nu fusese niciodată bănuit sau arestat. Nu lăsa urme. El avea să primească cinci la sută din capul locului. Ceilalţi patru urmau să ia restul în părţi egale.

Într-o zi de marţi, la ora nouă seara, Denny, Mark şi Jerry se aflau la Biblioteca Firestone, dându-se drept absolvenţi care doreau să îşi continue studiile, şi stăteau cu ochii pe ceas. Carnetele lor de student fuseseră falsificate perfect, pentru că nimeni nu le găsise vreun cusur. Apoi Denny şi-a găsit ascunzătoarea într-o toaletă pentru femei de la etajul doi. A ridicat un panou din tavanul de deasupra toaletei, şi-a pus acolo sacul de spate şi s-a pregătit pentru o aşteptare de câteva ore într-un loc încins şi strâmt. Mark a deschis prin efracţie încuietoarea camerei mecanice principale de la primul etaj al subsolului şi a aşteptat să vadă dacă pornește alarma. La fel ca și Ahmed, care pătrunsese cu ușurință în sistemele de securitate ale universității, nu a auzit niciun sunet. Mark s-a apucat să dezasambleze injectoarele generatorului electric de avarie al bibliotecii. Jerry și-a găsit un loc într-un pupitru ascuns între șirurile de rafturi pe care se aflau cărți ce nu fuseseră atinse de nimeni de zeci de ani.

Îmbrăcat ca un student oarecare, Trey s-a plimbat apoi prin campus, purtând în spate un rucsac și căutând locuri potrivite pentru bombele pe care le avea la el.

Biblioteca s-a închis la miezul nopții. Cei patru membri ai echipei erau în legătură radio, la fel ca și cu Ahmed, aflat în subsolul lui din Buffalo. Denny, șeful, a anunțat la ora 12.15 că totul decurgea conform planului. La 12.20, Trey, îmbrăcat ca un student și având în spate un rucsac voluminos, a pătruns în Colegiul Rezidențial McCarren, exact în inima campusului. A văzut aceleași camere de supraveghere pe care le observase și în săptămâna precedentă. A urcat scara nesupravegheată care ducea spre etajul unu, s-a strecurat într-o sală de baie și s-a încuiat într-un cubicul. La ora 12.40 a vârât mâna în rucsac și a scos o cutie metalică de dimensiunile unei doze de apă carbogazoasă. I-a fixat un declanșator cu întârziere și a ascuns-o în spatele toaletei. A ieșit apoi din sala de baie și a urcat la etajul doi, unde a plasat o altă bombă într-o cabină de duș. La ora 12.45 a găsit holul cufundat în semiîntuneric la etajul întâi, unde erau dormitoare, și a aruncat fără nicio jenă de-a lungul lui un șirag de artificii mari, marca Black Cat. În timp ce cobora pe scară, exploziile au bubuit, cutremurând aerul. Câteva secunde mai târziu, au explodat și bombele fumigene, azvârlind pe holuri nori groși de ceață cu miros înțepător. În timp ce părăsea clădirea, Trey a auzit primul val de glasuri ale studenţilor cuprinşi de panică. S-a retras înapoia unor tufişuri din apropierea dormitoarelor, a scos din buzunar un telefon având cartelă preplătită, a apelat serviciul de urgenţă al Universităţii Princeton şi a transmis o veste înspăimântătoare: „La etajul întâi de la McCarren e un tip cu o armă. Trage în orice mişcă".

Fumul ieşea deja pe o fereastră de la etajul întâi. Aflat în pupitrul din sala de lectură cufundată în întuneric, Jerry a făcut un apel similar de pe telefonul lui având cartelă preplătită. Curând, pe măsură ce panica cuprindea campusul, apelurile disperate au început să curgă.

Deşi fiecare colegiu american are un plan minuţios pentru gestionarea unei situaţii care presupune un „pistolar activ", niciunul nu doreşte să îl pună în aplicare. Femeii-ofiţer de serviciu i-au trebuit doar câteva secunde de uimire pentru a reacţiona conform procedurii, dar după ce a făcut-o, sirenele au început să urle. Fiecare student, profesor, administrator şi angajat al universităţii a primit pe telefon un text şi o înştiinţare de alertă prin e-mail. Toate uşile trebuiau asigurate şi încuiate. Toate clădirile trebuiau securizate.

Jerry a apelat apoi la serviciul de urgenţă 911 şi a anunţat că fuseseră împuşcaţi doi studenţi. Fumul ieşea în valuri din clădirea McCarren. Trey a aruncat alte trei bombe fumigene în pubelele de gunoi. Neştiind precis care erau locurile sigure, câţiva studenţi au trecut prin fum în timp ce se deplasau de la o clădire la alta. Agenţii de pază şi poliţiştii oraşului Princeton au sosit în goană la faţa locului, urmaţi imediat de şase maşini de pompieri. Apoi au sosit ambulanţele. A ajuns acolo şi prima dintre numeroasele maşini de patrulare ale poliţiei statului New Jersey.

Trey şi-a lăsat sacul de spate la uşa unei clădiri de birouri, apoi a telefonat la 911 pentru a anunţa cât de dubios i se părea acel obiect. Temporizatorul ultimei bombe fumigene din sac urma să declanşeze explozia după zece minute, exact în momentul în care artificierii aveau să se uite uimiţi la el de la distanţă.

La ora 1.05, Trey a transmis prin radio către membrii bandei: „S-a creat o panică totală aici. Fum peste tot. Zeci de poliţişti. Daţi-i drumul".

Denny i-a răspuns: „Întrerupeţi alimentarea cu energie electrică".

Ahmed, care sorbea dintr-un ceai tare în casa lui din Buffalo şi era pregătit de acţiune, a trecut rapid prin tabloul de securitate al universităţii, a pătruns în reţeaua electrică şi a întrerupt alimentarea cu energie electrică nu numai în Biblioteca Firestone, ci şi în alte zece clădiri din apropiere. Pentru mai multă siguranţă, Mark, purtând acum ochelari de vedere nocturnă, a acţionat comutatorul principal din sala mecanică. Ţinându-şi răsuflarea, a aşteptat câteva secunde, apoi a respirat uşurat când a constatat că generatorul de avarie nu pornise.

Pana de curent a declanşat alarmele de la staţia centrală de monitorizare din interiorul complexului de securitate a campusului, dar nimeni nu a băgat de seamă acest lucru. Doar exista un pistolar dezlănţuit. Oamenii nu aveau timp să îşi mai facă griji din cauza altor alarme declanşate.

În săptămâna precedentă, Jerry petrecuse două nopţi în Biblioteca Firestone şi era convins că, atunci când era încuiată, în clădire nu se afla niciun agent de pază. În cursul nopţii, un ofiţer în uniformă patrula în jurul clădirii o dată sau de două ori, folosind lanterna pentru a verifica uşile, apoi îşi continua rondul. Exista şi o maşină de poliţie care patrula pe acolo, dar poliţiştii erau preocupaţi mai mult de studenţii în stare de ebrietate. În general, campusul era ca oricare altul – mort între orele unu şi opt dimineaţa.

În acea noapte însă, Princeton era în toiul unei situaţii de urgenţă, căci cei mai străluciţi studenţi ai Americii erau pe punctul de a fi împuşcaţi.

Trey şi-a anunţat oamenii că la faţa locului se crease un haos total: poliţiştii alergau care încotro, băieţii din trupele SWAT îşi îmbrăcau costumele de protecţie, sirenele urlau, aparatele de radiorecepţie cârâiau, iar luminile de avarie, roşii şi albastre, ale maşinilor de intervenţie clipeau nebuneşte. Fumul atârna în copaci ca o ceaţă densă. Undeva în apropiere se auzea şi un elicopter, care survola zona universităţii. Haos deplin.

Denny, Jerry şi Mark s-au furişat prin întuneric şi au coborât scara spre subsolul aflat exact sub încăperea colecţiilor speciale. Fiecare purta ochelari de vedere nocturnă şi câte o lanternă de miner prinsă în frunte. Fiecare avea în spate câte un sac greu, iar Jerry căra şi un sac militar din pânză, pe care îl ascunsese în bibliotecă în urmă cu două nopţi. Ajunşi la nivelul doi al subsolului, s-au oprit în faţa unei uşi metalice groase, au dezactivat camerele de supraveghere stropindu-le cu vopsea neagră şi au aşteptat ca Ahmed să facă o minune. Calm, acesta a pătruns în sistemul de alarmă al bibliotecii şi a dezactivat cei patru senzori ai uşii. Când s-a auzit un declic puternic, Denny a apăsat mânerul şi a deschis uşa. Înăuntru au găsit un spaţiu rectangular, îngust, şi alte două uşi metalice. Folosind lanterna, Mark a examinat tavanul şi a descoperit o cameră de supraveghere.

– Acolo, a spus el. Doar una.

Jerry, care avea un metru optzeci şi opt de centimetri, a scos un atomizor cu vopsea neagră şi a stropit lentila camerei.

Denny s-a uitat la cele două uşi şi a spus:

– Dăm cu banul?

– Ce vedeţi? a întrebat Ahmed din Buffalo.

– Două uşi metalice, identice, i-a răspuns Denny.

– Nu deţin informaţia, prieteni, a răspuns Ahmed. În sistem nu există nimic dincolo de prima uşă. Apucaţi-vă de tăiat.

Jerry a scos din sacul militar două butelii de patruzeci şi şase de centimetri înălţime, una cu oxigen şi cealaltă cu acetilenă. Denny s-a plasat în faţa uşii din stânga şi, folosind o brichetă specială, a aprins capul de sudură oxiacetilenică şi s-a apucat să încălzească un punct aflat la cincisprezece centimetri deasupra găurii cheii şi încuietorii. După câteva secunde, au început să zboare scântei.

În timpul acesta, Trey s-a îndepărtat de haosul existent în jurul clădirii McCarren şi s-a ascuns în bezna de peste drum de bibliotecă. Sirenele deveneau tot mai asurzitoare, pe măsură ce soseau tot mai multe vehicule pentru situaţii de urgenţă. Motoarele elicopterelor duduiau pe deasupra campusului, dar Trey nu le putea zări. În jurul lui, până şi luminile stradale erau stinse. În apropierea bibliotecii, nu se vedea nici ţipenie. Toţi oamenii erau necesari altundeva.

– E linişte deplină în apropierea bibliotecii, a anunţat el apoi. Aţi făcut ceva progrese?

– Acum tăiem, a venit răspunsul succint al lui Mark.

Toţi membrii bandei ştiau că discuţiile prin radio trebuiau reduse la maximum. Denny a tăiat încet şi cu pricepere metalul, folosind capul de sudură, ce dădea naştere unei temperaturi de opt sute de grade. Minutele se scurgeau, iar metalul topit picura pe podea, în timp ce din uşă săreau scântei roşiatice şi gălbui.

– E groasă de doi centimetri şi jumătate, a spus Denny la un moment dat.

Când a terminat de tăiat marginea superioară a pătratului, a început să taie drept în jos. Operațiunea era lentă, iar minutele păreau să se scurgă greu. Încordarea a crescut, dar ei au reușit să își păstreze calmul. Jerry și Mark s-au ghemuit în spatele lui Denny, urmărindu-i fiecare mișcare. Când a terminat de tăiat și partea de jos, Denny a tras de zăvor, care s-a desprins, dar a rămas încă agățat de ceva.

– E un bolț, a zis el. Îl tai și pe ăsta.

Cinci minute mai târziu, ușa s-a deschis. Ahmed, care privea totul pe ecranul laptopului, nu a observat nimic neobișnuit în sistemul de securitate al bibliotecii.

– Nu văd nimic, a spus el.

Denny, Mark și Jerry au pătruns în cameră, care s-a dovedit neîncăpătoare: o masă îngustă, de cel mult șaizeci de centimetri lățime și lungă de aproape trei metri; patru sertare mari din lemn acopereau o latură a ei; patru se aflau pe cealaltă parte a mesei. Mark, specialistul în spargeri de seifuri și de camere de valori, și-a ridicat ochelarii, a reglat fasciculul de lumină al lanternei, apoi a examinat una dintre încuietori. Clătinând din cap, a spus:

– Nicio surpriză. Încuietori cu combinații, probabil cu coduri computerizate care se schimbă zilnic. Imposibil de făcut ceva. Trebuie să găurim.

– Dă-i drumul, a spus Denny. Începe să găurești și eu o să tai cealaltă ușă.

Jerry a scos o mașină de găurit de trei sferturi de țol, acționată de baterie și având bare de prindere de o parte și de alta. A fixat burghiul pe încuietoare, apoi el și Mark au apăsat mașina cât de mult au putut. Burghiul a șuierat și a alunecat pe alamă, care la început părea impenetrabilă. În cele din urmă însă, a zburat o primă bucată de șpan, apoi încă una. Pe măsură ce apăsau amândoi barele de susținere, burghiul pătrundea tot mai adânc în încuietoare. Dar după ce burghiul a pătruns complet, sertarul a refuzat să se deschidă. Mark a reușit să introducă un levier în spațiul liber de deasupra încuietorii și a tras violent. Rama din lemn a crăpat, iar sertarul s-a deschis. În el se afla o cutie de depozitare și arhivare cu margini din metal negru, având patruzeci și trei de centimetri pe cincizeci și șase și înălțimea de aproape opt centimetri.

– Atenție, a spus Jerry când Mark a deschis cutia și a ridicat un volum subțire, cu coperte cartonate. *Poeme alese* de Dolph McKenzie. Exact ce mi-am dorit mereu.

– Ce dracu'?

– Habar n-am, dar n-am venit aici pentru poezii.

Denny a intrat în urma lor și a spus:

– Gata, să-i dăm bătaie! Mai sunt șapte sertare aici. Eu aproape c-am pătruns în cealaltă cameră.

S-au apucat apoi să trudească, în vreme ce Trey fuma destins o țigară, stând pe o bancă aflată de cealaltă parte a străzii și uitându-se mereu la ceas. Frenezia din campus nu dădea semne că s-ar stinge, dar nici nu avea să dureze o veșnicie.

Al doilea și al treilea sertar din prima încăpere le-au oferit membrilor bandei și alte cărți rare de autori necunoscuți. După ce Denny a terminat de tăiat ușa și a intrat în cea de-a doua cameră, le-a cerut lui Jerry și lui Mark să aducă mașina de găurit. Și aici erau opt sertare mari, care arătau la fel ca acelea din prima cameră. La 2.15, Trey i-a anunțat că în campus era încă agitație și că unii studenți curioși începuseră să se strângă pe peluza din fața clădirii McCarren ca să urmărească spectacolul. Polițiști cu portavoce le ordonaseră să se întoarcă în camerele lor, dar aceștia erau prea mulți ca să se lase convinși. Cel puțin încă două elicoptere zburau pe deasupra campusului, complicând situația. Tocmai urmărea emisiunea de ştiri a CNN pe smartphone-ul lui, iar evenimentele de la Princeton reprezentau subiectul momentului. Un reporter agitat aflat la „faţa locului" se referea mereu la „victime neconfirmate", reuşind să lase impresia că fuseseră împuşcaţi de „cel puţin un om înarmat".

– Cel puţin un om? a mormăit Trey.

Oare un atac armat nu presupune cel puţin un om?

Denny, Mark și Jerry au analizat ideea de a tăia sertarele cu flacăra oxiacetilenică, apoi au hotărât să renunţe, cel puţin pentru moment. Riscul de foc ar fi fost mare, iar manuscrisele nu le-ar fi folosit la nimic dacă ar fi fost avariate. Denny a scos apoi o maşină de găurit de un sfert de ţol și s-a apucat de treabă. Mark și Jerry găureau în continuare cu bormaşina mai mare. Primul sertar din cea de-a doua încăpere le-a oferit câteva teancuri de file delicate, scrise de mână de un alt poet uitat de mult, unul de care nu auziseră, dar pe care l-au detestat fără întârziere.

La 2.30, CNN a confirmat că doi studenţi erau morţi și că cel puţin alţi doi fuseseră răniţi. În prezentare a apărut cuvântul „carnaj".

5

După ce au pătruns în siguranţă la etajul întâi al clădirii McCarren, poliţiştii au observat rămăşiţele a ceea ce păreau a fi artificii. Recipientele goale ale bombelor fumigene au fost găsite în baie şi în duş. Sacul de spate abandonat de Trey a fost deschis de artificieri, care au scos bomba fumigenă uzată. La 3.10, comandantul a folosit pentru prima oară cuvântul „şotie", dar adrenalina circula încă atât de repede, încât nimeni nu s-a gândit la termenul de „diversiune".

Restul clădirii McCarren a fost securizat şi toţi studenţii au fost găsiţi în viaţă. Campusul era încă blocat şi a rămas astfel cât timp clădirile învecinate au fost verificate.

6

La ora 3.30, Trey a anunţat:

– Lucrurile par să se fi normalizat aici. Sunteţi de trei ore acolo, cum merge treaba?

– Încet, a venit răspunsul scurt al lui Denny.

În camera de valori, treaba mergea cu adevărat anevoios, însă cu hotărâre. În primele patru sertare deschise au găsit şi alte manuscrise vechi, unele scrise de mână, altele la maşină, toate aparţinând unor scriitori importanţi care nu prezentau interes pe moment. Apoi Denny a scos o cutie de depozitare arhivată, la fel ca şi celelalte, şi a deschis-o cu grijă, descoperind astfel comoara. Pe o pagină lămuritoare introdusă de bibliotecă scria: „Manuscrisul original al romanului *Cei frumoşi şi blestemaţi* – F. Scott Fitzgerald".

– Hai c-am nimerit-o, a spus Denny cu glas calm.

A mai scos apoi două cutii identice din al cincilea sertar, le-a aşezat cu precauţie pe masa îngustă şi le-a deschis. Înăuntru se aflau manuscrisele originale ale romanelor *Blândeţea nopţii* şi *Ultimul magnat*.

Încă lipit de laptop şi sorbind dintr-o băutură cu conţinut foarte ridicat de cafeină, Ahmed a auzit minunatele cuvinte:

– Gata, băieţi, avem deja trei din cinci. *Gatsby* trebuie să fie pe aici, pe undeva, împreună cu *Dincoace de paradis*.

– Cât mai durează? a întrebat Trey.

– Douăzeci de minute, i-a răspuns Denny. Adu furgoneta.

Trey a traversat cu nonşalanţă campusul, s-a amestecat în mulţimea de curioşi şi a urmărit preţ de un moment mica armată de poliţişti foindu-se de colo până colo. Nu se mai fereau, nu se mai acopereau unul pe altul şi nici nu mai alergau să se ascundă după maşini cu armele scoase, pregătiţi să tragă. Era evident că pericolul trecuse, dar zona era încă înţesată de luminile orbitoare ale maşinilor de intervenţie. Trey s-a îndepărtat discret, a mers vreo şase sute de metri, apoi a părăsit campusul şi s-a oprit pe John Street, unde a urcat într-o furgonetă având scrise pe ambele portiere cuvintele „Tipografia Princeton University". Era numărul 12, indiferent ce ar fi însemnat asta, şi semăna perfect cu furgoneta pe care Trey o fotografiase cu o săptămână înainte. A condus-o până în campus, evitând agitaţia din jurul clădirii McCarren, şi a parcat-o în apropiere de o rampă de încărcare din spatele bibliotecii.

– Furgoneta e la locul stabilit, a anunţat el.

– Tocmai deschidem cel de-al şaselea sertar, i-a răspuns Denny.

Jerry şi Mark şi-au ridicat de pe faţă ochelarii de vedere nocturnă şi au mutat fasciculele lanternelor spre masă, iar Denny a deschis cutia de depozitare. Pe fila explicativă scria: „Manuscrisul original al romanului *Marele Gatsby* – F. Scott Fitzgerald".

– Am nimerit-o, a spus el calm. L-am înhăţat pe Gatsby, marele ticălos.

– Uraa! a exclamat Mark, deşi entuziasmul celorlalţi era foarte reţinut.

Jerry a ridicat şi cealaltă cutie aflată în sertar. Era manuscrisul de la *Dincoace de paradis*, primul roman al lui Fitzgerald, publicat în 1920.

– Le avem pe toate cinci, a spus calm Denny. S-o ștergem de-aici!

Jerry a strâns și a băgat în saci burghiele, mașinile de găurit, capul de tăiere, buteliile cu oxigen și acetilenă și rângile. Când s-a aplecat să ridice sacul militar din pânză, o așchie din lemnul despicat al celui de-al treilea sertar l-a rănit deasupra încheieturii mâinii stângi. În agitația aceea, abia dacă a observat asta și doar s-a frecat la mână o fracțiune de secundă când și-a scos sacul de pe spate. Denny și Mark au așezat cu mare grijă cele cinci manuscrise neprețuite în sacii lor de spate. Hoții au ieșit în grabă din camera de valori, încărcați cu prada și cu sculele lor, și au urcat rapid scara spre parter. Au părăsit biblioteca printr-o ieșire de serviciu din apropierea rampei de încărcare, care era ascunsă vederii de un gard viu, lung și des. Au sărit apoi în furgonetă pe ușile din spate, iar Trey s-a îndepărtat de rampă. A trecut pe lângă doi agenți de pază ai campusului, aflați într-o mașină de patrulare, și i-a salutat cu o fluturare de mână, dar ei nu i-au răspuns.

Trey și-a notat în minte ora – 3.24 dimineața –, apoi a transmis:

– S-a rezolvat, plecăm din campus cu domnul Gatsby și amicii lui.

7

Pana de curent a declanșat câteva alarme în clădirile afectate. La ora 4.00, un electrician specialist a verificat grila computerizată a universității și a descoperit problema. Alimentarea cu energie electrică s-a restabilit în toate clădirile, mai puțin la bibliotecă. Șeful securității a trimis acolo trei agenţi, care n-au avut nevoie decât de zece minute pentru a descoperi cauza alarmei.

Între timp, membrii bandei se opriseră la un motel ieftin de pe autostrada Interstate 295, din apropiere de Philadelphia. Trey a oprit furgoneta alături de un camion uriaş, departe de camera de monitorizare a parcării. Folosind un atomizor cu vopsea albă, Mark a acoperit cuvintele „Tipografia Princeton University“ de pe ambele portiere. În camera în care dormiseră în noaptea precedentă, el şi Trey s-au schimbat rapid, punându-şi haine de vânătoare, şi au îngrămădit tot ce folosiseră în acţiune – blugi, adidaşi, tricouri, mănuşi negre – în altă geantă militară din pânză groasă. Ajuns în baie, Jerry a observat mica tăietură de la încheietura mâinii stângi. În timpul deplasării, îşi ţinuse apăsat degetul mare al celeilalte mâini peste rană şi observase că sângera mai mult decât îşi închipuise. S-a curăţat cu un prosop de la baie, întrebându-se dacă era cazul să le spună şi celorlalţi despre asta. Nu atunci, a decis el, era de preferat mai târziu.

Au scos totul din cameră, au închis lumina şi au plecat. Mark şi Jerry au urcat într-o camionetă – un soi de taxi elegant de club, condus de Denny – şi au mers în urma lui Trey şi a furgonetei, ieşind din parcare şi ajungând pe stradă, apoi din nou pe autostradă. Au ocolit marginea nordică a suburbiilor Philadelphiei şi, rulând pe autostrăzile statale, au dispărut în peisajul rural al Pennsylvaniei. Aproape de Quakertown, au găsit drumul de ţară pe care îl aleseseră şi au mers pe această cale de vreo doi kilometri, până când a ajuns să fie acoperit doar cu pietriş. În zonă nu exista nicio casă. Trey a parcat furgoneta într-o adâncitură a terenului; a scos plăcuţele false de înmatriculare, a turnat patru litri şi ceva de benzină peste sacii plini cu scule, telefoane mobile, echipament radio și îmbrăcăminte, apoi a aprins un chibrit. Mingea de foc a izbucnit instantaneu. În timp ce se îndepărtau în camionetă, erau convinși că distruseseră toate dovezile posibile. Manuscrisele erau ținute în siguranță între Trey și Mark, aflați pe bancheta din spate a camionetei.

Pe măsură ce lumina se furișa încet peste dealuri, cei patru călătoreau în tăcere, fiecare dintre ei încercând să observe tot ce exista în jurul lor, chiar dacă nu mare lucru. Câte un vehicul care venea din direcția opusă, câte un fermier care se îndrepta spre hambarul lui și nu se uita spre autostradă, o femeie care ridica o pisică de pe veranda din față a casei ei... Aproape de Bethlehem, au intrat pe Interstate 78 și s-au îndreptat spre vest. Denny a avut grijă să nu depășească viteza legală. De când părăsiseră campusul Universității Princeton, nu văzuseră nicio mașină de poliție. Au oprit la un restaurant care servea mâncare direct în mașină și au cumpărat crochete de pui și cafea, după care s-au îndreptat spre nord pe Interstate 81, mergând către zona Scranton.

8

Primii doi agenți FBI au sosit la Biblioteca Firestone puțin după ora 7.00 dimineața. Au luat informații de la agenții de pază ai campusului și de la poliția orașului Princeton. Apoi au aruncat o privire la scena atacului și au sugerat în modul cel mai solemn ca biblioteca să rămână închisă până la noi ordine. Investigatorii și tehnicienii de la biroul din Trenton s-au grăbit să ajungă la universitate.

După o noapte chinuitoare, când tocmai revenise la locuința sa din campus, președintele universității a fost informat că lipseau câteva lucruri de mare valoare. S-a năpustit imediat spre bibliotecă, unde i-a întâlnit pe bibliotecarul-şef, pe oamenii de la FBI şi pe şefii poliţiei locale. Împreună, au luat hotărârea de a ascunde adevărul cu privire la această poveste cât de mult posibil. Şeful din Washington al unităţii de recuperare a valorilor rare din cadrul FBI era pe drum, iar după părerea lui, hoţii ar fi putut lua legătura cu universitatea cât de curând posibil, pentru a stabili o înţelegere. Publicitatea, care avea să urmeze ca o adevărată avalanşă, nu avea decât să complice lucrurile.

9

Sărbătorirea a fost amânată până când cei patru vânători au sosit la cabană, undeva în adâncul zonei Poconos. Denny închiriase cabana pe perioada sezonului de vânătoare, cu bani care aveau să fie plătiţi când urmau să încaseze recompensa, şi locuiseră acolo vreme de două luni. Dintre cei patru, doar Jerry avea o adresă permanentă. Împreună cu prietena lui, închiriase un apartament în Rochester, New York. Întrucât era evadat, Trey trăise în anonimat mai toată viaţa. Mark locuia uneori cu fosta soţie, în apropiere de Baltimore, însă nu existau dovezi care să probeze acest lucru.

Toţi patru aveau numeroase documente false de identitate, inclusiv paşapoarte care puteau înşela ochiul oricărui ofiţer vamal.

Aveau în frigiderul de la cabană trei sticle de şampanie ieftină. Denny a desfăcut una, a golit-o în patru ceşti de cafea desperecheate şi a spus însufleţit:

– Noroc, băieţi, şi felicitări! Am reuşit!

Conţinutul celor trei sticle a dispărut în jumătate de oră, iar vânătorii osteniţi au adormit. Manuscrisele, aflate încă în cutiile de depozitare arhivată, erau stivuite ca nişte lingouri de aur într-un dulap pentru arme din debara, unde aveau să fie păzite de Denny şi de Trey în următoarele zile. În ziua următoare, Jerry şi Mark urmau să se întoarcă acasă, epuizaţi după o săptămână petrecută în pădure, la vânătoare de căprioare.

10

În vreme ce dormea, toată furia şi toată concentrarea guvernului federal se îndreptau cu rapiditate împotriva lui. O tehniciană FBI observase un punct minuscul pe prima treaptă a scării care ducea spre camera de valori a bibliotecii. Socotise, în mod corect, că era o picătură de sânge care nu se aflase acolo îndeajuns de multă vreme ca să devină maro-închis, aproape neagră. Adunase resturile, îl anunţase pe şeful ei, iar mostra fusese dusă fără întârziere la un laborator FBI din Philadelphia. Testul ADN s-a efectuat imediat, iar rezultatele lui au fost transmise către banca naţională de date. În mai puţin de o oră, s-a găsit corespondentul acestuia în Massachusetts: un anume Gerald A. Steengarden, un infractor eliberat condiţionat, condamnat cu şapte ani în urmă pentru furtul unor picturi de la un comerciant de obiecte de artă din Boston. Un grup de analişti a lucrat febril pentru a da de urma domnului Steengarden. Existau cel puţin cinci bărbaţi cu acelaşi nume în Statele Unite. Patru dintre ei au fost eliminaţi rapid de pe lista suspecţilor. S-au obţinut apoi mandate de percheziţie, precum şi evidenţe privind convorbirile telefonice şi ale tranzacţiilor comerciale efectuate cu card de credit de acest al cincilea domn Steengarden. Pe când Jerry se trezea din somnul său lung în Poconos, oamenii FBI-ului îi urmăreau deja apartamentul din Rochester. S-a luat hotărârea de a nu pătrunde în acesta cu mandat, ci de a aştepta, urmărind între timp totul.

Exista posibilitatea, destul de firavă, ca domnul Steengarden să îi conducă spre ceilalţi.

La Princeton se alcătuia lista tuturor studenţilor care folosiseră biblioteca în cursul săptămânii precedente. Cărţile lor de identitate erau înregistrate la fiecare dintre bibliotecile din campus. Cele false ieşeau în evidenţă, deoarece în colegii acestea erau folosite de adolescenţi pentru a cumpăra alcool, nu pentru a se strecura în biblioteci. S-au stabilit orele exacte ale folosirii lor, apoi s-au comparat cu înregistrările video ale camerelor de supraveghere ale bibliotecii. Spre amiază, FBI-ul avea deja imaginile clare ale lui Denny, Jerry şi Mark, deşi acestea aveau o valoare probatorie foarte redusă în acele momente. Toţi erau bine deghizaţi.

La Departamentul de Cărţi Rare şi Colecţii Speciale, bătrânul Ed Folk s-a trezit foarte activ pentru prima oară după decenii întregi de activitate. Înconjurat de agenţi FBI, a verificat cu repeziciune registrele de logare şi fotografiile de securitate ale vizitatorilor recenţi. Fiecare dintre ei a fost apelat pentru verificare, iar când profesorul suplinitor Neville Manchin de la Universitatea Portland a vorbit, la rândul său, cu cei de la FBI, i-a asigurat că nici nu se apropiase vreodată de campusul Universităţii Princeton. Cei de la FBI aveau deja o fotografie clară a lui Mark, dar nu îi ştiau numele real.

La mai puţin de douăsprezece ore după ce furtul se încheiase cu succes, patruzeci de agenţi FBI lucrau de zor, vizionând imagini video şi analizând date.

11

Spre sfârşitul după-amiezii, cei patru vânători s-au strâns în jurul unei mese pentru jocul de cărţi şi au desfăcut dozele de bere. Denny a vorbit primul, descriind terenul pe care îl studiaseră în repetate rânduri. Furtul fusese realizat şi se dovedise un succes, însă nu trebuia ignorat faptul că în cazul fiecărei infracţiuni rămâneau în urmă unele indicii. Întotdeauna se comiteau greşeli, iar dacă te gândeai doar la jumătate din ele, însemna că eşti un geniu. Identităţile false aveau să fie descoperite curând şi analizate. Poliţiştii urmau să îşi dea seama că hoţii fuseseră prezenţi vreme de zile întregi în bibliotecă înainte de acel atac. Cine putea şti ce înregistrare video incriminatoare exista? Putea fi vorba de fibre din hainele lor, urme lăsate de adidaşi şi aşa mai departe. Erau încredinţaţi că nu lăsaseră amprente, dar exista totuşi această posibilitate. Cei patru erau hoţi cu experienţă şi ştiau prea bine acest lucru.

Nimeni nu observase micul plasture aflat pe încheietura mâinii stângi a lui Jerry, astfel că şi el a socotit că îl putea ignora. Se convinsese că nu prezenta nicio importanţă.

Mark a scos apoi patru aparate identice Apple Phone 5, având şi inscripţia companiei pe ele, care însă nu erau telefoane mobile. Cunoscute sub numele de Sat-Track, acestea erau dispozitive de detectare conectate la un sistem de sateliţi, având acoperire oriunde în lume. Nefiind telefoane conectate la vreo reţea, poliţiştii nu le puteau urmări sau asculta. Mark le-a explicat din nou că era esenţial ca ei, cei patru, plus Ahmed, să rămână permanent în legătură în următoarele câteva săptămâni. Ahmed procurase aparatele de la una dintre numeroasele lui surse. Nu exista un comutator de legătură sau de întrerupere, ci doar un cod alcătuit din trei cifre pentru activarea aparatelor Sat-Track. După ce aparatul era pornit, fiecare utilizator forma propria parolă, alcătuită din cinci cifre, pentru a accesa sistemul. De două ori pe zi, exact la ora opt dimineaţa şi seara, cei cinci aveau să se conecteze prin aceste aparate cu mesajul simplu „Liber". Întârzierile nu erau permise sub nicio formă şi probabil s-ar fi dovedit catastrofale. O întârziere putea însemna că Sat-Link şi îndeosebi utilizatorul său fuseseră compromişi în vreun fel. O întârziere de cincisprezece minute ducea la activarea Planului B, ceea ce însemna că Denny şi Trey trebuiau să ia manuscrisele şi să le mute într-o a doua ascunzătoare sigură. Dacă Denny – sau Trey – nu răspundea, însemna că întreaga operaţiune – ori ce mai rămăsese din ea – trebuia abandonată. Jerry, Mark şi Ahmed trebuiau să părăsească ţara imediat.

Veştile proaste se transmiteau printr-un mesaj simplu, care trebuia să sune astfel: „Red". Asta însemna, fără a fi puse întrebări şi fără nicio întârziere, că: (1) ceva mersese anapoda, (2) dacă era posibil, manuscrisele trebuiau mutate în cea de-a treia ascunzătoare sigură şi (3) trebuiau să plece din ţară cât mai curând posibil.

Era de aşteptat ca omul prins de poliţie să păstreze secretul. Cei cinci memoraseră numele membrilor de familie şi adresele acestora pentru a se asigura fidelitatea deplină faţă de cauză şi faţă de ceilalţi. Nimeni nu avea să ciripească. Nici vorbă.

Chiar dacă aceste pregătiri erau înspăimântătoare, dispoziţia participanţilor a rămas senină, chiar festivă. Reuşiseră o infracţiune sclipitoare şi o fugă perfectă de la locul faptei.

Lui Trey, fugarul etern, îi plăcea să spună poveşti. Avea reuşite fiindcă pregătise un plan după fiecare evadare, în vreme ce mai toţi deţinuţii îşi pierdeau timpul doar gândindu-se cum să evadeze. Îţi petreceai zile şi săptămâni plănuind şi socotind, apoi, când reuşeai, nu ştiai clar ce să faci în continuare. Oricine avea nevoie de un plan.

Cu toate acestea, nu au reuşit să se pună de acord asupra unui aspect. Denny şi Mark se pronunţau în favoarea unei lovituri rapide, ceea ce presupunea contactarea Universităţii Princeton în decurs de o săptămână, pentru a cere o răscumpărare. Puteau scăpa de manuscrise fără a-şi face griji în legătură cu protejarea şi deplasarea lor şi tot îşi puteau primi banii.

Având mai multă experienţă în domeniu, Jerry şi Trey s-au pronunţat în favoarea unei abordări mai răbdătoare: să lase lucrurile să se aştearnă; să permită ca realitatea să fie înţeleasă în timp ce vestea avea să se răspândească pe piaţa neagră; să lase timpul să se scurgă, astfel încât să fie siguri că nu erau suspectaţi. Universitatea Princeton nu era singurul cumpărător posibil, existau şi alţi amatori.

Discuţia a fost lungă şi deseori încordată, dar şi presărată de glume şi de râsete, în cursul cărora berea a curs din belşug. În cele din urmă, au convenit asupra unui plan temporar. Jerry şi Mark aveau să plece spre casă în dimineaţa următoare: Jerry spre Rochester, iar Mark spre Baltimore, prin Rochester. Aveau să stea ascunşi şi să urmărească ştirile difuzate în următoarea săptămână şi, bineînţeles, să ia legătura cu ceilalţi membri ai bandei de două ori pe zi. Denny şi Trey aveau să se ocupe de manuscrise şi să le mute cam după o săptămână în al doilea loc sigur, un apartament cu chirie mică dintr-o zonă săracă a oraşului Allentown din Pennsylvania. După zece zile aveau să îi reîntâlnească pe Jerry şi pe Mark la ascunzătoare şi să stabilească împreună un plan clar. Între timp, Mark avea să ia legătura cu un potenţial mijlocitor, pe care îl cunoştea de mulţi ani şi care acţiona în lumea neguroasă a obiectelor de artă furate. Vorbind în codul secret al meseriei, el avea să lase să se înţeleagă că avea cunoştinţă de manuscrisele Fitzgerald. Însă nu aveau să mai discute despre asta decât după ce urmau să se revadă.

12

Când Carole, femeia care locuia în apartamentul lui Jerry, a plecat singură la ora 4.30, a fost urmărită până la magazinul alimentar aflat la câteva străzi depărtare. S-a hotărât imediat să nu se pătrundă în apartamentul ei, mai ales în acele momente. Existau prea mulţi vecini la vedere. O vorbă aruncată de vreunul dintre ei şi acţiunea de supraveghere putea fi compromisă. Carole nu avea habar despre cât de atent era urmărită. Cât timp şi-a făcut cumpărăturile, agenţii au plasat două dispozitive de urmărire în barele de protecţie ale maşinii ei. Alţi doi agenţi – femei în costume de jogging – au verificat ceea ce cumpărase ea (nimic care să prezinte interes). Când Carole i-a trimis un mesaj mamei ei, acesta a fost citit şi înregistrat imediat. Când şi-a sunat o prietenă, agenţii au ascultat cu atenţie fiecare cuvânt. Când s-a oprit la un bar, un agent purtând blugi a vrut să îi ofere ceva de băut. Când s-a întors acasă, puţin după ora nouă seara, fiecare pas al ei fusese urmărit, filmat şi analizat.

13

În timpul acesta, prietenul ei bea bere şi citea din *Marele Gatsby,* stând în hamac în partea din spate a casei şi având un frumos lac la câţiva metri depărtare. Mark şi Trey se aflau pe apă, într-o barcă, pescuind plătici în tăcere, în vreme ce Denny se ocupa de carnea de pe grătar. La apusul soarelui s-a stârnit un vânt rece, astfel că cei patru vânători s-au strâns în casă, unde focul ardea liniştit. La ora opt fix, şi-au scos noile aparate Sat-Track şi au tastat codurile, fiecare formând cuvântul „Liber", inclusiv Ahmed, aflat la Buffalo. Viaţa era frumoasă.

Viaţa chiar era frumoasă. Cu mai puţin de douăzeci şi patru de ore în urmă, toţi se aflau în campus, ascunzându-se în beznă cât se poate de agitaţi, însă copleşiţi de fiorii vânătorii. Planul lor funcţionase perfect: deţineau preţioasele manuscrise, iar curând aveau să încaseze banii. Transferul mărfii nu avea să fie chiar uşor, dar aveau să se ocupe de asta mai târziu.

14

Deşi băutura ajuta, celor patru tot le-a fost greu să adoarmă. A doua zi de dimineaţă, în timp ce Denny pregătea ouă cu bacon şi sorbea dintr-o cafea fără zahăr, Mark s-a aşezat la masă cu laptopul şi a început să caute ştirile transmise de-a lungul Coastei de Est.

– Nimic, a spus apoi. Tot felul de chestii despre balamucul din campus, acum calificat în mod oficial drept o glumă proastă, dar nu se suflă nicio vorbuliţă despre manuscrise.

– Sunt convins că încearcă să ţină totul sub tăcere, a intervenit Denny.

– Da, dar pentru câtă vreme?

– Nu mult. Nu poţi ţine presa departe în cazul unei asemenea poveşti. Azi, mâine, tot scapă cineva o vorbă.

– Nu-mi dau seama dacă asta e bine sau rău.

– Nici eu.

Apoi în bucătărie a intrat Trey, având capul proaspăt ras. Și-a frecat chelia cu un aer mândru și a întrebat:

– Ce părere aveți?

– Grozav, a zis Mark.

– Asta nu ne ajută cu nimic, a adăugat Denny.

Niciunul dintre ei nu mai arăta la fel ca în urmă cu douăzeci și patru de ore. Trey și Mark își raseseră tot – barba, părul și sprâncenele. Denny și Jerry își dăduseră jos bărbile, dar își vopsiseră părul. Denny trecuse de la blond nisipiu la castaniu-închis. Jerry se vopsise roșcat-deschis. Toți patru aveau să poarte ochelari, pe care să îi schimbe zilnic. Știau că fuseseră înregistrați de camerele video și auziseră de tehnologia de recunoaștere facială a FBI-ului și de performanțele acesteia. Făcuseră greșeli, dar eforturile lor de a și le aminti se stingeau cu repeziciune. Era momentul să treacă la faza a doua.

Trăiau și o stare de îngâmfare ce părea efectul firesc al unei asemenea acțiuni perfecte. Se cunoscuseră cu un an în urmă, când Trey și Jerry, cei doi foști condamnați și totodată cei mai experimentați dintre ei, îi fuseseră prezentați lui Denny, care îl cunoștea pe Mark, iar acesta din urmă în cunoștea pe Ahmed. Petrecuseră ore în șir plănuind și conspirând, discutând ce anume va face fiecare, stabilind cel mai bun moment și unde aveau să meargă după aceea. O sută de amănunte, unele importante, altele minore, dar toate cruciale. Acum, după ce săvârșiseră furtul, toate acestea erau istorie. Aveau în față sarcina de a primi banii.

Marți, la ora opt, s-au urmărit unul pe altul îndeplinind ritualul legat de Sat-Track. Ahmed se simțea cât se poate de bine. Toți erau prezenți și la locul lor. Jerry și Mark și-au luat apoi rămas-bun și au plecat de la cabană, îndepărtându-se de Poconos, iar patru ore mai târziu au ajuns la periferia orașului Rochester. Nu aveau de unde să știe că mai mulți agenţi FBI aşteptau răbdători, urmărind camioneta Toyota din 2010 pe care o închiriaseră în urmă cu trei luni. Când Jerry a oprit-o în apropierea apartamentului său, mai multe camere ascunse s-au concentrat asupra lui şi a lui Mark în timp ce traversau cu nonşalanţă parcarea, urcând apoi treptele spre etajul doi.

Fotografiile digitale au fost transmise instantaneu spre laboratorul FBI din Trenton. În timp ce Jerry o săruta pe Carole, fotografiile erau comparate cu imaginile surprinse de camerele de supraveghere de la biblioteca Princeton. Tehnologia imagistică a FBI-ului l-a identificat imediat pe Jerry, adică domnul Gerald A. Steengarden, şi l-a confirmat pe Mark drept impostorul care împrumutase numele profesorului Neville Manchin. Întrucât nu avea cazier, Mark nu figura în reţeaua naţională ca infractor. Cei de la FBI ştiau că el fusese la bibliotecă, însă nu îi cunoşteau numele.

Dar asta nu avea să dureze prea mult.

S-a luat apoi hotărârea de a fi puşi sub urmărire şi de a aştepta. Jerry îl dăduse deja de gol pe Mark; probabil că avea să le ofere şi un al doilea om. După prânz, cei doi au părăsit apartamentul şi au revenit la camionetă. Mark avea cu el o geantă sportivă din nailon, ieftină, de culoare grena. Jerry nu avea nimic în mână. S-au îndreptat spre centrul oraşului, iar Jerry a condus încet, având grijă să respecte toate regulile de circulaţie şi să evite orice poliţist.

15

Urmăreau totul. Fiecare maşină, fiecare faţă, fiecare bătrân care stătea pe vreo bancă, ascuns înapoia unui ziar. Aveau convingerea că nu sunt urmăriţi, dar în meseria lor nu trebuiau să lase garda jos nicio clipă. Nu au văzut și nici nu au auzit elicopterul care zbura nevinovat în depărtare, urmărindu-i de la aproape un kilometru înălțime.

Ajunși la gară, Mark a coborât din camionetă fără nicio vorbă, și-a luat geanta de pe bancheta din spate și a pornit pe trotuar spre intrare. Înăuntru, și-a cumpărat bilet la clasa a doua pentru trenul de ora 2.13 spre Penn Station, în Manhattan. Cât timp a așteptat, a citit dintr-o ediție veche și ieftină a romanului *Ultimul magnat*. Nu se omora cu lectura, dar se trezise brusc obsedat de Fitzgerald. Și-a reprimat un zâmbet gândindu-se la manuscris și la locul în care era ascuns.

Jerry s-a oprit la un magazin de băuturi și a cumpărat o sticlă de votcă. Atunci când a ieșit, trei tineri foarte masivi, purtând costume negre, i-au apărut în față, l-au salutat, i-au arătat insignele și i-au spus că vor să discute cu el. Jerry le-a mulțumit, dar le-a spus că nu avea chef de discuții. Avea multe de făcut. La fel și ei. Unul a scos cătușele, altul i-a luat sticla de votcă, iar al treilea l-a percheziționat și i-a luat portofelul, cheile și un telefon Sat-Track. Jerry a fost escortat până la un Chevrolet Suburban lung și negru și condus la închisoarea orașului, aflată la mai puțin de patru intersecții distanță. În timpul scurtei deplasări, nimeni nu a scos vreo vorbă. A fost condus într-o celulă goală, din nou fără să i se spună nimic. Nici el nu a pus întrebări, nici ei nu s-au ostenit să îi spună ceva. Când gardianul s-a oprit în fața celulei ca să îl salute, Jerry l-a întrebat:

– Ascultă, domnule, ai idee ce se-ntâmplă aici?

Gardianul s-a uitat într-o parte și în alta a holului, s-a apropiat de gratii și i-a spus:

– Nu știu, amice, dar sigur i-ai călcat pe bătături pe băieți.

Întinzându-se în patul din celula întunecoasă, Jerry a rămas cu privirea în tavan și s-a întrebat dacă era adevărat ce i se întâmplase. Cum dracu'? Ce mersese anapoda?

În timp ce el simțea încăperea rotindu-se cu el, Carole răspundea la sonerie, trezindu-se față în față cu vreo șase agenți. Unul i-a prezentat mandatul de percheziție. Altul i-a spus să părăsească apartamentul și să aștepte în mașina ei, dar să nu pornească motorul.

Mark a urcat în tren la ora două și s-a așezat. Ușile s-au închis la 2.13, dar trenul nu a pornit. La 2.30, ușile s-au deschis, apoi doi bărbați purtând trenciuri asemănătoare, de culoare bleumarin, au urcat și s-au uitat cu severitate la el. În acel moment îngrozitor, Mark a înțeles că lucrurile luaseră o întorsătură urâtă.

S-au prezentat în tăcere și i-au cerut să coboare din tren. Unul l-a condus ținându-l de un cot, iar celălalt a înșfăcat geanta lui de pe polița de deasupra capului. Cât timp au mers cu mașina spre închisoare, cei doi nu au vorbit deloc. Plictisit de această tăcere, Mark i-a întrebat:

– Deci, prieteni, sunt arestat?

Fără să se întoarcă, cel care conducea i-a răspuns:

– În mod normal, nu încătușăm civili.

– Am înțeles. Și pentru ce sunt arestat?

– Ți se va explica la închisoare.

– Știam că ar fi trebuit să îmi citiți acuzațiile când mi-ați spus ce drepturi am.

– Nu ești chiar infractor, nu? Nu trebuie să-ți citim drepturile decât în momentul în care începem să punem întrebări. Acum, nu vrem decât să ne bucurăm de puțină pace și liniște.

Mark și-a ținut gura și a urmărit traficul. A presupus că Jerry fusese deja săltat, altfel nu s-ar fi știut că el, Mark, era la gară. Era posibil ca Jerry să fi fost arestat şi să dea acum pe goarnă totul pentru a obţine o înţelegere? Sigur că nu.

Jerry nu scosese nicio vorbă, pentru că nu i se oferise prilejul.

La 5.15, a fost scos din închisoare și condus la biroul FBI, aflat la câteva străzi depărtare. A fost introdus într-o cameră de interogatorii şi aşezat la masă. I s-au scos cătuşele şi i s-a oferit o cafea. Un agent pe nume McGregor a intrat în cameră, și-a scos haina, s-a aşezat şi a început să vorbească. Părea un tip prietenos și, în cele din urmă, i-a citit drepturile.

– Ai mai fost arestat? l-a întrebat McGregor.

Jerry mai fusese arestat și, din experiență, știa că amicul McGregor avea o copie a cazierului său.

– Da, a răspuns el.

– De câte ori?

– Ascultă, domnule agent. Tocmai mi-ai spus că am dreptul să tac. Nu scot nicio vorbă şi vreau un avocat imediat. Ai priceput?

McGregor a spus: „Sigur", apoi a părăsit încăperea.

Mark se afla într-o altă cameră după colțul coridorului. McGregor a intrat și a reluat același ritual. O vreme, au băut cafea și au discutat despre drepturile celor arestaţi. Având mandat, percheziţionaseră geanta lui Mark și descoperiseră tot felul de obiecte interesante. McGregor a desfăcut un plic mare, a scos niște cartele din plastic și a început să le aşeze pe masă.

– Domnule Mark Driscoll, am scos toate astea din portofelul tău. Permis de conducere emis în Maryland, cu o fotografie cam ștearsă, dar cu păr din belşug şi chiar cu sprâncene, două cărţi de credit valabile, un permis temporar de vânătoare emis în Pennsylvania. Și alte carduri etalate pe masă. Și pe acestea le-am scos din geantă. Un permis de conducere emis în Kentucky pe numele lui Arnold Sawyer, din nou cu mult păr. O carte de credit falsă. A mai scos câteva și a continuat: Permis de conducere fals pentru Florida, cu ochelari și cu barbă. Domnul Luther Banahan. Și acesta e un pașaport bine falsificat, emis la Houston pe numele lui Clyde D. Mazy, împreună cu un permis de conducere și trei cărți de credit false.

Masa se umpluse de carduri. Lui Mark îi venea să verse, dar a strâns din dinți și a încercat să facă un gest din umeri. Și ce dacă?

– Foarte impresionant, a spus McGregor. Le-am verificat pe toate și știm că, de fapt, te numești Driscoll, având o adresă incertă, pentru că te deplasezi mult.

– Asta-i o întrebare?

– Nu, deocamdată nu.

– Bine, pentru că nu mai scot nicio vorbă. Am dreptul la avocat, așa că fă bine și găsește-mi unul.

– De acord. Ciudat e că în fotografiile astea ai păr, chiar și perciuni, și întotdeauna sprâncene. Acum, totul a dispărut. Te ascunzi de ceva, Mark?

– Vreau un avocat.

– Desigur. Ascultă, Mark, n-am găsit niciun document pe numele profesorului Neville Manchin, din statul Portland. Declanșează ceva ca un clopoțel?

Clopoțel? Mai curând un baros în cap.

Prin geamul cu vedere unidirecțională, o cameră de înaltă rezoluție era îndreptată spre Mark. În altă încăpere, doi experți în interogatorii, ambii instruiți pentru depistarea suspecților și a martorilor nesinceri, urmăreau pupilele ochilor, buza superioară, mușchii maxilarului inferior și poziția capului. Auzind numele lui Neville Manchin, Mark a tresărit. Apoi a spus cu glas moale:

– Hm, nu vreau să vorbesc şi vreau un avocat.

Cei doi experţi au dat din cap şi au zâmbit. Îl prinseseră.

McGregor a ieşit din cameră, a stat de vorbă cu colegii, apoi a intrat în încăperea în care era Jerry. S-a aşezat, a surâs, a aşteptat ceva timp, apoi a spus:

– Deci, Jerry, tot nu vrei să vorbeşti?

– Vreau un avocat.

– Sigur, ai dreptate, încercăm să-ţi găsim unul. Nu eşti prea vorbăreţ, nu-i aşa?

– Vreau un avocat.

– Amicul tău Mark e mai cooperant decât tine.

Jerry şi-a înghiţit cu greu nodul din gât. Spera că Mark reuşise să părăsească oraşul. Ce dracu' se întâmplase? Cum de fuseseră prinşi atât de repede? Cu o zi în urmă, pe vremea asta, stăteau în cabană şi jucau cărţi, bând bere şi savurând infracţiunea perfectă.

McGregor a făcut un semn spre mâna stângă a lui Jerry.

– Văd că ai un plasture. Te-ai tăiat?

– Vreau un avocat.

– Ai nevoie de doctor?

– Avocat.

– Bine, în regulă. O să-ţi găsesc un avocat.

La plecare a trântit uşa, iar Jerry s-a uitat la încheietura mâinii. Nu era posibil.

16

Când umbrele serii au început să cadă peste lac, Denny a strâns firul undiţei şi a pornit să vâslească spre cabană. Apoi, când răcoarea apei i-a pătruns prin haina subţire, s-a gândit la Trey şi, sincer, la cât de puţin avea încredere în el. Trey avea patruzeci și unu de ani, fusese prins de două ori cu bunuri furate, executase patru ani prima oară, după aceea scăpase, iar la a doua condamnare, evadase după doi ani. Ce îl deranja la Trey era că în ambele cazuri o întorsese la 180 de grade: ciripise și își dăduse în gât ciracii pentru a primi pedepse mai ușoare. Pentru un profesionist, acesta era un păcat de moarte.

În mintea lui Denny nu încăpea nicio îndoială că, dintre cei cinci membri ai bandei, Trey era veriga cea mai slabă. Ca militar în forțele speciale, Denny luptase în războaie și supraviețuise bătăliilor. Pierduse prieteni și ucisese mulți oameni. Înțelegea teama. Dar ura slăbiciunea.

17

Joi seara la ora opt, Denny și Trey jucau gin rummy și beau bere. S-au oprit din joc, au scos aparatele Sat-Track, au tastat numerele și au așteptat. După câteva secunde, Ahmed a transmis semnalul din Buffalo. Niciun semn însă de la Mark și Jerry. Mark trebuia să fie în tren, răbdând călătoria de șase ore de la Rochester la Penn Station. Iar Jerry trebuia să fie în apartamentul lui.

Următoarele cinci minute s-au scurs foarte încet ori probabil au trecut în mare goană. Lucrurile nu erau clare. Aparatele funcționau, nu? Erau de calitate, fiind folosite și de CIA, și costaseră o avere. Dacă doi dintre ei amuțiseră în același timp însemna că... da, ce însemna asta? La 8.06, Denny s-a ridicat și a propus:

– Hai să facem primii pași. Ne facem bagajele cu lucrurile esențiale și plănuim încotro s-o ștergem, înțelegi?

– Da, i-a răspuns Trey, vădit îngrijorat.

Au alergat în camerele lor și au început să arunce haine în genţile din pânză. Câteva minute mai târziu, Denny a spus:

– E 8.11 minute. La 8.20 ne uşchim de-aici. Clar?

– De acord, a spus Trey, oprindu-se ca să arunce o privire la aparatul lui Sat-Trek.

Tot nimic. La 8.20, Denny a deschis ușa camerei de depozitare și a descuiat seiful pentru arme.

Au îndesat cele cinci manuscrise în doi saci militari matlasaţi cu pânză, pe care i-au dus în camioneta lui Denny. S-au întors în cabană pentru a stinge luminile și pentru a face o verificare într-o grabă nebună.

– Să-i dăm foc? a întrebat Trey.

– La naiba, nu, s-a răstit Denny, iritat de prostia lui Trey. Asta n-ar face decât să atragă atenţia. Ca să se poată dovedi că am fost aici. Ce mare scofală? Noi am plecat de mult și nici urmă de cărţi.

Au stins luminile, au încuiat ambele uși și, când să coboare treptele de pe verandă, Denny a ezitat o clipă, ca să îl lase pe Trey să facă un pas în faţă. Apoi a sărit și l-a prins cu ambele mâini de gât, înfigându-și degetele mari în punctele de presiune ale carotidei. Trey – mai vârstnic, firav ca statură, ieșit din formă și nebănuind una ca asta – a fost o pradă ușoară pentru strânsoarea de moarte a fostului infanterist din trupele speciale. S-a zbătut și a dat din mâini câteva secunde, apoi s-a lăsat moale. Denny l-a aruncat la pământ și și-a scos centura.

18

S-a oprit în apropiere de Scranton ca să facă plinul și să bea o cafea, apoi a pornit spre vest, pe Interstate 80. Limita de viteză era de 110 kilometri pe oră. A fixat o viteză automată de 105 kilometri pe oră. La începutul serii băuse câteva beri, dar acum se limpezise la minte. Telefonul Sat-Track era pe bordul maşinii şi la fiecare câţiva kilometri arunca spre el câte o privire. Ştia deja că ecranul avea să rămână întunecat; nimeni n-avea să mai ia legătura cu cineva. A presupus că Mark şi Jerry fuseseră prinşi împreună, iar aparatele lor Sat-Track erau acum analizate amănunţit de câţiva oameni foarte inteligenţi. Al lui Trey se afla pe fundul iazului, împreună cu cadavrul lui, ambele îmbibate de apă şi deja începând să se descompună.

Dacă Denny putea supravieţui următoarele douăzeci şi patru de ore şi reuşea să iasă din ţară, comoara urma să rămână doar a lui.

La o cafenea deschisă toată noaptea a parcat aproape de uşa principală, ocupând o masă de unde să îşi poată vedea camioneta. A deschis laptopul, a comandat cafea şi a întrebat dacă aveau wi-fi. Fata i-a spus că da și i-a dat apoi parola. A hotărât să rămână o vreme acolo şi a comandat gofre şi bacon. A verificat online zborurile de plecare din Pittsburgh şi a rezervat un loc pentru unul către Chicago, iar de acolo pentru unul direct spre Mexic. A căutat depozite care aveau sistem de control al temperaturii și a întocmit o listă. A mâncat încet, a comandat încă o cafea, încercând să piardă cât mai mult timp posibil. A intrat pe site-ul ziarului *New York Times* şi a fost şocat de editorial, postat cu aproximativ patru ore în urmă. Titlul suna astfel: „Princeton confirmă furtul manuscriselor Fitzgerald".

După o zi în care nu oferiseră comentarii şi nici negări care să trezească suspiciuni, oficialii universităţii făcuseră, în cele din urmă, declaraţii prin care confirmau zvonurile. În noaptea de marţi, câţiva hoţi pătrunseseră în Biblioteca Firestone, în timp ce campusul reacţiona la anunţurile făcute la 911 privind acţiunile unui pistolar. Evident, fusese o diversiune – şi încă una reuşită. Universitatea nu dorea să dezvăluie cât de multe lucrări din colecţia Fitzgerald fuseseră furate, precizând doar că dispăruseră „destul de multe". FBI-ul făcea investigaţii şi aşa mai departe. Puţine amănunte.

Nu erau menţionate numele lui Mark şi Jerry. Brusc, Denny a devenit îngrijorat şi s-a hotărât să pornească la drum. Şi-a achitat nota de plată şi, în timp ce părăsea restaurantul, a aruncat Sat-Track-ul într-un coş de gunoi din faţa uşii principale. Nu mai existau legături cu trecutul. Era singur, liber şi incitat de turnura pe care o luaseră evenimentele, dar şi agitat din cauză că ştirea ajunsese de notorietate publică. Plecarea din ţară devenise obligatorie. Nu aşa plănuise, dar lucrurile nu se puteau aranja mai bine. Nimic nu iese conform planurilor, iar supravieţuitorii sunt cei care se pot adapta din mers.

Trey reprezentase o belea. Curând ar fi devenit o pacoste, apoi o povară, iar la urmă o răspundere. Denny s-a gândit la el doar în treacăt. Când întunericul a început să se risipească şi a intrat în cartierele din nordul oraşului Pittsburgh, Denny a abandonat orice gând cu privire la Trey. O altă crimă perfectă.

La ora nouă, a intrat în biroul firmei East Mill Secured Storage din suburbia Oakmont a oraşului. I-a explicat funcţionarului că ar fi vrut să depoziteze câteva sticle de vin de calitate vreme de câteva luni şi căuta un spaţiu în care temperatura şi umiditatea să fie controlate şi monitorizate. Funcţionarul i-a arătat o unitate de depozitare având 3,5 pe 3,5 metri, aflată la parter. Preţul era de 250 de dolari pe lună pentru o perioadă de minimum un an. Denny a respins oferta, spunând că nu avea nevoie de acel spaţiu atât de multă vreme. Au convenit asupra preţului de 300 de dolari pentru o perioadă de şase luni. A scos un permis de conducere emis în New Jersey, pe numele de Paul Rafferty, şi a plătit în numerar. S-a dus cu cheia la unitatea de depozitare, a descuiat-o, a fixat temperatura la 13°C şi umiditatea la 40%, apoi a stins lumina. A mers pe holuri încercând să observe camerele de supraveghere şi, în cele din urmă, a plecat fără să fie văzut de funcţionar.

La ora zece, când s-a deschis depozitul de vinuri la preţ redus, Denny a fost primul client al zilei. A plătit în numerar patru cutii de Chardonnay de proastă calitate, l-a convins pe angajat să îi mai dea două cutii goale şi a plecat din magazin. Căutând un loc în care să se ascundă, departe de trafic şi de camerele de supraveghere, a condus fără ţintă vreme de jumătate de oră. A intrat apoi cu camioneta la o spălătorie ieftină şi a parcat aproape de aspiratoare. *Dincoace de paradis* şi *Cei frumoşi şi blestemaţi* s-au potrivit perfect într-una dintre cutiile goale de vin. *Blândeţea nopţii* şi *Ultimul magnat* au încăput în cealaltă. După ce a scos cele douăsprezece sticle de vin şi le-a pus pe bancheta din spate, *Gatsby* a primit o ladă proprie.

Până la ora unsprezece, Denny a cărat toate cele şase cutii în spaţiul de depozitare de la East Mills. Când să iasă, s-a ciocnit de angajat şi i-a spus că va veni a doua zi să mai aducă nişte vin. Bine, asta era, omul nu se sinchisea defel. Când a plecat cu maşina, a trecut prin dreptul altor unităţi de depozitare şi s-a întrebat ce alte bunuri de furat erau ascunse în spatele acelor uşi. Probabil că multe, dar nici pe departe la fel de valoroase ca ale lui.

A mers prin centrul oraşului şi, în cele din urmă, a găsit o secţiune ceva mai puţin civilizată. A parcat în faţa unei farmacii care avea gratii la ferestre. A coborât geamurile, a lăsat motorul să meargă, a lăsat cele douăsprezece sticle cu poşircă pe podea, şi-a luat geanta şi s-a îndepărtat. Era aproape de amiază, într-o zi senină şi luminoasă de toamnă, şi s-a simţit oarecum în siguranţă. A găsit un telefon cu plată, a chemat un taxi şi a aşteptat în faţa unei cafenele care oferea şi mâncare. După trei sferturi de oră, taxiul l-a lăsat pe rampa de plecări a Aeroportului Internaţional Pittsburgh. Și-a ridicat biletul, a trecut de verificarea de securitate fără nicio problemă şi s-a dus la un magazin care vindea cafea, aflat în apropiere de poarta de îmbarcare. A cumpărat de la un stand de presă câte un exemplar din *New York Times* şi *Washington Post*. Pe prima pagină a celui din urmă, imediat sub bandă, titlul părea că urlă la el: „Doi arestaţi în furtul de la Biblioteca Princeton". Fără fotografii, fără nume. Era evident că oamenii de la Princeton şi FBI încercau să ţină sub control relatarea. Potrivit scurtului articol, cei doi fuseseră prinşi în ziua precedentă la Rochester.

Cercetările continuau în cazul celorlalte persoane „implicate în această acţiune spectaculoasă".

19

În timp ce Denny aştepta să plece la Chicago, Ahmed a prins un zbor de la Buffalo la Toronto, de unde și-a cumpărat un bilet dus spre Amsterdam. Având patru ore de pierdut, s-a aşezat la barul din holul aeroportului, și-a ascuns faţa înapoia unui meniu şi a început să bea.

20

În următoarea zi de luni, Mark Driscoll și Gerald Steengarden au renunţat la dreptul de extrădare în statul de reşedinţă şi au fost conduşi la Trenton, New Jersey. Au compărut în faţa unui judecător federal, au jurat în scris că nu deţineau bunuri şi li s-a oferit un avocat din oficiu. Ţinându-se seamă de afinitatea lor pentru documente false, s-a considerat că exista riscul de a fugi de lege, astfel că li s-a refuzat dreptul la eliberare pe cauţiune.

A mai trecut o săptămână, apoi o lună, iar investigaţia a început să piardă din avânt. Ceea ce la început păruse foarte promiţător a devenit ceva lipsit de speranţă. În afară de acea picătură de sânge şi de fotografiile hoţilor foarte bine deghizaţi şi, bineînţeles, de manuscrisele dispărute, nu exista nicio altă probă. Furgoneta carbonizată în întregime, vehiculul cu care fugiseră hoţii, fusese găsită, dar nimeni nu ştia de unde apăruse acolo. Camioneta închiriată de Denny fusese ridicată, demontată şi devorată de o firmă de dezasamblări. El plecase din Mexic în Panama, unde avea prieteni care ştiau cum să îl ascundă.

Existau probe clare că Jerry şi Mark folosiseră carduri studenţeşti false pentru a vizita biblioteca în câteva rânduri. Mark se dăduse de fiecare dată drept o persoană interesată de opera lui Fitzgerald. În noaptea furtului, era limpede că ei pătrunseseră în bibliotecă împreună cu un al treilea complice, dar nu existau indicii despre când şi cum plecaseră de acolo.

În absenţa bunurilor furate, procurorul a întârziat să formuleze acuzaţia. Avocaţii lui Jerry şi Mark au încercat să respingă acuzaţiile, dar judecătorul a refuzat. Cei doi au rămas în închisoare, fără drept de eliberare pe cauţiune şi fără să scoată vreo vorbă. Tăcerea s-a prelungit. La trei luni după furt, procurorul i-a oferit lui Mark o înţelegere incredibilă: să spună tot şi va putea fi eliberat. Cum nu avea cazier, nu lăsase urme de ADN la locul faptei, Mark era persoana potrivită cu care să se trateze. Trebuia doar să ciripească și era un om liber.

El a refuzat însă din două motive. În primul rând, avocatul lui l-a asigurat că, la proces, autorităților nu avea să le fie ușor să instrumenteze cazul și, din această cauză, probabil că el urma să scape de acuzații. În al doilea rând, Denny și Trey erau în libertate. Asta însemna că manuscrisele erau bine ascunse și că exista probabilitatea răzbunării. Pe de altă parte, chiar dacă Mark făcea cunoscute numele reale ale lui Denny și Trey, FBI-ului avea să îi fie greu să îi găsească. Evident, Mark nu avea habar unde se aflau manuscrisele. Știa locurile alese drept ascunzătorile doi și trei, dar știa că, după toate probabilitățile, acestea nu fuseseră folosite.

21

Toate pistele se dovedeau false. Ponturile care la început păruseră sigure acum se evaporau. A început apoi jocul așteptării. Cel care deținea manuscrisele avea să dorească bani – și încă mulți. Acel om avea să iasă la suprafață până la urmă – însă unde, și când, și cât de mult va dori?

CAPITOLUL DOI

NEGUSTORUL

1

Când Bruce Cable avea douăzeci și trei de ani și era încă student la Auburn, tatăl lui murise pe neașteptate. Cei doi se certau mereu pe tema slabelor progrese universitare înregistrate de Bruce și lucrurile ajunseseră atât de grave, încât domnul Cable amenințase de mai multe ori că îl va scoate pe Bruce din testamentul lui. O rudă de demult făcuse avere din afacerile cu pietriș și, urmând niște recomandări legale nefericite, stabilise un plan complicat și prost formulat de fonduri de investiții, care împărțise banii unor generații viitoare de oameni nemerituoși. Ani și ani, familia trăise sub fațada unei bunăstări de invidiat, urmărind în același timp cum banii se topeau treptat. Amenințarea cu modificarea testamentelor și ale clauzelor fondului era o stratagemă preferată, folosită împotriva celor tineri, și nu dăduse niciodată rezultate.

Cu toate acestea, domnul Cable murise fără a apuca să mai facă o vizită la avocatul său, astfel că Bruce se trezise într-o bună zi cu promisiunea de a primi din senin 300 000 de dolari, o adevărată pleașcă, dar care însă nu îl scutea de muncă. S-a gândit să investească acei bani și, procedând astfel, putea obţine un profit anual între 5 şi 10%, în niciun caz suficient pentru a finanţa stilul de viaţă pe care îl sperase el. Investirea banilor într-un mod mai îndrăzneţ ar fi fost mai riscantă, iar Bruce chiar voia să se agaţe de suma aceea. Asta l-a făcut să ia câteva hotărâri ciudate. Probabil că cea mai stranie a fost aceea de a pleca din Auburn după cinci ani, fără a mai privi vreodată în urmă.

În cele din urmă, o fată l-a ademenit pe o plajă din Florida, pe insula Camino, o fâşie de uscat lungă de şaisprezece kilometri, aflată puţin la nord de Jacksonville. Într-un frumos apartament pe care îl plătise ea, Bruce şi-a petrecut o lună dormind, bând bere, plimbându-se printre valuri, privind Atlanticul ore în şir şi citind *Război şi pace*. Fusese student la litere şi se simţea jenat de faptul că nu apucase să lectureze marile romane ale literaturii universale. Pentru a-şi proteja banii şi, poate, pentru a-i vedea sporind, în timp ce se preumbla pe plajă, analiza o serie de posibile afaceri. Procedând cu înţelepciune, păstrase pentru sine ştirea privind norocul care îl lovise – la urma urmelor, banii stătuseră îngropaţi vreme de decenii –, astfel că nu fusese sâcâit de prieteni care să îi ofere tot soiul de sfaturi sau să îi ceară împrumuturi. Cu siguranţă nici fata nu ştia nimic despre bani. După o săptămână petrecută împreună, şi-a dat seama că ea avea să devină în curând cineva care ţinea de trecut. Fără să stabilească o ordine oarecare, s-a gândit să investească într-o franciză de sandviciuri cu carne de pui, sau într-un teren virgin din Florida, sau într-un bloc de locuinţe din cartierul învecinat, sau în câteva companii începătoare din Silicon Valley, sau într-un magazin general în Nashville şi aşa mai departe. A citit zeci de reviste financiare şi, cu cât citea mai multe, cu atât mai mult îşi dădea seama că nu avea răbdarea necesară pentru a investi. Totul era un labirint aiuritor de cifre și de strategii. Tocmai acela fusese motivul pentru care alesese să studieze literatura, și nu științele economice.

El și fata umblau cam în fiecare zi prin desuetul orășel Santa Rossa, ca să ia prânzul în cafenele sau ca să bea câte ceva în barurile de pe Main Street. Acolo exista un magazin de cărți destul de bun, cu o cafenea, și s-au obișnuit treptat să se așeze după-amiaza la câte un cappuccino, pentru a citi *New York Times.* Barmanul, care era și proprietarul localului, era un bărbat în vârstă, pe nume Tim, o adevărată moară stricată. Într-o zi, a lăsat să îi scape ideea că se gândea să vândă localul și să se mute în Key West. În ziua următoare, Bruce a reușit să se debaraseze de fată și să se bucure de cappuccino de unul singur. S-a așezat la bar și s-a apucat să îl descoasă pe Tim despre planurile pe care le avea în legătură cu magazinul de carte.

Vânzarea de cărți era o treabă dificilă, i-a explicat apoi Tim. Marile lanțuri de magazine de carte făceau reduceri masive de prețuri la bestselleruri, unele oferind chiar și reduceri de cincizeci la sută pentru oamenii de pe internet și de pe Amazon, care cumpărau de la domiciliu. În ultimii cinci ani se închiseseră peste șapte sute de magazine independente de carte. Doar puține reușeau să facă bani. Cu cât vorbea mai mult, cu atât mai sumbru devenea.

– Vânzarea cu amănuntul e brutală, a spus el de cel puțin trei ori. Și, orice ai face astăzi, mâine va trebui să o iei de la capăt.

Bruce i-a admirat modestia, dar a pus totuși la îndoială experiența lui Tim. Încerca să ademenească un cumpărător?

Tim i-a mai spus că scotea suficienți bani cu magazinul. Insula avea o comunitate literară bine conturată, în care existau câțiva scriitori activi, un festival al cărții și biblioteci de calitate. Pensionarilor le plăcea să citească, astfel că erau dispuşi să dea bani pe cărţi. Existau aproximativ patruzeci de mii de locuitori permanenţi, plus un milion de turişti în fiecare an, astfel că se putea vorbi de un trafic destul de intens.

– Cât ceri? a întrebat Bruce, în cele din urmă.

Tim a spus că ar dori o sută cincizeci de mii de dolari în numerar, plus asumarea chirici pentru clădire. Oarecum timid, Bruce l-a întrebat dacă putea vedea situaţia financiară a magazinului, doar bilanţul de bază, profiturile şi pierderile, nimic complicat. Lui Tim nu i-a surâs ideea. Nu îl cunoştea pe Bruce, astfel că şi-a închipuit că tânărul era doar un pierde-vară oarecare, umblând pe plajă şi cheltuind banii lui babacu'. De aceea, a spus:

– Bine, îmi arăţi situaţia ta financiară şi ţi-o arăt şi eu pe a mea.

– Foarte bine, a spus Bruce.

Promiţând că se va întoarce, a părăsit localul, dar pe drum i-a venit o idee care l-a făcut să îşi schimbe gândurile. Trei zile mai târziu, şi-a luat adio de la fată şi s-a dus la Jacksonville pentru a-şi cumpăra o maşină nouă. Tânjea după un Porsche 911 Carrera nou şi sclipitor, iar faptul că putea, pur şi simplu, să semneze un cec pentru o asemenea maşină îl făcea să resimtă acea tentaţie drept dureroasă. S-a abţinut şi, după o zi lungă de negocieri, şi-a predat jeepul Cherokee, destul de uzat, pentru unul nou. S-a gândit că ar avea nevoie de un portbagaj spaţios pentru a căra diverse lucruri. Maşina Porsche mai putea aştepta, probabil până atunci când avea să câştige destui bani ca să îşi cumpere una.

Cu noua maşină şi cu bani în bancă, Bruce a părăsit Florida pentru o aventură literară pe care a anticipat-o cu fiecare kilometru străbătut. Nu îşi stabilise o rută. S-a îndreptat spre vest, plănuind să se întoarcă vreme de o zi spre nord, spre Pacific, apoi să meargă spre est, iar apoi spre sud. Timpul nu însemna nimic; nu avea termene de respectat. Căuta magazine de cărţi independente, iar când găsea câte unul, rămânea acolo o zi sau două, cercetând, bând cafea, citind, ba chiar luând prânzul acolo dacă magazinul avea şi cafenea. De obicei, reuşea să îi încolţească pe patroni şi încerca să obţină informaţii de la ei. Le spunea că se gândea să cumpere un asemenea magazin şi, sincer vorbind, avea nevoie de sfaturile lor. Răspunsurile erau diferite. Mai toţi patronii, chiar şi aceia care se arătau rezervaţi cu privire la viitorul lor, lăsau impresia că le plăcea activitatea lor. Exista o mare incertitudine în acel domeniu de afaceri, mai ales că lanţurile de magazine se extindeau, iar internetul era plin de necunoscute. Existau poveşti de groază despre magazine de carte de prestigiu care ieşiseră din afaceri când în apropiere de ele apăruseră marile magazine de tip discount. Unii dintre cei independenţi, îndeosebi cei din orăşelele cu colegii, care erau prea mici pentru supermarketuri, păreau să prospere. Alte asemenea magazine, chiar în oraşele mari, erau practic pustii. Câteva erau noi şi susţineau cu entuziasm noile tendinţe. Sfaturile erau neconcludente şi foarte variate, începând cu „Vânzarea cu amănuntul e brutală" şi încheind cu „Apucă-te de treabă, nu ai decât douăzeci şi trei de ani". Însă singurul lucru constant era acela că oamenilor care îi ofereau sfaturi le plăcea ceea ce făceau. Iubeau cărţile, literatura şi scriitorii, întreaga scenă a editurilor, fiind dispuşi să lucreze ore suplimentare şi să se ocupe de clienţi, socotind că aveau o misiune nobilă.

Vreme de două luni, Bruce a colindat ţara, mergând în zigzag fără ţintă, în căutarea următorului magazin de carte independent. A băut litri de cafea, a purtat discuţii cu autori aflaţi în turnee de promovare a cărţilor lor, a cumpărat zeci de romane cu autograful autorilor, a dormit în moteluri de mâna a doua, uneori cu câte vreo amatoare de cărţi pe care o cunoscuse cu acel prilej, şi-a petrecut ore întregi cu distribuitori de cărţi care doreau să îi împărtăşească din cunoştinţele lor şi să îi ofere recomandări, a băut mult vin de proastă calitate la sesiuni de semnături la care apăreau doar câţiva clienţi, a făcut sute de fotografii de interior şi exterior, a acumulat zeci de pagini de notiţe şi a ţinut un jurnal. Când aventura lui s-a încheiat, iar el s-a simţit istovit şi sătul de atâta condus, parcursese aproape treisprezece mii de kilometri în şaptezeci şi patru de zile şi vizitase şaizeci şi unu de magazine independente de carte, care nu semănau unul cu altul. A socotit apoi că avea un plan.

S-a întors pe insula Camino şi l-a găsit pe Tim acolo unde îl lăsase, la bar, sorbind dintr-un espresso şi citind un ziar, părând ceva mai abătut decât înainte. La început, când Tim nu şi-a mai adus aminte de el, Bruce i-a spus:

– Acum vreo două luni, mă gândeam să cumpăr magazinul tău. Mi-ai cerut o sută cincizeci.

– A, mi-aduc aminte, a spus Tim, înviorându-se niţel. Ai găsit bani?

– O parte. Ţi-aş putea semna azi un cec pentru o sută de mii, urmând să-ţi dau restul de douăzeci şi cinci de mii peste un an.

– Frumos, dar, dacă nu îmi scapă ceva, lipsesc douăzeci şi cinci de mii.

– Tim, e tot ce pot. Primeşti oferta sau nu. Am mai găsit un magazin de vânzare.

Tim a rămas pe gânduri o secundă, apoi a întins încet mâna dreaptă în faţă. Au dat mâna pentru încheierea târgului. Trei zile mai târziu, documentele erau semnate, iar banii au trecut dintr-o mână în alta. Bruce a închis magazinul vreme de o lună pentru renovare, folosind acest timp pentru a urma un curs rapid cu privire la vânzarea de cărţi. Tim s-a declarat fericit să stea în preajma lui şi să îi împărtăşească tot felul de cunoştinţe despre fiecare aspect al acelei meserii, precum şi bârfele privindu-i pe clienţi şi pe majoritatea negustorilor din centrul localităţii. Avea multe păreri despre mai toate chestiunile, iar după două săptămâni, Bruce s-a simţit pregătit să se descurce singur.

La data de 1 august 1996, magazinul s-a redeschis cu toată vâlva pe care Bruce a reuşit să o stârnească. Un grup numeros de oameni a băut şampanie şi bere, ascultând muzică raggae şi jazz, în vreme ce Bruce savura acele momente. Pornise în marea lui aventură, iar magazinul Bay Books – Cărţi noi şi rare – îşi începuse afacerile.

2

Interesul lui faţă de cărţile rare se născuse întâmplător. După ce aflase ştirea tristă despre moartea subită a tatălui lui din cauza unui atac de inimă, Bruce se întorsese acasă, în Atlanta. Nu era chiar căminul lui – nu petrecuse prea mult timp acolo –, ci mai curând căminul de atunci al tatălui său, un bărbat care se muta deseori, având de obicei după sine o femeie care pe Bruce îl băga în sperieţi. Domnul Cable fusese căsătorit de două ori – şi nefericit de fiecare dată –, astfel că renunţase la ritualul căsătoriei. Dar se părea că nu putea să trăiască fără prezenţa vreunei femei nenorocite care să îi complice viaţa. Acestea erau atrase de el datorită aparentei lui bogăţii, însă, cu timpul, fiecare dintre ele îşi dăduse seama că el era grav marcat de cele două divorţuri oribile. Din fericire, cel puţin pentru Bruce, ultima prietenă a tatălui său plecase cu puțin timp înainte de moartea lui, astfel că nu avusese parte de ochi curioși și nici de mâini doritoare de tot felul de lucruri.

Asta, până la sosirea lui Bruce. Casa, o uimitoare movilă modernă din oțel și sticlă, aflată într-un cartier select din centrul orașului, avea un studio spațios la etajul al doilea, unde domnului Cable îi plăcea să picteze atunci când nu făcea investiții. El nu avusese nicicând o adevărată carieră și, de când trăia din banii moșteniți, se autodenumise „investitor". Ulterior se dedicase picturii, însă lucrările lui în ulei erau atât de groaznice, încât îi fuseseră respinse de toate galeriile de artă din Atlanta. Un perete al acelei încăperi era acoperit de cărți, de sute de cărți, dar Bruce abia dacă a băgat de seamă colecția de acolo la început. Bănuia că ele alcătuiau doar un decor, un alt aspect al imposturii, un efort jalnic al tatălui său de a trece drept profund, complex și educat. Însă când le-a examinat mai atent, și-a dat seama că pe două rafturi se găseau cărți mai vechi, cu titluri cunoscute. Le-a extras una câte una de pe raftul de sus și le-a cercetat. Curiozitatea molatică s-a transformat rapid în altceva.

Toate cărțile erau prime ediții, unele purtând autograful autorilor. *Catch-22* (Clenciul-22) de Joseph Heller, publicată în 1971; *Cei goi și cei morți* (1948) de Norman Mailer; *Fugi, Rabbit* (1960) de John Updike; *Omul invizibil* (1952) de Ralph Ellis; *Cinefilul* (1961) de Walker Percy; *Adio, Columbus* (1959); *Confesiunile lui Nat Turner* (1967); *Șoimul maltez* (1929) de Dashiell Hammett; *Cu sânge rece* (1965) de Truman Capote; și *De veghe în lanul de secară* (1951) de J.D. Salinger.

După primele douăsprezece volume, Bruce a început să așeze cărțile pe o masă, fără să le mai pună înapoi pe rafturi. Curiozitatea lui inițială a fost copleșită de un val amețitor de entuziasm, apoi de lăcomie. Pe raftul de jos a dat de cărţi şi de autori de care nu auzise, asta până când a făcut o descoperire şi mai uimitoare. Ascunse în spatele unei biografii a lui Churchill în trei volume groase, erau patru cărţi: *Zgomotul şi furia* (1929) de William Faulkner, *Cupa de aur* (1929) de John Steinbeck, *Dincoace de paradis* (1920) de F. Scott Fitzgerald şi *Adio, arme* (1929) de Ernest Hemingway. Toate erau ediţii princeps în stare excelentă, semnate de autori.

Bruce a mai scotocit puţin, dar nu a mai găsit nimic care să prezinte interes. După aceea s-a lăsat în şezlongul vechi al tatălui său şi a rămas cu privirea la zidul de cărţi. Stând acolo, în casa pe care nu o cunoscuse niciodată cu adevărat, s-a întrebat de unde proveneau cărţile. Ce avea să facă atunci când avea să vină sora lui, Molly, ca să organizeze serviciul funerar? Era şocat de faptul că ştiuse atât de puţine lucruri despre defunctul lui tată. Şi de ce ar fi trebuit să ştie mai multe? Tatăl lui nu îşi petrecuse timpul cu el. Domnul Cable îl expediase pe Bruce la o şcoală cu internat pe când avea paisprezece ani. Vara, puştiul era trimis într-o tabără unde făcea sporturi nautice timp de şase luni, apoi la o fermă de agrement pentru alte şase luni, totul pentru a-l ţine departe de casă. Bruce nu avea habar despre pasiunea de colecţionar a tatălui său, fiindu-i cunoscut doar şirul de femei nesuferite din viaţa acestuia. Domnul Cable juca golf şi tenis sau călătorea, dar niciodată cu Bruce sau cu sora lui; întotdeauna cu cea mai recentă prietenă.

Şi atunci, de unde apăruseră cărţile? De câtă vreme le colecţiona? Existau facturi vechi pe undeva, dovezi scrise ale existenţei lor? Executorul testamentar al proprietăţii tatălui său ar fi trebuit să le adauge la celelalte lucruri de valoare şi să le doneze, împreună cu restul, Universităţii Emory?

Ideea de a dona mai toată proprietatea era un alt lucru care îl irita pe Bruce. Tatăl lui vorbise în treacăt despre asta, fără să ofere prea multe amănunte. Domnul Cable nutrea înălţătoarea părere cum că banii lui trebuiau investiţi în educaţie, şi nu lăsaţi copiilor lui, pentru a fi risipiţi. În câteva rânduri, Bruce se simţise tentat să îi aducă aminte tatălui său că îşi trăise toată viaţa risipind banii câştigaţi de altcineva, dar certurile pe această temă nu i-ar fi adus lui Bruce niciun beneficiu.

În acel moment, voia cu orice preţ acele cărţi. A hotărât să păstreze optsprezece dintre cele mai valoroase şi să le lase pe celelalte acolo. Dacă se lăcomea şi lăsa un gol prea mare, exista posibilitatea ca acest lucru să fie observat de cineva. Le-a aşezat în ordine într-o cutie de carton, în care se aflaseră cândva sticle de vin. Tatăl lui luptase cu sticla ani buni şi, într-un final, stabilise un armistiţiu care îi îngăduia să bea câteva pahare de vin roşu în fiecare seară. În garaj erau câteva cutii goale. Bruce a pierdut câteva ore ca să rearanjeze cărţile pe rafturi, astfel încât să creeze impresia că nu lipsea nimic. Și cine avea să îşi dea seama? Din câte ştia el, Molly nu citea nimic şi, lucrul cel mai important, îl ocolea pe tatăl ei pentru că le detesta pe prietenele lui. Din câte ştia el, Molly nu petrecuse nicio noapte în casa aceea. Nu avea cum să ştie care erau lucrurile personale ale domnului Cable. (Cu toate acestea, două luni mai târziu, ea l-a întrebat la telefon dacă ştia ceva despre „cărţile vechi ale tatei“. Bruce a asigurat-o că nu avea nicio idee.)

A aşteptat până la căderea întunericului şi a cărat cutia la jeepul lui. Existau cel puţin trei camere de supraveghere pentru terasă, aleea pentru maşini şi garaj, dar, dacă ar fi întrebat cineva, putea să spună că luase câteva lucruri personale. Filme, CD-uri şi altele. Dacă executorul testamentar ar fi întrebat de ediţiile princeps care lipseau, Bruce ar fi spus că nu ştie nimic, bineînţeles. Mergi şi întreabă menajera.

După cum au evoluat lucrurile, era infracţiunea perfectă, dacă ar fi fost chiar o infracţiune. Dar Bruce nu credea asta. După părerea lui, trebuia să primească mai multe. Datorită testamentelor voluminoase şi avocaţilor familiei, proprietatea tatălui său era descrisă eficient, însă biblioteca sa nu era menţionată.

Intrarea neplănuită a lui Bruce Cable în lumea cărţilor rare a debutat frumos. Afundându-se în studiul acestui domeniu, a constatat că valoarea primei lui colecţii, cele optsprezece romane luate din casa tatălui său, era de aproximativ 200 000 de dolari. Cu toate acestea, a evitat să le vândă, temându-se ca nu cumva vreo persoană să recunoască vreuna dintre ele şi să înceapă să pună întrebări. Cum nu ştia cum intrase tatăl lui în posesia acelor cărţi, era preferabil să aştepte. Să lase să treacă ceva timp pentru ca amintirile să se stingă. Aşa cum urma să înveţe în curând din afaceri, răbdarea era esenţială.

3

Clădirea era situată pe colţul dintre Third şi Main Street, exact în inima oraşului Santa Rosa. Avea o vechime de o sută de ani şi fusese construită iniţial pentru a găzdui banca principală a oraşului, dar dăduse faliment în timpul Recesiunii. Apoi fusese farmacie, din nou bancă, după care devenise magazin de carte. La etajul întâi se aflau cutii, cufere şi fişiere, toate pline de praf şi lipsite de orice valoare. Bruce a reuşit să pună stăpânire pe spaţiul acela, a făcut curăţenie, a adăugat câţiva pereţi, a adus un pat şi a numit totul apartament. A locuit acolo în primii zece ani de activitate ai firmei Bay Books. Când nu era la parter pentru a vinde cărţi, se afla la etaj, făcând curat, pictând, renovând şi, în cele din urmă, decorând.

În 1996, august a fost prima lună de existenţă a magazinului de carte. După inaugurarea cu vin şi cu sandviciuri, magazinul a fost aglomerat preţ de câteva zile, însă curiozitatea oamenilor a început să se stingă treptat. Clientela a scăzut considerabil. După trei săptămâni de activitate, Bruce a început să se întrebe dacă nu cumva făcuse o mare gafă. În august, a obţinut un profit net de două mii de dolari şi a fost pe punctul să intre în panică. La urma urmelor, era sezonul de vârf pentru turismul de pe insula Camino. A decis să înceapă prin a face reduceri de preţuri, ceva ce majoritatea librarilor independenţi nu recomandau. Noile apariţii editoriale şi bestsellerurile aveau reduceri de douăzeci şi cinci la sută. A prelungit ora închiderii de la şapte la nouă, ajungând să lucreze cincisprezece ore pe zi. A început să se poarte ca un politician, memorând numele clienţilor regulaţi şi notându-şi ce cumpărau. Curând, a devenit un barman desăvârşit. Putea pregăti espresso în timp ce se ducea să întâmpine clienţii. A îndepărtat rafturile cu cărţi vechi, în principal clasici, care nu se prea bucurau de apreciere, şi a făcut loc pentru o cafenea. Ora închiderii s-a prelungit de la nouă la zece. A trimis zeci de bilete către clienţi, scriitori şi librari pe care îi cunoscuse în aventura sa de la o coastă la cealaltă. La miezul nopţii era deseori în faţa computerului, actualizând buletinul informativ al magazinului Bay Books. A cochetat cu ideea de a deschide magazinul şi duminica, lucru pe care îl făceau cei mai mulţi librari independenţi. Însă nu a vrut să facă asta, pentru că avea nevoie de odihnă şi se şi temea de o posibilă reacţie adversă. Insula Camino se afla în Centura

Bibliei[1]; de la magazinul de carte, oricine putea pleca spre una din cele aproape douăsprezece biserici. Însă era și un loc preferat pentru vacanțe și aproape niciun turist nu părea să manifeste vreun interes față de rugăciunile de dimineață în zilele de duminică. De aceea, în septembrie și-a zis „Ducă-se naibii" și a deschis și duminica la ora nouă, având la vedere ziarele *New York Times, Washington Post, Boston Globe* și *Chicago Tribune* abia ieșite de sub tipar, împreună cu plăcinte proaspete de pui de la o cafenea aflată la câțiva pași. În a treia duminică, magazinul era înțesat de oameni.

A obținut un profit net de patru mii de dolari în septembrie și în octombrie, iar după șase luni profitul s-a dublat. Bruce nu a mai fost îngrijorat. În mai puțin de un an, Bay Books era în centrul atenției orașului, devenind de departe cel mai aglomerat. Editorii și reprezentanții de vânzări au cedat în fața sâcâielilor permanente și au inclus insula Camino pe lista locurilor în care autorii puteau opta să își lanseze cărțile. Bruce a devenit membru al Asociației Americane a Librarilor (AAL) și s-a implicat din plin în cauzele, discuțiile și comitetele acesteia. În iarna anului 1997, la o convenție a asociației, l-a cunoscut pe Stephen King și l-a convins să vină pe insulă pentru a participa la o sărbătoare a cărții. Domnul King a semnat cărți vreme de nouă ore, în timp ce amatorii au stat la o coadă care se întindea până după colțul străzii. Magazinul a vândut două mii două sute de exemplare din cărțile lui și a încasat șaptezeci de mii de dolari. A fost o zi de glorie care a plasat Bay Books în centrul atenției. Trei ani mai târziu, magazinul a fost votat drept cel mai bun magazin de carte din Florida, iar în 2004, *Publishers*

[1] Regiune din sud-estul și centrul SUA în care religiozitatea locuitorilor depășește media națională (n.tr.)

Weekly l-a numit magazinul de carte al anului. În 2005, după nouă ani de luptă pe baricade, Bruce Cable a fost ales în Comitetul Director al AAL.

4

Bruce a ajuns o figură marcantă a orașului. Avea o duzină de costume din stofă de bumbac de diferite culori și nuanțe și purta câte unul în fiecare zi, cu o cămașă albă, apretată, cu gulerul peste haină, și un papion într-o culoare țipătoare, de obicei roșu sau galben. Ținuta lui era completată de o pereche de pantofi murdari din piele de căprioară, fără șosete. Nu purta niciodată așa ceva, nici măcar în ianuarie, când temperatura scădea până la 5°C. Avea părul des și ondulat și îl purta lung, aproape până peste umeri. Se bărbierea o dată pe săptămână, duminica dimineața. După ce a împlinit treizeci de ani, în părul lung și în barbă i-au apărut și câteva fire cărunte, dar încă arăta foarte atrăgător.

În fiecare zi, când lucrurile se mai linișteau în magazin, Bruce ieșea pe stradă. Se plimba până la poștă și flirta cu funcționarele. Se ducea la bancă și flirta cu casierele. Dacă în zona centrală se inaugura un nou magazin cu amănuntul, Bruce era prezent la marea deschidere și revenea curând pentru a flirta cu vânzătoarele. Masa de prânz era un spectacol important pentru Bruce și mânca în oraș șase zile pe săptămână, întotdeauna cu o persoană a cărei consumație o putea trece la cheltuieli de afaceri. Când se deschidea o cafenea nouă, Bruce era primul la rând, mâncând câte o mostră din meniu și flirtând cu chelnerițele. De obicei, bea câte o sticlă de vin la masa de prânz și apoi dormea ca să îi treacă ameţeala, bucurându-se de o mică siestă în apartamentul său de la etaj.

În cazul lui Bruce exista deseori o demarcaţie de fineţe între flirt şi cucerit. Avea ochi pricepuţi la femei, iar ele îl plăceau, şi ştia de minune cum să facă jocul. Când Bay Books a devenit o destinaţie cunoscută pentru autorii aflaţi într-un tur de lansare a cărţilor, a avut cele mai mari succese. Jumătate dintre scriitori erau femei, cele mai multe sub patruzeci de ani, toate aflate departe de casă, mai toate necăsătorite, călătorind singure şi căutând puţină distracţie. Erau ţinte uşoare şi dornice când soseau la magazin şi păşeau în lumea lui. După lectură şi sesiunea de autografe, urmate de o cină lungă, ele se retrăgeau deseori cu Bruce în apartamentul său de la etaj, pentru „o prospectare mai profundă a emoţiilor umane“. Avea şi favorite, îndeosebi două tinere doamne care se pricepeau bine la misterele erotice. Şi publicau câte o carte în fiecare an!

În ciuda eforturilor de a-şi crea cu grijă o imagine de Don Juan cultivat, Bruce era în adâncul sufletului un om de afaceri ambiţios. Magazinul îi aducea un venit substanţial, dar asta nu era o întâmplare. Indiferent cât de târziu se ducea la culcare, cobora în magazin în fiecare dimineaţă la ora şapte, purtând şort şi tricou; descărca şi despacheta lăzile cu cărţi, pe care apoi le aşeza pe rafturi, făcea inventare, ba chiar spăla şi podeaua. Adora senzaţia şi mirosul cărţilor noi pe care le scotea din cutii. Găsea locul perfect pentru fiecare ediţie. Atingea fiecare carte ce ajungea în magazin şi, cu tristeţe, fiecare carte pe care o punea înapoi în cutie şi o înapoia editorului. Detesta retururile şi îl considera pe fiecare drept un eşec, o oportunitate ratată. Verifica inventarul cărţilor care nu se vindeau, ajungând după câţiva ani să aibă pe rafturi douăsprezece mii de titluri. Unele secţiuni din magazin erau spaţii aglomerate, cu rafturi vechi, care făcuseră burtă, şi cu cărţi stivuite pe podea, dar Bruce ştia unde să găsească orice titlu. La urma urmelor, el le aşezase cu grijă pe fiecare. Dimineaţa, la ora 8.45, urca grăbit în apartament, făcea duş şi îmbrăca un costum din bumbac, pe care îl purta apoi toată ziua, iar la ora nouă fix deschidea uşile şi îi întâmpina pe clienţi.

Rareori îşi lua câte o zi liberă. Pentru el, vacanţa însemna o călătorie în New England pentru a se întâlni cu anticari în magazinele lor vechi şi prăfuite, ca să discute despre mersul pieţii. Adora cărţile rare, îndeosebi pe cele scrise de autori ai secolului XX, şi le colecta cu patimă. Colecţia lui a crescut în primul rând pentru că voia foarte mult să cumpere, dar şi pentru că suferea când vindea vreo carte. Era negustor, evident, dar unul care întotdeauna cumpăra şi niciodată nu vindea. Cele optsprezece „cărţi vechi ale tatei" pe care le şterpelise deveniseră o bază minunată, iar când a ajuns la patruzeci de ani, Bruce şi-a evaluat colecţia de rarităţi la două milioane de dolari.

5

În perioada în care a făcut parte din Comitetul Director al AAL, proprietarul clădirii în care îşi avea magazinul a murit. Bruce a cumpărat-o şi a început să se extindă. A micşorat dimensiunile apartamentului şi a mutat barul şi cafeneaua la etaj. A dărâmat un zid şi a dublat spaţiul rezervat cărţilor pentru copii. Sâmbăta dimineaţa, magazinul era plin de puşti care cumpărau cărţi şi ascultau poveşti, în vreme ce mamele lor sorbeau latte sub ochiul atent al prietenosului patron. Secţiunea de cărţi rare s-a bucurat de multă atenţie din partea lui. La parter, a dărâmat încă un zid şi a inaugurat o cameră de prime ediţii, cu rafturi elegante din lemn de stejar, lambriuri şi covoare scumpe. A construit o cameră de valori la subsol, pentru a-şi proteja cărţile cele mai rare.

După ce locuise vreme de zece ani în acel apartament, Bruce era pregătit pentru ceva mai măreţ. Stătuse cu ochii pe câteva dintre clădirile în stil victorian din centrul istoric al oraşului Santa Rosa şi chiar înaintase oferte pentru a cumpăra una dintre ele. În ambele cazuri, nu reuşise să ofere suficient, iar casele fuseseră vândute imediat altor cumpărători. Minunatele case, construite de magnaţi ai căilor ferate, armatori, doctori şi politicieni de la începutul secolului XX, erau bine conservate şi se înălţau parcă pentru eternitate pe străzi umbrite de stejari antici şi de tillandsia. Când doamna Marchbanks a murit, la vârsta de 103 ani, Bruce a luat legătura cu fiica ei, în vârstă de 81 de ani, care locuia în Texas. Deşi a plătit prea mult pe casă, hotărâse să nu piardă şi a treia ocazie.

Casa Marchbank se afla la două străzi spre nord şi la trei spre est faţă de magazinul lui. Fusese construită în 1890 de un doctor, drept cadou pentru noua şi frumoasa lui soţie, şi rămăsese în familie de atunci până în prezent. Era uriaşă, având peste 740 de metri pătraţi, dispuşi pe trei etaje, un turn înalt în partea de sud şi un foişor la nord, la care se adăuga o verandă mare, de jur împrejurul parterului.

Avea o terasă pe acoperiş, o serie de frontoane, ţigle în formă de solzi de peşte şi ferestre boltite, multe dintre ele cu vitralii. Ocupa un teren aflat pe colţ, mărginit de garduri din lemn şi umbrit de stejari foarte bătrâni şi de tillandsia.

Lui Bruce i s-a părut deprimant interiorul, care avea podele din lemn de culoare închisă, pereţi închişi la culoare, covoare uzate, draperii prăfuite şi o abundenţă de vetre din cărămidă de culoare cafenie. Odată cu casa a primit și mult mobilier vechi, pe care a început imediat să îl vândă. Covoarele vechi care nu erau prea uzate au fost mutate în magazinul de carte, pentru a adăuga un plus ambianței de acolo. Vechile draperii și perdele erau lipsite de valoare, astfel că le-a aruncat. După ce a golit casa, a angajat o echipă de zugravi care a lucrat două luni pentru a lumina pereții din interior. După plecarea lor, a angajat un meșter local, care a lucrat încă două luni pentru a finisa fiecare centimetru pătrat de podea din lemn de stejar și pin.

Cumpărase casa pentru că sistemele ei încă funcționau – instalația de alimentare cu apă, rețeaua electrică, încălzirea și sistemul de aer condiționat. Nu avea nici răbdarea, nici cheful necesar pentru o renovare completă, care, practic, ar fi dus la ruină un alt cumpărător. Nu se pricepea să mânuiască un ciocan și avea moduri mai plăcute și mai utile de a-și petrece timpul. În anul următor a continuat să locuiască în apartamentul de deasupra magazinului și s-a gândit cum să mobileze și să decoreze casa. Era goală, strălucitoare și frumoasă, iar sarcina de a o modela pentru a deveni un spațiu personal a devenit apăsătoare. Era un exemplu maiestuos de arhitectură victoriană, fiind întru totul nepotrivită pentru decorurile moderne și minimaliste pe care le prefera el. Socotea că nu doar piesele de mobilier ale perioadei, ci și stilul ar fi fost înzorzonate și pline de frivolitate.

Ce era greșit în a avea o casă veche și uriașă care își păstra și își demonstra originile, cel puțin la exterior, în vreme ce în interior se lăuda cu un mobilier modern și cu obiecte de artă? Ceva nu era în regulă cu asta, așa că se simțea legat de mâini și de picioare în privința planului de decorare interioară.

Mergea la casă în fiecare zi și se oprea în fiecare încăpere, derutat și nesigur. Începea să devină marea lui neghiobie – o casă goală, mult prea mare și mult prea complicată pentru gusturile lui neformate.

6

I-a sărit în ajutor o anume Noelle Bonnet, comerciant de antichități, care făcea un tur pentru prezentarea ultimei ei cărți, un tom de cincizeci de dolari, căruia îi stătea bine pe o măsuță de cafea. Cu câteva luni înainte, Bruce văzuse catalogul de apariții în care era prezentată Noelle și fusese captivat de fotografia ei. Făcându-și tema dinainte, așa cum proceda întotdeauna, a aflat că avea treizeci și șapte de ani, era divorțată și fără copii, era născută la New Orleans, deși mama ei era franțuzoaică, și respectată ca expertă în antichități provensale. Își avea magazinul pe Royal Street din Quarter și, potrivit datelor biografice, își petrecea jumătate de an în sudul și în sud-vestul Franței, căutând piese vechi de mobilier. Publicase până atunci două cărți având acest subiect, iar Bruce le studiase deja.

Acesta era un obicei al lui Bruce, dacă nu chiar o vocație. În magazinul lui aveau loc două și, câteodată, trei sesiuni de prezentări și de semnături de carte pe săptămână, iar până la data la care autorul sau autoarea sosea acolo, Bruce citea tot ce publicase. Citea cu ferocitate și, cu toate că prefera romane scrise de autori în viață, oameni pe care îi putea cunoaște, promova, apropia și urmări, devora cărți cu biografii, de autoinstruire, de bucate, istorii – orice, absolut orice. Măcar atâta lucru putea face. Îi admira pe toți cei care scriau și, dacă vreunul își rezerva timp să îi viziteze magazinul și să ia masa de seară sau să bea ceva cu el, atunci el voia să poată discuta despre opera lui.

Citea până dincolo de miezul nopții și câteodată adormea cu cartea deschisă în mână. Citea dimineața devreme, singur în magazin, având câte o cafea tare în față, asta cu mult înainte de a deschide, dacă nu cumva trebuia să împacheteze sau să despacheteze. Citea mereu în cursul zilei, iar cu timpul căpătase curiosul obicei de a rămâne în același loc din apropiere de vitrina principală, aproape de sectorul de biografii, rezemându-se degajat de o sculptură în mărime naturală a căpeteniei indienilor Timucuan, sorbind espresso aproape nonstop, stând cu un ochi pe pagină și cu celălalt asupra ușii. Saluta clienții, le găsea cărți, discuta cu oricine dorea să stea de vorbă cu el, iar câteodată, când era aglomerat, își oferea ajutorul la bar sau la casa de marcat – însă întotdeauna se retrăgea în locul lui preferat, unde își relua lectura. Susținea că citea în medie patru cărți pe săptămână și nimeni nu se îndoia de spusele lui. Dacă o posibilă angajată nu citea cel puțin două cărți pe săptămână, slujba nu îi era oferită.

În orice caz, vizita lui Noelle Bonnet a reprezentat un mare succes, chiar dacă nu atât pentru venitul pe care l-a adus, cât mai ales pentru impactul de durată asupra lui Bruce și a firmei lui. Atracția a fost reciprocă, imediată și înfocată. După o cină frugală, chiar prea scurtă, s-au retras în apartamentul lui și au avut parte de o partidă de sex grozavă. Susținând că se simțea rău, ea a anulat restul turului și a rămas în oraș vreme de o săptămână. În a treia zi, Bruce a condus-o la Casa Marchbanks și, cu mândrie, i-a prezentat trofeul. Pentru un designer/decorator/comerciant de clasă mondială, imaginea unei case victoriene de peste șapte sute de metri pătrați, cu podelele goale și pereții neacoperiți, a fost de-a dreptul copleșitoare. În timp ce treceau dintr-o cameră în alta, ea a început să aibă viziuni privind felul în care va arăta casa după ce va fi mobilată, văruită și tapetată.

Cu modestie, Bruce a făcut câteva sugestii, cum ar fi un televizor cu ecran mare într-o cameră și o masă de biliard în alta, dar ele nu au fost bine primite. Artista era în plin act creator, pictând brusc pe o canava fără margini. Noelle și-a petrecut ziua următoare singură în casă, măsurând, fotografiind și, pur și simplu, stând în goliciunea ei uriașă. Complet cucerit de ea, Bruce s-a ocupat de magazin, simţind însă primele tremurături stârnite de un viitor coșmar financiar.

Ea l-a convins să părăsească magazinul pe durata weekendului și au zburat la New Orleans. L-a plimbat prin magazinul ei stilat, deși cam aglomerat, în care fiecare lampă, pat cu baldachin, dulap, scaun, ladă, covor, șifonier și comodă nu doar că își avea originile în câte un sat din Provence, dar își și găsea locul perfect în Casa Marchbanks. Au cutreierat Cartierul Francez, au cinat în bistrourile ei preferate, au stat de vorbă cu prietenii ei, au petrecut mult timp în pat, iar după trei zile, Bruce a plecat acasă singur și, pentru prima oară, a recunoscut că se îndrăgostise. La naiba cu cheltuielile. Noelle Bonnet era femeia fără de care nu putea trăi.

7

O săptămână mai târziu, un camion mare a sosit la Santa Rosa și a parcat în fața Casei Marchbanks. În ziua următoare a apărut Noelle, care le-a dat instrucţiuni muncitorilor. Bruce a făcut naveta între magazin și casă, urmărind totul cu mare interes și cu o undă de încordare. Artista era pierdută în lumea ei creativă, mergând grăbită dintr-o cameră în alta, mutând fiecare piesă de mobilier de cel puţin trei ori și dându-și seama că mai era nevoie de ceva în plus. Cel de-al doilea camion a sosit la scurtă vreme după plecarea primului. Întorcându-se la magazin, Bruce a bombănit în barbă, gândindu-se că în afacerea ei rămăseseră foarte puţine lucruri. În timpul cinei din seara aceea, ea a confirmat bănuielile lui şi l-a rugat ca peste câteva zile să plece împreună în Franţa într-o aventură, pentru a cumpăra alte lucruri. El a refuzat, spunând că aştepta câţiva autori importanţi şi că trebuia să se ocupe de magazin. În noaptea aceea au dormit în casă pentru prima oară, într-un pat cu cadrul din fier forjat, pe care ea îl găsise în apropiere de Avignon, unde avea un mic apartament. Fiecare piesă de mobilier, fiecare accesoriu, fiecare covor şi fiecare vază sau pictură îşi avea propria istorie, iar iubirea ei faţă de ele era molipsitoare.

În dimineaţa următoare au băut cafeaua pe veranda din spatele casei şi au discutat despre viitor, care, în acele momente, părea nesigur. Ea avea viaţa ei în New Orleans, iar el pe a lui pe insulă, şi niciunul din ei nu părea pregătit pentru o relaţie îndelungată, permanentă, care presupunea stabilirea unor scopuri comune. Era stânjenitor, aşa că au schimbat curând subiectul. Bruce a recunoscut că nu fusese niciodată în Franţa şi imediat după aceea au început să facă planuri pentru o vacanţă acolo.

La scurtă vreme după ce Noelle a plecat din oraş, a sosit prima factură. Era însoţită de un bilet, scris frumos de ea, în care îi spunea că renunţa la comisionul ei obişnuit şi că, practic, îi vindea lucrurile la preţul cu care le cumpărase. Slavă cerului pentru micile miracole, a mormăit el. Iar acum pleca în Franţa ca să cumpere altele!

Noelle s-a întors de la Avignon la New Orleans cu trei zile înainte de izbucnirea uraganului Katrina. Nici magazinul ei din Cartierul Francez, nici apartamentul din Garden District nu suferiseră daune, însă oraşul era devastat. A încuiat uşile şi a fugit pe insula Camino, unde Bruce o aştepta ca să o aline și să o calmeze. Vreme de câteva zile, au urmărit cu groază la televizor străzile inundate, cadavrele care pluteau, apa plină de pete de ulei, fuga precipitată a jumătate din populația orașului, muncitorii panicați care participau la operațiunile de salvare, precum și politicienii care se dovedeau depășiți de situație.

Noelle avea îndoieli cu privire la întoarcerea acolo. Nici nu era convinsă că mai voia acest lucru.

Treptat, a început să vorbească despre căutarea altui loc pentru afacerile ei. Aproape jumătate din clienții ei erau din New Orleans, iar acum, când foarte mulți dintre ei se aflau în exil, se gândea cu îngrijorare la soarta afacerii ei. Restul clienților erau răspândiți în toată țara. Reputația ei era celebră, astfel că putea expedia obiecte vechi pretutindeni. Website-ul ei se bucura de succes. Cărțile publicate erau apreciate, iar mulți dintre clienții ei erau colecționari serioși. După ce Bruce a încurajat-o cu delicatețe, ea s-a convins singură că își putea muta afacerea pe insulă, fiind sigură că putea nu doar să reconstruiască ceea ce avusese, ci chiar să și prospere.

La șase săptămâni după uragan, Noelle a semnat un contract de închiriere pentru un mic spațiu aflat pe Main Street, în Santa Rosa, la doar câțiva pași de Bay Books. Și-a închis magazinul de pe Royal Street și a mutat ce mai rămăsese din inventar la noua adresă, Noelle's Provence. Când i-a sosit un nou transport din Franța, a deschis ușile magazinului cu o petrecere cu șampanie și caviar, iar Bruce a ajutat-o să anime mulțimea.

Noelle avea o idee grozavă privind o nouă carte: transformarea Casei Marchbanks pe măsură ce se popula cu antichități provensale. Făcuse foarte multe fotografii cât timp aceasta fusese pustie, iar acum putea să dovedească documentar renovarea triumfătoare pe care o realizase. Bruce se îndoia că o asemenea carte avea să se vândă într-o asemenea măsură încât să acopere costurile ei, dar ce naiba? Ceea ce voia Noelle era lege.

La un moment dat, facturile au încetat să mai sosească. Cu timiditate, Bruce a abordat subiectul, iar ea i-a explicat cu un dramatism exagerat că ceea ce primea acum reprezenta ultima reducere: propria ei persoană! Chiar dacă el deţinea casa, tot ce se afla în ea avea să fie al lor.

8

În aprilie 2006, au petrecut două săptămâni în sudul Franţei. Folosind apartamentul ei din Avignon ca bază de plecare, au cutreierat sat după sat, piaţă după piaţă, mâncând feluri de mâncare pe care Bruce le văzuse doar în fotografii, bând vinuri locale extraordinare care nu se găseau în Statele Unite, stând în hoteluri ciudate, admirând peisaje, întâlnindu-se cu prieteni de-ai ei şi, desigur, găsind alte obiecte de mobilier pentru magazin. Mereu interesat, Bruce s-a familiarizat cu lumea mobilierului şi a artefactelor rustice franceze şi, curând după aceea, a devenit perfect capabil să descopere o afacere bună.

Se aflau la Nisa când au hotărât să se căsătorească, chiar acolo, pe loc.

CAPITOLUL TREI

RECRUTA

1

La sfârşitul lunii aprilie, într-o zi perfectă de primăvară, Mercer Mann traversa campusul Chapel Hill al Universităţii North Carolina cu un aer îngrijorat. Convenise să se întâlnească cu o necunoscută pentru a lua un prânz scurt, dar numai în ideea de a-şi găsi o nouă slujbă. Cea actuală, de profesor suplinitor de literatură pentru studenţii din primul an, urma să se încheie peste două săptămâni, asta din cauza reducerilor bugetare aplicate de o legislatură de stat dominată de oameni înnebuniţi după încasarea de taxe și reducerea cheltuielilor. Se străduise din răsputeri să obţină un nou contract de muncă, dar nu reuşise. Curând avea să rămână fără un loc de muncă, fiind încă îndatorată, fără locuinţă și fără vreo carte de publicat. Avea treizeci și unu de ani, era o fire singuratică și... ei bine, viaţa nu mergea chiar conform planurilor ei.

Primul e-mail, unul dintre cele două primite de la acea necunoscută, o anume Donna Watson, venise în ziua precedentă și fusese formulat în termeni vagi, aşa cum sunt mai toate e-mailurile. Domnişoara Watson susţinea că era consultantă, angajată de o școală privată să găsească o profesoară de scriere creativă pentru liceenii din ultimul an de studiu. Se afla în zonă și o putea întâlni pentru a bea o cafea împreună. Salariul era în jur de șaptezeci și cinci de mii de dolari pe an, asta cel mult, dar directorul liceului iubea literatura și era hotărât să angajeze o profesoară care publicase un roman sau două.

Până în acel moment, i se publicaseră un roman și o culegere de povestiri. Salariul era de-a dreptul impresionant și mult mai mare decât cel pe care îl avea în prezent. Nu i s-au oferit alte amănunte. Mercer a răspuns favorabil și a pus câteva întrebări despre școală, respectiv cum se numea și unde era situată.

Al doilea e-mail fusese doar o idee mai vag decât primul, dar o anunța că școala se afla în New England. Iar întâlnirea pentru cafea fusese promovată la un „prânz scurt“. Mercer era invitată la amiază într-un local numit Spanky, aflat în apropierea campusului, pe Franklin Street.

Mercer s-a simțit rușinată să admită că în acea situație ideea unui prânz consistent era mai ispititoare decât aceea de a preda literatura unor liceeni privilegiați, fie ei și în ultimul an de studiu. În ciuda salariului mare, slujba aceea însemna, practic, o decădere. Sosise la Chapel Hill în urmă cu trei ani, având intenția de a se dedica profesoratului, timp în care să termine romanul la care lucra. După trei ani se simțea sfârșită, iar romanul rămăsese în același stadiu ca și atunci când venise la Chapel Hill.

De îndată ce a intrat în restaurant, o femeie bine îmbrăcată și foarte bine pusă la punct, în vârstă de aproximativ cincizeci de ani, i-a făcut un semn larg, apoi i-a întins mâna și s-a prezentat:

– Sunt Donna Watson. Mă bucur să te cunosc.

Mercer s-a așezat în fața ei și i-a mulțumit pentru invitație. Un chelner le-a adus meniurile la masă.

Fără să piardă vremea, Donna Watson a spus brusc, de parcă tocmai ar fi suferit o transformare:

– Trebuie să-ți spun că pretextul întâlnirii noastre a fost fals, înțelegi? Nu mă cheamă Donna Watson, ci Elaine Shelby. Lucrez pentru o companie cu sediul în Bethesda.

Mercer s-a uitat nedumerită la ea. Și-a mutat privirea, apoi a revenit și, amuzată, a încercat să găsească un răspuns potrivit.

Elaine a continuat:

– Am mințit. Îmi cer scuze, promit să nu mai mint. Cu toate acestea, chiar vreau să luăm masa și voi plăti eu – de aceea te rog să mă asculți până la capăt.

– Presupun că ai avut un motiv întemeiat ca să mă minți, a spus Mercer cu precauție.

– Foarte, iar dacă îmi ierți ofensa asta și mă asculți, promit că-ți voi explica.

Mercer a ridicat din umeri și a spus:

– Mi-e foame, așa că te voi asculta până îmi va trece foamea, iar dacă în timpul ăsta nu lămurești lucrurile... la revedere!

Elaine i-a aruncat un zâmbet care ar fi făcut pe oricine să aibă încredere în ea. Avea ochii întunecați și era brunetă, probabil provenind de undeva din Estul Mijlociu, cu strămoși italieni sau greci, s-a gândit Mercer, deși avea accentul cuiva din Vestul Mijlociu, în mod evident american. Părul cărunt și scurt era tuns într-un stil atât de șic, încât doi bărbați se uitaseră deja de două ori la ea. Era o femeie frumoasă, îmbrăcată impecabil, care nu își avea locul nicidecum în zona colegiului, unde ținuta era lejeră.

– Dar nu te-am mințit în privința slujbei, a continuat ea. De aceea am venit: ca să te conving să accepți una în condiții mai bune şi cu beneficii mai mari decât am menţionat în e-mail.

– Şi ce să fac, mai exact?

– Să scrii, să-ţi termini romanul.

– Care dintre ele?

Chelnerul a revenit, iar ele au comandat salate cu pui la grătar şi apă minerală. Omul a luat meniurile, iar după o pauză, Mercer a spus:

– Te-ascult.

– E o poveste lungă.

– Să-ncepem cu provocarea evidentă – tu.

– Bine. Lucrez la o companie specializată în securitate şi investigaţii. Una cu vechime, despre care nu ai auzit, pentru că noi nu ne facem reclamă şi nici nu avem website.

– Aşa batem pasul pe loc.

– Ai răbdare, te rog. Acum şase luni, o bandă de hoţi a furat manuscrisele Fitzgerald de la Biblioteca Firestone de la Princeton. Doi au fost prinşi şi încă sunt în închisoare, aşteptând. Ceilalţi au dispărut. Iar manuscrisele nu au fost recuperate.

Mercer a dat din cap, apoi a zis:

– S-a vorbit mult despre asta.

– Aşa e. Manuscrisele, toate cinci, au fost asigurate de clientul nostru, o mare companie care asigură obiecte de artă, comori şi valori rare. Am îndoieli că ai auzit de ea.

– Nu mă interesează companiile de asigurări.

– Eşti norocoasă. În orice caz, am investigat vreme de şase luni, colaborând îndeaproape cu FBI-ul şi cu unitatea de recuperare a obiectelor rare din cadrul său. Se exercită presiuni, întrucât clientul nostru va fi silit peste şase luni să semneze un cec în valoare de douăzeci şi cinci de milioane de dolari către Universitatea Princeton. Cei de la Princeton nu vor neapărat banii, ci mai curând manuscrisele, care, după cum sigur îți dai seama, sunt neprețuite. Am avut câteva piste, dar nimic interesant până acum. Din fericire, există prea mulți amatori în lumea tulbure a cărților și a manuscriselor furate și credem că probabil am prins urma unui anumit negustor de carte.

Chelnerul a plasat între ele o sticlă înaltă de Pellegrino și două pahare cu gheață și lămâie.

După ce acesta a plecat, Elaine a continuat:

– E vorba de o persoană pe care s-ar putea să o cunoști.

Mercer a rămas cu privirea ațintită spre Elaine, apoi și-a dres puțin glasul și a spus:

– Asta ar fi un șoc pentru mine.

– Ai legături vechi cu insula Camino. Ți-ai petrecut verile acolo pe când erai mică, la bunica ta, în căsuța ei de pe plajă.

– De unde știi așa ceva?

– Ai scris despre asta.

Mercer a oftat și a înșfăcat sticla. În timp ce își simțea mintea învârtindu-i-se, a umplut ambele pahare.

– Lasă-mă să ghicesc. Ai citit tot ce am scris.

– Nu, doar ceea ce ai publicat. Face parte din pregătirile noastre și a fost o treabă plăcută.

– Mulțumesc. Îmi pare rău că nu a fost mai mult.

– Ești tânără și talentată și abia la început de drum.

– Atunci, să auzim. Să vedem dacă ți-ai făcut tema corect.

– Cu drag. Primul tău roman, *Ploaie de octombrie*, a fost publicat de Newcombe Press în 2008, când aveai doar douăzeci și patru de ani. Vânzările au fost respectabile – opt mii de exemplare cartonate, de două ori mai multe în format ieftin, câteva e-books. Nu tocmai un bestseller, dar criticilor le-a plăcut.

– *Sărutul morții.*

– A fost nominalizat pentru National Book Award și a ajuns finalist la premiul PEN[1] Faulkner.

– Și n-a câștigat nici unul, nici altul.

– Nu, dar puține romane de debut se bucură de atât de mult respect, mai ales dacă sunt scrise de un autor atât de tânăr. *Times* l-a situat între primele zece romane ale anului. Ai continuat cu o culegere de povestiri, *Muzica valurilor*, pe care criticii au lăudat-o, dar, după cum știi, povestirile nu se prea vând bine.

– Da, știu.

– După aceea, ai schimbat agenții și editorii și, în fine, lumea așteaptă următorul tău roman. Între timp, ai publicat trei povestiri în reviste literare, inclusiv una despre paza ouălor de țestoasă pe plajă, împreună cu bunica ta, Tessa.

– Deci știi și despre Tessa?

– Ascultă, Mercer, știm tot ce e de știut, iar sursele noastre sunt de domeniu public. Da, am făcut multe cercetări, dar nu am pătruns în viața ta personală dincolo de ceea ce poate afla oricine. După cum arată internetul în prezent, nu prea mai poți să te bucuri de intimitate absolută.

Chelnerul le-a adus salatele, iar Mercer a ridicat cuțitul și furculița. A luat câteva îmbucături, în timp ce Elaine a băut apă și a urmărit-o. În cele din urmă, Mercer a întrebat:

– Nu mănânci?

– Ba da.

– Și ce știi despre Tessa?

– E bunica din partea mamei. Ea și soțul ei au construit casa de pe plaja de pe insula Camino în 1980. Erau din Memphis, unde te-ai născut. Ți-ai petrecut vacanțele acolo.

---

[1] Asociație a scriitorilor americani, afiliată la PPEN International, fondată în Anglia în 1921 (n.tr.)

Bunicul tău a murit în 1985, iar Tessa a plecat din Memphis și s-a stabilit pe plajă. Când erai mică, iar apoi adolescentă, îți petreceai verile cu ea. Precizez, chiar tu ai scris despre asta.

– Adevărat.

– Tessa a murit într-un accident nautic în 2005. Cadavrul ei a fost descoperit pe plajă, la două zile după furtună. Însoțitorul ei și ambarcațiunea nu s-au mai găsit. Povestea a apărut în ziare, în primul rând în *Times-Union* din Jacksonville. Potrivit evidențelor publice, Tessa a lăsat prin testament totul, inclusiv casa, celor trei copii ai ei, unul dintre ei fiind mama ta. A rămas în familie.

– Adevărat. Dețin jumătate dintr-o treime și, de la moartea ei, nu am mai văzut casa. Aș vrea să-mi vând partea, dar familia nu este de acord.

– E folosită acum?

– Da. Mătușa mea își petrece iernile acolo.

– E vorba de Jane, da?

– Da. Și sora mea își petrece vacanțele de vară acolo. Sunt curioasă... ce știi despre sora mea?

– Connie locuiește în Nashville împreună cu soțul ei și cu cele două fete adolescente. Are patruzeci de ani și lucrează la firma familiei. Soțul ei are un lanț de magazine de iaurt congelat și îi merge foarte bine. Connie a absolvit secția de filosofie de la SMU. Evident, acolo l-a cunoscut pe soțul ei.

– Și tatăl meu?

– Herbert Mann a deținut cândva cea mai mare concesiune Ford din Memphis. Se pare că au ieșit ceva bani, suficienți pentru studiile private ale lui Connie la SMU și pentru o viață fără datorii. Afacerea s-a mutat spre sud din anumite motive, iar Herbert a pierdut-o. În ultimii zece ani, a lucrat cu normă redusă ca descoperitor de talente pentru echipa de baseball Baltimore Orioles. Acum locuiește în Texas.

Mercer şi-a lăsat cuţitul şi furculiţa pe masă şi a inspirat adânc.

– Îmi pare rău, dar sunt şocată. Mi-e imposibil să nu mă simt ca şi cum aş fi urmărită. Ce vrei de la mine?

– Te rog, Mercer, informaţiile noastre au fost adunate prin metode demodate folosite de detectivi. Nu am văzut nimic ce nu trebuia să vedem.

– Dar e înspăimântător, nu crezi? Spioni profesionişti care mi-au scotocit trecutul... Ce ştii despre prezent? Ce anume ştii despre situaţia mea profesională de acum?

– Funcţia ta se desfiinţează.

– Deci am nevoie de o slujbă?

– Aşa presupun.

– Asta nu e o informaţie publică. De unde ştii cine e angajat sau concediat la Universitatea North Carolina?

– Avem sursele noastre.

Mercer s-a încruntat şi a împins farfuria cu salată câţiva centimetri în faţă, ca şi cum ar fi terminat de mâncat. Şi-a încrucişat mâinile la piept şi s-a uitat urât la doamna Shelby.

– Mi-e imposibil să nu mă simt... cum să mă exprim... violată.

– Te rog, Mercer, ascultă-mă până la capăt. E important să deţinem cât mai multe informaţii.

– Pentru ce?

– Pentru slujba pe care ţi-o propunem. Dacă spui nu, plecăm, pur şi simplu, şi aruncăm dosarul tău. Nu vom divulga niciuna dintre informaţiile pe care le deţinem.

– Şi care e slujba?

Elaine a luat o îmbucătură mică şi a mestecat-o îndelung. După ce a băut o gură de apă, a spus:

– Revenim la manuscrisele Fitzgerald. Credem că sunt ascunse pe insula Camino.

– Și cine le-ar putea ține ascunse acolo?

– Trebuie să mă asigur că ceea ce discutăm de aici înainte este extrem de confidențial. Sunt multe în joc, iar o vorbă scăpată ar putea provoca daune ireparabile, nu doar clientului nostru sau Universității Princeton, ci și manuscriselor în sine.

– Și cui naiba i-aș putea spune despre asta?

– Te rog, dă-mi cuvântul tău că nu vei sufla o vorbă.

– Confidențialitatea presupune încredere. De ce Dumnezeu aș avea încredere în tine? În momentul de față, mi se pare că tu și compania ta prezentați foarte multe dubii.

– Am înțeles. Dar te rog să asculți și restul poveștii.

– De acord, te ascult, dar mi-a pierit foamea. Ai face bine să vorbești repede.

– Ai dreptate. Ai fost la magazinul de carte din centrul orașului Santa Rosa, Bay Books. E deținut de un bărbat pe nume Bruce Cable.

Mercer a ridicat din umeri și a spus:

– Cred că da. Am mers acolo de câteva ori cu Tessa pe când eram mică. Repet, n-am mai ajuns pe insulă de la moartea ei, iar asta s-a întâmplat acum unsprezece ani.

– E un magazin care se bucură de succes, unul dintre cele mai bune magazine independente din țară. Cable e foarte cunoscut în domeniu și s-a dovedit foarte descurcăreț. Are multe legături și primește o mulțime de autori în turnee de promovare a cărților lor.

– Trebuia să ajung acolo cu *Ploaie de octombrie*, dar asta e o altă poveste.

– Așa, în fine... Cable este un colecționar foarte activ de prime ediții moderne. Se tocmește mult și bănuim că face bani frumoși cu partea asta de afaceri. De asemenea, se știe că se ocupă de cărți furate, fiind unul dintre puținii oameni din acest domeniu de afaceri care face asta. În urmă cu două luni, i-am prins urma după ce am primit un pont de la o sursă apropiată unui alt colecţionar. Noi credem că domnul Cable deţine manuscrisele Fitzgerald, cumpărate cu bani peşin de la un mijlocitor disperat să scape de ele.

– Mi-a pierit cu totul foamea.

– Nu putem ajunge în apropierea acestui individ. În ultima lună, am trimis oameni în magazin ca să urmărească şi să spioneze, făcând fotografii şi filmând în secret, dar ne-am izbit de un zid. Are o sală spaţioasă şi elegantă la parter, unde păstrează mai multe rafturi cu cărţi rare, în principal cele ale unor autori americani ai secolului XX, pe care le arată bucuros celor care sunt cumpărători serioşi. Am încercat chiar să îi vindem o carte rară, un exemplar semnat şi dedicat unei persoane al primului roman al lui Faulkner, *Solda soldatul.* Cable a ştiut imediat că există doar câteva exemplare în lume: trei într-o bibliotecă a unui colegiu din Missouri, unul deţinut de un critic Faulkner şi altul deţinut de descendenţii autorului. Preţul de piaţă se situa undeva la patruzeci de mii de dolari şi noi i l-am oferit lui Cable la douăzeci şi cinci de mii. La început s-a arătat interesat, însă apoi a început să pună o sumedenie de întrebări cu privire la provenienţa cărţii. Întrebări foarte bine gândite. În cele din urmă, după ce l-au trecut toate nădușelile, a spus nu. După aceea s-a arătat deosebit de precaut, iar asta ne-a făcut să fim și mai suspicioși. Nu prea am reușit să pătrundem în lumea lui, de aceea avem nevoie de cineva care să facă asta.

– Eu?

– Da, tu. După cum ştii, scriitorii îşi iau câte o vacanţă lungă şi pleacă pentru a-şi face treaba. Ai acoperirea perfectă. Practic, ai crescut pe insulă. Încă deţii o parte din acea casă. Te bucuri de reputaţie ca autoare. Povestea ta e perfect plauzibilă. Te întorci la casa de pe plajă și stai șase luni ca să termini cartea pe care o așteaptă toți.

– Dacă mă gândesc bine, vor fi doar trei oameni care o așteaptă.

– Îți plătim o sută de mii de dolari pentru cele șase luni.

Preț de o clipă, Mercer a rămas fără grai. A clătinat din cap, și-a împins farfuria cu salată mai departe de ea și a luat o înghițitură de apă.

– Îmi pare rău, dar nu sunt spion.

– Dar noi nu-ți cerem să spionezi, ci doar să observi. Faci ceva cât se poate de firesc și credibil. Cable ține la scriitori. Îi tratează cu vin, ia cina cu ei și îi sprijină. Mulți dintre autorii aflați în turneu sunt cazați în casa lui, care este spectaculoasă, apropo. Lui și soției le place să organizeze cine bogate pentru prieteni și scriitori.

– Iar eu va trebui să pătrund în viața lui, să-i câștig încrederea și să-l întreb unde ține ascunse manuscrisele Fitzgerald, nu?

Elaine a zâmbit și a ignorat remarca.

– Suntem foarte presați, înțelegi? Nu am habar ce ai putea afla, dar în acest moment orice amănunt ne-ar putea fi de ajutor. Există toate probabilitățile ca Bruce Cable și soția lui să te caute, poate chiar să se împrietenească cu tine. Treptat, ți-ai putea croi drum în cercul lor intim. Pe de altă parte, el bea mult. Poate îi va scăpa vreo vorbă; poate vreunul dintre prietenii lui va aduce vorba de camera de valori din subsolul magazinului.

– Cameră de valori?

– E doar un zvon, atâta tot. Dar nu ne așteptăm să apari acolo și să întrebi exact despre asta.

– De unde știți că bea prea mult?

– Pe acolo trec o sumedenie de scriitori şi, evident, ei sunt nişte bârfitori oribili. Iar ştirea se răspândeşte. După cum bine ştii, lumea cărţilor este foarte mică.

Mercer a ridicat ambele mâini, şi-a arătat palmele, apoi împins scaunul în spate.

– Îmi pare rău. S-ar putea să am păcate, dar nu sunt o persoană care să înşele pe cineva. Nu mă pricep să mint şi mi-ar fi imposibil să mimez aşa ceva. N-aţi nimerit persoana potrivită.

– Te rog.

Deja pregătită să plece, Mercer s-a ridicat şi a spus:

– Mulţumesc pentru prânz.

– Mercer, te rog...

Însă ea a plecat.

2

Într-un anumit moment din timpul acelui prânz scurt, soarele a dispărut, iar vântul s-a înteţit. Urma să înceapă o ploaie scurtă de primăvară, iar Mercer, întotdeauna fără umbrelă, s-a îndreptat spre casă cât de repede a putut. Locuia la vreo opt sute de metri depărtare, în partea istorică a Chapel Hill, aproape de campus, într-o casă mică de închiriat, aflată pe o alee umbrită şi nepavată din spatele unei case vechi şi frumoase. Gazda ei, proprietara casei vechi, le închiria camere doar studenţilor din ultimul an şi profesorilor fără contract permanent, care aproape că mureau de foame.

Ca prin minune, a ajuns pe veranda casei exact când primele picături de ploaie au început să cadă pe acoperişul din tablă zincată. Fără să vrea, s-a uitat în jur, ca să se asigure că nu o urmărise nimeni. Cine erau oamenii aceia? Fă totul uitat, şi-a spus ea apoi. Ajunsă înăuntru, şi-a azvârlit pantofii, a făcut un ceai și a rămas îndelung pe canapea, respirând adânc și ascultând muzica ploii, în timp ce derula în minte discuția pe care o purtase la masa de prânz.

Șocul inițial legat de senzația că era urmărită a început să se estompeze. Elaine avea dreptate - nimic nu mai putea rămâne intim acum, când existau internet, medii de socializare și hackeri peste tot și când se vorbea la nesfârșit despre transparență. Mercer s-a văzut silită să admită că planul era foarte inteligent. Era recruta perfectă: o scriitoare cu un trecut cunoscut pe insulă, deținând o parte din casa de pe plajă, având un roman neterminat la care, conform contractului, depășise termenul de predare, și fiind un suflet singuratic în căutare de noi prieteni. Bruce Cable nu ar putea bănui nicio clipă că ea ar fi plasată acolo.

Apoi și l-a amintit bine. Un bărbat atrăgător, purtând un costum elegant și papion, fără șosete, cu părul lung și ondulat și permanent bronzat de soarele Floridei. Parcă îl vedea stând aproape de ușa din față, întotdeauna cu o carte în mână, sorbind dintr-o cafea și urmărind totul în timp ce citea. Din anumite motive, Tessa nu îl agrea, așa că mergea rareori la magazinul lui. Și nici nu cumpăra cărți. De ce le-ai fi cumpărat când le puteai citi gratis împrumutându-le de la bibliotecă?

Semnături de carte și turnee de lansare. Mercer și-ar fi dorit să aibă un roman de promovat.

În 2008, când îi fusese publicat romanul *Ploaie de octombrie,* Newcombe Press nu avusese bani pentru publicitate și călătorii. Trei ani mai târziu, editura dăduse faliment. Dar după o recenzie laudativă din ziarul *Times,* câteva magazine de carte telefonaseră pentru a întreba dacă ea putea veni în turneu. Se organizase unul în pripă, iar cea de-a noua escală a lui Mercer trebuia să fie la Bay Books. Însă turneul eșuase aproape imediat când, la prima sesiune de semnături, în Washington D.C., apăruseră doar unsprezece oameni și doar cinci îi cumpăraseră cartea. Iar acela fusese cel mai numeros grup! La cea de-a doua sesiune, la Philadelphia, apăruseră doar patru amatori, iar Mercer își petrecuse ultima oră stând de vorbă cu vânzătoarele. Cea de-a treia și ultima sesiune de semnături fusese la un mare magazin din Hartford. Într-un bar de pe cealaltă parte a străzii, băuse două pahare de Martini în timp ce urmărise și așteptase să vadă oamenii apărând la magazinul de carte. Nu se întâmplase asta. În cele din urmă, traversase strada, intrase în magazin și se demoralizase complet când văzuse că o aștepta doar un angajat. Nu apăruse niciun amator. Zero.

Umilința era deplină. N-avea să se mai expună senzației stânjenitoare de a sta singură la o masă, cu un teanc de cărți frumoase în față, încercând să evite contactul vizual cu clienții care nu se apropiau prea mult de ea. Cunoștea și alți scriitori, nu mulți, și auzise poveștile lor de groază. La intrarea în diverse magazine de carte, fuseseră întâmpinați de chipurile prietenoase ale personalului și ale voluntarilor și se întrebaseră câți dintre aceștia ar fi putut deveni clienți și cumpărători de carte; îi urmăriseră privind în jur agitați în căutare de posibili amatori, apoi retrăgându-se când devenea evident că iubitul autor era pe cale de a o da în bară. Și încă rău de tot.

În orice caz, își anulase restul turneului. Oricum, nu era prea entuziasmată de ideea de a se întoarce pe insula Camino. Avea multe amintiri minunate legate de locul acela, dar ele aveau să fie mereu umbrite de oroarea și tragedia morții bunicii ei.

Treptat, ploaia i-a indus o stare de somnolență și a adormit.

3

A trezit-o apoi un zgomot de pași. La ora trei, ca un mecanism de ceas, poștașul a pășit greu pe veranda scârțâitoare a casei și i-a lăsat corespondența în cutia mică de la ușă. Mercer a așteptat până când omul a plecat, apoi a luat ce i se adusese, întotdeauna o adunătură tristă de nimicuri și facturi. A aruncat fleacurile pe măsuța de cafea și a deschis plicul de la UNC. Era trimis de catedra de engleză și, în pofida formulării stufoase și plăcute, era informată oficial că postul ei se desființa. Fusese „o persoană prețuită" de membrii catedrei, „o profesoară înzestrată" care fusese „admirată de colegi" și „adorată de studenți" și așa mai departe. „Toți membrii catedrei" ar fi vrut ca ea să rămână, socotind-o un „câștig deosebit", dar, pur și simplu, nu mai existau bani în buget. I se transmiteau cele mai bune urări și i se lăsa ușa deschisă cu speranța firavă a unui „nou post", în cazul în care bugetul pe anul următor „va reveni la niveluri normale de finanțare".

Cea mai mare parte a scrisorii exprima adevărul. Șeful de catedră îi fusese aliat și câteodată mentor, iar ea reușise să supraviețuiască pe terenul minat al mediului academic ținându-și gura și evitând pe cât posibil titularizarea.

Dar ea era scriitoare, nu profesoară, și sosise momentul să meargă mai departe. Nu prea știa încotro să pornească, dar după trei ani în sala de curs, tânjea după libertatea de a înfrunta fiecare zi fără să aibă nimic altceva de făcut decât să scrie romane și povestiri.

Al doilea plic conținea situația bancară. Prezenta un sold care reflecta stilul ei auster de viață și eforturile zilnice de a-și reduce cheltuielile. Asta îi permitea să achite datoriile lunare și să evite dobânzile cămătărești pe care banca abia aştepta să le aplice la reporturi. Salariul ei abia dacă acoperea acele sume, la care se adăugau chiria, asigurarea maşinii, reparaţiile acesteia şi poliţa de asigurare de sănătate foarte minimală, la care ar fi vrut să renunţe în fiecare lună, când scria cecul. Ar fi avut o situaţie financiară stabilă şi şi-ar fi permis să îşi îmbogăţească puţin garderoba şi probabil să se şi distreze oarecum dacă nu ar fi fost vorba de ceea ce conţinea cel de-al treilea plic.

Era de la Corporaţia Naţională de Împrumuturi pentru Studenţi, o instituţie nenorocită care o hăituise în ultimii opt ani. Tatăl ei reuşise să acopere cheltuielile cu educaţia ei la o facultate privată din Sewanee doar vreme de un an, dar falimentul lui neaşteptat şi depresia de după o lăsaseră fără niciun sprijin. Mercer reuşise să parcurgă ultimii ani de facultate doar prin împrumuturi studenţeşti, burse, diverse slujbe şi cu ajutorul modestei moşteniri din averea bunicii Tessa. Folosise avansurile mici pentru *Ploaie de octombrie* şi *Muzica valurilor* pentru a achita dobânda la împrumuturi, dar abia dacă reuşise să achite o parte neînsemnată din suma creditului.

Între slujbe îşi refinanţase şi restructurase împrumuturile şi, cu fiecare nou plan de plăţi, soldurile înspăimântătoare creşteau, chiar şi în situaţia în care avea două sau trei slujbe pentru a rămâne pe linia de plutire. Adevărul pe care nu îl spusese nimănui era însă că i se părea imposibil să se exprime creator în timp ce se simţea cocoşată de un munte de datorii. În fiecare dimineaţă, când încerca să scrie, pagina albă din faţa ei nu îi oferea promisiunea unui capitol nou dintr-un roman reuşit, ci doar un efort picrit de a realiza ceva care să îi poată mulţumi pe creditori.

Chiar vorbise cu un prieten avocat despre ideea de a declara faliment, dar aflase că băncile şi companiile care le acordau împrumuturi studenţilor convinseseră Congresul că unor asemenea datorii trebuia să li se ofere o protecţie specială, fără să fie scutite de achitare. Şi-a amintit spusele lui: „La naiba, până şi cartoforii pot scăpa declarând faliment".

Cei care o urmăriseră ştiau despre datoriile ei din studenţie? La o adică, era vorba de ceva privat, nu? Dar ceva îi spunea că asemenea profesionişti puteau săpa îndeajuns de adânc pentru a afla aproape orice. Citise povestiri de groază despre evidenţe medicale foarte secrete care fuseseră transmise cui nu trebuia. Iar companiile de credit erau recunoscute pentru faptul că vindeau informaţii despre clienţii lor. Oare exista ceva cu adevărat îngropat şi în siguranţă?

A aruncat la coş plicurile cu reclame, a pus deoparte scrisoarea de adio de la UNC şi a aşezat cele două facturi pe un raft de lângă aparatul de prăjit pâine. Şi-a mai făcut o cană de ceai şi, pe când se pregătea să îşi bage nasul într-un roman, i-a sunat telefonul mobil.

Revenise Elaine.

4

– Ascultă, a început ea, îmi pare foarte rău în legătură cu prânzul. Nu am vrut să te prind într-o ambuscadă, dar nu exista altă cale de a începe discuţia. Ce puteam face? Să te opresc în campus şi să-ţi spun totul acolo?

Mercer a închis ochii şi s-a rezemat de un blat din bucătărie.

– Nu-i nimic. Numai că totul a venit pe neaşteptate, înţelegi?

– Ştiu, ştiu, şi-mi pare tare rău. Ascultă, Mercer, rămân în oraş până mâine-dimineaţă, când mă întorc la Washington. Aş dori să încheiem discuţia la cină.

– Nu, mulţumesc. N-aţi nimerit persoana potrivită pentru asta.

– Mercer, eşti persoana perfectă şi, sincer, nu putem găsi pe altcineva. Te rog să-mi oferi prilejul de a-ţi explica în amănunt. N-ai auzit totul şi, după cum ţi-am spus, ne aflăm într-o situaţie foarte delicată. Încercăm să salvăm manuscrisele înainte de a fi deteriorate ori, mai grav, de a fi vândute la bucată unor colecţionari străini, pentru că astfel vor fi pierdute pe vecie. Te rog, mai dă-mi o şansă.

Mercer nu putea nega, cel puţin faţă de sine, că banii reprezentau ceva. O chestiune foarte importantă. După ce a oscilat o secundă, a întrebat:

– Şi care e restul poveştii?

– Va dura ceva timp. Am o maşină cu şofer şi pot veni să te iau la ora şapte. Nu cunosc oraşul şi am auzit că cel mai bun restaurant de aici ar fi unul numit The Lantern. Ai fost vreodată acolo?

Mercer ştia locul, dar nu-şi putea permite să meargă acolo.

– Ştii şi unde locuiesc? a întrebat ea, simţindu-se imediat jenată de inocenţa de care dădea dovadă.

– Da, sigur. Ne vedem la şapte.

5

Maşina era un sedan negru, care arăta dubios în acea parte a oraşului. A întâmpinat-o pe alee, apoi a urcat repede pe bancheta din spate, alături de Elaine. După ce maşina a pornit, Mercer s-a aplecat şi a privit în jur, dar nu a văzut pe nimeni uitându-se. Şi de ce i-ar fi păsat? Perioada de închiriere expira peste trei săptămâni şi avea să plece de acolo pentru totdeauna. Planul ei de salvare era o ședere temporară în apartamentul din garaj al unei vechi prietene din Charleston.

Îmbrăcată acum în blugi, cu o jachetă bleumarin şi cu pantofi scumpi, Elaine a copleşit-o cu un zâmbet şi a spus:

– Unul dintre colegii mei a urmat facultatea aici şi doar despre asta vorbeşte, mai ales în timpul campionatului de baschet.

– Sunt de-a dreptul turbaţi după baschet, dar pe mine nu mă atrage, nu-i școala mea.

Erau pe Franklin Street, deplasându-se încet prin cartierul istoric și trecând prin dreptul unor case atrăgătoare, cu peluze bine întreţinute. Apoi au pătruns în sectorul grecesc, unde casele fuseseră transformate în asociaţii de femei și în cluburi studenţeşti. Ploaia încetase, iar verandele și curţile gemeau de studenţi care beau bere și ascultau muzică.

– A fost destul de bine, a spus Mercer cu o nuanţă de nostalgie în glas. Dar nu-s făcută pentru viaţa academică. Cu cât predam mai mult, cu atât mai mult voiam să scriu.

– Ai afirmat într-un interviu dat ziarului campusului că speri să termini romanul cât timp rămâi la Chapel Hill. Ai făcut ceva progrese?

– Cum de-aţi aflat şi asta? S-a întâmplat acum trei ani, la sosirea mea aici.

Elaine a zâmbit și s-a uitat pe geam.

– Nu ne-au scăpat multe lucruri.

Era calmă și destinsă și vorbea cu un glas care radia încredere. Ea și misterioasa ei companie deţineau toate cărţile mari. Mercer s-a întrebat cât de multe asemenea misiuni organizase și condusese Elaine în cariera ei. Se confruntase cu siguranţă cu adversari mult mai complicaţi şi mai primejdioşi decât un negustor de cărţi dintr-un orăşel.

The Lantern se afla pe Franklin Street, la câteva intersecţii mai departe de zona de activitate a studenţilor. Şoferul le-a lăsat la uşa din faţă, iar ele au intrat. Eleganta sală principală era aproape pustie. Masa lor se afla lângă fereastră, având trotuarul şi strada la câţiva metri distanţă. În ultimii trei ani, Mercer citise în ziarele locale multe prezentări elogioase despre localul acela. Premiile veneau unul după altul. Mercer consultase meniul on-line şi era din nou ruptă de foame. O chelneriţă le-a întâmpinat călduros şi le-a turnat apă plată dintr-o carafă.

– Ceva de băut? a întrebat ea.

Elaine a invitat-o pe Mercer să aleagă prima, iar ea a spus repede:

– Am nevoie de un Martini. Cu gin.

– Eu o să iau un Manhattan, a spus Elaine.

– Presupun că faci multe deplasări, a zis Mercer după plecarea chelneriţei.

– Da, chiar prea multe, aşa cred. Am doi copii la colegiu. Soţul meu lucrează la Ministerul Energiei şi călătoreşte cu avionul cinci zile pe săptămână. M-am săturat să stau într-o casă pustie.

– Şi cu asta te ocupi? Descoperi bunuri furate?

– Da, facem multe lucruri, dar asta e ocupaţia mea de bază. Am studiat artele toată viaţa şi, într-un fel, am nimerit în acest domeniu din întâmplare. Cele mai multe cazuri ale noastre sunt legate de picturi furate şi falsificate. În prezent se înregistrează multe furturi de cărţi, manuscrise şi hărţi vechi. Însă nu am avut nimic care să semene cu cazul Fitzgerald. Depunem toate eforturile să-l rezolvăm – din motive evidente.

– Am de pus o sumedenie de întrebări.

Elaine a ridicat din umeri şi a spus:

– Am tot timpul din lume la dispoziţie.

– Şi nu vor fi într-o ordine anume. Într-o asemenea situaţie, de ce nu preia FBI-ul iniţiativa?

– FBI-ul a făcut asta. Unitatea de Recuperare a Valorilor Rare este extraordinară şi lucrează intens. FBI-ul a fost pe punctul să rezolve cazul în primele douăzeci şi patru de ore. Unul dintre hoţi, un anume Steengarden, a lăsat o picătură de sânge la locul faptei, undeva în afara camerei de valori. FBI-ul l-a prins şi pe el, şi pe un partener al lui, un anume Mark Driscoll, şi i-a închis. Noi presupunem că ceilalţi hoţi s-au speriat şi au dispărut împreună cu manuscrisele. Cu toată sinceritatea, noi credem că FBI-ul a acţionat prea rapid. Dacă i-ar fi ţinut pe cei doi sub o supraveghere intensă, ei i-ar fi condus până la restul bandei. Lucrul ăsta pare mai plauzibil acum, când privim lucrurile în perspectivă inversă.

– FBI-ul ştie ceva despre eforturile voastre de a mă recruta?

– Nu.

– Cei de la FBI îl bănuiesc pe Bruce Cable?

– Nu, cel puţin aşa cred eu.

– Aşadar, există investigaţii paralele. A voastră şi a lor.

– În măsura în care nu împărtăşim toate informaţiile, da, mergem pe căi diferite.

– Dar de ce?

Când le-au sosit băuturile, chelneriţa le-a întrebat dacă aveau întrebări. Cum niciuna din ele nu atinsese meniul, i-au făcut un semn discret din care reieşea că nu mai aveau nevoie deocamdată de serviciile ei. Restaurantul se popula cu repeziciune, iar Mercer a aruncat o privire în jur. Nu recunoştea nimeni.

Elaine a luat o sorbitură, şi-a aşezat paharul pe masă şi s-a gândit ce să răspundă.

– Dacă bănuim că un hoţ deţine o pictură, o carte sau o hartă furată, avem modalităţi de a verifica asta. Folosim cea mai performantă tehnologie, cele mai avansate dispozitive şi cei mai inteligenţi oameni. Unii dintre tehnicienii noştri sunt foşti agenţi de informaţii. Dacă verificăm existenţa unui obiect furat, înştiinţăm FBI-ul ori intervenim noi. Depinde de situaţie – şi pot spune că nu există nici pe departe două cazuri asemănătoare.

– Interveniţi?

– Da. Mercer, nu uita, vorbim despre un hoţ care ascunde ceva de valoare, ceva ce clientul nostru a asigurat pentru o sumă colosală. Nu îi aparţine, iar el doreşte întotdeauna să vândă acel obiect pe bani mulţi. Asta face ca situaţia să fie foarte încordată. Timpul trece, însă noi trebuie să dăm dovadă de o răbdare deosebită. A luat apoi încă o înghiţitură din pahar. Îşi alegea cu atenţie cuvintele. Poliţia şi FBI-ul trebuie să-şi facă griji în legătură cu cauza probabilă şi să ceară mandate. Noi nu suntem constrânşi de asemenea formalităţi constituţionale.

– Şi-atunci, spargeţi şi pătrundeţi?

– Nu spargem niciodată uşile, dar câteodată intrăm – dar doar în scop de verificare şi recuperare. Există foarte puţine clădiri în care să nu putem pătrunde discret, iar când e vorba de ascunderea prăzilor, majoritatea hoţilor nu sunt chiar atât de isteţi pe cât se consideră.

– Interceptaţi telefoane şi pătrundeţi în computere?

– Mda, să spunem că ascultăm câteodată.

– Aşadar, încălcaţi legea?

– Noi numim aceste acţiuni „operaţiuni în zona gri". Ascultăm, pătrundem, verificăm şi, în cele mai multe cazuri, informăm FBI-ul. Ei îşi fac treaba cu mandat în regulă, iar obiectul de artă este înapoiat proprietarului. Hoţul merge la puşcărie, iar FBI-ul îşi arogă toate meritele. Toată lumea e fericită, cu excepţia hoţului, probabil, dar pe noi nu ne îngrijorează sentimentele lui.

După a treia înghițitură, când ginul și-a făcut efectul, Mercer a început să se destindă.

– Păi, dacă sunteți atât de buni, de ce nu vă furișați în camera de valori a lui Cable ca să verificați?

– Cable nu e hoț și pare mai inteligent decât un suspect obișnuit. Este foarte precaut, iar asta ne face și mai bănuitori. O mișcare greșită ici sau colo și manuscrisele ar putea dispărea din nou.

– Dar dacă ascultați telefoanele și pătrundeți în computere și îi urmăriți mișcările, de ce nu-l puteți prinde?

– N-am spus că facem așa ceva. S-ar putea – și asta chiar curând –, dar în prezent avem nevoie de mai multe informații.

– A fost acuzat vreodată cineva din compania voastră de ceva ilegal?

– Nu, nici pe departe. Ți-am spus, acționăm în zona gri, iar când infracțiunea este dovedită, cine se mai sinchisește?

– Poate hoțul. Nu sunt avocat, dar hoțul n-ar putea reclama o percheziție ilegală?

– Poate că trebuia să te faci avocat.

– Nici nu-mi închipui ceva mai rău.

– Răspunsul este nu. Hoțul și avocatul lui nu au niciun indiciu privind amestecul nostru. Nu au auzit de noi, iar noi nu lăsăm amprente.

A urmat o pauză lungă, în care amândouă s-au concentrat asupra paharelor cu cocktail, aruncând câte o privire la meniu. Chelnerița s-a foit pe lângă ele, dar Elaine a anunțat-o politicos că nu se grăbeau. În cele din urmă, Mercer a spart tăcerea:

– Mi se pare că-mi cereți să fac o treabă care ar putea presupune să pătrund într-una dintre acele zone gri, ceea ce e un eufemism pentru încălcarea legii.

Bine măcar că se gândea la asta, a socotit Elaine. După încheierea intempestivă a prânzului, era convinsă că Mercer devenise istorie. Acum, provocarea cea mare era să încheie o înţelegere.

– Nicidecum, a liniştit-o Elaine. Ce lege ai putea încălca?

– Poate-mi spui tu. Înseamnă că aveţi şi alţi oameni acolo. Sunt convinsă că nu vor pleca. Sunt sigură că mă vor urmări la fel de atent pe cât îl urmăresc pe Cable. Prin urmare, e un fel de echipă, un efort concertat, doar că eu nu voi avea habar ce fac colegii mei invizibili.

– Nu-ţi face griji din cauza lor. Sunt profesionişti de cel mai înalt nivel, care nu au fost prinşi niciodată. Ascultă, Mercer, ai cuvântul meu. Ceea ce îţi cerem să faci nu este nici pe departe ilegal. Îţi promit asta.

– Noi două nu suntem îndeajuns de apropiate ca să ne facem promisiuni una alteia. Nu te cunosc. Mercer a golit paharul cu Martini, apoi a adăugat: Am nevoie de încă unul.

Alcoolul era întotdeauna important în astfel de discuţii, aşa că Elaine şi l-a golit pe al ei şi i-a făcut semn chelneriţei. După ce a sosit al doilea rând de băuturi, au comandat porc în stil vietnamez şi rulouri cu crab.

– Povesteşte-mi despre Noelle Bonnet, a spus apoi Mercer, ceea ce a mai destins un pic atmosfera. Sunt convinsă că aţi făcut cercetări şi în privinţa ei.

Elaine a zâmbit şi a spus:

– Da, şi sunt convinsă că în după-amiaza asta ai căutat pe internet date despre ea.

– Aşa e.

– A publicat deja patru cărţi, toate despre antichităţi şi decoraţiuni în stil provensal, astfel că a dezvăluit câte ceva despre sine. Călătoreşte mult, vorbeşte mult, scrie mult şi îşi petrece jumătate din an în Franţa. Ea şi Cable sunt împreună de zece ani și par a fi o pereche potrivită. Nu au copii. Ea a divorțat o dată; el nu a mai fost căsătorit. El nu stă mult în Franța, pentru că rareori își părăsește magazinul. Iar al ei este ușă în ușă cu al lui. El deține clădirea, iar în urmă cu trei ani a desființat magazinul de galanterie bărbătească și i-a oferit ei acel spațiu. Evident, nu are nimic de-a face cu afacerea ei, iar ea nu se amestecă în a lui, decât atunci când e vorba de a se întreține cu cineva din afară. Cea de-a patra carte a ei are ca subiect casa lor în stil victorian, aflată la câteva intersecții de centru, care merită văzută. Vrei să auzi niște bârfe?

– Chiar te rog. Cui nu-i plac?

– În ultimii zece ani, cei doi au susținut că sunt căsătoriți, că s-au legat pe un deal aflat deasupra orașului Nisa. E o poveste romantică, dar neadevărată. Nu sunt căsătoriți și par să aibă o căsătorie deschisă. El păcătuiește, ea păcătuiește, dar mereu își găsesc drumul înapoi.

– De unde Dumnezeu știi asta?

– Repet, scriitorii sunt gură-bogată. Evident, unii sunt promiscui.

– Nu mă include și pe mine în categoria asta.

– Nici n-am făcut-o. Vorbesc în termeni generali.

– Continuă.

– Am verificat pretutindeni și nu există nicio dovadă a căsătoriei, nici aici, nici în Franța. Pe aici trec mulți scriitori și scriitoare. Bruce își face jocul cu femeile. Noelle procedează la fel cu bărbații. Casa lor are la etajul doi un turn cu un dormitor și acolo dorm vizitatorii. Și nu întotdeauna singuri.

– Prin urmare, trebuie să cedez și eu totul pentru echipă?

– Trebuie să te apropii cât de mult posibil. Calea pe care o alegi e treaba ta.

După ce le-au sosit rulourile cu crab, Mercer a comandat găluște de homar în sos, iar Elaine a optat pentru creveți cu ardei, alegând o sticlă de vin Sancerre. Mercer a luat două îmbucături și și-a dat seama că primul Martini aneantizase totul.

Elaine a ignorat cel de-al doilea pahar cu băutură și, într-un târziu, a spus:

– Pot să te întreb ceva personal?

Mercer a pufnit în râs, poate ceva mai tare decât trebuia, și i-a răspuns:

– Da, de ce nu? Există ceva ce nu știi?

– Multe lucruri. De ce nu te-ai mai întors acolo după ce a murit Tessa?

Întristată, Mercer și-a mutat privirea și s-a gândit ce să răspundă.

– E prea dureros. Mi-am petrecut fiecare vară acolo, de la vârsta de șase ani până când am împlinit nouăsprezece ani, doar eu și Tessa, umblând pe plajă, înotând în ocean, vorbind și tot vorbind. Era mai mult decât bunica mea. Era stânca de care mă agățam, mama mea, cea mai bună prietenă, totul. Îmi petreceam nouă luni chinuitoare cu tata, numărând zilele până la sfârșitul anului școlar, ca să pot evada pe plajă și să fiu alături de Tessa. L-am implorat pe tata să mă lase să stau cu ea tot anul, dar nu mi-a permis asta. Presupun că știi și despre mama.

Elaine a ridicat din umeri și a spus:

– Doar ce există în documente.

– A fost alungată pe când aveam șase ani, gonită de demonii proprii și, bănuiesc, și de tata.

– Tatăl tău se înțelegea bine cu Tessa?

– Nu fi ridicolă. În familia mea, nimeni nu se înțelege cu nimeni. A urât-o pe Tessa pentru că era o snoabă care socotea că mama se căsătorise cu cine nu trebuia. Herbert a fost un copil sărac dintr-o parte cu un renume prost din Memphis, care a făcut avere din vânzarea maşinilor second-hand, apoi a maşinilor noi. Familia Tessei era veche în Memphis, având o îndelungată istorie şi ifose de superioritate, dar fără bani. Ai auzit vechea zicală: „Prea sărac să pictezi şi prea mândru ca să văruieşti". Asta este descrierea perfectă a familiei bunicii Tessa.

– A avut trei copii.

– Da. Pe mama, pe mătuşa Jane şi pe unchiul Holstead[1]. Cine ar numi un copil astfel? Doar Tessa. Asta provenea din familia ei.

– Şi Holstead locuieşte în California?

– Da, a fugit în Sud acum cincizeci de ani şi s-a stabilit într-o comunitate gen chibuţ. S-a căsătorit cu o femeie dependentă de droguri, cu care a avut patru copii, toţi idioţi desăvârşiţi. Din cauza mamei mele, ei consideră că suntem cu toţii nebuni, dar ei sunt cu adevărat duşi cu mintea. O familie plină de glorie.

– E cam neplăcut.

– De fapt, mă exprim cu blândeţe. Niciunul dintre ei nu s-a deranjat să vină la înmormântarea bunicii Tessa, aşa că nu i-am văzut de când eram mică. Şi, crede-mă, nu există planuri pentru o revedere a membrilor familiei.

– *Ploaie de octombrie* tratează o familie disfuncţională. A fost un roman autobiografic?

– Aşa au crezut ei. Holstead mi-a trimis o scrisoare mizeră pe care mă gândisem să o înrămez. A fost ultimul cui bătut în sicriu. Mercer s-a oprit şi a mâncat jumătate de rulou, apoi a băut apă. Să discutăm despre altceva!

– Bună idee. Ai spus că vrei să-mi pui câteva întrebări.

---

[1] Traducere aproximativă: surescitat din cauza drogurilor sau superdotat ca musculatură (n.tr.)

– Și tu m-ai întrebat de ce nu m-am mai întors la casa de pe plajă. Nu va fi niciodată la fel, iar amintirile vor fi greu de suportat. Gândește-te doar. Am treizeci și unu de ani și cele mai fericite zile din viața mea sunt departe în urmă, în căsuța aceea, cu Tessa. Nu sunt sigură că mă pot întoarce acolo.

– Nu e nevoie. Îți putem închiria un loc plăcut vreme de șase luni. Dar activitatea ta secretă ar fi mai eficientă dacă vei sta în acea casă.

– Presupunând că voi putea. Sora mea se duce acolo două săptămâni în luna iulie și ar putea exista și alte persoane care închiriază. Mătușa Jane se ocupă de ea și, din când în când, o închiriază unor prieteni. O familie din Canada stă acolo în fiecare an, în luna noiembrie. Iar Jane își petrece acolo iarna, din ianuarie până în martie.

Elaine a luat o îmbucătură, apoi a băut din pahar.

– Sunt curioasă, a continuat Mercer. Ai văzut casa?

– Da. Acum două săptămâni. Făcea parte din pregătire.

– Și cum arată?

– Atrăgătoare. Bine îngrijită. Aș vrea să stau acolo.

– Mai sunt case de închiriat de-a lungul plajei?

– Sigur. Nu prea cred că s-au schimbat multe în unsprezece ani. Zona îți dă o senzație de vacanță de pe vremuri. Plaja e minunată, și deloc aglomerată.

– Noi am trăit pe acea plajă. Tessa mă trezea când răsărea soarele: verifica țestoasele, adică cele sosite recent, care își depuneau ouăle în timpul nopții.

– Ai scris despre asta o povestire încântătoare.

– Mulțumesc.

Își terminaseră băuturile când au sosit antreurile. Elaine a degustat vinul și l-a acceptat, iar chelnerița a turnat câte puțin în fiecare pahar. Mercer a gustat din mâncare, apoi și-a așezat jos furculița.

– Ascultă, Elaine, nu mă simt pregătită pentru aşa ceva. Aţi ales persoana nepotrivită, înţelegi? Nu ştiu deloc să mint şi nu mă pricep deloc să duc oamenii de nas. Nu mă pot insinua în viaţa lui Bruce Cable şi a lui Noelle Bonnet, nici în grupul lor literar, ca să aduc vreo informaţie care să aibă vreo valoare.

– Deja ai spus asta. Eşti o scriitoare care locuieşte pe plajă câteva luni, în casa familiei. Lucrezi din greu la un roman. E povestea perfectă, pentru că este adevărată. Și ai personalitatea perfectă, pentru că eşti sinceră. Dacă am avea nevoie de un imitator, nu am mai sta de vorbă acum. Ți-e teamă?

– Nu. Nu ştiu. Ar fi cazul?

– Nu. Ţi-am promis că nimic din ceea ce-ţi vom cere nu va fi ilegal – şi nici periculos. Ne vom întâlni săptămânal...

– Vei sta acolo?

– Voi veni și voi pleca, iar dacă ai nevoie de cineva, bărbat sau femeie, putem aranja să fie aproape de tine.

– N-am nevoie de dădacă şi nu mă tem decât că voi da greş. Îmi veţi plăti o groază de bani ca să fac ceva ce nici nu-mi pot imagina, ceva important. Iar voi aşteptaţi rezultate, evident. Ce se întâmplă dacă Bruce Cable e inteligent și dur aşa cum îl credeţi și nu va dezvălui nimic? Ce se întâmplă dacă fac vreo prostie şi devine suspicios, apoi mută manuscrisele de acolo? Întrevăd multe modalităţi prin care operaţiunea asta poate fi ratată, Elaine. Nu am experienţă în domeniu și nici vreo idee.

– Îmi place onestitatea ta. Tocmai de aceea eşti alegerea perfectă, Mercer. Eşti directă, sinceră şi transparentă. În acelaşi timp, eşti foarte atrăgătoare, iar Cable te va plăcea imediat.

– Iar revenim la sex? Asta face parte din fişa postului?

– Nu. Repet, ceea ce faci depinde de tine.

– Dar nu am idee ce să fac! a ridicat glasul Mercer, surprinzând imediat o privire intrigată de la o masă apropiată. Coborându-şi vocea, a spus: Iartă-mă!

Preţ de câteva minute, au mâncat în tăcere.

– Îţi place vinul? a întrebat Elaine.

– E foarte bun, mulţumesc.

– E unul preferat de mine.

– Dar dacă zic din nou nu? Ce vei face?

Elaine şi-a şters buzele cu şervetul şi a băut apă.

– Avem o listă scurtă pe care apar numele altor autoare, dar niciuna la fel de interesantă ca tine. Mercer, ca să fiu sinceră, suntem convinşi că eşti persoana perfectă şi ne-am pus în tine toate speranţele. Dacă spui nu, probabil că vom reface planul şi vom trece la următoarea candidată.

– Care este...?

– Nu-ţi pot spune asta. Avem suficiente resurse şi suntem presaţi de situaţie, aşa că vom acţiona imediat în altă direcţie.

– Cable e singurul suspect?

– Te rog, nu pot vorbi despre acest aspect. Îţi voi spune mai multe când ajungi acolo, când o să fii implicată, iar noi două ne vom plimba pe plajă. Vom avea multe de discutat, inclusiv unele idei privind modul în care să procedezi. Nu vreau să intru în amănunte acum. La urma urmelor, e vorba de ceva confidenţial.

– Am înţeles. Ştiu să păstrez secretele. Asta e prima lecţie pe care am învăţat-o de la familia mea.

Elaine a zâmbit în semn că ar fi priceput, de parcă ar fi avut încredere deplină în Mercer. Chelneriţa le-a mai turnat puţin vin, iar ele au mâncat câte ceva din aperitive. După cea mai lungă pauză din cursul mesei, Mercer a înghiţit cu greu, a răsuflat adânc şi a spus:

– Am datorii de șaizeci și una de mii de dolari din perioada studenției, de care nu pot scăpa. E o povară care mă macină ceas de ceas și mă înnebunește.

Elaine a zâmbit din nou, ca și cum ar fi știut deja asta. Mercer a fost pe punctul să o întrebe dacă știa, dar, de fapt, nu voia să audă răspunsul. Elaine și-a pus jos furculița, apoi s-a lăsat pe coate. Și-a atins vârfurile degetelor încet și a spus:

– Ne vom ocupa de împrumuturile din perioada studenției, plus o sută de mii. Cincizeci acum, cincizeci peste șase luni. Numerar, cec, lingouri de aur, oricum vrei tu. Neoficial, desigur.

Apăsarea ca de plumb s-a ridicat brusc de pe umerii lui Mercer, evaporându-se în aer. Și-a reținut un icnet, apoi a dus o mână la gură și a clipit, pentru că ochii i se umeziseră de lacrimi. A încercat să vorbească, dar nu avea ce să spună. Își simțea gura uscată și a băut puțină apă. Calculându-și fiecare mișcare și fiecare cuvânt, Elaine a urmărit-o cu atenție.

Mercer se simțea copleșită de perspectiva de a scăpa instantaneu de sclavia datoriilor din studenție, un coșmar care o apăsase vreme de opt ani. A respirat adânc – mai era oare nevoie să respire acum? – și a mai mâncat o gălușcă din homar. A luat o gură de vin, pe care abia acum îl gusta cu adevărat – trebuia să încerce să bea o sticlă sau două în următoarele zile.

Elaine a înțeles că era pe cale să reușească un knock-out și s-a pregătit pentru lovitura decisivă.

– Cât de curând poți ajunge acolo?

– Examenele se încheie peste două săptămâni. Dar aș vrea să mă mai gândesc puțin.

– Nicio problemă. Văzând chelnerița dându-le târcoale, Elaine a spus: Aș vrea să încerc panna cotta. Ce zici, Mercer?

– De acord. Și un pahar de vin desert.

6

Cum avea puţine lucruri de împachetat, mutarea a durat doar câteva ore. Cu Wolkswagenul Beetle încărcat cu haine, cărţi, computerul şi imprimanta, câteva cratiţe şi alte ustensile de bucătărie, Mercer a părăsit Chapel Hill fără nicio undă de nostalgie. Nu lăsa în urmă amintiri plăcute, ci doar două prietene, genul de persoane cu care ai vrea să ţii legătura câteva luni, după care să dispari. Se mutase şi îşi luase rămas-bun de atât de multe ori, încât ştia câte prietenii aveau să reziste şi câte nu. Se îndoia că avea să le revadă vreodată pe cele două tinere.

Urma să plece spre sud peste două zile, nu imediat. A pornit pe autostrada interstatală spre vest, s-a oprit în frumosul oraş Asheville ca să mănânce de prânz şi să se plimbe, apoi a ales autostrăzi mai puţin importante şi drumuri sinuoase prin munţi, ajungând, în cele din urmă, în Tennessee. Când, în sfârşit, s-a oprit la un motel de la periferia oraşului Knoxville, se făcuse întuneric. A plătit numerar pentru o cameră mică şi a mers la un magazin de taco pentru masa de seară. A dormit opt ore fără întrerupere şi s-a trezit în zori, pregătită pentru încă o zi lungă de călătorie.

Hildy Mann era internată la Eastern State de douăzeci de ani. Mercer o vizita cel puţin o dată pe an, câteodată de două ori, dar nu mai des de atât. Nu primea alţi vizitatori. După ce îşi dăduse seama că soţia lui n-avea să se mai întoarcă acasă, Herbert se ocupase discret de procedurile de divorţ. Nimeni nu-i putea găsi vreo vină. Deşi locuia la doar trei ore de mers cu maşina, Connie nu îşi văzuse mama de ani întregi. Fiind cea mai mare, ea era tutorele legal al lui Hildy; dar era prea ocupată ca să o viziteze.

Pentru a intra în instituţie, Mercer a trecut cu răbdare prin tot procesul birocratic de verificare. S-a întâlnit cu un doctor, cu care a discutat un sfert de oră, şi a primit aceeaşi veste deprimantă privind diagnosticul. Pacienta era victima unei forme avansate de schizofrenie paranoică şi nu putea gândi raţional din cauza delirurilor, a vocilor şi a halucinaţiilor. Starea ei nu se îmbunătăţise în ultimii douăzeci şi cinci de ani şi nu exista niciun motiv de speranţă. I se administrau multe medicamente şi, la fiecare vizită, Mercer se întreba cât de mult rău îi făcuseră acestea de-a lungul anilor. Însă nu exista alternativă. Hildy era pacientă permanentă a spitalului de boli nervoase şi avea să trăiască acolo până la sfârşitul vieţii.

Pentru acea vizită, asistentele o scutiseră de halatul standard de culoare albă şi o îmbrăcaseră într-o rochie din bumbac de culoare bleu, una dintre numeroasele haina aduse de Mercer de-a lungul anilor.

Când Mercer a intrat în cameră, mama ei stătea desculţă pe marginea patului şi privea fix în podea. Mercer a sărutat-o pe frunte şi s-a aşezat alături de ea, apoi a bătut-o uşor pe un genunchi şi i-a spus că îi fusese dor de ea.

Hildy a răspuns cu un zâmbet plăcut. Ca întotdeauna, Mercer s-a mirat văzând cât de bătrână părea mama ei. Avea doar şaizeci şi patru de ani, dar părea de optzeci. Era slabă, aproape uscată, cu părul alb ca zăpada şi cu pielea ca a unei stafii. Cum putea arăta altfel? Nu părăsea niciodată rezerva. Cu ani în urmă, asistentele o scoseseră o dată pe zi, timp de o oră sau două, în curtea de recreere, dar, în cele din urmă, Hildy se împotrivise. Ceva de acolo o îngrozea.

Mercer a repetat acelaşi monolog, spunându-i despre viaţa şi munca ei, unele lucruri adevărate, altele inventate, dar nimic nu era recepţionat. Hildy nu părea să înţeleagă mare lucru. Faţa ei rămânea încremenită în acelaşi zâmbet simplu, iar ochii ei nu se ridicau din podea. Mercer se gândea că poate Hildy îi recunoştea vocea, dar nu era sigură. De fapt, nici nu ştia clar de ce se mai deranja să vină în vizită.

Vinovăţia. Connie putea uita de mama lor, dar Mercer se simţea vinovată că nu o vizita mai des.

Trecuseră cinci ani de când Hildy nu îi mai vorbise. Atunci o recunoscuse, îi rostise numele şi chiar îi mulţumise fiindcă trecuse pe la ea. Câteva luni după aceea, în timpul unei vizite, Hildy devenise brusc furioasă şi fusese nevoie de intervenţia unei asistente. Mercer se întreba deseori dacă nu cumva medicaţia era suplimentată când se ştia despre sosirea ei.

Din câte spunea Tessa, Hildy adorase poeziile scrise de Emily Dickinson pe când era adolescentă. De aceea, la începutul perioadei de internare, când îşi vizita des fiica, îi citea poezii. Pe vremea aceea, Hildy asculta şi reacţiona, dar, odată cu trecerea anilor, starea ei se deteriorase.

– Ce zici, îţi citesc o poezie, mamă? a întrebat-o Mercer, scoţând un volum gros şi uzat de *Poezii alese*.

Era aceeaşi carte pe care Tessa o adusese cu ea la Eastern State.

Mercer şi-a tras un balansoar aproape de pat. Hildy a rămas zâmbitoare, fără să scoată însă nicio vorbă.

7

În Memphis, Mercer şi-a întâlnit tatăl pentru a lua masa de prânz într-un restaurant din zona centrală. Herbert locuia undeva în Texas cu soţia sa, pe care Mercer nu ţinea nici să o vadă, nici să discute cu ea. Pe vremea când vindea maşini, Herbert nu vorbea decât despre asta, iar acum, de când căuta talente pentru Orioles, nu vorbea decât despre baseball. Mercer era la fel de dezinteresată de ambele subiecte, dar a rezistat și s-a străduit să se simtă bine cât timp au luat masa. Îl întâlnea pe tatăl ei o dată pe an, iar după o jumătate de oră și-a adus aminte de ce. El se afla în oraș sub pretextul unor „interese de afaceri", dar ea se îndoia de asta. Afacerile lui se stinseseră în mod spectaculos după primul ei an de colegiu, când o lăsase la mila creditelor pentru studenți.

Încă se ciupea pentru a se convinge că era adevărat: datoriile ei dispăruseră!

Revenind la baseball, Herbert a început să bată câmpii despre perspectivele unui liceu sau altul, fără să o întrebe despre ultima ei carte sau despre proiectele pe care le avea. Nu îi spusese dacă citise ceva din ce publicase ea.

După o oră care i s-a părut foarte lungă, Mercer aproape că ar fi vrut să fie în vizită la Eastern State. Incapabilă să vorbească, sărmana ei mamă nu era la fel de plictisitoare precum tatăl ei, preocupat doar de sine și cu totul aerian. Cu toate acestea, și-au luat rămas-bun cu o îmbrățișare și un sărut, precum și cu promisiunile obișnuite de a se întâlni mai des. Mercer i-a spus că avea să fie pe plajă în următoarele luni, ca să-și termine romanul, dar el își căuta deja telefonul mobil.

După masă, s-a dus la cimitirul Rosewood și a lăsat un buchet de trandafiri pe mormântul bunicii Tessa. S-a rezemat cu spatele de piatra de mormânt și a plâns pe săturate. Tessa avea șaptezeci și patru de ani când murise, dar era tânără din multe puncte de vedere. Acum ar fi avut optzeci și cinci de ani și, fără îndoială, ar fi fost la fel de activă, cutreierând plaja, adunând scoici, păzind ouăle țestoaselor, asudând în grădină și așteptându-și nepoata iubită să vină la joacă.

Venise momentul să revină în trecut, să audă vocea ei, să îi atingă lucrurile și să retrăiască acele zile. Avea să fie dureros la început, dar Mercer știuse în toți acești unsprezece ani că urma să sosească și această zi.

Apoi a luat cina cu o veche prietenă din liceu, a dormit în camera ei de oaspeţi şi şi-a luat rămas-bun a doua zi, dimineaţa devreme. Avea de condus cincisprezece ore până pe insula Camino.

8

Şi-a petrecut noaptea la un motel din apropiere de Tallahassee şi a sosit la căsuţă la amiază, aşa cum planificase. Nu se schimbaseră multe, deşi casa era acum văruită în alb, şi nu în galben-deschis, cum prefera Tessa. Aleea îngustă pentru maşină, presărată cu cochilii de stridii, era mărginită de o iarbă tunsă frumos. După cum îi spusese mătuşa Jane, Larry grădinarul încă avea grijă de casă, iar el urma să treacă pe acolo mai târziu, ca să o salute. Uşa principală a casei nu era departe de Fernando Street; din acest motiv, pentru mai multă intimitate, Tessa îşi marcase marginile proprietăţii cu palmieri pitici şi cu tufe de soc, însă nu atât de dese încât să ascundă vederii casele vecinilor. Straturile de flori lângă care Tessa îşi petrecea dimineţile, departe de soare, erau înţesate de begonii, iarba-mâţei şi lavandă. Coloanele verandei erau acoperite de glicină căţărătoare. Un eucalipt care crescuse foarte mult umbrea cea mai mare parte a peluzei din faţă. Jane şi Larry se pricepeau la grădinărit. Tessa ar fi fost încântată, deşi ea sigur ar fi găsit şi alte modalităţi de a îmbunătăţi lucrurile.

Cheia s-a răsucit în broască, dar uşa a rămas înţepenită. Mercer a împins-o puternic cu un umăr şi, în cele din urmă, a deschis-o. A păşit în camera generoasă şi lungă, ocupată de o canapea veche şi de câteva scaune aflate într-un colţ, cu faţa spre televizor. Apoi a observat o masă rustică, pe care nu a recunoscut-o. În spatele acesteia se afla zona de bucătărie, înconjurată de ferestre înalte ce dădeau spre oceanul aflat la șaizeci de metri distanță, dincolo de dune. Atât mobilierul, cât și picturile de pe pereți și covoarele erau diferite de ceea ce știa ea. Părea mai mult o casă de închiriat, dar Mercer era pregătită pentru asta. Tessa locuise acolo tot timpul vreme de aproape douăzeci de ani și păstrase totul imaculat. Acum devenise un loc pentru petrecerea vacanțelor și avea nevoie de o curățenie serioasă. Mercer a trecut prin bucătărie și a ieșit afară, pe terasa cu mobilier îmbătrânit din răchită, înconjurată de palmieri și de mirt. A îndepărtat praful și pânzele de păianjen de pe un balansoar și s-a așezat, privind dunele și Atlanticul, ascultând sunetul valurilor. Își promisese să nu plângă și s-a străduit să se țină de cuvânt.

Pe plajă, copiii râdeau și se jucau. Îi auzea, dar nu îi vedea, pentru că dunele o împiedicau să vadă valurile. Pescăruși și ciori-pescar cârâiau în timp ce pluteau pe deasupra dunelor și a apei mai sus sau mai jos.

Amintirile erau pretutindeni, gânduri aurii și prețioase dintr-o altă viață. Practic, Tessa o adoptase când rămăsese fără mamă și o aducea pe plajă cel puțin trei luni pe an. În celelalte nouă luni, Mercer tânjea să se afle în locul acela, să stea în balansoare în după-amiezile târzii, când soarele cobora, stingându-se înapoia lor. Amurgul era perioada lor preferată din zi. Căldura înăbușitoare dispărea, iar plaja se golea. Mergeau un kilometru și jumătate până la South Pier și înapoi, căutând cochilii de scoici, bălăcindu-se în valuri, flecărind cu prietenii Tessei sau cu alți rezidenți care ieșeau la plimbare spre sfârșitul zilei.

Iar acei prieteni dispăruseră acum – fie muriseră, fie fuseseră trimiși să trăiască sub asistență medicală.

Mercer s-a legănat o vreme, apoi s-a ridicat. A trecut prin restul casei şi a găsit puţine lucruri care să îi amintească de Tessa. Iar ăsta era un lucru bun, a socotit ea. Nu a găsit nicio fotografie a bunicii, ci doar câteva instantanee înrămate ale mătuşii Jane şi ale familiei ei într-un dormitor. După înmormântare, Jane îi trimisese lui Mercer o cutie cu fotografii, desene şi jocuri de puzzle, despre care credea că aveau să o intereseze. Mercer păstrase unele dintre acestea într-un album. A despachetat şi l-a scos din bagaj, apoi s-a dus la băcănie să cumpere câteva lucruri esenţiale. Şi-a pregătit masa de seară, a încercat să citească, dar nu s-a putut concentra, apoi a adormit într-un hamac de pe terasă.

Larry a trezit-o când a urcat tropăind treptele scării din lateralul casei. După ce s-au îmbrăţişat scurt, fiecare s-a mirat de felul în care anii îl schimbaseră pe celălalt. El i-a spus că era la fel de frumoasă, dar acum „o femeie în toată firea". El arăta la fel, chiar dacă ceva mai albit şi mai ridat, cu pielea mai înăsprită de timpul petrecut în soare. Era scund şi musculos şi părea să poarte aceeaşi pălărie din paie pe care Mercer şi-o amintea din copilărie. Exista ceva neguros în trecutul lui, pentru că fugise de undeva din nord, probabil din Canada. Era grădinar independent şi ajutor la toate, iar el şi Tessa se ciondăniseră mereu în legătură cu modul de îngrijire a florilor.

– Trebuia să te fi întors mai de mult, a spus el.

– Probabil. Vrei o bere?

– Nu. Nu mai beau de câţiva ani. Soţia m-a făcut să mă las.

– Ia-ţi o altă soţie.

– Am încercat şi asta.

Avusese câteva soţii, din câte îşi amintea Mercer, şi era un bărbat căruia îi plăcea să flirteze, după cum spunea Tessa. Mutându-se pe un balansoar, a spus:

– Șezi. Hai să vorbim!

– Da, bine... Adidașii îi erau pătați de iarbă și avea gleznele presărate cu fire verzi. Niște apă n-ar strica.

Zâmbind, Mercer a plecat să aducă de băut. După ce s-a întors, a desfăcut capacul unei sticle de bere și a zis:

– Și ce-ai mai făcut?

– Același lucru, mereu la fel. Dar tu?

– Am predat și am scris.

– Ți-am citit cartea. Mi-a plăcut. Mă uitam mereu la poza ta de pe ultima copertă și îmi spuneam: „Mamă, o cunosc. O știu de multă vreme". Tessa ar fi fost tare mândră de tine, știi?

– Chiar ar fi fost. Și ce se mai bârfește pe insulă?

– Ai lipsit de aici o veșnicie și acum vrei să afli bârfe, a zis el râzând.

– Ce s-a întâmplat cu familia Bancroft de alături?

– El a murit acum doi ani. Cancer. Ea mai rezistă, dar au dus-o la un azil. Copiii ei au vândut casa. Noii proprietari nu m-au plăcut – dar nici eu nu-i înghițeam.

Mercer și-a amintit de modul direct în care se exprima el, folosind exact cuvintele potrivite.

– Dar familia Henderson, de peste drum?

– Au murit.

– Eu și ea ne-am scris câțiva ani după ce Tessa a murit, apoi ne-am pierdut interesul. Lucrurile nu s-au schimbat prea mult pe aici.

– Insula nu se schimbă. Au apărut câteva case noi, ici și colo. S-a construit câte ceva pe toate terenurile de pe plajă și s-au înălțat și câteva clădiri elegante cu apartamente pe lângă Ritz. Jane mi-a spus că vei rămâne aici câteva luni.

– Cam ăsta e planul. Vom vedea. Sunt între slujbe și trebuie să termin o carte.

– Întotdeauna ţi-au plăcut cărţile, nu? Ţin minte teancurile de cărţi din toată casa, încă de când erai mică.

– Tessa mă ducea la bibliotecă de două ori pe săptămână. Când eram în clasa a cincea, am avut la şcoală un concurs de lecturi de pe durata verii. Am citit nouăzeci şi opt de cărţi în vara aceea şi am câştigat trofeul. Michael Quon a fost al doilea, cu cincizeci şi trei. Dar chiar îmi propusesem să ating suta.

– Tessa spunea mereu că prea eşti pusă pe competiţie. Dame, şah, Monopoly... Trebuia să câştigi întotdeauna.

– Aşa cred. Acum mi se pare ridicol.

Larry a luat o înghiţitură de apă şi s-a şters la gură cu mâneca. Privind lung spre ocean, a adăugat:

– Să ştii că-mi lipseşte mult bătrâna. Ne certam întruna în legătură cu straturile de flori şi cu îngrăşămintele, dar era în stare să facă orice pentru prietenii ei.

Mercer a dat din cap, dar nu a spus nimic. După o tăcere lungă, el a rostit:

– Iartă-mă că am adus vorba de asta. Ştiu că încă e dureros.

– Pot să te-ntreb ceva, Larry? N-am discutat cu nimeni despre ce s-a întâmplat cu Tessa. Mai târziu, după înmormântare, am citit articolele din ziare şi toate celelalte, dar mă întreb dacă e ceva ce nu ştiu... Ar mai fi ceva în plus?

– Nimeni nu ştie, a răspuns el dând din cap către ocean. Ea şi Porter au ieşit în larg, la vreo cinci-şase kilometri. Probabil că încă mai vedeau uscatul când furtuna a izbucnit din senin. Una dintre acelea de la sfârşitul verii, dar tare urâtă.

– Unde erai atunci?

– Acasă, îmi omoram timpul. Până să mă dezmeticesc, cerul s-a întunecat şi vântul a început să urle. Ploaia era deasă şi bătea din lateral. Vântul a doborât câţiva copaci şi curentul s-a oprit. S-a spus că Porter lansase un semnal de ajutor, dar prea târziu.

– Am ieşit cu barca aceea de vreo zece ori, dar navigaţia nu mă interesa. Întotdeauna mi s-a părut prea cald şi prea plictisitor.

– Porter era un bun navigator şi, după cum ştii, ţinea nebuneşte la Tessa. Nimic romantic, bineînţeles. La naiba, doar era cu douăzeci de ani mai tânăr decât ea.

– Larry, nu sunt prea sigură de asta. Erau din cale-afară de apropiaţi şi, pe măsură ce creşteam, deveneam tot mai suspicioasă. La un moment dat, am găsit nişte adidaşi de-ai lui în dulapul ei. Scotoceam, aşa cum fac toţi puştii. N-am spus nimic, dar am ciulit urechile. Am avut impresia că Porter îşi petrecea mult timp aici cât eu eram plecată.

El a clătinat din cap.

– Nu. Crezi că eu n-aş fi ştiut?

– Presupun.

– Vin aici de trei ori pe săptămână şi mă ocup de casă. Dacă ar fi fost cineva aici, mi-aş fi dat seama.

– Cum zici tu... Dar ea a ţinut cu adevărat la Porter.

– Toată lumea a ţinut la el. Un tip de treabă. N-a fost găsit – şi nici barca.

– S-au făcut cercetări?

– Desigur, cea mai mare căutare pe care am văzut-o vreodată. Toate bărcile de pe insulă au ieşit în larg, chiar şi eu. Garda de Coastă, elicoptere... Un alergător a găsit-o pe Tessa la North Pier, la răsăritul soarelui. Din câte-mi amintesc, asta a fost cu două sau cu trei zile mai târziu.

– Era o bună înotătoare, dar noi nu foloseam niciodată veste de salvare.

– În furtuna aceea, n-ar fi ajutat la nimic. Deci, nu, nu vom afla niciodată ce s-a întâmplat. Îmi pare rău.

– Am întrebat și eu.

– Ar trebui să plec. Te pot ajuta cu ceva? S-a ridicat încet și și-a întins brațele. Ai numărul meu de telefon.

Mercer s-a ridicat și l-a îmbrățișat ușor.

– Îți mulțumesc, Larry. Mă bucur că te-am revăzut.

– Bine-ai revenit!

– Mulțumesc.

9

Mai târziu în cursul acelei zile, Mercer și-a descălțat sandalele și s-a îndreptat spre plajă. Aleea pavată cu scânduri care pornea de la terasă se înălța și cobora, urmând dunele, care erau în afara proprietății și protejate prin lege. Ca întotdeauna, Mercer a umblat de colo colo, căutând țestoase. Tessa devenise fanatică cu privire la protejarea habitatului lor. Se hrăneau cu grâușor de mare (uniola paniculata) și cu spartină, care creșteau pe dune. Când avea opt ani, Mercer putea identifica toate plantele de acolo – colțul-babei, steaua-plajei, yucca și agava-baionetă. Tessa o învăța despre acele plante și spera ca ea să țină minte de la o vară la alta. După unsprezece ani, Mercer încă își amintea numele lor.

După ce a închis poarta îngustă a aleii podite, a luat-o spre apă și a pornit spre sud. A trecut prin dreptul câtorva plimbăreți, care au salutat-o cu mișcări din cap și i-au zâmbit. Cei mai mulți aveau câini în lesă. În fața ei, o femeie se îndrepta spre ea. Cu un șort kaki, o cămașă din batist și un pulover din bumbac aranjat pe un umăr, părea un model dintr-un catalog de modă J. Crew. Fața i-a devenit curând cunoscută. Elaine Shelby i-a surâs și a salutat-o. Și-au strâns mâinile și au mers mai departe împreună, oprindu-se cu picioarele desculțe spuma valurilor care se spărgeau pe mal.

– Cum e căsuța? a întrebat-o Elaine.

– În formă bună. Mătușa Jane se ocupă de lucruri cu o mână de fier.

– Ți-a pus multe întrebări?

– Nu tocmai. S-a bucurat că vreau să stau aici.

– Și n-ai pe nimeni până la începutul lunii iulie?

– Până în jur de 4 iulie. Connie și familia ei vor sta aici două săptămâni, așa că n-o să mai rămân acolo.

– Îți găsim o cameră în apropiere. Alte închirieri ale casei?

– Nu, asta e tot până în noiembrie.

– Până atunci, într-un fel sau altul, termini.

– Dacă spui tu...

– Două idei de început, a zis apoi Elaine, trecând rapid la treabă.

Părea o plimbare nevinovată pe plajă, dar, de fapt, era o întâlnire importantă. Un câine retriever auriu în lesă s-a apropiat de ele. L-au mângâiat pe cap și au schimbat câteva amabilități cu stăpânul lui. Pornind din nou la plimbare, Elaine a spus:

– În primul rând, aș sta departe de magazinul de carte. E important ca Bruce Cable să vină la tine, și nu invers.

– Și cum aș putea aranja asta?

– Pe insulă este o doamnă, Myra Beckwith, o scriitoare de care poate c-ai auzit.

– Nu.

– Nu mi-aș fi închipuit. A scris o tonă de cărți, romane amoroase pline de sex, folosind vreo zece pseudonime. Cândva, a avut vânzări mari în domeniu, dar cu vârsta a lăsat-o mai moale. Locuiește cu partenera ei într-una dintre casele vechi din centru. E o femeie masivă, de vreun metru optzeci, și arată ca un bodyguard. Dacă o vezi, nu-ți vine să crezi că a făcut sex vreodată cu cineva, dar are o imaginație impresionantă. O adevărată figură, foarte excentrică, foarte guralivă și plină de culoare, un soi de matcă a lumii literare de aici. Bineînțeles, ea și Cable sunt vechi prieteni. Trimite-i un bilet, fă cunoștință cu ea, spune-i ce cauți aici, rutina obișnuită... Spune-i că ai vrea să treci pe la ea ca să o saluți. Cable va afla despre asta în mai puțin de douăzeci și patru de ore.

– Și cine-i partenera ei?

– Leigh Trane, o altă scriitoare de care s-ar putea să fi auzit.

– Nu.

– Nu-mi închipuiam. Aspiră să scrie ficțiune, chestii de-a dreptul impenetrabile pe care magazinele de carte nu le pot vinde. Ultima ei carte s-a vândut în trei sute de exemplare – și asta a fost acum opt ani. Alcătuiesc o pereche ciudată în toate înțelesurile cuvântului, dar s-ar putea să te distrezi în compania lor. După ce te vor cunoaște, Cable nu va întârzia să te caute.

– Pare destul de simplu.

– Cea de-a doua idee e ceva mai riscantă, dar sunt convinsă că va da roade. Există și o tânără scriitoare pe nume Serena Roach.

– În sfârșit, cineva de care am auzit. N-am întâlnit-o, dar avem același editor.

– Exact. Ultimul ei roman a apărut acum câteva zile.

– Am văzut o recenzie. Sună cam prost.

– Asta n-are importanță. Interesant e că face un turneu și va sosi aici săptămâna viitoare, miercuri. Am e-mailul ei. Trimite-i un mesaj, laud-o și spune-i că ai vrea să bei o cafea cu ea. E cam de vârsta ta, e necăsătorită și poate-ți va face plăcere să o cunoști. Sesiunea ei de autografe va fi motivul perfect pentru prezența ta în magazin.

– Şi, cum e tânără şi necăsătorită, ne aşteptăm ca Bruce Cable să se comporte după cum îi e felul.

– Cum tu vei sta în oraş o vreme, iar domnişoara Roach e în turneu, există şansa ca Bruce şi Noelle să organizeze o cină după sesiunea de semnături. Apropo, Noelle e în oraş zilele acestea.

– N-am de gând să te întreb de unde ştii asta.

– E foarte simplu. Azi după-amiază am fost să cumpărăm antichităţi.

– Ai spus că ar putea fi riscant.

– Mda, la un păhărel s-ar putea să transpară că tu şi Serena nu v-aţi cunoscut până acum. Poate o coincidenţă fericită. Poate nu.

– Nu cred, a răspuns Mercer. Cum avem acelaşi editor, pare plauzibil să trec pe acolo ca să o salut.

– Bine. Mâine-dimineaţă pe la zece, ţi se va livra o cutie. Conţine un morman de cărţi, cele patru scrise de Noelle şi cele trei scrise de Serena.

– Asta-i temă de casă?

– Parcă-ţi place să citeşti, nu?

– Face parte din slujba mea.

– O să vâr acolo şi câteva dintre gunoaiele scrise de Myra, ca să te distrezi. Sunt nişte jeguri, dar creează dependenţă. N-am găsit decât una dintre cărţile lui Leigh Trane, dar va fi în grămada de acolo. Sunt convinsă că nu s-a mai tipărit, iar asta din motive întemeiate. Nu cred că mă deranjează. N-am reuşit să trec de primul capitol.

– Abia aştept. Cât timp mai rămâi aici?

– Plec mâine.

Au continuat să meargă în tăcere, pe lângă marginea apei. Doi puşti, vâslind cu mâinile pe plăcile de surf, se bălăceau în apropiere. Apoi Elaine a zis:

– Când am cinat la Chapel Hill, ai avut câteva întrebări legate de operaţiunea asta. Nu-ţi pot spune multe, dar oferim discret o recompensă pentru orice informaţie utilă. Acum câteva luni, am găsit o femeie care locuieşte în zona Bostonului. Cândva, a fost căsătorită cu un colecţionar de cărţi care se ocupă de chestii rare şi despre care se ştie că vinde volume cu un trecut tenebros. Evident, divorţul s-a petrecut recent, iar ea ştie destule. Ne-a spus că fostul ei soţ ştie multe lucruri despre manuscrisele Fitzgerald. Crede că el le-a cumpărat de la hoţi şi, temându-se, s-a descotorosit de ele imediat. După părerea ei, a primit un milion de dolari, dar noi n-am reuşit să dăm de urma banilor – şi nici ea. Dacă s-a întâmplat aşa, probabil că a fost vorba de un contract offshore, cu conturi secrete şi aşa mai departe. Încă investigăm.

– Cu fostul soţ aţi discutat?

– Încă nu.

– Şi el i le-a pasat lui Bruce Cable?

– Ea ne-a dat numele lui. A lucrat în branşă cu fostul soţ până când lucrurile s-au înrăutăţit, aşa că ştie câte ceva despre tranzacţie.

– De ce le-ar aduce aici?

– De ce nu? E casa lui şi se simte în siguranţă. De acum înainte, vom lua în calcul că manuscrisele se află aici, dar asta e o presupunere importantă. S-ar putea să ne înşelăm. Cum ţi-am spus, Cable e foarte inteligent şi abil şi ştie ce face. Probabil că e prea deştept ca să le păstreze într-un loc care să îl incrimineze. Dacă există o cameră de valori în subsolul magazinului de carte, nu cred că le-ar ţine acolo. Dar cine ştie? Nu avem decât supoziţii şi vom continua aşa până când vom obţine informaţii mai complete.

– Ce fel de informaţii?

– Avem nevoie de cineva care să vadă ce se află în magazin, mai ales în camera cu prime ediţii. După ce-l vei cunoaşte şi vei începe să mergi la magazin, cumpărând cărţi, apărând la sesiuni de semnături, te vei arăta curioasă treptat în legătură cu mărfurile lui rare. Ai câteva cărţi vechi pe care ţi le-a lăsat Tessa, iar ele vor reprezenta portiţa ta de intrare. Cât valorează? Vrea să le cumpere? Nu avem idee încotro vor duce discuţiile acestea, dar măcar vom avea pe cineva aproape de el, care nu va fi suspectat. La un moment dat, o să auzi ceva. Cine ştie şi ce ştie, când şi unde. Furtul manuscriselor Fitzgerald ar putea constitui un subiect de conversaţie la o cină. Cum îţi spuneam, bea mult, iar alcoolul dezleagă limbile. Poate scapă ceva.

– Mi-e greu să cred că-i va scăpa vreo vorbă.

– Adevărat, dar vorba ar putea scăpa din gura altcuiva. Acum, este crucial să avem ochi şi urechi în preajma lui.

Când au ajuns la South Pier s-au oprit, apoi s-au întors şi au pornit spre nord. Elaine a spus:

– Vino după mine!

Au pătruns pe o alee pavată cu scânduri. Ea a deschis poarta şi au urcat treptele spre o mică terasă. Arătând spre trei clădiri cu etaj, aflate la capătul celălalt, a adăugat:

– Cea din dreapta ne aparţine. Deocamdată. Acolo stau acum. Peste două zile, acolo va veni altcineva. O să-ţi trimit numărul prin mesaj.

– O să fiu urmărită?

– Nu. Eşti pe cont propriu, dar vei avea mereu un prieten aproape, pentru orice eventualitate. Şi aş dori să-mi trimiţi câte un e-mail în fiecare seară, indiferent de ce se întâmplă. Ne-am înţeles?

– Sigur.

– Acum o să plec. A întins mâna dreaptă şi Mercer i-a strâns-o. Noroc, Mercer, şi încearcă să socoteşti asta drept o vacanţă pe plajă. După ce-i vei cunoaşte pe Cable şi pe Noelle, s-ar putea să-ţi placă să te şi distrezi puţin.

Mercer a ridicat din umeri şi a spus:

– Vom vedea.

10

Galeria Dumbarton se afla la distanţă de o intersecţie faţă de Wisconsin Avenue, în Georgetown. Era mică, aflându-se la parterul unei case vechi din cărămidă, care ar fi avut nevoie de o zugrăvire serioasă şi de un acoperiş nou. În ciuda traficului pietonal intens din cealaltă intersecţie, galeria era de obicei pustie, având pereţii practic goi. Era specializată în arta modernă, minimalistă, care nu se bucura de popularitate, cel puţin în Georgetown. Dar proprietarului nu prea părea să îi pese. Numele lui era Joel Ribikoff. Avea cincizeci şi doi de ani şi fusese prins şi închis de două ori pentru deţinere de bunuri furate.

Galeria lui de artă de la parter era de faţadă, un truc menit să convingă pe oricine l-ar fi urmărit – iar după două condamnări şi opt ani petrecuţi în puşcărie, Joel credea că era urmărit permanent – că se îndreptase şi că acum era doar un proprietar de galerie din Washington care se străduia să supravieţuiască. Organizase de ochii lumii câteva expoziţii, cunoştea câţiva artişti şi nu foarte mulţi clienţi şi, cam fără chef, administra un website, dar şi acela doar superficial.

Locuia la al doilea etaj al acelei case. La etajul întâi îşi avea biroul, unde se ocupa de afacerea lui adevărată, aceea de a mijloci contracte pentru furturi de picturi, gravuri, fotografii, cărţi, manuscrise, hărţi, sculpturi şi chiar scrisori falsificate, presupuse a fi fost scrise de oameni renumiţi, acum morţi. Chiar şi după ce trecuse prin ororile celor două condamnări şi ale vieţii de închisoare, Joel Ribikoff, pur şi simplu, nu putea să respecte legea. Pentru el, viaţa în lumea interlopă era mai captivantă şi mai profitabilă decât să vândă obiecte de artă pe care puţini oameni şi le doreau. Adora să pună în legătură hoţii cu victimele lor ori hoţii cu intermediarii şi să planifice înţelegeri care presupuneau multe părţi şi etape. În timp ce valorile se mişcau prin beznă, banii erau transferaţi în conturi offshore. Rareori avea în posesie prăzile, preferând să fie mijlocitorul inteligent care rămânea cu mâinile curate.

Cei de la FBI trecuseră pe la el la vreo lună după furtul manuscriselor Fitzgerald de la Princeton. Bineînţeles, Joel nu ştia nimic. O lună mai târziu, agenţii reveniseră, dar el tot nu avea habar. Însă după aceea aflase multe. Temându-se că FBI-ul îi intercepta convorbirile telefonice, Joel dispăruse din zona Washington D.C. şi se ascunsese. Folosind telefoane cu cartelă de unică folosinţă, luase legătura cu hoţul şi îl întâlnise într-un motel de pe autostrada interstatală din apropiere de Aberdeen, statul Maryland. Hoţul se prezentase drept Denny, iar complicele lui se numea Rooker. Doi tipi duri. Stând pe un pat dintr-o cameră dublă care costa şaptezeci şi nouă de dolari pe noapte, Joel aruncase o privire asupra celor cinci manuscrise Fitzgerald, care valorau mai mult decât şi-ar fi imaginat oricare dintre cei trei.

Joel intuise că Denny, fără îndoială capul bandei – sau a ceea ce mai rămăsese din ea –, era foarte presat să scape de manuscrise şi să o şteargă din ţară.

– Vreau un milion de dolari, spusese el.

– Nu pot găsi atâţia bani, îi răspunsese Joel. Ştiu o singură persoană care ar putea cel puţin să discute despre cărţile astea. Toţi flăcăii din branşa mea sunt foarte speriaţi. FBI-ul are agenţi peste tot. Tot ce pot... ba nu, singura ofertă pe care ţi-o pot face este la jumătate de milion.

Denny înjurase şi se plimbase apăsat prin cameră, oprindu-se când şi când ca să se uite printre draperii, spre parcare. Joel se săturase de acea teatralitate şi îi spusese că va pleca. În cele din urmă, Denny cedase şi îi dăduse restul amănuntelor. Joel părăsise motelul doar cu geanta goală. După lăsarea întunericului, Denny plecase cu manuscrisele spre Providence, unde urma să aştepte. Rooker, vechi coleg de armată, care devenise şi el infractor, îl întâlnise acolo. Trei zile mai târziu – şi cu ajutorul unui alt intermediar –, transferul se încheiase. Acum, Denny revenise în Georgetown împreună cu Rooker şi îşi aştepta banii. Ribikoff le dăduse o ţeapă cum nu se mai pomenise – şi chiar din prima. Una ca asta nu avea să se repete. În ziua de marţi, 25 mai, Denny a intrat pe uşa magazinului, în vreme ce Rooker a forţat o fereastră de la biroul lui Joel. După ce au încuiat toate uşile, l-au dus târâş pe Joel până la apartamentul lui de la etajul al doilea, l-au legat şi i-au pus un căluş la gură, după care s-au apucat de urâta treabă de a extrage informaţii de la el.

CAPITOLUL PATRU

PLIMBARE PE PLAJĂ

1

Pentru Tessa, ziua începea odată cu răsăritul soarelui. O târa pe Mercer din pat și se grăbeau să ajungă pe terasă, unde beau cafea și așteptau cu mare emoție să vadă prima licărire oranj ridicându-se la orizont. După ce soarele urca pe cer, porneau pe aleea din lemn și cercetau plaja. Ceva mai târziu în cursul dimineții, cât Tessa muncea la straturile de flori din partea de vest a casei, Mercer se furișa deseori înapoi în pat, ca să mai tragă un pui lung de somn.

Cu consimțământul Tessei, Mercer a băut prima ceașcă de cafea în jurul vârstei de zece ani, iar primul Martini la cincisprezece ani. „Totul cu moderație" era una dintre zicerile preferate ale bunicii ei.

Însă Tessa dispăruse, iar Mercer văzuse destule răsărituri de soare. S-a trezit după ora nouă și s-a dat jos din pat cu părere de rău. Cât timp a fiert apa de cafea, a bântuit prin casă în căutarea unui loc perfect pentru a scrie – dar nu a găsit. Nu simțea nicio presiune și era hotărâtă să scrie doar dacă avea ceva de spus. Romanul ei trebuia predat în urmă cu trei ani. Dacă editura din New York așteptase trei ani, încă unul nu mai conta. Agenta ei literară o mai suna ocazional, dar mai puţin frecvent decât la început. Discuţiile lor erau scurte. În timpul călătoriilor lungi de la Chapel Hill la Memphis şi apoi spre Florida, lenevise, visase şi gândise intrigi, simţind câteodată că romanul ei capăta glas. Plănuia să renunţe la ceea ce scrisese deja şi să o ia de la început, dar de data asta cu un text nou şi serios. Acum, când nu mai era datornică şi nu o mai îngrijora ideea de a-şi găsi o nouă slujbă, mintea i se eliberase în mod miraculos de stresul sâcâitor al vieţii de zi cu zi. După ce avea să se instaleze şi să se odihnească, avea să se cufunde în muncă şi să scrie în medie cel puţin o mie de cuvinte pe zi.

În afara slujbei actuale, cea pentru care era plătită regeşte, nu prea ştia ce să facă şi nici nu îşi imagina cam cât timp avea să îi fie necesar ca să facă ceea ce i se cerea; de aceea socotise că nu avea niciun rost să risipească o zi. A intrat pe internet şi şi-a verificat e-mailurile. Deloc surprinzător, eficienta Elaine îi trimisese un mesaj în timpul nopţii, cu câteva adrese utile.

Apoi Mercer i-a trimis un e-mail Myrei: „Dragă Myra Beckwith, mă numesc Mercer Mann şi sunt romancieră. Voi locui pe plajă câteva luni, cât timp voi lucra la o carte. Practic, nu cunosc pe nimeni aici, de aceea profit de prilej ca să te salut şi să sugerez ca noi – tu, domnişoara Trane şi eu – să bem ceva împreună. Voi aduce o sticlă de vin".

La ora zece fix, a auzit soneria şi a deschis uşa. În faţa acesteia a găsit o cutie fără vreun semn particular; dar cel care o adusese dispăruse. A dus cutia în bucătărie, a deschis-o şi a scos conţinutul acesteia. Conform promisiunii, primise patru cărţi ilustrate scrise de Noelle Bonnet, trei romane de Serena Roach, o carte cam subţirică scrisă de Leigh Trane şi vreo şase romane de dragoste cu coperte sclipitoare. Toate înfățișau chipuri de fecioare cu tenul perfect și bărbați atrăgători, cu mușchi bine reliefați și cu abdomenul plat. Fiecare avea un alt autor, dar toate erau scrise de Myra Beckwith. Pe acelea avea să le păstreze pentru mai târziu.

Nimic din ce avea în fața ochilor nu o inspira să își continue romanul.

După ce a mâncat niște cereale, a frunzărit cartea Noellei despre Casa Marchbanks.

La 10.37 a sunat telefonul – era apelantul necunoscut. Înainte să apuce să salute, a auzit vocea agitată și ascuțită a unei femei:

– Noi nu bem vin. Eu beau bere, iar Leigh preferă romul, dar barul ne e atât de plin, că nu-i nevoie să vii cu sticla ta. Bun venit pe insulă! Sunt Myra.

Mercer a fost pe punctul să izbucnească în râs.

– Cu plăcere, Myra. Nu mă așteptam să răspunzi atât de repede.

– Păi, ne cam plictisim și căutăm mereu pe câte cineva nou. Poți rezista până la ora șase? Niciodată nu începem să bem înainte de șase.

– Voi încerca. Ne vedem atunci.

– Știi unde stăm?

– Pe Ash Street.

– Pe curând.

Mercer a lăsat jos telefonul, încercând să ghicească accentul din sud, probabil din estul Texasului. A ales apoi una dintre cărțile ei, scrisă chipurile de un anume Runyon O'Shaughnessy, și s-a apucat să citească. Eroul „sălbatic de atrăgător" se dezlănțuia într-un castel în care nu era bine-venit, iar până la pagina 4 se culcase deja cu două cameriste și o urmărea pe a treia. Spre sfârșitul primului capitol, toată lumea era epuizată, inclusiv Mercer. S-a oprit când şi-a dat seama că pulsul îi crescuse puţin. Nu avea tăria să înfrunte cinci sute de pagini la fel.

S-a dus apoi pe terasă cu romanul lui Leigh Trane şi s-a aşezat pe balansoar sub o umbrelă. Trecuse de unsprezece, iar soarele de la miezul zilei strălucea cu putere. Orice obiect lăsat la soare frigea. Romanul domnişoarei Trane avea ca personaj principal o tânără necăsătorită, care într-o bună zi a descoperit că este însărcinată, fără să ştie sigur cine este tatăl. Băuse prea mult în anul precedent, se cam destrăbălase şi nu avea o memorie prea bună. Folosind calendarul, a încercat să analizeze ceea ce se întâmplase în trecut şi, în cele din urmă, a alcătuit o listă cu trei dintre cei mai plauzibili suspecţi. A jurat să îi investigheze în secret, plănuind ca într-o bună zi, după naşterea copilului, să intenteze un proces de paternitate împotriva adevăratului tătic şi să obţină pensie alimentară. Scenariul suna bine, dar scrisul era atât de încâlcit şi de preţios, încât oricărui cititor i-ar fi fost greu să digere textul. Nicio scenă nu era limpede, astfel că cititorul nu putea fi sigur niciodată în legătură cu ce se întâmpla. Se vedea de departe că domnişoara Trane avea pana într-o mână şi dicţionarul de sinonime în alta, fiindcă Mercer a remarcat nenumărate cuvinte lungi pe care nu le ştia. Şi, un lucru la fel de enervant, dialogul nu era marcat, astfel că deseori nu era clar cine vorbea.

După douăzeci de minute de chin, s-a simţit atât de sfârşită, încât a adormit.

S-a trezit transpirată şi plictisită, iar plictiseala era inacceptabilă. Trăise întotdeauna singură şi se obişnuise să fie tot timpul ocupată. Casa trebuia curăţată, dar asta putea să mai aştepte. Chiar dacă Tessa fusese o gospodină pretenţioasă, Mercer nu moştenise această trăsătură de caracter.

Trăind singură, de ce ar fi deranjat-o că în locuința ei nu era o curățenie perfectă?

A îmbrăcat apoi un costum de baie și, privindu-se în oglindă, a observat că avea pielea palidă și și-a promis să se bronzeze. Imediat după aceea a ieșit pe plajă. Era vineri și tocmai soseau turiștii de weekend, dar porțiunea de plajă din dreptul casei ei era aproape pustie. A înotat mult și a făcut o scurtă plimbare, apoi s-a întors acasă, a făcut duș și a hotărât să ia prânzul în oraș. A îmbrăcat o rochie ușoară și, cu o tușă de ruj pe buze, a plecat fără să se machieze.

Fernando Street avea aproape opt kilometri și șerpuia de-a lungul plajei. Partea dinspre dune și ocean era mărginită de un șir de case de închiriat, vechi și noi, moteluri ieftine, case noi și elegante, clădiri diverse și pensiuni. De cealaltă parte a străzii se aflau alte case și locuri de închiriat, magazine și câteva birouri, moteluri și restaurante care ofereau mâncare la bar. A condus atent, respectând limita de viteză de 55 de kilometri pe oră, și a privit în jur, având impresia că nu se schimbase nimic. Era totul așa cum își amintea. Orașul Santa Rosa era bine întreținut și, la fiecare kilometru, existau câte o parcare mică și o alee podită cu lemn care ducea spre plaja publică.

În spatele ei, spre sud, se găseau hotelurile mari, Ritz și Marriott, înălțându-se alături de blocuri de locuințe înalte și de zone rezidențiale exclusiviste, construcții pe care Tessa nu le agrea. Era de părere că luminile în exces puteau afecta cuibăritul țestoaselor verzi și pe al celor cu cap pătrat. Tessa fusese o membră activă a asociației Turtle Watch (Monitorizarea Țestoaselor), dar și al tuturor grupurilor de protecție a mediului și a faunei existente pe insulă. Mercer nu era activistă, pentru că nu suporta întrunirile, un alt motiv de a sta departe de campusuri și facultăți.

A intrat în oraş şi a pătruns în traficul de pe Main Street, trecând prin dreptul magazinului de carte, alături de care se afla şi Provence, magazinul Noellei. A parcat pe o stradă lăturalnică şi a găsit o cafenea mică, cu mese într-o curte. După un prânz lung la umbră, a hoinărit prin magazinele de îmbrăcăminte şi de tricouri, amestecându-se printre turişti, dar fără să cumpere nimic. S-a dus apoi spre port şi a urmărit ambarcaţiunile venind şi plecând. Ea şi Tessa mergeau acolo ca să îl întâlnească pe Porter, prietenul şi partenerul lor de sporturi nautice, care deţinea un velier şi era întotdeauna dispus să le scoată în larg. Acele zile se scurseseră greu, cel puţin pentru Mercer. Dacă îşi amintea bine, nu aveau mai niciodată vânt prielnic, aşa că stăteau şi se coceau în soare. Încercase mereu să se ascundă în cabină, dar ambarcaţiunea nu avea aer condiţionat. Porter îşi pierduse soţia în urma unei boli oribile; Tessa spunea că el nu vorbea niciodată despre asta şi că se mutase în Florida ca să scape de amintiri. Porter avea ochii cei mai trişti din lume, obişnuia Tessa să zică.

Mercer nu îl învinuise nicio clipă pe Porter pentru cele întâmplate. Tessa adora să iasă cu el pe ocean şi înţelegea riscurile. Nu pierdeau niciodată din ochi ţărmul şi nu avea motive să se teamă de pericole.

Pentru a scăpa de căldură, Mercer a intrat în restaurantul portului şi a băut un pahar de *ice tea* la barul pustiu. A contemplat apa şi a urmărit o navă închiriată întorcându-se cu un transport de doradă şi patru pescari fericiţi, cu feţele îmbujorate. Un grup de jet-skiuri a pornit spre larg, mergând cu o viteză mult prea mare prin zona în care era interzisă crearea de valuri. După aceea a văzut un velier ieşind încet din port. Avea aproape aceeaşi culoare ca acela al lui Porter, iar la bordul lui se aflau două persoane, un bărbat în vârstă şi o doamnă purtând o pălărie din paie. Preţ de un moment, Mercer a avut impresia că o vede pe Tessa relaxându-se cu o băutură în mână, probabil dându-i sfaturi necerute căpitanului. Şi anii au dispărut – Tessa era vie din nou. Mercer ar fi dorit să o strângă în braţe şi să râdă împreună cu ea. A simţit imediat o durere surdă în stomac, iar momentul a zburat. A urmărit velierul până când a dispărut, apoi şi-a plătit ceaiul şi a părăsit portul.

Ajunsă la cafenea, s-a aşezat la o masă şi a urmărit magazinul de carte de vizavi. Vitrinele mari erau pline de cărţi. Un poster anunţa sosirea unui autor pentru a da autografe. La uşă era mereu câte cineva, intrând sau ieşind. Era imposibil de crezut că manuscrisele se aflau acolo, încuiate în vreun seif ascuns în subsol.

Elaine îi sugerase să stea departe de magazin și să aştepte până când Cable făcea prima mişcare. Cu toate acestea, Mercer era spion; îşi stabilise propriile reguli, deşi nu ştia ce să facă. Nu voia să primească ordine de la nimeni. Ordine? Nu exista un plan clar al jocului. Fusese aruncată în această bătălie și se aştepta să se adapteze și să improvizeze din mers. La ora cinci, un bărbat purtând un costum din bumbac şi papion, neîndoielnic Bruce Cable, a ieşit din magazin și a pornit spre est. Mercer a aşteptat până când el s-a îndepărtat, apoi a traversat strada şi a intrat în Bay Books pentru prima oară după mulţi ani. Nu îşi amintea ultima vizită acolo, dar bănuia că avea şaptesprezece sau optsprezece ani, pentru că putea conduce.

Aşa cum proceda în orice magazin de carte, a mers de colo colo fără scop, până când a găsit rafturile cu ficţiune literară; a cercetat titlurile în ordine alfabetică, aproximativ până la *Ms*, pentru a vedea dacă vreuna dintre cărţile ei se afla în oferta magazinului. Apoi a zâmbit: exista un exemplar din ediţia cartonată a romanului *Ploaie de octombrie*. Nici urmă de *Muzica valurilor*, dar era de aşteptat. Nu găsise culegerea de povestiri în niciun magazin, încă din săptămâna în care apăruse.

Simţind că a înregistrat o victorie parţială, a umblat apoi prin magazin, inspirând mirosul cărţilor noi, al cafelei şi, de undeva, o idee de fum de pipă. Adora rafturile supraîncărcate, maldărele de cărţi, covoarele vechi, şirurile de cărţi necartonate, secţiunea colorată de bestselleruri cu reduceri de douăzeci şi cinci la sută. În cealaltă parte a magazinului, a văzut camera cu prime ediţii, o zonă frumos lambrisată, cu ferestre deschise şi sute de cărţi scumpe. La etaj, în cafenea, a cumpărat o sticlă de apă minerală şi s-a aventurat afară, pe terasă, unde lumea îşi petrecea după-amiaza târzie bând câte o cafea. La capătul celălalt, un domn rotofei fuma o pipă. A răsfoit apoi un ghid turistic al insulei şi s-a uitat la ceas.

La 5.55, a coborât la parter şi l-a zărit pe Bruce Cable la tejgheaua din faţă, discutând cu un client. Mercer s-a îndoit serios că el ar putea să o recunoască. Singurul indiciu putea fi fotografia ei austeră de pe supracoperta romanului *Ploaie de octombrie*, care apăruse în urmă cu şapte ani şi adusese doar slabe beneficii magazinului. Însă ea trebuia să vină acolo pentru a da autografe în timpul turului ratat, iar el, din câte se spunea, citea tot, având ştiinţă probabil de legătura ei cu insula şi, lucrul cel mai important, cel puţin din punctul lui de vedere, era o scriitoare tânără şi atrăgătoare – de aceea exista posibilitatea ca el să o remarce.

Dar nu s-a întâmplat asta.

2

Ash Street se afla la o intersecţie spre sud faţă de Main Street. Casa era situată pe un colţ al intersecţiei cu Fifh. Era o clădire istorică, având acoperişuri mansardate şi două verande închise cu sticlă pe trei laturi la etajul întâi. Era zugrăvită într-un roz-deschis și avea decorațiuni bleumarin pe uși, pe obloane și pe terase. Pe o plăcuță discretă aflată deasupra ușii principale scria: „Vicker House 1867".

Mercer nu își amintea să fi văzut vreodată o casă roz în centrul orașului Santa Rosa, deși asta nu avea importanță. Casele se zugrăveau în fiecare an.

A bătut la ușă și, imediat, o haită numeroasă de câței a început să latre de cealaltă parte. O femeie fioroasă a întredeschis ușa, apoi a întins o mână și a spus:

– Sunt Myra. Intră. Nu lua în seamă câinii. Aici, în afară de mine, nimeni nu mușcă.

– Sunt Mercer, a spus ea, strângându-i mâna.

– Bineînțeles. Hai!

Câinii s-au împrăștiat când Mercer a urmat-o pe Myra în foaier. Cu un glas strident, Myra a strigat:

– Leigh! Avem companie! Leigh! Cum Leigh întârzia să răspundă, Myra a adăugat: Rămâi aici. Mă duc s-o găsesc.

A dispărut în camera de zi și a lăsat-o pe Mercer singură, față în față cu o corcitură de mărimea unui șobolan, care s-a vârât sub o masă de tricotat și a mârâit spre ea arătându-și dinții sclipitori. Încercând să îl ignore, Mercer a analizat interiorul. În aer plutea un miros neplăcut care părea a fi un amestec de fum stătut de țigară și de câini murdari. Piesele de mobilier, deși adunate de la magazine de mâna a doua, erau excentrice și atrăgătoare. Pereții erau acoperiți cu picturi în ulei proaste și cu nenumărate acuarele, deși niciuna dintre ele nu avea vreo legătură cu oceanul.

Undeva, în adâncul casei, Myra a răcnit din nou. O femeie mult mai scundă a apărut din sufragerie și a spus fără vlagă, fără să îi întindă mâna lui Mercer:

– Bună, sunt Leigh Trane.

– Încântată. Sunt Mercer Mann.

– Ador cartea scrisă de tine, a spus Leigh zâmbind, lăsând la vedere două şiruri de dinţi perfecţi, deşi îngălbeniţi din cauza fumatului.

Mercer nu auzise de multă vreme pe cineva care să îi spună asta. Ezitând, a reuşit să îngâne un răspuns stângaci:

– O, îţi mulţumesc.

– Am cumpărat un exemplar acum două ore de la magazin, o carte adevărată. Myra e dependentă de genul ei şi citeşte orice apare.

Preţ de o secundă, Mercer s-a simţit obligată să spună ceva elogios despre cartea lui Leigh, dar Myra a scutit-o de efort.

– A, aici erai? Acum, că ne-am împrietenit, barul se poate deschide. Chiar am nevoie de ceva de băut. Mercer, ce-ai vrea?

Cum nu putea bea vin, a răspuns:

– E cald. Ar merge o bere.

Cele două femei s-au cutremurat, de parcă tocmai ar fi fost jignite.

– Mda, în regulă, a spus Myra. Dar să ştii că eu îmi fac propria bere şi e deosebită de tot ce ştii tu.

– E groaznică, a intervenit Leigh. Înainte să-şi deschidă ea propria distilerie, îmi plăcea berea. Acum, nici n-o mai pot suporta.

– Atunci, bea rom, draga mea, şi ne vom înţelege de minune. Myra s-a uitat apoi la Mercer şi a adăugat: E o bere picantă, cu opt la sută alcool. Dacă nu eşti atentă, te doboară de pe picioare.

– De ce stăm în foaier? a întrebat Leigh.

– O întrebare foarte bună, a spus Myra, făcând un semn larg cu braţul spre scară. Haideţi cu mine!

Privită din spate, când a ieşit din hol, părea un fundaş din fotbalul american. Cele două femei au urmat-o şi s-au oprit împreună într-o sufragerie, în care nu se vedeau decât un televizor, un șemineu și un bar plin, cu blatul din marmură, într-un colț.

– Să știi că avem vin, a răspuns Leigh.

– Atunci, aș prefera vin alb, a răspuns Mercer.

Orice, mai puțin băutura casei.

Myra s-a dus în spatele barului și a început să o mitralieze cu întrebări.

– Ia spune, unde stai?

– Nu cred că ți-o mai amintești pe bunica mea, Tessa Magruder. A locuit într-o căsuță de pe plajă, pe Fernando Street.

Cele două femei au clătinat din cap.

– Numele îmi sună oarecum cunoscut, a spus apoi Myra.

– A murit acum unsprezece ani.

– Noi suntem aici doar de zece, a adăugat Leigh.

– Familia noastră încă deține casa aceea și acolo m-am instalat.

– Pentru cât timp? a întrebat-o apoi Myra.

– Câteva luni.

– Încerci să termini o carte, nu?

– Sau să încep una.

– Nu toate facem asta? a spus Leigh.

– Ai una sub contract? a întrebat-o apoi Myra, zdrăngănind sticlele.

– Da, din păcate.

– Fii recunoscătoare pentru asta. La ce editură?

– Viking.

Myra a ieșit din spatele barului și le-a întins paharele. Ea și-a umplut un borcan de un litru cu o bere groasă, apoi a continuat:

– Haideți să mergem afară, ca să putem fuma.

Era evident că amândouă fumau în casă de ani întregi.

După ce au traversat o podea din scânduri groase, s-au aşezat în jurul unei frumoase mese din fier forjat, în apropierea unei fântâni, din care două broaşte scuipau apă. Coroanele câtorva eucalipţi bătrâni aruncau o umbră densă peste curtea interioară, iar dinspre copaci se simţea o adiere blândă. Uşa verandei nu se închidea, iar câinii veneau şi plecau după cum pofteau.

– E încântător, a spus Mercer când cele două gazde şi-au aprins ţigările.

Cea a lui Leigh era lungă şi subţire, iar cea a Myrei era cafenie şi tare.

– Ne cerem scuze pentru fum, a spus Myra apoi, dar suntem dependente – nu ne putem lăsa. Cândva, demult, am încercat amândouă să renunţăm la fumat, dar zilele acelea au devenit istorie. Prea multă strădanie, efort, suferinţă. În cele din urmă, am spus: „Ducă-se naibii!“ Oricum, trebuie să murim de ceva, nu? A tras un fum lung din ţigară, apoi a scos fumul pe gură şi a luat o duşcă sănătoasă din berea casei. Vrei să bei ceva? Hai, încearcă!

– Eu n-aş face asta, a spus Leigh imediat.

Mercer a sorbit scurt din paharul de vin şi a clătinat din cap.

– Nu, mulţumesc.

– Căsuţa asta spui că îi aparţine familiei tale? a întrebat-o Myra. Vii aici de multă vreme?

– Da, de când eram mică. Mi-am petrecut verile aici cu bunica Tessa.

– Foarte frumos. Îmi place asta, a spus Myra.

Apoi a sorbit zgomotos din bere. Avea părul ras deasupra urechilor, astfel că pletele ei încărunţite se legănau într-o parte şi în alta de fiecare dată când sorbea, fuma sau vorbea.

Părul ei era complet albit, deşi avea cam aceeaşi vârstă cu Leigh. Însă aceasta din urmă avea părul lung şi negru, prins la spate într-o coadă de cal, în care nu se zăreau fire cărunte.

Amândouă păreau pregătite să o ţintuiască cu întrebări, aşa că Mercer a preluat iniţiativa.

– Ce v-a adus pe insula Camino?

Cele două s-au privit ca şi cum ar fi fost vorba de o poveste lungă şi complicată.

– Am locuit în zona Fort Lauderdale mulţi ani; ne săturaserăm de trafic şi de mulţimi. Ritmul vieţii de aici e mult mai lent, iar oamenii sunt mult mai agreabili. Proprietăţile, mai ieftine. Dar tu? Care ţi-e căminul acum?

– Am locuit în Chapel Hill în ultimii trei ani. Am predat. Acum sunt într-un fel de tranziţie.

– Ce naiba să înţeleg din asta? a întrebat-o Myra.

– Înseamnă că, practic, sunt fără cămin, fără slujbă și disperată să termin o carte.

Leigh a chicotit, iar Myra a pufnit când fumul i-a ieșit pe nas.

– Am trecut și noi prin asta, a spus apoi. Ne-am cunoscut acum treizeci de ani, când niciuna din noi nu avea un sfanţ. Eu încercam să scriu ficţiune istorică, iar Leigh se străduia să scrie porcăriile alea literare și ciudate la care ţine și acum. Și nu vindeam nimic. Eram la mila asigurărilor sociale și a ajutoarelor umanitare și munceam pentru un salariu minim pe economie – și, în fine, lucrurile nu arătau bine deloc. Într-o zi ne plimbam printr-un mall și am văzut o coadă lungă de oameni, toţi de vârstă mijlocie, așteptând ceva. În faţă era un magazin de carte, unul dintre acelea de tip Walden, pe care îl găsești de obicei acolo, iar la o masă, foarte bine dispusă, era Roberta Doley, pe vremea aceea una dintre cele mai de succes femei care scriau bestselleruri de dragoste. M-am așezat la coadă – Leigh era prea snoabă ca să facă asta –, am cumpărat cartea și ne-am îndemnat una pe cealaltă să o citim. Povestea era despre un pirat care cutreiera prin Caraibi, atacând corăbii, făcând prăpăd și fugind de britanici. Și, nu știu cum se făcea, dar imediat ce ancora în vreun port, găsea o virgină tânără și frumoasă, care abia aștepta să fie deflorată. O porcărie crasă. De aceea am inventat povestea asta despre o femeie frumoasă din Sud care nu se putea ține departe de sclavi și care a rămas gravidă. Și am pus în ea toată imaginația.

– A trebuit să cumpărăm câteva reviste deocheate, înțelegi? a adăugat Leigh. Ca material de documentare. Există o sumedenie de chestii despre care nu aveam habar.

Myra a pufnit în râs și a continuat:

– Am asamblat-o în trei luni și, cu rezerve, i-am trimis-o agentei mele din New York. După o săptămână, mi-a telefonat să-mi spună că nu știu ce idiot a oferit cincizeci de mii drept avans. Am publicat-o sub numele de Myra Leigh. Nu ți se pare ceva isteț? În mai puțin de un an, am primit o grămadă de bani și nu ne-am mai sinchisit.

– Așadar, scrieți împreună? a întrebat Mercer.

– Ea scrie, s-a grăbit să spună Leigh, ca și cum ar fi vrut să se distanțeze de text. Lucrăm la acțiune împreună, ceea ce ne ia cam zece minute, după care ea trudește cu textul. Cel puțin, așa procedam.

– Leigh e prea snoabă ca să se atingă de text. Dar e al naibii de pricepută să folosească banii.

– Ei, asta-i bună, Myra, a spus Leigh zâmbind.

Myra a tras adânc din țigară și a suflat fumul peste umăr.

– Au fost zile fericite. Am scris o sută de cărți sub diferite pseudonime și am ajuns să nu mai reușim să le terminăm îndeajuns de repede ca să onorăm contractele. Ar trebui să încerci şi tu. O mizerie de nedescris.

– Abia aştept, a spus Mercer.

– Te rog să nu faci asta, a intervenit Leigh. Eşti prea inteligentă pentru aşa ceva. Îmi place cum scrii.

Simţindu-se măgulită, Mercer a zis încet:

– Mulţumesc.

– După aceea, am lăsat-o mai moale, a continuat Myra. Ne-am trezit date în judecată de două ori de nu ştiu ce nenorocită din Nord, care a susţinut că îi furaserăm subiectele. Nu era adevărat. Porcăriile noastre erau mai bune decât ale ei, dar avocaţii noştri au început să se agite şi ne-au convins să soluţionăm cauza printr-o înţelegere. Asta a dat naştere unei dispute serioase cu editorul nostru, apoi cu agenta, iar toată tărăşenia ne-a cam scos din ritm. Într-un fel sau altul, ne-am ales cu reputaţia de hoaţe – mai bine zis, eu. Leigh a făcut o treabă bună ascunzându-se în spatele meu şi scăpând de toate murdăriile. Atâta cât e, reputaţia ei de scriitoare a rămas intactă.

– Ei, asta-i bună, Myra...

– Şi ai încetat să scrii? a întrebat-o Mercer.

– Mai curând aş spune că am încetinit ritmul. Avem bani în bancă, iar unele dintre cărţi continuă să se vândă.

– Eu încă scriu în fiecare zi, a zis Leigh. Viaţa mea ar fi pustie dacă n-aş face-o.

– Iar eu m-aş simţi al dracului de golită dacă nu mi s-ar vinde cărţile, s-a răstit Myra.

– Ei, asta-i bună, Myra.

Cel mai mare câine din haită, un metis de vreo douăzeci de kilograme, cu părul lung, s-a aşezat pe vine aproape de terasă, lăsând în urmă o movilă de excremente. Myra a privit fără să spună nimic, apoi a acoperit zona cu un nor de fum.

Mercer a încercat să schimbe subiectul.

– Mai sunt și alți scriitori pe insulă?

Leigh a dat din cap zâmbind, iar Myra a spus:

– A, chiar prea mulți.

A pufnit apoi spre borcanul cu bere și a plescăit din buze.

– Ar fi Jay, a spus Leigh. Jay Arklerood.

Devenea din ce în ce mai clar că treaba lui Leigh era să sugereze, pentru ca Myra să poată îmbrăca totul într-o narațiune potrivită.

– Ții neapărat să începi cu el, nu? E un alt snob literar care nu reușește să vândă nimic și care urăște pe toată lumea. Mai e și poet. Draga mea Mercer, îți place poezia?

Tonul ei arăta fără nicio urmă de îndoială că nu se omora după poezie, așa că Mercer a spus:

– Nu prea citesc poezie.

– Atunci, nu citi poeziile lui, chiar dacă le găsești.

– Îmi pare rău, dar n-am auzit de el.

– Nimeni n-a auzit. Vânzările lui au fost chiar mai slabe decât ale lui Leigh.

– Ei, asta-i bună, Myra.

– Dar Andy Adams? a întrebat apoi Mercer. Nu locuiește aici?

– Atunci când nu e la dezalcoolizare, a răspuns Myra. Și-a construit o casă frumoasă în capătul de sud al insulei, apoi a pierdut-o la divorț. Ca om, e terminat, dar e un scriitor chiar bun. Sunt moartă după seria lui cu căpitanul Clyde, câteva dintre cele mai bune romane polițiste scrise vreodată de cineva de pe insulă. Până și lui Leigh i-au plăcut.

– Un bărbat agreabil când e treaz, dar groaznic atunci când se îmbată, a spus Leigh. Mereu se încaieră cu câte cineva.

Preluând subiectul fără să clipească, Myra a sărit în ajutorul lui Leigh, adăugând:

– Nu mai departe de luna trecută, s-a amestecat într-o bătaie dintr-un restaurant de pe Main Street. Un individ de două ori mai tânăr l-a bătut măr, iar poliţia l-a săltat doar pe el. Bruce a trebuit să depună o garanţie pentru el.

– Cine-i Bruce? s-a grăbit Mercer să întrebe.

Myra şi Leigh au oftat la unison, luând fiecare câte o înghiţitură din băuturile lor, ca şi cum orice discuţie despre Bruce ar fi ţinut ore în şir. Într-un târziu, Leigh a spus:

– Bruce Cable, cel care are magazinul de carte. Nu-l ştii?

– Nu cred. Îmi aduc aminte că am intrat în magazinul lui de câteva ori pe când eram mică, dar n-aş putea spune că l-am cunoscut.

– Când vine vorba de cărţi şi de scriitori, totul se învârte în jurul magazinului lui, a spus imediat Myra. Şi, drept urmare, totul se învârte în jurul lui Bruce. El este tartorul.

– Şi asta e bine?

– Vai, noi îl adorăm pe Bruce. Are cel mai tare magazin din ţară şi iubeşte scriitorii. Cu ani în urmă, înainte de a ne muta aici, pe vremea când scriam şi publicam, m-a invitat la o sesiune de autografe în magazinul lui. E ceva destul de neobişnuit ca un magazin serios să găzduiască o scriitoare de romane de amor, dar Bruce nu s-a sinchisit de asta. Am dat o petrecere grozavă, am vândut o sumedenie de cărţi, ne-am îmbătat cu şampanie ieftină şi am ţinut magazinul deschis până la miezul nopţii. La naiba, a organizat chiar şi o sesiune de autografe pentru Leigh.

– Hai, lasă asta, Myra!

– E adevărat. Şi cât a fost ea acolo, s-au vândut paisprezece cărţi.

– Ba cincisprezece. Atunci am dat cele mai multe autografe.

– Recordul meu este de cinci, a spus cu sfială Mercer. Iar asta s-a întâmplat la prima lansare de carte. S-au vândut patru la următoarea sesiune şi niciuna la cea de-a treia. După aceea, am telefonat la New York şi am anulat turul.

– Cum aşa, fato? s-a mirat Myra. Ai renunţat?

– Exact, iar dacă mi se va mai publica ceva, nu vreau să plec în turneu pentru a da autografe.

– De ce n-ai venit aici, la Bay Books?

– Era în program, dar m-am retras şi am anulat totul.

– De aici ar fi trebuit să începi. Bruce ştie cum să mobilizeze oamenii. La naiba, ne cheamă mereu. Ne spune că vine un scriitor şi că s-ar putea să ne încânte cartea lui. Asta înseamnă că trebuie să ne mişcăm fundurile până la magazinul lui în ziua de dat autografe şi să cumpărăm cartea aceea! Niciodată nu-i dăm plasă!

– Aşa se face că avem o mulţime de cărţi, toate semnate de autori, însă majoritatea au rămas necitite, a adăugat Leigh.

– Ai intrat în magazin? a întrebat-o apoi Myra.

– Am trecut pe-acolo în drum spre voi. E încântător.

– Înseamnă civilizaţie. E o adevărată oază. Hai să ne vedem acolo pentru masa de prânz şi o să te prezint lui Bruce. O să-ţi placă şi te asigur că şi el te va plăcea. Îi plac toţi scriitorii, dar femeile tinere şi atrăgătoare se bucură de o atenţie deosebită.

– E căsătorit?

– Da. Pe soţia lui o cheamă Noelle şi de obicei e pe acolo. O adevărată figură.

– Îmi place, a spus Leigh imediat, parcă apărând-o, ca şi cum mai toată lumea gândea deja altceva.

– Cu ce se ocupă? a întrebat Mercer cu un aer de nevinovăţie.

– Vinde antichităţi franţuzeşti şi are magazinul alături, a răspuns Myra. Cine mai vrea ceva de băut?

Mercer şi Leigh abia dacă se atinseseră de paharele lor. Myra s-a dus să îşi umple din nou borcanul. Cel puţin trei câini s-au luat după ea. Leigh şi-a aprins o ţigară şi a întrebat-o:

– Povesteşte-mi despre romanul tău. Cât ai înaintat?

Mercer a luat o înghiţitură de vin de Chablis şi a spus:

– Nu pot vorbi despre el. Asta e una dintre regulile mele. Nu-mi place să-i aud pe scriitori vorbind despre cărţile lor, tu ce părere ai?

– Cred că ai dreptate. Mi-ar plăcea să discut despre munca mea, dar ea nu vrea să mă asculte. Am impresia că, dacă discuţi despre asta, devii motivată să scrii. Eu m-am blocat ca scriitoare acum opt ani. A chicotit, apoi a tras un fum. Iar ea nu mă prea ajută. Aproape că mi-e teamă să scriu din cauza ei.

Preţ de o clipă, Mercer a simţit compasiune pentru ea, fiind pe punctul să se ofere ca lector; dar şi-a amintit imediat de proza ei chinuită. Myra a revenit ca o furtună cu borcanul plin, apoi a lovit un câine cu piciorul şi s-a aşezat.

– Să n-o uităm pe fata cu vampirii, a spus ea. Amy şi mai cum o cheamă?

– Amy Slater, a spus Leigh, fericită că putea fi de ajutor.

– Aşa. S-a mutat aici acum cinci ani, cu soţul şi copiii. A făcut o groază de bani cu o serie despre vampiri şi fantome şi cu alte rahaturi din astea, cărţi de-a dreptul groaznice, care se vând foarte bine. Crede-mă, am publicat nişte cărţi groaznice, care aşa trebuiau să fie, dar şi-n zilele mele cele mai proaste scriu mai bine decât ea, chiar şi legată la ochi.

– Hai, Myra. Amy e o persoană încântătoare.

– Mereu spui asta.

– Şi altcineva? a întrebat Mercer.

Până în acel moment, toţi scriitorii fuseseră făcuţi albie de porci. Lui Mercer îi plăcea acest carnaj, lucru deloc neobişnuit când scriitorii se strângeau la un pahar şi vorbeau despre alţii.

Cu paharele în mâini, au rămas gânditoare preţ de câteva secunde.

– Mai sunt câţiva care îşi publică singuri cărţile. Le încropesc, le pun pe net şi-şi zic scriitori. Tipăresc câteva exemplare şi dau apoi târcoale magazinului, sâcâindu-l pe Bruce să le aşeze mai aproape de uşă. Trec pe-acolo în fiecare zi ca să vadă dacă s-a vândut vreuna. Nişte pisălogi. Bruce are o masă pe care aşază cărţile publicate în regim propriu şi mereu se ciondăneşte cu câte unul în legătură cu locul în care să le aşeze. Acum, cu internetul, toţi suntem autori publicaţi, înţelegi?

– Da, ştiu asta, a spus Mercer. Când predam, studenţii îmi lăsau manuscrise şi cărţi pe verandă, de obicei cu o scrisoare lungă în care susţineau că operele lor sunt minunate şi că mi-ar fi recunoscători dacă mi-aş spune părerea.

– Povesteşte-ne despre profesorat, a spus moale Leigh.

– O, e mai distractiv să vorbim despre scriitori.

– Ah, mai e unul, a spus imediat Myra. Un tip pe care îl cheamă Bob, dar care publică sub pseudonimul J. Andrew Cobb. A stat şase ani într-o închisoare federală pentru nu ştiu ce porcărie făcută în lumea corporatistă şi a învăţat să scrie – sau pe-aproape. A publicat patru sau cinci cărţi despre ceea ce ştie el cel mai bine – spionajul între companii – şi sunt amuzante. Nu scrie rău.

– Credeam c-a plecat, a spus Leigh.

– Are un apartament pe lângă Ritz şi are întotdeauna acolo câte o fată cunoscută pe plajă. Bate spre cincizeci de ani, iar fetele sunt de obicei de două ori mai tinere decât el. E fermecător în felul lui și spune povești grozave despre închisoare. Atenție când ieși pe plajă! Bob Cobb e mereu la pândă.

– O să-mi notez asta, a răspuns Mercer zâmbind.

– Despre cine mai putem vorbi? a continuat Myra pufăind.

– Deocamdată e de-ajuns, a spus Mercer. Trebuie să fac un efort ca să nu uit nimic din ce mi-ați povestit azi.

– O să-i cunoști pe toți destul de curând. Oamenii frecventează magazinul și Bruce invită mereu pe câte cineva la un pahar sau la cină.

Leigh a zâmbit și și-a lăsat paharul pe masă.

– S-o facem aici, Myra. Dăm o petrecere și-i invităm pe toți oamenii aceștia minunați pe care i-am bălăcărit. N-am mai avut oaspeți de ceva vreme. Ce, doar Bruce și Noelle pot să dea petreceri? Ce părere ai?

– Grozavă idee! O pun pe Dora să ne aducă mâncare, iar noi o să facem curățenie. Ce părere ai, Mercer?

A ridicat din umeri, gândindu-se că ar fi fost o prostie să se opună. Leigh s-a ridicat ca să își mai pună de băut și a adus sticla cu vin. Au petrecut încă o oră discutând despre petrecere și ciorovăindu-se în timp ce alcătuiau lista invitaților. Cu excepția lui Bruce și a Noellei Bonnet, toți ceilalți invitați potențiali aveau un trecut pestriț și, cu cât erau mai mulți, cu atât era mai bine. Promitea să fie o seară memorabilă.

Când a reușit să plece, se făcuse deja întuneric. Practic, cele două femei i-au poruncit să rămână la cină, dar când Leigh a dat de înțeles că nu aveau în frigider mare lucru, Mercer și-a dat seama că sosise momentul să plece. După trei pahare de vin, nu se încumeta să conducă. A hoinărit o vreme prin centru, alături de turiștii care se plimbau pe Main Street. A găsit apoi o cafenea încă deschisă și și-a petrecut o oră având în faţă un latte şi o revistă elegantă care promova atracţiile insulei, pornind de la agenţii imobiliari. Pe partea cealaltă a străzii, magazinul de carte era plin şi, în cele din urmă, a traversat şi a privit vitrina frumos aranjată, dar nu a intrat. S-a aventurat spre portul liniştit la acea oră şi s-a aşezat pe o bancă, urmărind ambarcaţiunile ce se legănau alene pe apă. Încă îi ţiuiau urechile după avalanşa de bârfe pe care le auzise. A chicotit amintindu-şi de Myra şi de Leigh, care se cherchelisesră şi fumaseră întruna, agitându-se tot mai mult în legătură cu petrecerea.

Era doar a doua noapte petrecută pe insulă, dar simţea deja că se stabilise acolo. Stând la un pahar cu Myra şi cu Leigh, orice vizitator ar fi ajuns să simtă la fel. Vremea caniculară şi aerul sărat contribuiau la reuşita tranziţiei. Şi cum Mercer nu avusese un adevărat cămin atât de multă vreme, era imposibil să fie afectată de dorul de casă. Se întrebase de o nenumărate ori ce anume făcea acolo. Întrebarea încă persista, dar îşi pierdea treptat din contur.

3

La 3.21 după-amiază, mareea era înaltă. Când a atins creasta valului, ţestoasa a alunecat pe plajă şi s-a oprit în spuma apei privind în jur. Avea o lungime de peste un metru şi cântărea în jur de o sută şaizeci de kilograme. Migrase în ocean vreme de mai bine de doi ani şi se întorcea acum într-un loc aflat la cincizeci de metri de cel în care îşi făcuse precedentul cuib. A început să înainteze încet, stângaci şi chinuitor, pentru că mişcarea aceea era nefirească pentru ea. În timp ce se chinuia să meargă, trăgându-se cu înotătoarele din faţă şi împingându-se cu picioarele din spate, s-a oprit de câteva ori ca să studieze plaja, căutând un teren uscat și încercând să descopere pericolele, prădătorii sau orice mișcare neobișnuită. Cum nu a văzut nimic din toate acestea, a continuat să înainteze încet, lăsând o urmă clară pe nisip, ce avea să fie găsită în curând de aliatele ei. Ajunsă la treizeci de metri de apă, la poalele unei dune, a găsit locul potrivit și a început să îndepărteze nisipul cu înotătoarele din față. Folosindu-și picioarele din spate în forma unei cupe, a început să formeze o groapă în care să încapă, un culcuș de peste zece centimetri adâncime. În timp ce săpa, își rotea corpul pentru a nivela nisipul din jur. Pentru o creatură acvatică, era un efort plictisitor, așa că s-a oprit de multe ori ca să se odihnească. După ce a terminat de făcut groapa pentru corpul propriu, a început să sape și mai adânc, ca să creeze o cavitate pentru ouă, o cameră având forma unei picături. A încheiat după un timp, s-a mai odihnit puțin, apoi a acoperit cavitatea pentru ouă cu partea posterioară și s-a întors cu fața spre dună. Trei ouă au căzut în același timp, fiecare acoperit cu mucus, prea moi și flexibile ca să se spargă în contact cu solul. Au urmat apoi și alte ouă, câte două sau câte trei odată. Cât a depus ouăle a rămas nemișcată, părând într-un fel de transă. În același timp a lăcrimat, eliminând sarea acumulată.

Mercer a văzut urmele lăsate de ea venind dinspre ocean și a zâmbit. A mers apoi de-a lungul lor, până când a văzut conturul țestoasei în apropierea dunei. Din experiență, știa că orice zgomot ori mișcare în timpul cuibăritului putea face mama să renunțe și să se întoarcă în apă fără să acopere ouăle. S-a oprit și a examinat silueta. Luna a apărut printre nori și la lumina ei a văzut mai bine țestoasa.

Starea ei de transă continua – depunerea de ouă mergea înainte. După ce a lăsat în cuib circa o sută de ouă, a terminat treaba pentru noaptea aceea și a început să le acopere cu nisip. După ce a umplut groapa, a bătătorit nisipul și și-a folosit lopețile pentru a ascunde cuibul.

Când a început să se miște, Mercer a fost convinsă că țestoasa terminase cuibăritul și că ouăle erau în siguranță. A ocolit pe departe mama și s-a așezat într-un loc întunecat din semiluna altei dune, ascunsă de întuneric. A urmărit țestoasa presărând nisipul cu grijă peste cuib și împrăștiindu-l în toate direcțiile, pentru a păcăli eventualii prădători.

Socotind că ouăle erau în siguranță, țestoasa a început anevoioasa deplasare târâș spre apă. Avea să repete cuibăritul încă o dată sau de două ori în acel sezon, după care să migreze spre zona de hrănire, aflată la sute de kilometri depărtare. Peste un an, doi, poate trei sau patru, avea să revină pe aceeași plajă pentru a-și depune ouăle.

Vreme de cinci nopți pe lună, din mai până în august, Tessa cutreiera acea porțiune de plajă, căutând locurile de cuibărit ale țestoaselor. Captivată de această vânătoare, nepoata se afla alături de ea. Descoperirea urmelor era întotdeauna emoționantă, iar găsirea unei mame care depunea ouă era o adevărată încântare.

Mercer s-a rezemat de dună și a așteptat. Voluntarii de la organizația Monitorizarea Țestoaselor aveau să vină în curând pentru a-și face treaba. Tessa fusese mulți ani președinta acestui club. Luptase cu ferocitate pentru protejarea cuiburilor și deseori îi dojenise pe cei veniți în vacanță pentru că pătrunseseră în zonele protejate. Mercer își amintea cel puțin două ocazii în care bunica ei chemase poliția. Legea era de partea ei și a țestoaselor și ținea ca ea să fie respectată.

Acea voce puternică și vibrantă amuțise acum, iar plaja n-avea să mai fie niciodată la fel, cel puțin pentru Mercer.

Contemplând luminile bărcilor care pescuiau creveți aflate la orizont, a zâmbit amintindu-și de Tessa și de țestoasele ei. Vântul se înăsprise, iar Mercer și-a încrucișat brațele la piept pentru a se încălzi.

După aproape șaizeci de zile, în funcție de temperatura nisipului, broscuțele urmau să capete viață. Fără vreun ajutor din partea mamei, aveau să spargă coaja oului și să sape prin nisip într-un efort de grup care ar fi putut dura zile în șir.

La momentul potrivit, de obicei noaptea sau în timpul unei furtuni, când temperatura urma să fie mai scăzută, ele aveau să încerce să fugă. Împreună, urmau să țâșnească din cuib, să stea pe loc o secundă pentru a se orienta, după care să meargă spre apă și să se îndepărteze înot. Soarta le era potrivnică. Oceanul era un teren minat pentru ele din cauza prădătorilor, astfel că doar un pui de broască-țestoasă dintr-o mie urma să atingă vârsta adultă.

Două siluete s-au apropiat apoi de linia țărmului. S-au oprit văzând urmele, apoi au mers de-a lungul lor până la cuib. După ce s-au convins că mama plecase și că ouăle fuseseră depuse, au examinat totul cu lanternele, au trasat un cerc în nisipul din jur și au înfipt un mic par cu bandă galbenă. Mercer le-a auzit slab vocile – erau două femei –, dar fiind bine ascunsă, ele nu o puteau vedea. Aveau să se întoarcă pe lumină pentru a securiza cuibul cu un gard din sârmă și cu anunțuri, ceva ce ea și Tessa făcuseră de nenumărate ori. Când s-au îndepărtat, au împrăștiat nisip peste urmele lăsate de țestoasă, pentru a le face să dispară.

La ceva vreme după plecarea lor, Mercer a hotărât să aștepte răsăritul soarelui. Nu-și petrecuse niciodată noaptea pe plajă, de aceea s-a cuibărit pe nisip, sprijinită comod de dună, și, în cele din urmă, a adormit.

4

Era evident că scriitorii de pe insulă se temeau prea mult de Myra Beckwith pentru a refuza o invitaţie venită peste noapte din partea ei. Nimeni nu voia să o jignească. Şi, bănuia Mercer, nimeni nu voia să rateze o adunare la care aproape sigur avea să se vorbească despre fiecare dintre ei în absenţă. Dintr-un sentiment de autoapărare şi din curiozitate, spre sfârşitul zilei de duminică au început să sosească la Vicker House, pentru a bea şi a mânca în onoarea celui mai nou membru al grupului, chiar dacă şederea acestuia pe insulă era temporară. Era weekendul de Ziua Eroilor[1], care marca începutul verii. Invitaţiile trimise prin e-mail precizau ora şase seara, dar asta nu însemna nimic pentru scriitori. Nimeni nu a sosit la timp.

Bob Cobb a sosit primul şi a încolţit-o imediat pe Mercer pe terasa din spate, apucându-se să o descoasă în legătură cu opera ei. Avea părul cărunt şi lung şi era bronzat ca o persoană care petrecea prea mult timp în soare. Purta o cămaşă cu un imprimeu floral în culori stridente, cu nasturii de sus desfăcuţi pentru a-şi etala pieptul cafeniu şi părul decolorat. Potrivit Myrei, se zvonea că Bob Cobb tocmai predase ultimul său roman, însă editorul nu era mulţumit de el. Nu spusese de unde ştia acest lucru. Sorbind din berea artizanală a Myrei, servită în borcan, Cobb stătea neplăcut de aproape de Mercer în timp ce discutau.

Amy Slater, „Fata cu vampiri", i-a sărit imediat în ajutor, salutând venirea ei pe insulă. I-a povestit apoi despre cei trei copii ai ei, susţinând că fusese foarte încântată să

---

[1] Memorial Day, Ziua Memorială sau Ziua Eroilor, 30 mai, este ziua în care se comemorează amintirea celor căzuţi în războiul civil american (1861–1865). (n.tr.)

iasă din casă în seara aceea. Leigh Trane s-a alăturat micului cerc, dar a vorbit foarte puţin. Purtând o rochie de un roz intens şi de mărimea unui cort, dându-le ordine celor care livrau mâncarea, aducând băuturi şi ignorând haita de căţei care fugeau de colo colo, Myra bântuia prin toată casa.

Apoi au sosit Bruce şi Noelle, iar Mercer l-a cunoscut, în sfârşit, pe omul care se făcea răspunzător de micul ei concediu de studii. Purta un costum dintr-o pânză moale de bumbac şi papion, deşi invitaţia precizase foarte limpede ca invitaţii să se îmbrace „cât se poate de lejer". Însă Mercer ştia de multă vreme că, în cazul scriitorilor, orice îmbrăcăminte era potrivită. Cobb purta un şort de jucător de rugby. Noelle era o femeie frumoasă; purta o cămaşă albă şi strâmtă din bumbac, ceea ce îi evidenţia corpul zvelt. A naibii franţuzoaică, şi-a spus imediat Mercer, în timp ce sorbea din paharul cu vin de Chablis şi încerca să facă faţă micilor bârfe.

Unii scriitori sunt povestitori experimentaţi, având un bagaj inepuizabil de istorii, glume şi replici inteligente. Alţii sunt suflete retrase şi introvertite, care trudesc în lumile lor solitare şi se zbat să se descurce atunci când trebuie să se amestece cu alţi oameni şi să comunice. Mercer era ceva intermediar. Copilăria ei singuratică îi oferise capacitatea de a trăi în propria ei lume, în care nu se vorbea prea mult. Din această cauză, trebuia să facă eforturi pentru a flecări şi a râde când auzea vreo glumă.

De îndată ce a apărut, Andy Adam a cerut o votcă dublă cu gheaţă. Myra i-a pregătit-o, aruncând o privire precaută spre Bruce. Amândoi ştiau că Andy se apucase din nou de băut, iar asta reprezenta un motiv de îngrijorare. Când i s-a prezentat lui Mercer, ea a observat imediat cicatricea mică de deasupra ochiului stâng, gândindu-se la înclinaţia lui de a se încăiera prin baruri. El şi Cobb aveau cam aceeaşi vârstă, fiind amândoi divorţaţi, băutori obişnuiţi pe plajă, însă îndeajuns de norocoşi încât să îşi vândă cărţile pentru a se bucura de o viaţă dezordonată. Curând au început să graviteze unul în jurul celuilalt, discutând despre pescuit.

Jay Arklerood, poetul solemn şi steaua literară frustrată, a sosit imediat după ora şapte, ceea ce, potrivit Myrei, era cam devreme pentru el. A luat un pahar cu vin şi l-a salutat pe Bruce, dar nu i s-a prezentat lui Mercer. Cum sosiseră toţi invitaţii, Myra a cerut să se facă tăcere şi a propus un toast.

– O înghiţitură pentru noua noastră prietenă, Mercer Mann, care va sta aici o perioadă, în speranţa că va găsi inspiraţie la soare şi pe plajă şi va termina blestematul acela de roman care trebuia predat acum trei ani. Noroc!

– Doar trei ani? a spus Leigh, iar asta a stârnit nenumărate râsete.

– Mercer, a spus Myra, îmboldind-o să spună ceva.

Ea a zâmbit şi a zis:

– Vă mulţumesc. Sunt încântată să mă aflu aici. De la vârsta de şase ani, am venit în fiecare vară, ca să stau cu bunica mea, Tessa Magruder. S-ar putea ca unii dintre voi să o fi cunoscut. Cel puţin până acum, am petrecut aici, cu ea, cele mai fericite zile din viaţa mea, pe plajă şi pe insulă. Asta a fost cu mult timp în urmă, dar sunt încântată că m-am întors. Şi sunt încântată să mă aflu aici în această seară.

– Bun venit, a spus Bob Cobb, ridicând paharul.

Ceilalţi i-au urmat exemplul, strigând cu toţii „Noroc!" Apoi au început să discute.

Bruce s-a apropiat de Mercer şi i-a spus încet:

– Am cunoscut-o pe Tessa. Ea şi Porter au murit în timpul unei furtuni.

– Da, în urmă cu unsprezece ani, a confirmat Mercer.

– Îmi pare rău, a spus Bruce oarecum stânjenit.

– Nu, nicio problemă. Asta a fost cu mult timp în urmă.

– Ei bine, mi-e foame, a intervenit Myra. Aduceţi-vă paharele la masă ca să mâncăm ceva.

S-au îndreptat cu toţii spre sufragerie. Masa era îngustă şi nu îndeajuns de lungă pentru nouă persoane, însă, dacă ar fi fost douăzeci, Myra i-ar fi îngrămădit oricum în jurul ei. În jurul mesei se afla o adunătură de scaune desperecheate. Cu toate acestea, era decorată frumos, cu un şir de lumânări scurte pe mijloc şi cu multe flori. Farfuriile din porţelan şi paharele cu picior erau vechi şi asortate perfect. Argintăria de epocă era aranjată fără cusur. Şervetele albe din pânză fuseseră proaspăt călcate şi împăturite. Myra a apărut cu o foaie de hârtie care conţinea aşezarea oaspeţilor la masă, pe care ea şi Leigh o discutaseră aprins, şi s-a apucat să strige instrucţiuni. Mercer a fost plasată între Bruce şi Noelle, iar după obişnuitele mormăieli de nemulţumire, ceilalţi s-au aşezat pe scaunele stabilite. Discuţiile între oaspeţi au început imediat, în timp ce Dora, cea care asigura servirea, turna vin în pahare. Aerul era destul de încins, deşi ferestrele stăteau deschise. Un ventilator vechi se rotea zgomotos deasupra lor.

– Aşa, uitaţi care sunt regulile, a spus apoi Myra. Nu vorbiţi despre propriile cărţi şi nimic despre politică. Avem aici câţiva republicani.

– Poftim? a exclamat Andy. Cine i-a invitat?

– Eu. Şi dacă nu-ţi convine, poţi pleca imediat.

– Cine sunt aceia? a întrebat Andy.

– Eu, a spus Amy, ridicând o mână cu mândrie.

Era clar că acest lucru se mai întâmplase.

– Şi eu sunt republican, a spus Cobb. Chiar dacă am stat în închisoare şi am fost brutalizat de FBI, am rămas un republican credincios.

– Dumnezeu să ne ajute, a bombănit Andy.

– Aţi înţeles ce-am sugerat, a spus din nou Myra. Fără politică.

– Dar fotbal? a întrebat Cobb.

– Şi fără fotbal, a zâmbit Myra. Bruce, despre ce ai vrea să discutăm?

– Politică şi fotbal, a spus Bruce, şi toată lumea a izbucnit în râs.

– Ce se întâmplă la magazin săptămâna aceasta?

– Păi, miercuri se întoarce Serena Roach. Sper să vă văd pe toţi la magazin când va da autografe.

– A fost făcută praf în ziarul *Times* de azi-dimineaţă, a spus Amy cu o uşoară satisfacţie. L-aţi citit?

– Dar cine citeşte *Times?* a întrebat Cobb. Porcării de stânga.

– Aş vrea să fiu făcută praf în *Times* sau în oricare alt ziar, dacă ar fi după mine, a spus apoi Leigh. Despre ce e cartea ei?

– E al patrulea roman al ei şi e despre o femeie singură din New York, care are probleme în relaţiile cu bărbaţii.

– Original, s-a scăpat Andy. Abia aştept să-l citesc. Golind cel de-al doilea pahar de votcă, i-a cerut Dorei încă unul. Myra s-a încruntat în direcţia lui Bruce, care a ridicat din umeri, de parcă ar fi vrut să spună: „E băiat mare".

– Supă rece de roşii, a spus Myra, ridicându-şi lingura. La treabă!

După câteva secunde, cu toţii vorbeau în acelaşi timp, pentru că discuţiile separate se reduseseră. Cobb şi Andy discutau discret politică. Leigh şi Jay stăteau ghemuiţi la capătul mesei, discutând despre romanul cuiva. Myra şi Amy erau curioase în legătură cu un restaurant abia deschis. Din nou cu voce slabă, Bruce i s-a adresat lui Mercer:

– Îmi cer iertare că am adus vorba de moartea Tessei. Am fost nepoliticos.

– Nu, nici vorbă, a spus ea. Asta s-a întâmplat demult.

– L-am cunoscut bine pe Porter. Era un client obişnuit, îi plăceau romanele poliţiste... Tessa trecea o dată pe an pe acolo, dar nu cumpăra multe cărţi. Cred că îmi amintesc vag de o nepoată pe care o avea.

– Cât vei sta aici? a întrebat-o apoi Noelle.

Mercer era convinsă că tot ce îi spusese Myrei ajunsese deja la urechile lui Bruce.

– Câteva luni. Urmează să-mi iau o slujbă nouă, iar asta înseamnă că acum nu am una. În ultimii patru ani am predat, dar sper să nu mai fac asta. Dar tu? Povesteşte-mi despre magazinul tău.

– Vând antichităţi franţuzeşti. Magazinul meu e alături de cel de carte. Sunt din New Orleans, şi l-am cunoscut pe Bruce când m-am mutat aici. Imediat după uraganul Katrina.

O dicţie moale, clară şi perfectă, fără nicio urmă de accent de New Orleans. Nici vreo urmă de orice altceva. Şi fără verighetă, dar purtând o mulţime de bijuterii.

– Asta a fost în 2005. La o lună după accidentul în care a pierit Tessa, a remarcat Mercer.

– Erai aici când s-a întâmplat? a întrebat-o Bruce.

– Nu, aceea a fost prima vară în paisprezece ani pe care nu mi-am petrecut-o aici. A trebuit să-mi iau o slujbă pentru a plăti taxele la colegiu şi lucram în Memphis, oraşul meu natal.

Dora aduna bolurile de supă şi turna vin în pahare. Andy devenise mai vocal.

– Aveţi copii? i-a întrebat Mercer.

Zâmbind, Bruce şi Noelle au clătinat din cap.

– Nu ne-am găsit timp, a spus ea. Călătoresc mult, pentru a cumpăra și a vinde, mai ales în Franța, iar Bruce stă în magazinul lui șapte zile pe săptămână.

– Nu pleci cu ea? l-a întrebat Mercer pe Bruce.

– Nu prea des. Acolo ne-am căsătorit.

Ba nu. Era o minciună simplă, ușor de rostit, cu care trăiau de multă vreme. Mercer a luat o înghițitură de vin, aducându-și aminte că stătea alături de unul dintre cei mai de succes negustori de cărți rare din țară. În timp ce discutau despre sudul Franței și despre comerțul de antichități de acolo, Mercer se întreba cât de multe știa Noelle despre afacerile lui. Dacă el plătise cu adevărat un milion de dolari pentru manuscrisele Fitzgerald, cu siguranță ea știa acest lucru. Corect? Bruce nu era un magnat cu interese în toată lumea și nici nu avea cum să transfere și să ascundă bani. Era un librar dintr-un orășel, care trăia, practic, în magazinul lui. Nu avea cum să ascundă de ea atât de mulți bani. Noelle sigur știa.

Apoi Bruce și-a arătat admirația față de *Ploaie de octombrie* și și-a manifestat curiozitatea în legătură cu primul tur de autografe al lui Mercer. Auzind discuția din întâmplare, Myra a cerut să se facă liniște și a îndemnat-o pe Mercer să povestească. În timp ce Dora le servea pește pompano, conversația s-a îndreptat spre subiectul tururilor de lansare a cărților, astfel că fiecare avea câte ceva de povestit. Leigh, Jay și Cobb au mărturisit că și ei își pierduseră o oră sau două în magazine de carte fără să vândă niciun exemplar. Andy atrăsese grupuri mici de oameni cu prima lui carte și, lucru deloc surprinzător, fusese dat afară dintr-un magazin după ce se îmbătase și insultase clienții care nu voiau să îi cumpere cartea. Până și Amy, care se bucurase de cel mai mare succes, avusese parte de câteva zile nefericite, după care descoperise vampirii.

În timpul cinei, Andy a trecut pe apă cu gheață și toți cei de la masă s-au liniștit.

Apoi Cobb a început să povestească despre ceva petrecut în închisoare: un puști de optsprezece ani fusese abuzat sexual de colegul de celulă, un adevărat prădător. După câțiva ani, după ce amândoi fuseseră eliberați condiționat, puștiul îl găsise pe fostul coleg de celulă, cu trecutul uitat, trăind liniștit undeva într-o suburbie. Momentul răzbunării.

Povestea a fost lungă și interesantă, iar când Cobb a terminat, Andy a spus:

– Asta-i o scorneală. Pură ficțiune, am dreptate? Ăsta-i subiectul următorului tău roman.

– Nu, jur că e adevărat.

– Prostii! Ai mai făcut asta, ne-ai distrat cu o poveste ciudată, ca să vezi cum reacționăm, iar după un an a devenit roman.

– Ei bine, m-am gândit și la asta. Ce părere aveți? E o acțiune destul de comercială?

– Mie-mi place, a spus Bruce. Dar să tratezi mai delicat scenele de viol din închisoare. După mine, ai cam insistat asupra lor.

– Ai vorbit ca agentul meu, a bombănit Cobb. A scos apoi un pix din buzunarul cămășii, ca și cum ar fi dorit să ia notițe. Altceva? Mercer, tu ce părere ai?

– Am drept de vot?

– Sigur, de ce nu? Votul tău va conta la fel de mult ca al celorlalți farsori.

– Aș putea folosi povestea, a spus Andy, și toată lumea a râs.

– Ei bine, sunt sigur că ai nevoie de o poveste bună. Ți-ai stabilit termenul de predare?

– Da. Am trimis-o şi deja mi-au înapoiat-o. Probleme structurale.

– Şi o mutare bună din partea editorului. Nu ar putea tipări cartea suficient de repede.

– Hei, băieţi, a spus Myra. Încălcaţi prima regulă. Nu aveţi voie să vorbiţi despre propriile cărţi.

– Asta ar putea ţine toată noaptea, i-a şoptit Bruce lui Mercer, destul de tare ca să audă şi ceilalţi.

Ei îi plăceau persiflările, la fel ca şi celorlalţi. Nu se aflase niciodată într-un grup de scriitori atât de pregătiţi să se împungă unul pe altul, chiar dacă doar în glumă.

Amy, ai cărei obraji se înroşiseră din cauza vinului, a intervenit:

– Dar dacă puştiul din închisoare e chiar vampir?

Cei de la masă au explodat în hohote de râs.

Cobb a răspuns imediat:

– A, la asta nu m-am gândit! Am putea începe o serie nouă despre vampirii din închisori. Îmi place ideea. Vrei să colaborăm?

– O să o rog pe agenta mea să ia legătura cu a ta, să vedem dacă poate ieşi ceva din asta, a spus Amy.

Într-o sincronizare perfectă, Leigh a adăugat:

– Şi vă mai întrebaţi de ce nu se mai vând cărţile.

După ce râsetele s-au stins, Cobb a concluzionat:

– Doborât încă o dată de mafia literară.

Lucrurile s-au mai liniştit preţ de câteva minute, cât au continuat cina.

– Probleme structurale, a chicotit Cobb apoi. Ce înseamnă asta?

– Înseamnă că acţiunea e slabă, lucru adevărat. Niciodată nu m-am simţit mai sigur de ea, sincer.

– Dar poţi să o publici pe cont propriu, să ştii. Bruce o va aşeza pe masa aceea pliantă pentru jocul de cărţi din partea din spate a magazinului, unde e mormanul de dulcegării.

– Vă rog. Masa aceea e supraîncărcată, a spus Bruce.

Myra a schimbat apoi subiectul.

– Aşa, Mercer, te afli aici de câteva zile. Te putem întreba cum merge cu scrisul?

– Nefericită întrebare, i-a răspuns Mercer zâmbind.

– Încerci să termini un roman sau să începi unul?

– Încă nu ştiu sigur, a spus ea. Probabil că voi renunţa la cel la care lucram şi voi începe altul. Încă nu m-am hotărât.

– Ei bine, dacă ai nevoie de vreun sfat privind orice aspect legat de scriitură sau de editare, de legături amoroase sau de relaţii, mâncare, vinuri, călătorii, politică, orice vrei pe lumea asta, să ştii că ai nimerit în locul cel mai potrivit. Uită-te doar la cei din jurul mesei. Toţi sunt experţi.

– Aşa m-am gândit şi eu.

5

La miezul nopţii, Mercer stătea aşezată pe ultima treaptă a aleii din scânduri, ţinându-şi picioarele dezgolite în nisip, în vreme ce valurile oceanului se rostogoleau pe ţărm. Socotea că zgomotele lui – spargerea calmă a valurilor pe vreme bună sau vuietele puternice pe timp de furtună – n-aveau să o plictisească niciodată. În noaptea aceea nu bătea vântul, iar fluxul era scăzut. O siluetă singuratică mergea spre sud, la marginea apei.

Încă se simţea amuzată de cele petrecute la cină, astfel că a încercat să îşi aducă aminte cât mai multe amănunte. Cu cât se gândea mai mult la asta, cu atât mai uimitoare i se păreau lucrurile: o încăpere populată de scriitori, fiecare cu nesiguranța, egoul și geloziile sale, în care vinul bun cursese din plin, însă fără să se petreacă vreo ceartă sau să se audă vreun cuvânt jignitor. Autorii recunoscuți - Amy, Cobb și Andy - tânjeau să fie apreciați critic, în vreme ce autorii literari - Leigh, Jay și Mercer - doreau să aibă tiraje mari. Myrei nu-i păsa nici de una, nici de alta. Iar Bruce și Noelle stăteau la mijlocul lor și îi încurajau pe toți.

Mercer nu prea știa ce să creadă despre Bruce. Prima impresie fusese foarte bună și, ținând seama de înfățișarea și de atitudinea lui degajată, Mercer era convinsă că toată lumea îl agrease, cel puțin la început. Vorbise îndeajuns, dar nu foarte mult, și păruse mulțumit să o lase pe Myra să domine seara. La urma urmelor, era petrecerea organizată de ea. Iar Myra sigur știa ce să facă. El se simțise în largul lui în mijlocul acelui grup de scriitori și apreciase din plin povestirile, glumele, împunsăturile și insultele aruncate în conversație. Mercer avusese impresia că el ar fi făcut orice pentru a-i sprijini pe toți în carieră. Iar ei, la rândul lor, îi arătau un mare respect.

Bruce afirmase că admira cele două cărți ale lui Mercer, îndeosebi romanul, și discutaseră despre el îndeajuns de mult pentru ca ea să-și alunge îndoiala că el nu l-ar fi citit. Bruce spusese că îl citise după publicare și că ea fusese programată să vină la Bay Books pentru a da autografe. Asta fusese cu șapte ani în urmă, dar el își amintea totul foarte bine. Probabil că frunzărise romanul înainte de petrecere, însă Mercer fusese impresionată oricum. O invitase apoi să treacă pe la magazin ca să dea autografe pe cele două exemplare din colecția lui. Îi citise și cartea de povestiri și, lucru și mai important, era nerăbdător să mai citească și altceva, poate următorul ei roman sau alte povestiri.

Mercer – cândva o scriitoare promiţătoare care traversase o perioadă de cumplită lipsă de inspiraţie, fiind încătuşată de teama că, probabil, cariera ei se încheiase – se simţise consolată de faptul că un cititor atât de competent îi spunea lucruri frumoase şi o îndemna să mai scrie. În ultimii ani, doar agenta ei literară şi editorul o mai încurajaseră.

Bruce era seducător, dar nu spusese şi nu făcuse nimic nelalocul său – şi nici ea nu se aşteptase la asta. Frumoasa lui soţie se afla la doar câţiva centimetri de el. Când era vorba de seducţie, presupunând că zvonurile conţineau un sâmbure de adevăr, Mercer bănuia că Bruce Cable putea prelungi lucrurile, dar putea fi şi direct.

În timpul mesei, Mercer se uitase în câteva rânduri la Cobb şi la Amy, ba şi chiar şi la Myra, şi se întrebase dacă ei toţi aveau idee de latura întunecată a vieţii lui Bruce. În aparenţă, avea unul dintre cele mai bune magazine de carte din ţară, dar în acelaşi timp se ocupa în mare secret de bunuri furate. Magazinul se bucura de succes şi îi aducea o mulţime de bani. Avea o viaţă minunată, o soţie frumoasă, o bună reputaţie şi o casă cu renume într-un oraş cochet. Chiar era dispus să rişte închisoarea pentru negoţul cu manuscrise furate?

Avea idee oare că o echipă de profesionişti în domeniul securităţii se afla pe urmele lui? Şi că FBI-ul nu era departe? Avea vreo bănuială că peste doar câteva luni ar fi putut ajunge la închisoare, unde avea să stea ani buni?

Nu, nu părea posibil.

O bănuia pe Mercer? Nu. Ceea ce dădea naştere următoarei întrebări: ce trebuia să facă în continuare? „Ia lucrurile pe rând, îi spusese Elaine, şi nu doar o dată. Lasă-l pe el să se apropie de tine şi îţi croieşti drum în viaţa lui."

Suna simplu, nu?

6

Luni, de Ziua Eroilor, Mercer a dormit până târziu, ratând un alt răsărit de soare. Și-a turnat cafea într-o cană și s-a dus pe plajă, care era mai animată, datorită zilei de sărbătoare, dar nu foarte aglomerată. După o plimbare lungă, s-a întors acasă, și-a mai pus cafea și s-a așezat la măsuța pentru dejun, cu vedere spre ocean. A pornit laptopul, s-a uitat la ecranul gol și a reușit să scrie: „Capitolul unu".

În general, scriitorii se încadrează în două categorii: cei care își conturează cu grijă poveștile și știu sfârșitul înainte de a începe și cei care refuză să facă asta, pornind de la teoria că, odată creat un personaj, acesta trebuie să facă ceva interesant. Vechiul roman, cel la care renunțase și care o torturase vreme de cinci ani, făcea parte din cea de-a doua categorie. După cinci ani, nu se întâmplase nimic interesant și se săturase de personajele acelea. Lasă-l deoparte. Să se așeze. Te poți întoarce la el oricând.

A scris un mic rezumat al primului capitol din noul roman și a trecut apoi la al doilea.

Până la amiază, pregătise terenul pentru primele cinci capitole și era extenuată.

7

Traficul era lent pe Main Street, iar trotuarele gemeau de turiștii veniți în oraș pentru a-și petrece un weekend prelungit. Mercer a parcat pe o stradă lăturalnică și s-a dus la magazinul de carte. A reușit să îl evite pe Bruce și a urcat la cafenea, unde a mâncat un sandvici și a frunzărit ziarul

Times. El a trecut pe lângă ea ca să își ia o cafea și a rămas surprins văzând-o.

– Ai timp să semnezi cărțile acelea? a întrebat-o el.

– De aceea am venit.

L-a urmat la parter, în camera edițiilor princeps, unde el a închis ușa. Două ferestre mari dădeau spre sala mare a librăriei, unde clienții cercetau rafturile cu cărți. În centru se afla o masă veche acoperită cu hârtii și dosare.

– Ăsta-i biroul tău? a întrebat ea.

– Unul dintre ele. Când lucrurile se mai liniștesc, mă strecor aici și lucrez.

– Și când se liniștesc?

– Vorbim de un magazin de carte. Azi e activitate. Mâine va fi pustiu.

Sub un catalog se aflau două exemplare cartonate din *Ploaie de octombrie*. El i-a întins un pix și a ridicat cărțile.

– N-am dat autografe de multă vreme, a spus ea.

A deschis apoi prima carte la pagina de titlu și s-a semnat, făcând același lucru și cu a doua. El a lăsat una pe masă și pe cealaltă a pus-o înapoi pe raft. Edițiile princeps erau aranjate în ordinea alfabetică a autorilor.

– Ce sunt toate astea? a întrebat ea, făcând un semn larg cu mâna spre zidul de cărți.

– Toate primele ediții ale scriitorilor care au dat autografe aici. Avem cam o sută pe an, așa că, după douăzeci de ani, am adunat o colecție frumușică. Am verificat evidențele și am descoperit că pentru turneul tău comandasem o sută douăzeci de exemplare.

– O sută douăzeci? De ce atât de multe?

– Am organizat un Club al Primelor Ediții și am o sută de clienți care cumpără fiecare carte care primește autograf. E un efort destul de mare. Dacă pot garanta o sută de exemplare, editorii şi scriitorii sunt dornici să ne treacă în planul lor de turneu.

– Şi aceşti oameni apar la fiecare sesiune de autografe?

– Aşa mi-aş dori. De obicei, vin cam jumătate, ceea ce înseamnă ceva. Treizeci la sută din membrii clubului locuiesc în afara oraşului şi primesc cartea prin poştă.

– Ce s-a întâmplat când mi-am anulat turneul?

– Am returnat cărţile.

– Îmi pare rău!

– Asta face parte din meserie.

Mercer a mers apoi de-a lungul peretelui și a examinat șirurile de cărţi, recunoscând unele titluri. Erau într-un singur exemplar. Unde erau celelalte? Bruce o pusese pe a ei pe raft și o lăsase pe cealaltă pe masă. Unde le păstra?

– Cărţile de aici sunt valoroase? a întrebat ea.

– Nu tocmai. E o colecţie impresionantă şi înseamnă mult pentru mine, fiindcă sunt legat de fiecare, dar rareori capătă valoare.

– De ce?

– Primele ediţii se tipăresc în număr prea mare. În cazul tău, s-au lansat cinci mii de exemplare. Nu e un număr uriaş, dar pentru a deveni valoroasă, cartea trebuie să fie rară. Însă câteodată am noroc. A întins mâna spre un raft de sus, a luat o carte și i-a întins-o. Mai ţii minte *Drunk in Philly?* Capodopera lui J.P. Walthall.

– Sigur.

– A câștigat Premiul Naţional al Cărţii și premiul Pulitzer în 1999.

– Am citit-o când eram în colegiu.

– Am citit un exemplar de promovare și mi-a plăcut. Mi-am dat seama că se va vinde bine și am comandat câteva cutii, iar asta s-a întâmplat înainte ca el să anunţe că nu va veni în turneu. Editorul lui era falit – și nu prea inteligent, ca să spunem lucrurilor pe nume – și a comandat tipărirea a șase mii de exemplare. Nu era rău pentru un prim roman, dar nici suficient. În fine, tipărirea a fost întreruptă când sindicatul a intrat în grevă. Doar o mie două sute de exemplare au apucat să iasă din tipografie, după care totul s-a oprit. Am fost norocos că am primit comanda. Primele recenzii au fost demențial de bune, iar la a doua tipărire, la o altă tipografie, s-a avut în vedere un tiraj de douăzeci de mii de exemplare. Tirajul s-a dublat la a treia ediție și așa mai departe. Cartea s-a vândut până la urmă într-un milion de exemplare.

Mercer a deschis cartea și, pe pagina de copyright, a văzut cuvintele „Prima ediție".

– Și asta cât valorează?

– Am vândut două cu cinci mii de dolari. Acum cer opt. Și mai am douăzeci și două de exemplare, îngropate în subsol.

Mercer a reținut această informație, dar nu a spus nimic. I-a înapoiat cartea și s-a apropiat de un alt perete de cărți.

– Restul colecției, deși nu toți autorii de acolo au dat autografe aici, a spus Bruce.

Mercer a luat de pe raft *The Cider House Rules,* de John Irving, și a spus:

– Presupun că din acest titlu sunt multe exemplare pe piață.

– E John Irving. A publicat-o la șapte ani după *Lumea după Garp,* așa că tirajul a fost uriaș. Valorează câteva sute. Am și un *Garp*, dar nu e de vânzare.

Mercer a pus cartea la locul ei și a citit titlurile următoarelor volume. *Garp* nu era acolo. A presupus că și aceasta era „îngropată în subsol", dar nu a spus nimic. Ar fi vrut să-l întrebe care erau cărțile lui cele mai rare, dar a decis să nu manifeste un asemenea interes.

– Ți-a plăcut cina de aseară? a întrebat-o el.

Mercer a râs și s-a îndepărtat de rafturi.

– A, da. N-am mai cinat niciodată alături de atâția scriitori. De obicei păstrăm distanță, știi?

– Știu. În onoarea ta, toată lumea s-a comportat decent. Nu sunt întotdeauna chiar atât de civilizați, crede-mă.

– De ce?

– Asta e natura speciei. Pune laolaltă egocentrismul fiecăruia cu puțină băutură și poate și puțină politică și de obicei iese cu scandal.

– Abia aștept. Când va fi următoarea petrecere?

– În cazul acestor oameni, nu se știe. Noelle a menționat o petrecere peste două săptămâni. I-a plăcut să se afle în compania ta.

– Și mie. E încântătoare.

– E foarte amuzantă și se pricepe foarte bine la ceea ce face. Ar trebui să treci pe la magazinul ei să arunci o privire.

– Așa o să fac, deși nu-mi pot permite lucruri scumpe.

El a râs și a zis:

– Ei bine, să fii atentă. E foarte mândră de inventarul ei.

– Mâine mă întâlnesc la o cafea cu Serena Roach, înainte de sesiunea de autografe. O cunoști?

– Da. A fost aici de două ori. E foarte sensibilă, dar destul de agreabilă. E în turneu cu prietenul ei și cu editorul.

– Un adevărat anturaj, nu?

– Presupun. Nu e chiar atât de neobișnuit. Ea a renunțat la droguri și pare să fie cam fragilă. Viața pe drumuri e supărătoare pentru mulți scriitori, așa că au nevoie de protecție.

– Nu poate călători singură?

Bruce a râs, lăsând impresia că n-ar vrea să bârfească.

– Ți-aș putea spune o mulțime de povești, înțelegi? Unele triste, altele amuzante, dar toate pline de culoare. Să le păstrăm pentru altă dată, poate pentru o cină lungă.

– E același prieten? Întreb fiindcă citesc ultima ei carte și personajul ei se luptă cu bărbații, dar și cu drogurile. Autoarea pare să cunoască bine subiectul.

– Nu știu, dar în ultimele ei turnee a avut același prieten.

– Sărmana fată e luată în șuturi de critici.

– Da, și nu reacționează prea bine. Editorul ei m-a sunat azi-dimineață ca să se asigure că nu propun o cină după. Încearcă să o țină departe de sticla de vin.

– Și turneul e abia la început?

– Aici e a treia escală. Ar putea ieși un nou dezastru. Cred că s-ar putea lăsa de scris, la fel ca tine.

– Chiar recomand asta.

Apoi o angajată a băgat capul pe fereastră și a spus:

– Scuze pentru deranj, dar îl am la telefon pe Scott Turow.

– Bine, vin, a spus Bruce.

– Ne vedem mâine, a încheiat Mercer și s-a îndreptat spre ușă.

– Mulțumesc pentru autografe.

– Voi da autografe pe toate cărțile mele pe care le vei cumpăra.

8

Trei zile mai târziu, Mercer a așteptat până la asfințit, apoi a ieșit pe plajă. Și-a scos sandalele și le-a pus într-o mică geantă de umăr. După aceea s-a îndreptat spre sud, mergând pe marginea apei. Mareea era scăzută, iar plaja lată era pustie, cu excepția câte unei perechi aflate la plimbare cu câinele. Douăzeci de minute mai târziu, Mercer a trecut prin dreptul unui şir de blocuri înalte şi a păşit spre Ritz-Carlton, aflat alături. Ajunsă pe aleea din lemn, şi-a clătit picioarele, a încălţat sandalele, a trecut pe lângă piscina goală şi a intrat. A găsit-o pe Elaine aşteptând-o la o masă din barul elegant.

Tessa adora barul Ritz. În fiecare vară, de două sau de trei ori, îmbrăcau ce aveau mai bun şi mergeau cu maşina până la Ritz, mai întâi pentru a bea ceva și apoi pentru a lua cina la renumitul restaurant al hotelului. Tessa începea întotdeauna cu un Martini, doar unul, iar Mercer comanda câte o băutură carbogazoasă dietetică. După ce a împlinit cincisprezece ani, a prezentat un document de identitate fals şi au băut amândouă Martini.

Din întâmplare, Elaine se așezase la masa lor preferată și, când și-a ocupat locul, Mercer a fost copleșită puternic de amintirile legate de bunica ei. Nimic nu se schimbase. Un bărbat aflat în fundal cânta acompaniindu-se la pian.

– Am sosit în după-amiaza asta și m-am gândit că ai vrea să mănânci ceva bun, a început Elaine.

– Am fost de multe ori aici, a spus Mercer, privind în jur și bucurându-se de mirosul de aer sărat și de lambriurile din lemn. Bunica adora restaurantul ăsta. Nu e pentru cei cu un buget limitat, dar își permitea din când în când.

– Deci Tessa nu avea bani?

– Nu. Se descurca bine, dar era și econoamă. Să discutăm despre altceva!

Un chelner s-a oprit la masa lor și ele au comandat de băut.

– Am impresia că ai avut o săptămână foarte plină, a spus Elaine.

Rutina lor includea e-mailuri trimise în fiecare seară, în care Mercer povestea toate lucrurile care puteau avea relevanță în investigație.

– Nu sunt sigură că am aflat mai multe lucruri decât știam când am ajuns aici, dar am luat legătura cu inamicul.

– Și?

– Și e fermecător, așa cum l-ai lăudat. Un tip foarte agreabil. Păstrează ceea ce este de valoare la subsol, dar nu a adus vorba de vreo cameră de valori. Am impresia că are foarte multe lucruri acolo. Soţia lui e în oraș, iar el n-a făcut nimic care să sugereze că l-ar interesa persoana mea în afara atracţiei pe care o exercită scriitorii asupra lui.

– Trebuie să-mi povestești despre petrecerea dată de Myra și de Leigh.

– Păcat că n-am avut o cameră ascunsă, a răspuns Mercer zâmbind.

CAPITOLUL CINCI

INTERMEDIARUL

1

De peste şaizeci de ani, librăria Old Boston ocupa aceeaşi casă de pe West Street, din zona blocurilor Ladder, aflate în centrul oraşului. Fusese înfiinţată de Loyd Stein, un renumit anticar, iar după moartea acestuia în 1990, fiul lui, Oscar, preluase afacerea. Acesta crescuse în magazin şi agrea această ocupaţie, deşi cu vremea începuse să se sature de ea. Odată cu evoluţia internetului şi cu declinul mai tuturor lucrurilor legate de cărţi, îi fusese din ce în ce mai greu să realizeze profituri decente. Tatăl lui se mulţumise să cumpere şi să vândă cărţi folosite, sperând să dea câte o lovitură cu vreuna rară, dar Oscar îşi pierduse răbdarea. Ajuns la patruzeci şi opt de ani, căuta discret o cale de scăpare.

Într-o joi după-amiază la ora patru, Denny a intrat în magazin pentru a treia zi consecutiv şi a început să scotocească nonşalant prin rafturile şi mormanele de cărţi la mâna a doua. Când vânzătoarea, o doamnă în vârstă, care lucra acolo de decenii, a plecat de la casă şi a urcat la etaj, Denny a ales un exemplar ieftin din *Marele Gatsby* şi l-a dus la tejghea. Oscar a zâmbit şi a spus:

– Ai găsit ce căutai?

– Asta îmi ajunge, i-a răspuns Denny.

Oscar a deschis cartea, apoi s-a uitat pe coperta din spate şi a spus:

– Patru dolari şi treizeci de cenţi.

Denny a aşezat o bancnotă de cinci dolari pe tejghea şi a zis:

– De fapt, caut originalul.

Oscar a luat banii, apoi a întrebat:

– Te referi la o ediţie princeps? Din *Gatsby?*

– Nu. Manuscrisul original.

Oscar a pufnit în râs. Ce idiot!

– Regret, dar nu te pot ajuta, domnule.

– Ei, eu cred că poţi...

Oscar a înlemnit şi l-a privit direct în ochi. A descoperit o căutătură rece şi nemiloasă. Dură, calculată şi cunoscătoare. Și-a înghiţit nodul din gât, apoi a întrebat:

– Cine eşti?

– Nu vei afla asta.

Oscar s-a uitat în altă parte şi a vârât bancnota în casa de marcat. În timp ce făcea asta, şi-a dat seama că îi tremurau mâinile. A scos câteva monede şi le-a aşezat pe tejghea.

– Șaptezeci de cenţi, a reuşit el să spună. Ai fost aici şi ieri, nu?

– Și alaltăieri.

Oscar s-a uitat în jur. Chiar erau singuri în magazin. A aruncat o privire spre camera mică de supraveghere de deasupra capului şi a făcut semn către maşina de marcat.

– Nu-ţi mai face griji în privinţa camerei, a spus Denny încet. Am dezactivat-o noaptea trecută. Și nici aceea din biroul tău nu funcţionează.

Oscar a inspirat adânc, iar umerii i s-au pleoştit. După ce trăise luni întregi de spaimă şi de nesomn, uitându-se pe furiş în toate părţile, sosise, în cele din urmă, momentul cel mai cumplit.

– Eşti poliţist? a întrebat cu glas scăzut şi tremurător.

– Nu. Ocolesc poliţiştii zilnic, la fel ca tine.

– Ce doreşti?

– Manuscrisele. Toate cinci.

– Nu ştiu despre ce vorbeşti.

– Asta-i tot ce poţi spune? Speram să fii ceva mai original.

– Ieşi de-aici, a spus Oscar cu glas şuierat, străduindu-se să se arate cât mai hotărât posibil.

– Plec imediat. Mă-ntorc la şase, când închizi prăvălia. O să încui uşa şi ne vom retrage în biroul tău pentru o mică discuţie. Îţi sugerez foarte serios să joci cinstit. Nu ai unde să fugi şi nimeni nu te poate ajuta. Şi stăm cu ochii pe tine.

Denny a ridicat monedele şi cartea ieftină, apoi a părăsit magazinul.

2

O oră mai târziu, un avocat pe nume Ron Jazik a urcat în liftul clădirii federale din Trenton, New Jersey, apăsând butonul spre parter. În ultima clipă, un necunoscut s-a strecurat printre uşi şi a apăsat butonul pentru etajul trei. Imediat după închiderea uşilor, când au rămas singuri, necunoscutul a zis:

– Îl reprezinţi pe Jerry Steengarden, corect? Numit de tribunal.

Jazik a rânjit şi a spus:

– Cine dracu' eşti?

Fulgerător, omul l-a plesnit pe Jazik peste faţă, aruncându-i ochelarii cât colo. Cu o strânsoare de fier, l-a prins pe avocat de gât şi l-a trântit puternic cu capul de peretele din spate al liftului.

– Să nu-mi vorbeşti mie aşa! Un mesaj pentru clientul tău: o vorbă scăpată către FBI şi vor avea mulţi de suferit. Ştim unde locuieşte mama lui şi ştim unde locuieşte şi mama ta.

Jazik a căscat ochii şi a scăpat servieta din mână. L-a prins de braţ pe necunoscut, dar strânsoarea s-a intensificat. Jazik avea aproape şaizeci de ani şi era ieşit din formă. Tipul care îl strângea de gât era cu cel puţin douăzeci de ani mai tânăr şi, în acele momente, părea incredibil de puternic.

– Am fost convingător? a mârâit el. Ai priceput?

Liftul s-a oprit la etajul trei şi, când uşa s-a deschis, necunoscutul i-a dat drumul lui Jazik şi l-a împins într-un colţ, unde acesta a căzut în genunchi. Necunoscutul a păşit pe lângă el de parcă nu s-ar fi întâmplat nimic. Nimeni nu aştepta ca să urce în lift, aşa că Jazik s-a ridicat repede în picioare, şi-a recuperat ochelarii şi servieta şi s-a gândit ce să facă. Îl durea falca şi îi ţiuiau urechile, aşa că primul lui gând a fost să telefoneze la poliţie şi să anunţe atacul. În foaier erau agenţi federali de securitate şi probabil că putea aştepta acolo până când atacatorul lui ieşea. În timp ce cobora, s-a gândit totuşi că ar fi fost preferabil să nu reacţioneze în mod exagerat. A găsit o baie, s-a spălat pe faţă şi s-a privit în oglindă. Partea dreaptă a feţei lui era roşie, dar nu umflată.

Senzaţia fizică după primirea unei asemenea lovituri era uimitoare, dar şi dureroasă. A simţit apoi ceva cald în gură şi a scuipat sângele în lavoar.

Nu vorbise cu Jerry Steengarden de mai bine de o lună. Nu aveau prea multe de discutat. Întâlnirile lor erau întotdeauna scurte, fiindcă Jerry nu avea nimic de spus. Necunoscutul care tocmai îl lovise şi îl ameninţase nu prea avea de ce să fie îngrijorat.

3

Cu câteva minute înainte de ora şase, Denny a revenit la magazin şi l-a găsit pe Oscar aşteptând agitat la tejghea. Angajata plecase şi nu mai era niciun client. Fără să scoată vreo vorbă, Denny a întors plăcuţa de la uşă ca să arate „Închis", a încuiat uşa şi a stins luminile. Apoi au urcat scara spre biroul mic şi aglomerat unde Oscar prefera să îşi petreacă zilele cât altcineva se ocupa de magazin. Aşezându-se la birou, Oscar i-a făcut semn lui Denny spre singurul scaun care nu era încărcat cu reviste.

– Să nu mai pierdem timpul, Oscar, a spus Denny direct. Ştiu că ai cumpărat manuscrisele cu jumătate de milion de dolari. Ai trimis banii într-un cont din Bahamas. Apoi au mers în Panama şi de acolo le-am prins urma. Mai puţin comisionul pentru coordonatorul nostru.

– Deci, tu eşti hoţul? a întrebat Oscar pe un ton calm.

Cu ajutorul unor pastile, reuşise să îşi calmeze starea de nervozitate.

– N-am spus asta.

– Cum pot fi sigur că nu eşti un poliţist care are asupra lui un microfon? a întrebat Oscar.

– Vrei să mă percheziţionezi? Poftim. De unde să ştie un poliţist preţul? De unde să ştie un poliţist detalii despre circuitul banilor?

– Sunt convins că FBI-ul poate urmări orice.

– Dacă ştiau ce ştiu eu, te-ar fi arestat, pur şi simplu. Calmează-te, n-o să fii pus în cătuşe. Şi nici eu. Vezi tu, Oscar, nu mă pot adresa poliţiei – şi nici tu. Amândoi suntem cât se poate de mânjiţi şi ne aşteaptă o şedere a naibii de lungă într-o închisoare federală. Dar nu se va întâmpla asta.

Simţindu-se înclinat să îi dea crezare, Oscar s-a simţit oarecum uşurat. Cu toate acestea, era evident că existau câteva provocări imediate.

– Nu le mai am, a spus apoi, inspirând adânc.

– Am înţeles. Și-atunci, unde sunt?

– De ce le-ai vândut?

Denny şi-a încrucişat picioarele şi s-a destins pe scaunul vechi.

– M-am speriat. FBI-ul i-a înhăţat pe doi dintre prietenii mei a doua zi după furt. A trebuit să ascund comoara şi să fug din ţară. Am aşteptat o lună, apoi încă una. Când lucrurile s-au mai liniştit, m-am întors şi m-am dus la San Francisco pentru a discuta cu un negustor. Spunea că are un cumpărător, un rus dispus să plătească zece milioane. Minţea. S-a dus la FBI. Am programat o întâlnire – când eu trebuia să predau manuscrisele drept dovadă –, dar FBI-ul ne aştepta.

– Cum de ţi-ai dat seama?

– Pentru că i-am interceptat telefoanele înainte de a intra. Oscar, suntem foarte pricepuţi. Foarte răbdători, foarte profesionişti. A fost cât pe ce să fim prinşi, aşa că am şters-o din nou din ţară, gândindu-mă să revin când lucrurile aveau să se liniştească. Știam că FBI-ul avea o bună descriere a mea, aşa că am rămas afară.

– Și telefoanele mele sunt interceptate?

Denny a dat din cap şi a zâmbit.

– Doar cele fixe. N-am reuşit cu mobilul tău.

– Și cum m-aţi găsit?

– M-am dus la Georgetown şi, în cele din urmă, am luat legătura cu Joel Ribikoff, vechiul tău amic. Intermediarul nostru. Nu aveam încredere în el – în cine te poţi încrede în meseria asta? –, iar atunci eram disperat să scap de manuscrise.

– Noi doi nu trebuia să ne întâlnim.

– Ăsta era planul, corect? Ai trimis banii telegrafic, eu am livrat marfa, apoi am dispărut din nou. Acum am revenit.

Oscar şi-a pocnit încheieturile degetelor şi a încercat să rămână calm.

– Şi Ribikoff? Unde e acum?

– A dispărut. A avut parte de o moarte oribilă, Oscar, a fost cumplit. Dar, înainte de a muri, mi-a dat ce voiam. Numele tău.

– Nu le mai am.

– Clar. Şi ce-ai făcut cu ele?

– Le-am vândut. M-am descotorosit de ele cât de repede am putut.

– Oscar, unde sunt acum? Vreau să le găsesc, iar urmele lor sunt deja pline de sânge.

– Nu ştiu unde sunt. Jur.

– Atunci, cine le are acum?

– Ascultă, am nevoie de ceva timp ca să mă gândesc. Ai spus că eşti răbdător, aşa că păsuieşte-mă puţin.

– Am înţeles. Mă întorc peste douăzeci şi patru de ore. Şi să nu faci vreo prostie, de pildă să încerci să fugi. Nu ai unde să te ascunzi şi o păţeşti dacă încerci. Oscar, suntem profesionişti, iar tu n-ai habar de nimic.

– N-o să fug.

– Douăzeci şi patru de ore, după care mă-ntorc să-mi dai numele individului. Numele lui, iar tu-ţi păstrezi banii şi-ţi vezi de viaţa ta. N-o să spun nimănui. Ai cuvântul meu.

Apoi Denny a sărit în picioare şi a ieşit din birou. Oscar a rămas cu privirea aţintită asupra uşii, ascultând zgomotul paşilor lui în timp ce cobora scara. A auzit uşa deschizându-se, clinchetul clopoţelului, apoi închiderea ei discretă.

Oscar şi-a prins faţa între mâini şi s-a străduit să nu plângă.

4

La două intersecţii mai departe, Denny era în barul unui hotel şi mânca pizza când telefonul lui a sunat. Era aproape nouă seara, iar apelul venea târziu.

– Povesteşte-mi, a spus el, aruncând o privire în jur, deşi localul era aproape gol.

– Misiune îndeplinită, a spus Rooker. L-am prins pe Jazik într-un lift şi a cam trebuit să-l iau la palme. A fost amuzant, zău aşa... I-am transmis mesajul şi totul a mers bine. Petrocelli mi-a creat probleme, pentru că lucrează până târziu. Acum vreo oră l-am surprins în parcarea de la biroul lui. La început a negat că-l reprezintă pe Mark Driscoll, dar a cedat destul de repede. N-a trebuit să-l lovesc, dar am fost pe punctul s-o fac.

– Fără martori, da?

– Fără. Am plecat fără probleme de la ambele întâlniri.

– Bună treabă. Acum unde eşti?

– Conduc. Ajung acolo peste cinci ore.

– Grăbeşte-te! Mâine o să ne distrăm.

5

Rooker a intrat în magazinul de carte la 5.55, prefăcându-se că se uită la cărţi. Nu erau alţi clienţi. Agitat, Oscar şi-a făcut de lucru la tejghea, dar a rămas cu ochii la bărbat. La ora şase, a zis:

– Îmi pare rău, dar trebuie să închid.

În același moment a intrat Denny, care a închis ușa și a răsucit tăblița cu „Deschis/Închis". S-a uitat la Oscar, apoi a arătat spre Rooker și a spus:

– El e cu mine. Mai e cineva aici? a întrebat apoi.

– Nu. Toată lumea a plecat.

– Bun. O să rămânem aici, a spus Denny, făcând un pas spre Oscar.

Rooker i s-a alăturat, stând amândoi la o distanță convenabilă pentru a-l lovi.

L-au privit fix pe Oscar, dar niciunul nu s-a clintit.

– Hai, Oscar, a spus Denny, ai avut destul timp de gândire. Ce ai să ne spui?

– Trebuie să-mi promiteți că veți păstra secret numele meu.

– Nu trebuie să-ți promitem nimic, s-a răstit Denny. Ți-am spus deja că nu va afla nimeni. Și, pe de altă parte, ce-aș avea de câștigat dacă dezvălui amestecul tău? Oscar, eu vreau manuscrisele, nimic altceva. Spune-mi cui le-ai vândut și n-o să mă mai vezi niciodată. Dar, dacă mă minți, să știi că mă întorc.

Oscar știa asta. Credea. În acel moment, singurul lucru pe care îl dorea era să scape în viață de lângă acel individ. A închis ochii și a spus:

– Le-am vândut unui negustor de cărți pe nume Bruce Cable, care are un magazin grozav pe insula Camino, în Florida.

Denny a zâmbit și a întrebat:

– Și cât ți-a plătit?

– Un milion.

– Bună treabă, Oscar. O afacere pe cinste.

– Acum, vă rog să plecați.

Denny și Rooker s-au uitat fix la el, fără ca vreun mușchi de pe fețele lor să tresară. Preț de vreo zece secunde, Oscar a socotit că era un om mort. Inima a început să-i bată nebunește și aproape că a rămas fără suflare.

Apoi cei doi au plecat fără să îi mai adreseze vreo vorbă.

CAPITOLUL ȘASE

FICȚIUNEA

1

După ce a intrat în magazinul Noellei, Mercer s-a simţit de parcă tocmai ar fi păşit printr-una dintre frumoasele ei cărţi despre măsuţe de cafea. Salonul din faţă era plin de mobilier rustic: şifoniere, bufete de veselă, dulapuri şi fotolii aranjate comod pe podeaua cu dale vechi. Măsuţele erau încărcate cu vase, carafe şi coşuri vechi. Pereţii erau zugrăviţi în culoarea piersicii şi decoraţi cu sfeşnice şi oglinzi afumate, dar şi cu portrete ale unor baroni de mult uitaţi, împreună cu familiile lor. Câteva lumânări parfumau interiorul cu o aromă densă de vanilie. De tavanul din lemn erau atârnate nenumărate candelabre. Din câteva difuzoare care nu se vedeau se auzea discret muzică de operă. Într-o încăpere aflată în lateral, Mercer a admirat o masă lungă şi îngustă pentru degustarea de vinuri, aşezată pentru cină, cu farfurii şi boluri colorate în galben solar şi oliv, culorile esenţiale ale veselei provensale. Lipită de peretele aflat în apropierea ferestrei se afla o masă de scris, o piesă frumoasă, pictată manual, pe care ar fi trebuit să şi-o dorească. Potrivit lui Elaine, se vindea cu trei mii de dolari şi era perfectă pentru nevoile ei.

Mercer studiase cele patru cărţi publicate de Noelle şi a identificat cu uşurinţă mobilierul şi decoraţiunile. Tocmai admira masa de scris când Noelle a intrat în sală, exclamând:

– A, bună, Mercer. Ce surpriză plăcută!

A sărutat-o pe ambii obraji, în stilul salutului obişnuit pentru francezi.

– Magazinul tău este extraordinar, a spus Mercer, cu un respect aproape divin.

– Bun venit în Provence. Ce te aduce aici?

– Nimic deosebit. Mă uitam şi eu. Îmi place la nebunie masa aceea, a spus ea apoi, atingând tăblia ei.

În cărţile Noellei apăreau cel puţin trei astfel de mese.

– Am găsit-o într-o piaţă din satul Bonnieux, în apropiere de Avignon. Ar trebui să fie a ta. E perfectă pentru ceea ce faci.

– Întâi va trebui să vând nişte cărţi.

– Vino cu mine! Hai să-ţi arăt câte ceva!

Luând-o de mână pe Mercer, a condus-o dintr-o cameră în alta: toate erau pline cu mobilier exact ca acela din cărţile ei. Au urcat apoi o scară elegantă cu trepte albe din piatră şi cu balustrade din fier forjat care ducea la primul etaj, unde Noelle i-a arătat cu modestie inventarul ei – alte şifoniere, paturi, bufete pentru veselă şi mese, fiecare având o poveste proprie. Vorbea cu o asemenea afecţiune despre colecţia ei, încât părea să regrete o eventuală despărţire de orice obiect de acolo. Mercer observase că nicio piesă de mobilier de la parter nu avea preţul expus.

Noelle avea un mic birou la parter, în spatele magazinului, iar alături de uşă se afla o mică masă pliantă de degustat vinuri. După cum o descria Noelle, Mercer se întreba dacă toate mesele franţuzeşti se foloseau pentru degustarea vinurilor.

– Să bem nişte ceai, a propus apoi Noelle, făcând semn spre un scaun aflat alături de masă.

Au stat apoi de vorbă cât timp a fiert apa pe micul aragaz aflat alături de o chiuvetă din marmură.

– Îmi place la nebunie masa aceea de scris, a spus Mercer. Dar mă tem să întreb cât costă.

Noelle a zâmbit şi a spus:

– Draga mea, pentru tine are un preţ special. Pentru cine întreabă, e trei mii de dolari, dar poţi s-o iei la jumătate de preţ.

– Şi aşa e prea mult pentru mine. Lasă-mi puţin timp de gândire.

– Unde scrii acum?

– Pe o mică masă de dejun, în bucătărie, cu vedere spre ocean, dar treaba nu merge. Nu ştiu dacă e din cauza mesei sau a oceanului, dar nu-mi vin cuvintele.

– Despre ce e cartea?

– Încă nu ştiu. Încerc să scriu una nouă, dar nu prea-mi iese.

– Tocmai am terminat de citit *Ploaie de octombrie* şi mi se pare sclipitoare.

– Eşti prea amabilă, a zis Mercer simţindu-se deosebit de măgulită.

De când ajunsese pe insulă, cunoscuse trei persoane care vorbiseră elogios despre primul ei roman, ceea ce însemna că primise mai multe încurajări decât în ultimii cinci ani.

Noelle a aşezat un serviciu de ceai pe masă şi, cu îndemânare, a turnat apa fierbinte în două ceşti asortate. Fiecare şi-a pus câte un cub de zahăr, dar nu şi lapte, şi, în timp ce mestecau, Noelle a întrebat-o:

– Vorbeşti despre munca ta? Te întreb fiindcă cei mai mulţi scriitori vorbesc prea mult despre ce au scris sau vor să scrie, dar, dintr-un motiv sau altul, unora le vine greu să facă asta.

– Eu prefer să nu vorbesc. Mai ales despre ceva ce abia am început. Primul roman mi se pare vechi şi depăşit, ca şi cum l-aş fi scris cu mulţi ani în urmă. Speranţele sunt mari, există presiune, lumea literară aşteaptă ceva măreţ. Apoi trec câţiva ani şi nu apare nicio carte. Treptat, steaua promiţătoare este uitată. După *Ploaie de octombrie,* prima mea agentă m-a sfătuit să mă grăbesc şi să încerc să public încă un roman. Mi-a explicat că, dacă primul le-a plăcut criticilor, al doilea va fi sigur criticat, oricum ar arăta el, aşa că trebuie să merg înainte şi să trec de acel blestem de începător. Probabil că a fost un sfat bun, dar necazul a fost că nu aveam pregătit un al doilea roman. Cred că încă sunt în căutare.

– Ce cauţi?

– O poveste.

– Cei mai mulţi scriitori spun că oamenii primează. După ce ajung pe scenă, ei găsesc cumva o acţiune. Tu nu?

– Încă nu.

– Ce ţi-a inspirat *Ploaie de octombrie*?

– Când eram în colegiu, am citit o poveste despre un copil pierdut, care nu a mai fost găsit, şi despre influenţa acestui lucru asupra familiei. Era o poveste incredibil de tristă și de apăsătoare, dar și frumoasă în unele privinţe. N-am reușit să o uit şi de aceea am împrumutat-o, transformând-o total în ficţiune. Am scris cartea în mai puţin de un an. Acum mi-e greu să cred că am lucrat atât de repede. Atunci, abia aşteptam sosirea dimineţii, prima ceaşcă de cafea și următoarea pagină. Acum, nu se mai întâmplă asta.

– Sunt convinsă că se va întâmpla. Eşti în locul perfect în care să nu faci nimic, ci doar să scrii.

– Vom vedea. Sincer, Noelle, trebuie să vând niște cărţi. Nu vreau să mai predau și nici să-mi găsesc o slujbă. M-am gândit chiar să scriu sub pseudonim și să inventez câteva romane poliţiste sau ceva care să se vândă.

– Nu-i nimic rău în asta. Vinde câteva cărţi și după aceea poţi scrie ce vrei.

– Treptat, planul capătă contur.

– Te-ai gândit să stai de vorbă cu Bruce?

– Nu. De ce să fac asta?

– Cunoaște domeniul și arta din toate unghiurile. Citește tot, cunoaște sute de scriitori, agenţi și editori, iar ei vin deseori la el ca să îi ceară păreri, nu neapărat sfaturi. Dacă nu e întrebat, nu se oferă. Te place și-ţi admiră munca și probabil că-ţi va spune ceva folositor.

Mercer a ridicat din umeri ca și cum ideea n-ar fi fost rea. Apoi ușa s-a deschis și Noelle a spus:

– Iartă-mă, s-ar putea să am un client.

S-a ridicat de la masă și a dispărut. Vreme de câteva momente, Mercer a sorbit din ceai, simţindu-se ca o impostoare. Nu se afla acolo ca să cumpere mobilier sau ca să discute despre literatură, nici să se dea drept un autor tulburat și solitar care încearcă să își facă prieteni. Nu, era acolo ca să spioneze, să descopere potenţiale informaţii pentru Elaine, care ar fi putut să le folosească într-o bună zi împotriva Noellei și a lui Bruce. Brusc, a simţit o durere cruntă în pântec, însoţită de un val de greaţă. A așteptat cu stoicism ca totul să treacă, apoi s-a ridicat, încercând să se controleze. S-a dus apoi spre partea din faţă a magazinului, unde Noelle ajuta un client să cumpere un bufet.

– Trebuie să plec, i-a spus Mercer.

– Da, nicio problemă, a răspuns Noelle în șoaptă. Eu și Bruce am fi încântaţi să te avem la cină curând.

– Încântător. Sunt liberă tot restul verii.

– Te sunăm noi.

2

Ceva mai târziu în acea după-amiază, pe când Noelle aranja o colecţie de mici urne din ceramică, în magazin au intrat un bărbat şi o femeie, bine îmbrăcaţi, având în jur de patruzeci de ani. Dintr-o primă privire, Noelle a înţeles că erau mult mai înstăriţi decât turiştii obişnuiţi care intrau în magazin, uitându-se îndeajuns de mult ca să vadă preţurile, apoi plecând discret, fără să cumpere nimic.

Cei doi, care s-au prezentat drept Luke şi Carol Massey, au spus că stăteau câteva zile la Ritz, aceea fiind prima lor vizită pe insulă. Auziseră de magazinul ei, văzuseră şi website-ul și fuseseră atrași de o masă cu tăblia din ceramică, veche de o sută de ani și, în acel moment, cel mai scump obiect din magazin. Luke a cerut o ruletă, iar Noelle i-a dat una. Au măsurat apoi toate dimensiunile mesei, murmurând între ei că s-ar potrivi perfect în sufrageria pensiunii lor. Luke și-a suflecat mânecile și Carol a întrebat dacă putea face fotografii. Bineînţeles, a spus Noelle. Au măsurat după aceea două comode şi două şifoniere mari şi, în acest timp, au pus întrebări pertinente despre lemn, finisaje şi istoria obiectelor. Construiau o casă la Houston şi voiau ca aceasta să arate ca o fermă provensală în care îşi petrecuseră vacanţa cu un an în urmă, în apropiere de satul Rousillon din departamentul Vaucluse. Cu cât stăteau mai mult în magazin, cu atât erau mai îndrăgostiţi de obiectele pe care Noelle le avea de vânzare. Ea i-a dus apoi la etaj, unde se afla un mobilier mai scump, iar interesul lor a sporit. După o oră petrecută în magazin, când se făcuse aproape ora cinci, Noelle a deschis o sticlă de șampanie și a turnat în trei pahare. Cât timp a măsurat Luke un șezlong din piele, iar Carol a făcut poze, Noelle s-a scuzat și a coborât ca să vadă dacă mai erau clienți. După plecarea a doi vizitatori, a încuiat ușa și a revenit la texanii bogați.

S-au așezat apoi în jurul unei tejghele vechi și au trecut la afaceri. Luke s-a interesat de transport și de depozitare. Noua lor casă urma să fie finisată peste cel puțin șase luni și foloseau un depozit pentru a aduna mobilierul și decorațiunile. Noelle i-a asigurat că livra oriunde în țară, iar transportul nu era o problemă. Carol a notat piesele pe care voia să le cumpere în acel moment, iar printre acestea se număra și masa de scris. Noelle le-a spus că o păstra pentru cineva, dar că le putea găsi alta cu ușurință în timpul viitoarei vizite în Provence. Au coborât apoi în biroul ei, unde le-a mai turnat șampanie și a întocmit nota de plată. Suma totală era de o sută șaizeci de mii de dolari, o cifră care nu i-a speriat deloc pe cei doi. Negocierea prețurilor făcea parte din afaceri, dar pe soții Masssey nu îi interesa asta. Luke a scos o carte de credit ca și cum ar fi fost vorba de plata unui mărunțiș, iar Carol a semnat comanda.

Ajunși la ușă, au îmbrățișat-o ca pe o veche prietenă și i-au spus că s-ar putea să revină a doua zi. După plecarea lor, Noelle a încercat să își amintească dacă mai făcuse vreo vânzare de o asemenea magnitudine. Dar nu și-a amintit.

A doua zi de dimineață, la ora 10.45, zâmbind cu căldură și plini de energie, Luke și Carol au revenit la magazin. I-au spus Noellei că își petrecuseră jumătate din noapte uitându-se la fotografii și mutând în minte piesele de mobilier în casa lor neterminată și că, în fine, mai voiau câte ceva. Arhitectul lor le trimisese prin e-mail planurile parterului și etajului casei, iar ei schiţaseră modul de amplasare a pieselor de mobilier cumpărate de la Noelle. Ea a observat că suprafaţa casei măsura o sută şaptezeci şi cinci de metri. Au urcat la etaj, au petrecut toată dimineaţa măsurând paturi, scaune şi dulapuri şi astfel au epuizat inventarul ei. Nota de plată pentru cumpărăturile din ziua aceea s-a ridicat la peste trei sute de mii de dolari, iar Luke a scos din nou cartea de credit de culoare neagră.

La prânz, Noelle a închis magazinul şi i-a dus la un bistro renumit aflat după colţ. Cât timp au mâncat, avocatul ei a verificat valabilitatea cărţii de credit şi a aflat că soţii Massey puteau cumpăra orice şi-ar fi dorit. De asemenea, le-a cercetat trecutul, dar a găsit foarte puţine lucruri. Dar ce importanţă avea? Dacă acel card negru era valabil, cui îi păsa de unde veneau banii?

În timpul mesei, Carol a întrebat-o pe Noelle:

– Când mai aduci mobilier?

Noelle a râs şi a spus:

– Păi, evident, cât mai curând. Îmi planificasem o călătorie în Franţa la începutul lunii august, dar acum, fiindcă nu mai am nimic de vânzare, trebuie să devansez plecarea.

Carol i-a aruncat o privire lui Luke, iar el, dintr-un anumit motiv, a afişat un aer sfios. Apoi a spus:

– Era curios. Ne întrebam dacă ne-am putea întâlni acolo ca să facem achiziţii împreună. Adorăm Provence şi ar fi nemaipomenit dacă am merge la vânătoare de antichităţi cu cineva ca tine, a adăugat imediat.

– Nu avem copii şi ne place să călătorim, mai ales în Franţa. Şi chiar suntem înnebuniţi după antichităţi. Căutăm un nou designer care să ne facă pardoselile şi să aleagă tapetul, a completat el.

– Da, întâmplător cunosc multă lume din domeniu. Când doriţi să plecaţi?

Soţii Massey s-au privit unul pe altul, ca şi cum ar fi încercat să îşi amintească programul încărcat pe care îl aveau.

– Peste două săptămâni avem ceva treburi la Londra, a spus Luke. Ne putem întâlni în Provence după aceea.

– E prea curând? a întrebat imediat Carol.

Noelle a rămas un moment pe gânduri, apoi a spus:

– Aş putea. Merg acolo de câteva ori pe an şi am şi un apartament în Avignon.

– Grozav, a spus Carol entuziasmată. Va fi o adevărată aventură. Parcă văd casa noastră plină cu ceea ce vom găsi în Provence.

Luke a ridicat paharul cu vin şi a spus:

– Pentru vânătorii de antichităţi din sudul Franţei!

3

Două zile mai târziu, a fost încărcat primul camion cu aproape tot inventarul Noellei. A plecat de pe insula Camino către un depozit din Houston, unde exista un spaţiu generos. Se închiriaseră nouăzeci de metri pătraţi pentru Luke şi Carol Massey. Însă nota de plată avea să ajungă pe biroul lui Elaine Shelby.

Peste câteva luni, când proiectul avea să se încheie, indiferent cum, frumoasele antichităţi urmau să reintre treptat pe piaţă.

4

La amurg, Mercer s-a dus le plajă şi a pornit spre sud, mergând pe lângă apă. Soţii Nelson, care locuiau la patru case distanţă spre sud, au oprit-o ca să stea puţin de vorbă, timp în care câinele lor corcit i-a adulmecat gleznele. Erau trecuţi de şaptezeci de ani şi se ţineau de mână când se plimbau pe plajă. Erau prietenoşi şi plini de curiozitate, astfel că au reuşit să smulgă motivul pentru care Mercer îşi petrecea vacanţa acolo. „Succes la scris", i-a spus domnul Nelson la despărţire. Câteva minute mai apoi, a fost oprită de doamna Alderman, care locuia la opt case spre nord. Aceasta îşi plimba pudelii şi părea să dorească cu disperare să intre în legătură cu oamenii. Mercer nu era disperată, dar îi plăcea zona.

În apropiere de dig s-a îndepărtat de apă şi s-a apropiat de aleea podită cu lemn. Elaine revenise în oraş şi dorea să o întâlnească. O aştepta pe mica terasă din afara apartamentului pe trei etaje pe care îl închiriase pentru această operaţiune. Mercer fusese o dată acolo, dar nu văzuse pe nimeni altcineva în afară de Elaine. Nu avea habar dacă mai erau implicate şi alte persoane în acţiune sau dacă era urmărită. Elaine se exprimase vag atunci când o întrebase asta.

Au intrat în bucătărie şi Elaine a întrebat-o:

– Vrei ceva de băut?

– Apă e de ajuns.

– Ai mâncat de seară?

– Nu.

– Bun, putem comanda pizza, sushi sau ceva chinezesc. Ce preferi?

– Nu mi-e foame.

– Nici mie. Să stăm aici, a spus Elaine, arătând spre o mică masă de dejun aflată între bucătărie şi salon.

A deschis apoi frigiderul şi a scos două sticle cu apă. Mercer s-a aşezat şi a privit în jur.

– Locuieşti aici? a întrebat ea.

– Da, două nopţi.

Elaine s-a aşezat în faţa ei.

– Singură?

– Da. Începând de azi, nu mai e nimeni pe insulă. Venim şi plecăm.

Mercer era ispitită să întrebe cine erau persoanele sugerate de Elaine, dar s-a abţinut.

– Deci, ai văzut magazinul Noellei, a continuat Elaine.

Mercer a încuviinţat cu o mişcare din cap. Raportul ei de noapte era vag în mod deliberat.

– Povesteşte-mi despre el. Descrie dispunerea.

Mercer i-a descris fiecare cameră de la etaj şi de la parter, adăugând toate amănuntele pe care le observase. Elaine a ascultat-o cu atenţie, dar nu şi-a notat nimic. Era evident că ştia multe despre magazin.

– Există subsol? a întrebat-o Elaine.

– Da, a adus vorba despre el în trecere – mi-a zis că a avut un atelier acolo, dar nu s-a arătat dornică să mi-l arate.

– A păstrat masa de scris. Am încercat s-o cumpărăm, dar a spus că nu e de vânzare. La un moment dat, destul de curând, o vei cumpăra, dar probabil că vei dori să o lăcuieşti. Poate va face asta în subsolul ei, iar tu vei ţine să arunci o privire la noua culoare. Trebuie să vedem ce se află în acel subsol, mai ales că e alături de magazinul de carte.

– Cine a încercat s-o cumpere?

– Noi. Băieţii buni, Mercer. Nu eşti singură.

– De ce nu mă simt confortabil?

– Nu eşti urmărită. Aşa cum ţi-am spus, venim şi plecăm.

– Bine. Să presupunem că intru în acel subsol. Şi după aceea?

– Priveşti în jur. Observi. Reţii totul. Dacă avem noroc, ar putea exista o uşă care să dea spre magazinul de carte.

– Mă îndoiesc.

– Și eu, dar trebuie să știm. Zidul e din beton, cărămidă sau lemn? S-ar putea să trecem prin el într-o zi sau într-o noapte. Ce știi despre sistemul de supraveghere video al magazinului?

– Două camere, una îndreptată spre ușa de la intrare, cealaltă în spate, deasupra zonei de bucătărie. Ar putea fi mai multe, dar nu am văzut altele. Niciuna la etaj. Sunt convinsă că știți asta deja.

– Da, dar în domeniul nostru verificăm totul de trei ori și nu încetăm să culegem informații. Cum se încuie ușa din față?

– O broască normală, cu cheie. Nimic ieșit din comun.

– Ai văzut vreo ușă în spate?

– Nu, dar nu am mers chiar până în spate. Cred că acolo mai sunt câteva încăperi.

– Spre est e magazinul de carte. Spre vest e biroul agentului imobiliar. Vreo ușă care dă într-acolo?

– Nu am văzut așa ceva.

– Ai făcut o treabă bună. Mercer, te afli aici de trei săptămâni și te-ai descurcat minunat, reușind să pătrunzi în peisaj fără să stârnești suspiciuni. Ai cunoscut oamenii pe care trebuia să îi cunoști, ai văzut tot ce era de văzut și suntem foarte mulțumiți. Dar trebuie să facem să se întâmple ceva.

– Sunt convinsă că ai un as în mânecă.

– Adevărat. Elaine s-a îndreptat spre canapea, a ridicat trei cărți și le-a așezat pe mijlocul mesei. Uite care e povestea. Tessa a plecat din Memphis în 1985 și s-a mutat definitiv aici. După cum știm, a lăsat prin testament proprietatea celor trei copii ai ei, în părți egale. A prevăzut și o clauză prin care ți-a lăsat douăzeci de mii de dolari în numerar pentru taxele de la colegiu. A avut șase nepoți – Connie, cei ai lui Holstead din California și Sarah, singurul copil al lui Jane. Tu ai fost singura beneficiară a unei clauze speciale.

– Am fost singura pe care a iubit-o.

– Corect, de aceea noua noastră poveste va suna cam așa. După ce a murit, tu și Connie ați examinat lucrurile personale rămase de la ea, lucru care nu e menționat în testament, și ați hotărât împreună să le împărțiți. Câteva articole de îmbrăcăminte, fotografii vechi, poate câteva obiecte de artă ieftine... n-are importanță. Poți crea ficțiunea pe care o dorești. În urma acestei înțelegeri, te-ai ales cu o ladă cu cărți, mai toate pentru copii, pe care Tessa ți le-a cumpărat de-a lungul anilor. Însă, pe fundul cutiei, au fost acestea trei, toate prime ediții de la biblioteca publică din Memphis, toate împrumutate de Tessa în 1985. Când s-a mutat în casa de pe plajă, intenționat sau din greșeală, le-a adus cu ea. După treizeci de ani, te afli în posesia lor.

– Sunt valoroase?

– Da și nu. Uită-te la cea de deasupra.

Mercer a ridicat cartea: *Condamnatul*, de James Lee Burke. Părea să fie în stare perfectă, având supracoperta neatinsă, inclusiv folia de plastic de deasupra ei. Mercer a deschis-o și s-a oprit la pagina de copyright, unde a văzut cuvintele: „Prima ediție".

– După cum știi, a spus Elaine, această culegere de povestiri a reținut atenția în 1985. Criticilor le-a plăcut și s-a vândut bine.

– Cât face?

– Pe asta am cumpărat-o săptămâna trecută cu cinci mii de dolari. Primul tiraj a fost redus, așa că nu au mai rămas multe în circulație. Pe partea din spate a supracopertei o să vezi un cod de bare. Era folosit de biblioteca din Memphis în 1985, astfel că volumul este, practic, neplătit. Sigur că noi am adăugat codul de bare și sunt convins că Bruce Cable cunoaște pe cineva din domeniu care îl va îndepărta. Nu e chiar atât de greu.

– Cinci mii de dolari, a repetat Mercer, de parcă ar fi ținut în mână un lingou de aur.

– Da, și chiar de la un comerciant cu reputație. Planul este ca tu să aduci vorba despre cartea asta de față cu Cable. Îi spui povestea, dar nu-i arăți cartea, cel puțin la început. Nu știi ce să faci cu ea. Cartea a fost împrumutată de Tessa, așa că nu avea dreptul să o dețină. Apoi a ajuns la tine, din proprietatea ei, astfel că nici tu nu ai dreptul să o posezi. Cartea îi aparține bibliotecii din Memphis, dar, după treizeci de ani, cine se mai sinchisește? Și, desigur, tu ai nevoie de bani.

– O facem pe Tessa să pară hoață?

– Asta e ficțiune, Mercer.

– Nu cred c-aș vrea să o defăimez pe defuncta mea bunică.

– Ăsta e cuvântul potrivit, defunctă. Tessa a murit acum unsprezece ani și nu a furat nimic. Povestea pe care i-o vei spune lui Cable va fi auzită doar de el.

Mercer a ridicat încet cea de-a doua carte. *Meridianul sângelui*[1], de Cormac McCarthy, publicată de Random House în 1985, o primă ediție cu supracoperta lucioasă.

– Asta cât valorează? a întrebat ea.

– Am dat pe ea patru mii acum două săptămâni.

Mercer a așezat-o pe masă și a ridicat-o pe a treia: *Porumbița singuratică,* de Larry McMurtry, publicată de Simon&Schuster, tot în 1985. Se vedea că exemplarul trecuse prin multe mâini, deși supracoperta era în stare perfectă.

– Asta e puțin diferită, a spus Elaine. Cei de la Simon& Schuster au anticipat o vânzare masivă, iar primul tiraj a fost

---

[1] *Meridianul sângelui,* de Cormac McCarthy (autor distins cu Premiul Pulitzer), roman publicat de editura Polirom, 2011 (n.tr.)

de aproximativ patruzeci de mii de exemplare, aşa că există destul de multe în posesia colecţionarilor, ceea ce, bineînţeles, îi reduce valoarea. Noi am plătit cinci sute de dolari, apoi i-am pus o supracopertă nouă pentru a-i dubla preţul.

– Supracoperta e falsă? s-a mirat Mercer.

– Da, asta se întâmplă mereu în branşă. Cel puţin în rândul escrocilor. O supracopertă imitată perfect poate creşte mult valoarea cărţii. Am găsit un falsificator bun.

Mercer a surprins din nou acel „noi" sugerat de Elaine, şi a rămas uimită de anvergura operaţiunii. Apoi a lăsat cartea pe masă şi a ridicat paharul cu apă.

– Planul prevede ca eu să i le vând lui Cable? Dacă da, nu-mi place ideea de a oferi ceva fals.

– Mercer, planul este ca tu să te apropii mai mult de Cable. Începi doar vorbind despre cărţi. Nu ştii clar ce să faci cu ele. Din punct de vedere moral, e anapoda să le vinzi, pentru că, de fapt, nu-ţi aparţin. În cele din urmă, îi arăţi una sau două dintre ele, ca să vezi cum reacţionează. Poate-ţi va arăta colecţia din subsol sau din camera de valori – sau ceea ce are acolo. Nu avem cum să ştim încotro va merge discuţia. Mercer, noi vrem ca tu să pătrunzi în lumea lui. S-ar putea să profite de şansa de a cumpăra *Condamnatul* sau *Meridianul sângelui;* ori poate le are deja în colecţia lui. Dacă l-am studiat bine, probabil că îi va plăcea ideea că acele cărţi nu sunt deţinute chiar legal şi va dori să le cumpere. Să vedem cât de cinstit va fi faţă de tine. Ştim cât valorează aceste cărţi. De ce ţi-am face o ofertă sub fileu? Cine ştie? Banii nu contează. Aspectul important în treaba asta este să devii o participantă la afacerile lui tenebroase.

– Nu cred că-mi place asta.

– E ceva inofensiv, Mercer, şi e ficţiune. Aceste cărţi au fost achiziţionate legal de noi. Dacă el le cumpără, ne primim banii înapoi. Dacă le revinde, și el își recapătă banii. Nu e nimic anapoda sau lipsit de etică în acest plan.

– De acord, dar nu știu dacă pot face acest joc fiind credibilă.

– Fii serioasă, Mercer. Doar trăiești într-o lume a ficțiunii. Mai creează ceva.

– Ficțiunea nu se prea mai vinde în vremurile noastre.

– Îmi pare rău să aud asta.

Mercer a ridicat din umeri și a luat o înghițitură de apă. Apoi s-a uitat lung la cărți, în timp ce a derulat în minte câteva scenarii. În cele din urmă, a întrebat:

– Ce se poate întâmpla rău?

– Presupun că Bruce ar putea lua legătura cu biblioteca din Memphis ca să se intereseze, dar sistemul e complicat și nu va reuși să afle nimic. Au trecut treizeci de ani și totul s-a schimbat. Biblioteca pierde aproape o mie de cărți anual din cauză că oamenii nu le înapoiază și, fiind o bibliotecă obișnuită, oamenii de acolo nu au niciun interes real de a le recupera. Pe de altă parte, Tessa a luat și a înapoiat o sumedenie de cărți.

– Mergeam la bibliotecă în fiecare săptămână.

– Asta susține versiunea noastră. Bruce nu va avea cum să afle adevărul.

Mercer a ridicat exemplarul din *Porumbița singuratică* și a întrebat:

– Ce fac dacă depistează supracoperta falsă?

– Ne-am gândit la asta și nu suntem convinși că va folosi cartea. Săptămâna trecută le-am arătat-o unor negustori cu experiență, oameni care au văzut de toate, și niciunul dintre ei nu a depistat falsul. Dar ai dreptate. Ar putea fi un risc pe care nu ni-l putem permite. Începi cu primele două cărți, dar să-l faci să aștepte. Tragi de timp, cât te zbați să afli ce e drept și ce nu. E o dilemă morală pentru tine. Să vedem ce sfat îți va da.

Mercer a plecat cu cărțile într-o sacoșă din pânză și a revenit pe plajă. Oceanul era liniștit și mareea era joasă. Luna plină lumina nisipul. În timp ce se apropia de casă, a auzit niște voci care deveneau tot mai puternice. În stânga ei, pe la jumătatea dunelor, a văzut doi tineri amanți care se frământau pe un prosop de plajă, vorbele lor șoptite fiind întretăiate de suspine și gemete care trădau o plăcere erotică. Aproape că ar fi vrut să se uite până se termina totul, până la efortul final, dar a reușit să meargă mai departe, înregistrând cât mai multe în timp ce trecea pe lângă ei.

Era topită de invidie. Cât timp trecuse de când...?

5

Cel de-al doilea roman nou a ajuns într-o fundătură după doar cinci mii de cuvinte și trei capitole. În punctul acela, Mercer se săturase deja de personajele create și de acțiunea concepută. Frustrată, deprimată, chiar și puțin supărată pe sine și pe lume, a îmbrăcat un bikini – cel mai sumar din întreaga ei colecție – și a ieșit pe plajă. Era doar ora zece, dar se obișnuise să evite soarele de la amiază. De la prânz până la ora cinci era, pur și simplu, prea cald ca să stea în aer liber, fie în apă, fie pe plajă.

Se bronzase deja suficient și se temea să se expună mai mult la soare. În plus, ora zece era cea la care apărea alergătorul singuratic, un necunoscut cam de vârsta ei. Alerga desculț pe marginea oceanului, iar corpul lui longilin sclipea de sudoare. Se vedea clar că era atlet, având un stomac foarte plat și bicepși și fese perfecte. Alerga cu o grație fluidă și lejeră și părea să încetinească puțin alergarea când apărea în câmpul ei vizual, remarcase ea. Stabiliseră un contact vizual de cel puțin două ori în săptămâna care trecuse, iar Mercer era convinsă că el era pregătit să o salute.

După ce și-a aranjat umbrela și scaunul pliant, s-a uns cu o cremă protectoare, urmărind în același timp orice mișcare dinspre sud. El venea întotdeauna de acolo, din direcția hotelului Ritz și a apartamentelor scumpe. Și-a desfăcut apoi prosopul de plajă și s-a întins la soare. Și-a pus ochelarii de soare și pălăria din pai și a așteptat. Ca întotdeauna în timpul săptămânii, plaja era aproape pustie. Planul ei era să îl vadă de departe și să se îndrepte nepăsătoare spre apă, sincronizându-și deplasarea cu a lui. Avea să îl întâmpine cu un firesc „Bună dimineața", așa cum proceda orice persoană politicoasă de pe plajă. S-a rezemat pe coate și, în timp ce aștepta, a încercat să nu se socotească o scriitoare ratată. Cele cinci mii de cuvinte pe care tocmai le ștersese alcătuiau cel mai prost text pe care îl scrisese vreodată.

El era acolo de cel puțin zece zile, o perioadă prea lungă pentru o ședere la un hotel. Probabil că închiriase un apartament pentru o lună.

Nu avea habar ce să scrie.

El alerga întotdeauna singur, dar era mereu prea departe pentru ca Mercer să poată vedea dacă avea verighetă pe deget.

După cinci ani în care crease personaje neconvingătoare, scrisese o proză stângace și folosise idei atât de proaste, încât nici ei nu îi plăceau. Era convinsă că nu va mai termina niciodată un roman.

Apoi telefonul ei a sunat.

– Sper că nu întrerup un geniu din muncă, a întâmpinat-o Bruce.

– Nicidecum, a răspuns ea. De fapt, stau pe plajă aproape goală, plănuind să agăţ un necunoscut. Fac o pauză, a spus ea.

– Bine. Ascultă, avem o sesiune de autografe în după-amiaza asta şi mă cam îngrijorează numărul de persoane care vin. E vorba de un tip necunoscut, cu un roman care nu e prea bun.

Cum arată? Ce vârstă are? E normal sau gay? ar fi vrut Mercer să întrebe. Cu toate acestea, a spus:

– Deci aşa îţi vinzi cărţile! Îi mobilizezi pe scriitorii tăi să îţi sară în ajutor.

– Poţi fi convinsă de asta. Iar Noelle va da o petrecere organizată în pripă acasă, în onoarea lui, desigur. Doar noi, tu, el, Myra şi Leigh. O să fie distractiv. Ce părere ai?

– Să-mi verific agenda. Da, sunt liberă. La ce oră?

– Şase, iar cina e după aceea.

– Ţinută normală?

– Poate glumeşti. Doar eşti pe plajă. Merge orice. Până şi pantofii sunt opţionali.

La ora unsprezece, soarele începuse să încingă nisipul, iar briza părea că se mutase în alte zone. Evident, era prea cald pentru alergare.

6

Numele scriitorului era Randall Zalinski, iar scurta căutare pe internet i-a dezvăluit prea puţine lucruri despre el. Sumara lui biografie era în mod voit neclară, având intenţia de a lăsa impresia că, în cursul carierei lui în „spionajul sumbru“, avusese prilejul să afle lucruri rare din domeniul terorismului şi al infracţiunilor cibernetice. Romanul lui era despre o confruntare futuristă între SUA, Rusia și China. Prezentarea de două paragrafe era exacerbată, aproape frizând ridicolul, iar Mercer a socotit-o chiar plictisitoare. Fotografia prelucrată înfățișa un bărbat alb până în patruzeci de ani. Nu se vorbea de soție sau de familie. Locuia în Michigan, unde, desigur, lucra la un nou roman.

Era cea de-a treia sesiune de autografe la care Mercer participa la Bay Books. Primele două îi aduseseră aminte în mod dureros de turul ei de promovare abandonat cu șapte ani înainte, așa că jurase să le evite pe celelalte – ori măcar să încerce. Însă probabil că avea să îi fie greu să o facă. Sesiunile de autografe îi ofereau un motiv întemeiat să apară la magazinul de carte, lucru pe care Elaine îl recomandase cu tărie. Mai mult, ar fi fost aproape imposibil să îi spună lui Bruce că era prea ocupată ca să sprijine autori aflați în turneu, mai ales că el o invitase în mod special.

Myra avusese dreptate; magazinul se bucura de susținerea unor oameni credincioși, iar Bruce Cable știa cum să mobilizeze lumea. La sosirea lui Mercer, patruzeci de persoane se foiau deja la etaj, în apropierea cafenelei. Având în vedere evenimentul, mesele și rafturile fuseseră împinse în spate, creându-se astfel un spațiu liber în care scaunele se așezaseră la întâmplare în jurul unui mic podium.

La ora șase, oamenii s-au așezat pe scaune și au continuat să flecărească. Cei mai mulți beau vin ieftin din pahare de plastic, dar toți păreau relaxați și fericiți că se aflau acolo. Myra și Leigh se așezaseră pe primul rând, ca și cum cele mai bune locuri le erau întotdeauna rezervate. Myra râdea, chicotea și vorbea cu cel puțin trei persoane în același timp; Leigh stătea cuminte alături de ea, zâmbind de câte ori era cazul. Mercer s-a așezat pe o latură și s-a rezemat de un raft de cărți, ca și cum locul ei nu ar fi fost acolo. Oamenii din mulţime erau cu toţii în vârstă, probabil pensionari, în timp ce Mercer părea să fie cea mai tânără de acolo. Atmosfera era caldă şi plăcută, ca într-un grup de iubitori de carte care se strânseseră să cunoască un nou scriitor.

Mercer recunoştea că era invidioasă. Dacă ar fi reuşit să termine o blestemată de carte, ar fi putut și ea să plece în turneu și să își facă admiratori. Apoi și-a amintit de turneul ei, așa scurt cum fusese. Asta o făcea să aprecieze magazinele precum Bay Books şi oamenii ca Bruce Cable, unul dintre puţinii comercianţi care se străduiau să își păstreze cititorii.

Bruce a urcat apoi pe podium, i-a salutat pe clienţi şi a început o prezentare vioaie şi generoasă a lui Randy Zalinski. Anii petrecuţi în „comunitatea de informaţii“ îl ajutaseră să obţină o înţelegere pătrunzătoare a pericolelor nevăzute care pândeau pretutindeni. Și așa mai departe.

Zalinski arăta mai mult a spion decât a scriitor. În loc de blugi decoloraţi şi jachetă mototolită, ţinuta obişnuită acolo, purta un costum elegant de culoare închisă și o cămașă albă fără cravată și nu avea deloc barbă pe faţa bronzată şi atrăgătoare. Nu avea nici verighetă. A vorbit liber vreo treizeci de minute, spunând povești înspăimântătoare despre viitoarele războaie cibernetice și deplângând faptul că Statele Unite erau dezavantajate, neputând ţine pasul cu inamicii – rușii și chinezii. Mercer bănuia că avea să audă aceleași povești și la cină.

Părea să fie singur în turneu, iar Mercer socotea că individul prezenta potenţial, deşi, din nefericire, rămânea în oraș doar o noapte. S-a gândit apoi și la legenda conform căreia Bruce le seducea pe tinerele autoare, iar Noelle făcea același lucru cu bărbaţii. Se zvonea că acea cameră a scriitorilor din turnul lor slujea unor asemenea aventuri. Acum, după ce îi cunoscuse, lui Mercer îi venea greu să creadă asta.

Publicul a aplaudat când Zalinski a terminat, apoi a format o coadă în fața unei mese pe care erau stivuite cărțile lui. Mercer ar fi preferat să nu cumpere cartea – și nici nu ținea să o citească, dar nu avea de ales. Și-a amintit sentimentul de frustrare pe care îl trăise când stătuse la masă și sperase cu disperare că vreo persoană va cumpăra cartea ei, plus faptul că va petrece următoarele trei ore cu autorul. S-a simțit obligată, astfel că a stat răbdătoare la rând. Myra a văzut-o și a intrat în vorbă cu ea. S-au prezentat amândouă lui Zalinski și ea l-a urmărit semnând exemplarele lor.

În timp ce coborau scările, Myra a bombănit cam tare:

– Treizeci de dolari aruncați pe apa sâmbetei. N-o să citesc niciun cuvânt din ea.

Mercer a chicotit și a spus:

– Nici eu, dar l-am făcut fericit pe vânzătorul de carte.

Ajunse la tejghea, Bruce le-a șoptit:

– Noelle e acasă. Ce-ar fi să vă duceți într-acolo?

Mercer, Myra și Leigh au plecat de la magazin și au mers patru intersecții spre Casa Marchbanks.

– Ai văzut-o deja? a întrebat-o Myra.

– Nu, dar am văzut cartea.

– Ei, o să-ți placă la nebunie, iar Noelle e o gazdă perfectă.

7

Casa semăna cu magazinul Noellei, plină de mobilier rustic și decorațiuni la fel de vechi. Noelle le-a prezentat repede parterul, apoi a fugit la bucătărie ca să verifice ceva aflat în cuptor. Myra, Leigh și Mercer și-au luat paharele cu băuturi pe veranda din spate și au găsit un loc ceva mai răcoros sub un ventilator. Noaptea era înăbușitoare, iar Noelle le anunțase că vor mânca în casă.

Cina a căpătat o turnură neașteptată când Bruce a venit singur. A spus că domnul Zalinski, oaspetele lor, suferea de migrenă și avea o criză. El își cerea scuze, dar trebuia se ducă la hotel ca să stea întins pe întuneric. Imediat ce Bruce și-a turnat de băut și li s-a alăturat, Myra s-a legat de Zalinski.

– Aș vrea returnarea celor treizeci de dolari, te rog, a spus ea și nu era limpede dacă glumea. N-o să citesc cartea lui nici dacă mă împuști.

– Fii atentă, a spus Bruce. Dacă micul meu magazin ar returna bani, mi-ai datora o avere.

– Deci vânzările sunt definitive? a întrebat Mercer.

– Bineînțeles.

– Ei bine, dacă ne faci să cumpărăm cărți, te rog să aduci scriitori ca lumea în magazin.

Bruce a zâmbit și s-a uitat la Mercer.

– Purtăm discuția asta de cel puțin trei ori pe an. Myra, regina porcăriilor, nu-i înghite pe aproape toți ceilalți scriitori comerciali.

– Nu-i adevărat, a protestat Myra. Doar că nu mă dau în vânt după spionaj și toate rahaturile militare. Nici n-o să mă ating de carte, și nu vreau să mă împiedic de ea prin casă. Ți-o vând cu douăzeci de dolari.

– Hai, Myra, a intervenit Leigh. Mereu spui că-ți place dezordinea.

Având în mână un pahar cu vin, Noelle li s-a alăturat pe verandă. Era îngrijorată în legătură cu Zalinski și a întrebat dacă n-ar fi cazul să cheme un prieten doctor. Bruce s-a opus, spunând că Zalinski era un tip rezistent, care își putea purta singur de grijă.

– Și mi s-a părut că e cam plictisitor, a adăugat Bruce.

– Cum e cartea lui? l-a întrebat Mercer.

– Am trecut prin ea. Prea multe chestii tehnice, apare prea mult scriitorul care vrea să iasă în evidenţă, arătând cât de multe ştie despre tehnologie, aparatură şi despre reţeaua răului. Am lăsat-o jos de câteva ori.

– Ei bine, sunt al naibii de convinsă că eu nici n-o s-o ridic de jos, a spus Myra şi a hohotit. Şi, ca să fiu cinstită, nu prea aveam chef de cină.

Leigh s-a aplecat în faţă, apoi a spus:

– Draga mea, niciodată să nu te întorci cu spatele la adunătura asta.

– Ei, acum, dacă tot aţi venit, haideţi să mâncăm! a adăugat Myra.

Undeva între verandă şi bucătărie, într-o sală lată din spate, Noelle aranjase masa, o piesă din lemn de culoare întunecată, care arăta ciudat de modernă. Toate celelalte lucruri din jur erau vechi, începând cu scaunele stil Ludovic al XIV-lea şi terminând cu argintăria şi farfuriile mari din lut. Încă o dată, Mercer a avut impresia că totul arăta ca şi cum ar fi apărut dintr-o carte de-a ei, o atmosferă care era prea frumoasă pentru a fi tulburată cu o cină.

În timp ce se aşezau la masă şi îşi umpleau paharele, Mercer a spus:

– Noelle, cred că vreau să cumpăr masa aceea de scris.

– Vai, dar e a ta. A trebuit să pun un bilet cu „Vândută“, pentru că mulţi au vrut să o cumpere.

– S-ar putea să dureze ceva timp până fac rost de bani, dar trebuie să o am.

– Şi crezi că asta te va lecui de blocajul scriitorului? a întrebat-o Myra. O masă veche din Franţa?

– Cine-a spus că sufăr de blocaj? a întrebat Mercer.

– Păi, cum se numește când nu-ți vine nimic în minte ca să pui pe hârtie?

– Ce-ar fi să spunem că e vorba de „sărăcie de idei“?

– Bruce. Tu ești expertul.

Bruce tocmai ridicase castronul mare cu salată din care Leigh își lua o porție.

– Blocaj sună prea grav. Cred c-aș prefera „sărăcia de idei“. Dar cine sunt eu ca să dau un verdict? Voi sunteți cele care făuriți cuvinte.

Myra a râs fără un motiv evident, și a scăpat:

– Leigh, ții minte când scriam câte trei cărți pe lună? Aveam jigodia aia de editor care nu ne plătea, așa că agentul nostru a spus că nu puteam trece la altă editură pentru că îi datoram trei cărți individului. Și-atunci, eu și Leigh am născocit cele mai proaste intrigi, niște chestii ridicole, și am bătut la mașină zece ore pe zi vreme de o lună-ntreagă.

– Dar aveam o acțiune mare în mânecă, a spus Leigh, dând mai departe castronul cu salată.

– Corect, corect, a spus Myra. Aveam cea mai bună idee pentru un roman pe jumătate serios, dar nu voiam să i-l dăm acelui editor jegos. Trebuia să scap de contractul ăla împuțit ca să ne lipim la o editură mai bună, care să aprecieze genialitatea măreței noastre idei. Partea asta ne-a ieșit. Doi ani după aceea, cele trei cărți proaste s-au vândut în draci, pe când cu marele roman am dat-o în bară. Ce să mai crezi?

– Cred că totuși voi dori să vopsesc masa, a spus Mercer.

– Vom căuta câteva culori, a spus Noelle. Și să o facem perfectă pentru căsuță.

– Ai văzut-o? a întrebat Myra, mimând surprinderea. Noi încă n-am văzut-o. Când o vedem?

– Curând, a spus Mercer. O să dau o cină.

– Noelle, spune-le vestea cea bună, a îndemnat-o Bruce.

– Care veste?

– Lasă sfiala. Acum câteva zile, o pereche din Texas a cumpărat tot inventarul Noellei. Magazinul e aproape gol.

– Mare păcat că nu sunt și colecționari de cărți, a spus Leigh.

– Am păstrat masa de scris, i-a spus Noelle lui Mercer.

– Și Noelle o să închidă magazinul o lună ca să dea o fugă în Franța pentru completarea stocului.

– Sunt oameni foarte plăcuți, și pricepuți, a spus Noelle. O să-i întâlnesc în Provence pentru cumpărături.

– Pare distractiv, a spus Mercer.

– Ce-ar fi să mergi cu mine? a spus Noelle.

– Ai putea face asta, a spus Myra. Romanul tău n-ar avea prea mult de suferit.

– Hai și tu, Myra, a spus Leigh.

– Ai fost vreodată în Provence? a întrebat-o Noelle.

– Nu, dar mereu mi-am dorit s-o văd. Cât vei sta acolo?

Noelle a ridicat din umeri ca și cum programul nu prezenta importanță. Vreo lună.

A aruncat o privire spre Bruce și între ei s-a petrecut ceva, ca și cum invitarea lui Mercer nu ar fi fost discutată înainte.

Mercer a surprins asta și a spus:

– Mai bine economisesc bani pentru masă.

– Bună idee, a spus Myra. Fă bine și rămâi aici să scrii. Deși n-ai nevoie de sfatul meu.

– Așa e, a spus Leigh cu glas moale.

Au trecut de la unul la altul un castron cu rizoto de creveți și un coș cu pâine și, după câteva înghițituri, Myra a început să caute gâlceavă.

– Uite ce cred c-ar trebui să facem, dacă îmi dați voie, a spus ea, molfăind ce avea în gură. E foarte neobișnuit, și n-am mai făcut-o până acum, ceea ce e un motiv s-o fac acum, să mă aventurez într-un teritoriu necunoscut. Ar trebui să avem o intervenţie literară, chiar acum, la masă. Mercer, ești aici de cât... de cam o lună, și n-ai scris niciun cuvânt care să poată fi vândut, și, serios, m-am cam săturat să te aud văicărindu-te și lamentându-te că nu faci niciun pas înainte cu romanul. De aia ne este foarte clar tuturor că nu ai o poveste, și cum n-ai publicare de zece ani...

– Mai curând de cinci.

– În fine. E limpede ca lumina zilei că ai nevoie de puţin ajutor. De aia propun să intervenim ca prietene și să te ajutăm să găsești o poveste. Uită-te numai la toate talentele din jurul mesei. Cu siguranţă că te putem îndruma pe direcţia ce abună.

– Păi, mai rău de-atât nu se poate, a spus Mercer.

– Uite la ce mă refer, a spus Myra. Deci, vrem să te ajutăm. A mai luat o înghiţitură de bere direct din sticlă. Ca să facem intervenţia asta, trebuie să stabilim niște parametri. Întâi de toate, și lucrul cel mai important, trebuie să te hotărăști dacă vrei să scrii ficţiune, chestii care nu se prea înghit, la naiba, și Bruce nu le poate vinde ori dacă vrei să scrii ceva mai accesibil. Ți-am citit romanul și povestirile și n-am rămas deloc surprinsă că nu s-au vândut. Iartă-mă, bine? La urma urmei, asta-i o intervenţie, așa că trebuie să fim la obiect – și brutali. Bine? E toată lumea lumea de acord cu lipsa de menajamente?

– Dă-i drumul, a spus Mercer zâmbind.

Ceilalţi au dat din cap. Ne distrăm, nu? Hai s-auzim!

Myra a vârât o furculiţă încărcată cu salată verde în gură și a continuat să vorbească:

– Uite, scrii frumos, fato, și unele fraze de-ale tale m-au făcut să rămân înmărmurită, ceea ce, mă puteţi contrazice, nu e ceva ce ar trebui să facă o frază ca lumea! Dar cred că tu poţi scrie orice. Deci, ce vrei – ficţiune literară ori ficţiune accesibilă?

– N-ar putea face şi una, şi alta? a întrebat Bruce, încântat pe deplin de discuţie.

– Pentru o mână de autori, da, a răspuns Myra. Dar majoritatea ar spune nu. S-a uitat la Mercer şi a continuat: Ăsta e un subiect pe care îl tot dezbatem de vreo zece ani, din ziua în care ne-am cunoscut. Dar, în orice caz, să presupunem că nu poţi scrie ficţiune literară care să-i lase pe spate pe critici şi, în acelaşi timp, să primeşti bani cu nemiluita. Şi, apropo, aici nu e vorba de invidie. Eu nu mai scriu, deci cariera mea s-a terminat. Nu ştiu ce face Leigh acum, dar sigur nu va publica nimic.

– Ei, şi tu, Myra.

– Deci, putem spune că şi cariera ei s-a isprăvit, dar nu ne pasă. Suntem bătrâne şi pline de bani, aşa că nu există concurenţă. Tu eşti tânără şi înzestrată şi poţi hotărî ce să scrii. De aia şi intervenţia asta. Vrem să te ajutăm. Apropo, rizotoul e delicios, Noelle.

– Trebuie să dau şi-un răspuns? a întrebat Mercer.

– Nu, e o intervenţie. Trebuie să stai frumos şi să ne asculţi cât te batem la cap. Bruce, ai cuvântul. Ce-ar trebui să scrie Mercer?

– Aş începe prin a întreba ce citeşti.

– Tot ce-a scris Andy Zalinski, a spus Mercer şi a stârnit râsetele celorlalţi.

– Sărmanul e lovit de migrenă şi noi îl facem varză la cină, a spus Myra.

– Dumnezeu să ne ierte, a spus Leigh încet.

Bruce a întrebat:

– Care sunt ultimele trei romane pe care le-ai citit?

Mercer a luat o gură de vin şi s-a gândit o clipă.

– Mi-a plăcut *Privighetoarea* de Kristin Hannah[1], și cred că s-a vândut bine.

Bruce a aprobat-o.

– A apărut și în ediție necartonată și încă se vinde.

Myra a spus:

– Mi-a plăcut și mie, dar nu poți trăi scriind cărți despre Holocaust. Pe de altă parte, ce știi despre Holocaust, Mercer?

– N-am spus că vreau să scriu despre așa ceva. Ea a scris douăzeci de cărți, toate diferite.

– Nu-s sigură că intră în ficțiunea literară, a spus Myra.

– Ești convinsă că ai recunoaște asta dacă ai scrie așa? a întrebat Leigh cu un zâmbet pe buze.

– Asta-i o insultă, Leigh?

– Da.

Bruce a recăpătat controlul asupra discuției, spunând:

– În fine, celelalte două romane.

– *Un scul de fir albastru* de Anne Tyler, una dintre preferatele mele, și *LaRose* de Louise Erdich.

– Toate femei, a spus Bruce.

– Da, rareori citesc cărți scrise de bărbați.

– Interesant și inteligent, fiindcă șaptezeci la sută din toate romanele sunt cumpărate de femei.

– Și toate trei se vând, corect? a întrebat Noelle.

– A, da, a spus Bruce. Fetele scriu cărți bune, care se vând bine.

– Gata, a spus Mercer. Ăsta-i planul.

Bruce s-a uitat la Myra și a zis:

– Ei bine, ai nimerit-o. O intervenție reușită.

– Nu chiar atât de repede. Ce zici de romane polițiste? a întrebat-o Myra.

---

[1] *Privighetoarea*, publicat de editura Litera în 2016

– Nu prea, a răspuns Mercer. Creierul meu nu funcţionează astfel. Nu sunt destul de parşivă ca să ascund indicii şi să le dezgrop mai târziu.

– Suspans? Thriller?

– Nu tocmai. Nu reuşesc să inventez intrigi complicate.

– Spionaj?

– Sunt prea fată pentru asta.

– Horror?

– Poate glumeşti. După căderea întunericului mi-e frică şi de umbra mea.

– Romantice?

– Nu cunosc subiectul.

– Porno?

– Sunt încă fecioară.

Bruce a intervenit:

– Literatura porno nu se mai vinde. Poţi obţine tot ce vrei gratis, pe internet.

Myra a expirat cu un aer dramatic şi a spus:

– Alea au fost zile bune. Acum douăzeci de ani, eu şi Leigh puteam scrie pagini de foc. Science fiction? Fantasy?

– Nu m-am atins de vreo asemenea carte.

– Western?

– Mi-e teamă de cai.

– Intrigi politice?

– Mă tem de politicieni.

– Ei, asta e. Se pare că eşti destinată să scrii ficţiuni istorice despre familii dezbinate. Și-acum, apucă-te de treabă. Din momentul ăsta, aşteptăm progrese.

– O să-ncep chiar de mâine-dimineaţă, a spus Mercer. Și mulţumiri.

– N-ai pentru ce, a spus Myra. Și fiindcă tot am abordat subiectul intervenţiei, l-a mai văzut cineva pe Andy Adam?

Vă-ntreb fiindcă m-am întâlnit întâmplător cu fosta lui nevastă și părea să creadă că el nu e prea bine.

– Să zicem că zilele astea n-a fost treaz, a spus Bruce.

– Putem face ceva ca să-l ajutăm?

– Nu-mi vine nicio idee. În clipa de față, Andy e beat și, până nu se hotărăște să se trezească, nu va fi decât beat. S-ar putea ca editura lui să îi respingă ultima carte, iar asta va aduce alte necazuri. Sunt îngrijorat în privința lui.

Mercer s-a uitat la paharul cu vin al lui Bruce. Elaine îi spusese în câteva rânduri că el obișnuia să bea prea mult, dar ea nu observase asta. La petrecerea dată de Myra și de Leigh, ca și în acea seară, Bruce băuse puțin, fără să se grăbească să își umple din nou paharul și controlându-se perfect.

Cum subiectul Andy a fost repede abandonat, Myra a făcut o recapitulare a vieții celorlalți prieteni ai lor. Bob Cobb era pe o ambarcațiune cu pânze pe undeva pe lângă insula Aruba. Jay Ackerood se afla în Canada, petrecându-și ceva timp izolat în cabana unui prieten. Amy Slater era ocupată cu copiii, dintre care unul juca T-ball. Bruce a devenit apoi din ce în ce mai tăcut. Avea grijă să rețină bârfele, dar fără să repete vreuna dintre ele.

Noelle abia aștepta să scape de arșița din Florida vreme de o lună. Și în Provence era cald, dar umiditatea nu se compara, a explicat ea.

După cină, a invitat-o din nou pe Mercer să o însoțească în Franța, poate nu chiar pentru o lună, dar măcar pentru o săptămână și ceva. Mercer i-a mulțumit, dar i-a spus că trebuie să lucreze la roman. În plus, era cam strâmtorată cu banii și economisea pentru masa de scris.

– E a ta, dragă, i-a spus Noelle. O păstrez pentru tine.

Myra și Leigh au plecat la ora nouă, îndreptându-se pe jos spre casa lor. Mercer i-a ajutat pe Bruce și pe Noelle în bucătărie şi a reuşit să îşi ia rămas-bun de la ei înainte de ora zece. Când a plecat, cu nasul într-o carte, Bruce sorbea dintr-o cafea în biroul lui.

8

Două zile mai târziu, Mercer s-a aventurat în centrul oraşului şi a luat prânzul la o cafenea mică, dintr-o curte umbrită. După aceea a mers pe Main Street şi a observat că magazinul Noellei era închis. Un anunţ scris de mână, prins pe uşă, spunea că proprietara plecase în Franţa pentru a cumpăra antichităţi. Masa de scris era expusă în vitrina principală, într-o sală altfel goală. S-a dus alături, l-a salutat pe Bruce, apoi a urcat la cafenea, unde a comandat un latte şi a ieşit cu cana pe balconul aflat spre Third Street. Aşa cum anticipa, el i s-a alăturat curând.

– Ce te aduce în centru? a întrebat-o el.

– Plictiseala. Încă o zi neproductivă de scris.

– Credeam că Myra te-a lecuit de blocajul scriitorului.

– Aş vreau eu să fie totul atât de simplu. Ai câteva minute libere să vorbim?

Bruce i-a zâmbit şi a încuviinţat, apoi a aruncat o privire în jur şi a văzut o pereche aflată la o masă vecină, mult prea aproape pentru o discuţie serioasă.

– Să coborâm, a propus el.

Mercer l-a urmat în camera primelor ediţii şi el a închis uşa.

– Cred că e vorba de ceva serios, a spus el cu un zâmbet cald.

– E ceva delicat.

Apoi i-a spus povestea cărţilor vechi ale Tessei, cele pe care le „împrumutase“ de la biblioteca publică din Memphis în 1985. Repetase istoria de zece ori, fiind de-a dreptul speriată de ceea ce avea să facă. Nu a fost deloc surprinsă văzând că lui i-a plăcut relatarea ei, arătându-se interesat de cărţi. După părerea lui, nu era nevoie să se ia legătura cu biblioteca din Memphis. În mod sigur, cei de acolo ar fi fost bucuroşi să le recupereze, dar pierderile lor fuseseră prescrise cu decenii în urmă. Pe de altă parte, biblioteca nu ar fi apreciat adevărata valoare a cărţilor.

– Cred că le vor pune pe rafturi pentru a fi furate din nou, a spus el. Crede-mă, cărţile nu vor avea nicidecum o soartă mai bună. Ar trebui să fie protejate.

– Dar ele nu-mi aparţin, ca să le pot vinde, corect?

El a zâmbit şi a ridicat din umeri, în semn că acela era un aspect tehnic lipsit de importanţă.

– Cum sună zicala aceea veche? Posesia e nouă zecimi din lege. Ai cărţile de peste zece ani. Aş spune că-ţi aparţin.

– Nu ştiu ce să zic. Din anumite motive, mi se pare nefiresc.

– Cărţile sunt în stare bună?

– Aşa mi se pare. Nu sunt expertă. Le-am păstrat cu grijă. De fapt, abia dacă le-am atins.

– Le pot vedea?

– Nu ştiu. Ăsta e doar primul pas. Dacă ţi le arăt, e ca şi cum am face o tranzacţie.

– Dă-mi voie măcar să le văd.

– Nu ştiu ce să spun. Ai titlurile astea în colecţia ta?

– Da. Am toate cărţile publicate de James Lee Burke şi de Cormac.

Mercer a aruncat o privire spre rafturi, încercând să le identifice printre celelalte titluri.

– Nu sunt aici, a spus el. Sunt jos, împreună cu cărţile rare. Aerul sărat şi umiditatea nu le prea prieşte cărţilor, de aceea le ţin pe cele valoroase într-un loc în care temperatura e controlată. Ai vrea să le vezi?

– Poate altă dată, a reuşit Mercer să spună cu un aer nepăsător. De fapt, era extraordinar de indiferentă. Ai idee cam cât ar valora cele două, măcar o cifră aproximativă?

– Sigur, s-a grăbit el să spună, ca şi cum s-ar fi aşteptat la o asemenea întrebare. Apoi s-a întors cu scaunul spre un computer, a tastat ceva şi a analizat rezultatul. Am cumpărat primul exemplar din *Condamnat*, în 1988, cu două mii cinci sute de dolari, aşa că acum valoarea lui probabil s-a dublat. Totul depinde de starea cărţii, lucru pe care nu am cum să-l ştiu decât dacă o văd. Am cumpărat încă un exemplar în 2003, cu trei mii cinci sute. A continuat să caute în calculator. Mercer nu putea vedea ecranul, dar acesta părea plin de titluri care alcătuiau colecţia completă. Am un exemplar din *Meridianul sângelui*, pe care l-am cumpărat de la un prieten librar din San Francisco în urmă cu aproape zece ani. Mai precis, nouă. Şi am plătit... ia să vedem... două mii. Dar avea o ciupitură pe supracopertă şi prezenta urme de îmbătrânire. Nu era într-o formă deosebită.

„Bine, atunci cumpără un exemplar cu o supracopertă falsă“, s-a gândit Mercer, după ce aflase atât de multe despre afacerile din acest domeniu. Însă a reuşit să se arate plăcut surprinsă.

– Vorbeşti serios? Sunt atât de valoroase?

– Nu-mi pune cuvintele la îndoială, Mercer, pentru că asta e partea preferată a afacerii mele. Câştig mai mulţi bani din vânzarea de cărţi rare decât din a celor noi. Îmi cer scuze dacă asta miroase a lăudăroşenie, dar ador partea asta a activităţii mele. Dacă vrei să vinzi cărţile acelea, te voi ajuta bucuros.

– Au codurile de bare ale bibliotecii pe supracoperte. Asta nu le va reduce valoarea?

– Nu tocmai. Pot fi scoase și îi cunosc pe toţi restauratorii din domeniu.

Și probabil pe toţi falsificatorii.

– Cum să ţi le arăt? a întrebat ea.

– Pune-le într-o sacoșă și adu-le aici. S-a oprit și a răsucit scaunul, ajungând cu faţa spre ea. Sau, și mai bine, trec eu pe la tine. Aș vrea să văd casa. Am trecut cu mașina prin dreptul ei ani întregi și mi s-a părut mereu una dintre cele mai simpatice de pe plajă.

– Chiar nu voiam să le plimb de colo colo.

9

După-amiaza se scurgea lent, iar Mercer abia reușea să reziste ispitei de a o suna pe Elaine, ca să o pună la curent cu noutăţile. Planul lor progresa mai rapid decât anticipaseră, iar Bruce era acum gata să cadă în capcana cu cărţile. Faptul că trecea pe la ea era prea frumos ca să fie adevărat, cel puţin pentru Elaine.

– Unde e Noelle? a întrebat ea.

– Cred că în Franţa. Magazinul ei rămâne închis cât timp e plecată să cumpere mobilier.

– Perfect, a spus Elaine.

Știa deja că Noelle plecase cu o zi în urmă de la Jacksonvile la Atlanta, unde se îmbarcase pe un avion Air France, la ora 6.10 după-amiaza, pentru un zbor nonstop până la Paris. Sosise la Orly la 7.20, conform programului, și la 10.40 luase un avion spre Avignon. Omul lor de pe teren o urmărise până la apartamentul ei de pe Rue d'Alger, din vechiul cartier al orașului.

La șase și câteva minute, când Bruce a sosit la căsuţa lui Mercer, Noelle lua o cină târzie cu un domn fermecător, în micul dar renumitul restaurant La Fourchette de pe Rue Racine.

Când Bruce a sosit, Mercer se uita prin storurile care acopereau o fereastră de pe latura din față a casei. Era la volanul mașinii lui, un Porsche decapotabil, cel pe care ea îl văzuse parcat la Casa Marchbanks, și se schimbase, cu un șort kaki și o cămașă de golf. La patruzeci și trei de ani, era zvelt, atletic și bronzat și, deși încă nu îl auzise dezvăluind amănuntele de obicei plictisitoare ale exercițiilor fizice zilnice, era evident că rămăsese în formă. După două cine lungi, știa deja că mânca puțin și bea cu moderație. Același lucru era valabil și în cazul Noellei. Mâncarea bună era importantă pentru ei – și o consumau în porții mici.

Avea cu el o sticlă de șampanie, dovadă că nu era omul care să piardă timpul prea mult. Soția sa plecase în ziua precedentă, iar el se ducea în vizită la cea mai recentă cunoștință. Ori așa își închipuia Mercer.

L-a întâmpinat în prag, apoi i-a arătat casa. Pe masa de dejun, pe care încerca să scrie romanul, așezase cele două cărți.

– Am impresia că vom bea șampanie, a spus ea.

– E doar un cadou de casă nouă, poate bem mai târziu.

– O pun în frigider.

Bruce s-a așezat la masă și s-a uitat lung la cărți, ca și cum ar fi fost fascinat.

– Îmi dai voie?

– Sigur. Doar sunt cărți vechi de bibliotecă, nu? a spus ea râzând.

– Nu tocmai.

A ridicat *Condamnatul* și a mângâiat cartea de parcă ar fi mânuit niște diamante neprețuite. Fără să o deschidă, a examinat supracoperta, fața și spatele, apoi cotorul. A frecat supracoperta și a spus, aproape murmurând către sine:

– Supracopertă de la prima ediţie, lucioasă şi nedecolorată, fără semne sau imperfecţiuni. Apoi a deschis cartea la pagina unde se afla copyrightul. Primă ediţie, publicată de LSU Press în ianuarie 1985. A mai răsfoit câteva pagini, după care a închis cartea. Un exemplar foarte bun, a concluzionat. Sunt impresionat. Şi ai citit-o?

– Nu, dar am citit câteva cărţi de-ale lui.

– Înţelesesem că preferi femeile-scriitor.

– Da, dar nu în mod exclusiv. Îl cunoşti?

– A, sigur. A fost la magazinul meu de două ori. Un tip deosebit.

– Şi ai două din aceste prime ediţii?

– Da, dar întotdeauna caut şi altele.

– Ce-ai face cu ea dacă ai cumpăra-o?

– Vrei s-o vinzi?

– Probabil. Nu aveam habar că cele două sunt atât de preţioase.

– Aş oferi cinci mii pentru asta, apoi aş încerca să o vând la un preţ dublu. Am câţiva clienţi, colecţionari serioşi, şi am în minte doi sau trei cărora le-ar plăcea să o adauge pe aceasta la colecţiile lor. A, ne-am târgui câteva săptămâni. Şi aş lăsa din preţ. S-ar putea să fie atraşi, dar voi păstra ideea de preţ la şapte mii de dolari. Dacă nu obţin atât, o încui în subsol încă cinci ani. Primele ediţii reprezintă investiţii grozave, pentru că nu se pot retipări.

– Cinci mii de dolari, a repetat Mercer, părând uimită.

– Pe loc.

– Pot cere mai mult?

– Sigur, dar limita mea e de şasc mii.

– Şi nu va afla nimeni de unde provine? Cum să zic... nu se poate ajunge la mine şi la Tessa?

Bruce a râs auzind asta.

– Sigur că nu. Mercer, asta e lumea mea și fac jocul ăsta de douăzeci de ani. Cărțile acestea au dispărut cu decenii în urmă și nimeni nu va bănui nimic. Le voi da discret clienților mei și toată lumea va fi fericită.

– Nu există evidențe?

– Unde? Cine ar putea ține evidența primelor ediții din țara asta? Mercer, cărțile nu lasă urme. Multe dintre ele sunt trecute din mână în mână ca niște bijuterii – a căror proveniență nu este pusă la îndoială, dacă înțelegi ce spun.

– Nu prea.

– În afara certificării autenticității lor.

– A, acum am înțeles. Sunt vreodată furate și revândute?

– Se întâmplă și asta. Eu refuz să cumpăr o carte a cărei proveniență mi se pare nesigură, dar e imposibil să te uiți la o carte și să spui că a fost furată. Să luăm ca exemplu *Condamnatul*. Tirajul primei ediții a fost redus. Cu vremea, majoritatea exemplarelor au dispărut și, pe măsură ce se întâmplă asta, cele rămase în stare bună devin tot mai valoroase. Însă există o mulțime de exemplare pe piață și toate arată la fel – ori cel puțin așa arătau când au ieșit din tipografie. Multe trec de la un colecționar la altul. Presupun că puține dintre ele sunt furate.

– Aș putea să comit o indiscreție și să te întreb care e cea mai valoroasă primă ediție pe care o ai?

Bruce a zâmbit și a rămas tăcut preț de o secundă.

– Sigur că da, dar trebuie să fim discreți. Cu câțiva ani în urmă, am cumpărat un exemplar nou-nouț al romanului *De veghe în lanul de secară*, cu cincizeci de mii de dolari. Salinger rareori dădea autografe, dar a făcut asta pentru editorul lui, care a păstrat cartea în familie ani de zile, practic, neatinsă. Era în stare perfectă.

– Cum ai găsit-o? Iartă-mă, dar subiectul mi se pare fascinant.

– Au existat zvonuri despre carte vreme de zeci de ani, alimentate probabil de familia editorului, care a mirosit un mare câştig. Am descoperit un nepot, am plecat la Cleveland, l-am urmărit pe individ şi l-am bătut la cap până când mi-a vândut cartea. N-a apărut niciodată pe piaţă şi, din câte ştiu, nimeni nu are idee că a ajuns în posesia mea.

– Şi ce vei face cu ea?

– Nimic. Doar o voi păstra.

– Cine a văzut-o?

– Noelle şi vreo doi prieteni. Aş fi bucuros să ţi-o arăt, împreună cu restul colecţiei mele.

– Da, cu plăcere. Dar să revenim la afaceri. Să vorbim despre Cormac.

Bruce a zâmbit şi a ridicat *Meridianul sângelui.*

– L-ai citit?

– Am încercat. E prea violent.

– Mi se pare oarecum neobişnuit ca o persoană ca Tessa să fi fost o admiratoare a lui Cormac McCarthy.

– Citea tot timpul, atâta vreme cât cărţile erau de la bibliotecă.

Bruce a examinat supracoperta, apoi a spus:

– Câteva zgârieturi ici şi acolo pe cotor, probabil din cauza vechimii, şi o oarecare decolorare. Una peste alta, supracoperta este în stare bună.

Apoi a deschis cartea, a examinat paginile albe de la sfârşit, a revenit la pagina de titlu şi la cea de copyright şi a citit cu atenţie. A mai răsfoit câteva pagini, aproape la fel de încet ca şi cum le-ar fi citit. În timp ce frunzărea, a spus încet:

– Îmi place cartea asta. E cel de-al cincilea roman al lui McCarthy şi primul cu acţiunea plasată în vest.

– M-am blocat pe la pagina cincizeci, a spus Mercer. Violenţa este explicită şi îngrozitoare.

– Aşa e, a consimţit Bruce, continuând să o răsfoiască, de parcă l-ar fi delectat violenţa. Apoi a închis cu delicateţe cartea şi a spus: Un exemplar aproape perfect, după cum spunem noi, cei din branşă. Arată mai bine decât cel pe care îl am deja.

– Şi cât ai dat pe exemplarul tău?

– Două mii, acum nouă ani. Ţi-aş da patru mii pe el şi probabil că l-aş păstra în colecţia mea. Patru mii e tot ce-ţi pot oferi.

– Asta înseamnă zece mii pentru două cărţi. Nu aveam habar că pot valora atât de mult.

– Îmi cunosc meseria, Mercer. Zece mii e un târg bun pentru tine, dar şi pentru mine. Vrei să le vinzi?

– Nu sunt sigură. Ar trebui să mă mai gândesc.

– Cum vrei. Eu nu te presez. Dar te rog să-mi permiţi să le păstrez pe cele două în camera mea de valori până te hotărăşti. Cum ţi-am spus, aerul sărat le deteriorează.

– Sigur. Ia-le. Lasă-mă vreo două zile, să mă hotărăsc.

– Cum doreşti. Nicio grabă. Acum, ce facem cu şampania?

– A, sigur. E trecut de şapte seara.

– Am o idee, a spus Bruce apoi, ridicându-se şi luând cărţile. Să o bem pe plajă şi să facem o plimbare. Nu am vreme să stau pe plajă, mai ales cu meseria mea. Ador oceanul şi, în unele zile, nici nu apuc să-l văd.

– De acord, a spus ea, ezitând puţin.

Nimic nu era mai romantic decât să se plimbe în apropierea valurilor cu un bărbat care susţinea că este căsătorit. A luat o cutie de carton dintr-un dulap al bucătăriei şi i-a întins-o. El a pus cărţile în ea, iar Mercer a scos şampania din frigider.

10

Le-a luat o oră ca să meargă pe jos până la Ritz și înapoi, iar când au ajuns la casa de pe plajă, umbrele cădeau deja peste dune. Paharele erau uscate, și Mercer nu a pierdut timpul umplându-le. Bruce s-a lăsat pe un balansoar din răchită de pe terasă, iar ea s-a așezat alături de el.

Vorbiseră despre familia lui: brusca dispariţie a tatălui lui; moştenirea care îl ajutase să cumpere magazinul de carte; mama, pe care nu o văzuse de treizeci de ani; o soră distantă; nicio legătură cu mătuși, unchi sau veri; bunici de mult morţi. Mercer îi povestise şi ea lucruri asemănătoare, apoi continuase cu tragedia bolii mintale a mamei ei și cu internarea acesteia într-un spital de boli nervoase. Era ceva despre care nu povestise nimănui, dar îi venea uşor să îi spună lui Bruce. Și să aibă încredere că nu avea să folosească asta împotriva ei. Şi, cum amândoi erau marcaţi de destrămarea unor familii anormale, se găseau pe un teren comun şi se simţeau bine, comparând situaţiile şi vorbind despre ele. Cu cât dezvăluiau mai mult, cu atât mai mult reușeau să râdă.

După ce a băut jumătate din al doilea pahar de șampanie, Bruce a spus:

– Nu sunt de acord cu Myra. N-ar trebui să scrii despre familii. Ai făcut-o o dată – și a fost sclipitor –, dar o dată e de ajuns.

– Nu-ţi face griji. Probabil că Myra ar fi ultima persoană de la care aş accepta sfaturi.

– Cu toate acestea, nu-ţi place, aşa dementă cum e?

– Nu, încă nu, dar începe să-mi fie simpatică. Chiar are atât de mulţi bani?

– Cine știe? Ea și Leigh au scris împreună o sută de cărți și, apropo, Leigh a fost mai implicată în genul ăsta de romane decât recunoaște. Unele cărți de-ale lor încă se vând.

– Asta e bine.

– Mercer, e greu să scrii când n-ai bani, știu asta. Cunosc o mulțime de scriitori și foarte puțini vând îndeajuns de multe cărți ca să scrie doar romane.

– Și atunci, predau. Își găsesc un campus pe undeva și primesc un salariu fix. Am făcut asta de două ori și probabil că o voi mai face. Sau mă voi apuca să vând proprietăți.

– Nu cred că asta ar fi o soluție pentru tine.

– Ai alte idei?

– Da. Mai dă-mi să beau și-ți voi spune o poveste lungă.

Mercer a adus sticla cu șampanie din frigider și a golit-o în pahare. Bruce a luat o înghițitură lungă, și-a lins buzele, apoi a spus:

– Aș bea așa ceva în loc de mic dejun.

– Și eu, dar cafeaua e mult mai ieftină.

– Am avut cândva o prietenă, cu mult înainte de Noelle. O chema Talia, o fată dulce și extraordinar de frumoasă, talentată și cât se poate de zăpăcită. Ne întâlneam când și când, cu pauze tot mai lungi, fiindcă treptat a început să piardă contactul cu realitatea. Nu am putut să o ajut și era dureros să văd cum starea ei se deteriora. Dar știa să scrie și lucra la un roman care promitea enorm. Era o poveste fictivă despre Charles Dickens și amanta lui, o actriță tânără pe nume Ellen Ternan. Dickens era căsătorit de douăzeci de ani cu Catherine, o femeie severă în adevăratul înțeles victorian. Au avut împreună zece copii și, în ciuda atracției fizice vădite, căsătoria lor era extrem de nefericită. Când el avea patruzeci și cinci de ani, fiind probabil cel mai celebru om din Anglia, a cunoscut-o pe Ellen, care avea optsprezece ani și aspira să devină actriță. S-au îndrăgostit nebunește, iar el și-a părăsit soția și copiii, dar divorțul era exclus în acele vremuri. Nu se știe dacă el și Ellen chiar au trăit cu adevărat împreună, dar s-a răspândit zvonul că ea a avut un copil care a murit la naștere. Indiferent cum au stat lucrurile, cei doi au reușit să ascundă și să mușamalizeze totul. Cu toate acestea, în romanul Taliei, ei aveau o legătură trainică, povestită de Ellen, cu amănunte din abundență. Romanul s-a complicat când Talia a introdus o altă iubire faimoasă în epocă, cea dintre William Faulkner și Meta Carpenter. Faulkner a cunoscut-o pe când se afla la Hollywood și scotea pe bandă rulantă scenarii, ajungând, după toate indiciile, cât se poate de îndrăgostiți. Partea asta era dramatizată foarte bine și scrisă cu măiestrie. Apoi, ca să facă romanul și mai complicat, Talia a introdus încă o legătură amoroasă dintre un scriitor celebru și prietena lui. A existat o poveste, care nu a fost confirmată și probabil nici n-a fost adevărată, potrivit căreia Ernest Hemingway a avut o aventură cu Zelda Fitzgerald cât timp au trăit la Paris. După cum știi, faptele cam încurcă o poveste frumoasă, așa că Talia a creat propriile ei adevăruri și a scris o poveste fermecătoare despre Ernest și Zelda, care se întâlneau fără știrea lui F. Scott. În felul acesta, romanul avea trei relații amoroase din lumea literară, cu scene fierbinți care alternau în diferite stațiuni – dar asta era prea mult pentru un roman.

– Te-a lăsat să-l citești?

– Cea mai mare parte din el. Schimba mereu poveștile și rescria secțiuni întregi și, cu cât scria mai mult, cu atât mai încâlcit devenea romanul. Mi-a cerut sfaturi, i-am dat, dar ea făcea întotdeauna invers. Era obsedată de el și a scris continuu timp de doi ani. Când manuscrisul a depășit o mie de pagini, am încetat să mai citesc. Pe vremea aceea ne certam destul de mult.

– Ce s-a întâmplat cu romanul?

– Talia a spus că l-a ars. Într-o zi mi-a telefonat înnebunită și mi-a zis că îl distrusese și că nu va mai scrie niciodată vreun cuvânt. Două zile mai târziu, a murit din cauza unei supradoze, la Savannah, unde locuia atunci.

– Groaznic!

– Avea douăzeci și șapte de ani și un talent cum n-am mai văzut. La vreo lună după înmormântare, i-am scris mamei ei și am întrebat-o delicat dacă, din întâmplare, Talia lăsase ceva în urmă. N-am auzit niciun cuvânt, iar de roman nu a adus vorba. Sunt convins că l-a ars, apoi s-a sinucis.

– Ce cumplit!

– A fost tragic.

– Și n-ai păstrat un exemplar?

– A, nu. Aducea manuscrisul aici și stătea câteva zile, rugându-mă să-l citesc în timp ce ea scria. Era paranoică de teamă că-i va fura cineva capodopera și îl păzea cu străşnicie. Sărmana fată era paranoică în legătură cu multe lucruri. În cele din urmă, a renunţat la medicamente și a început să audă voci, iar eu nu puteam face nimic. Serios, chiar încercam să o evit.

Preţ de câteva minute au discutat despre tragedia Taliei, sorbind încet din pahare. Soarele dispăruse, iar pe terasă era întuneric. Niciunul nu adusese vorba de cină, dar Mercer era pregătită să refuze. Petrecuseră destul timp împreună pentru o singură zi.

– O poveste grozavă, a spus ea.

– Care dintre ele? Dickens, Faulkner, Zelda ori Talia? Ai o mulţime de material.

– Și mi-l oferi?

Bruce a zâmbit şi a ridicat din umeri.

– Accepţi sau nu.

– Dar poveştile despre Dickens şi Faulkner sunt adevărate, nu?

– Sigur. Dar cea mai interesantă e cea dintre Hemingway şi Zelda. E vorba de Parisul anilor '20, generaţia pierdută, tot acel fundal plin de culoare şi istorie. Cu siguranţă s-au cunoscut. F. Scott şi Hemingway erau prieteni de pahar, iar americanii făceau petreceri împreună. Hemingway era mereu dispus să aibă relaţii amoroase – a fost căsătorit de patru ori – şi câteodată era pervers. Dacă intră pe mâini bune, povestea poate deveni atât de impudică, încât i-ar plăcea şi Myrei.

– Nu pot decât să sper.

– Nu eşti prea entuziasmată.

– Nu sunt sigură că vreau să scriu ficţiune istorică. E istorie sau fantezie? Din anumite motive, mi se pare necinstit să falsifici vieţile unor persoane reale şi să le pui să facă lucruri la care poate nici nu s-au gândit. Sigur, sunt morţi, dar asta le dă scriitorilor dreptul de a le reinventa viaţa? Mai ales când e vorba de chestiuni personale?

– Se-ntâmplă tot timpul şi se vinde.

– Cred, dar nu sunt convinsă că mi se potriveşte.

– I-ai citit? Pe Faulkner, Hemingway, Fitzgerald?

– Doar când a trebuit. Încerc să evit scriitorii albi morţi.

– Şi eu. Prefer să citesc ce scriu oamenii pe care îi cunosc.

Bruce şi-a golit paharul şi l-a aşezat pe masa dintre ei. Aş face bine să plec, a spus el. Mulţumesc pentru plimbare.

– Mulţumesc pentru şampanie, a spus ea. Te conduc.

– Mă descurc singur, a răspuns Bruce, iar când a trecut prin spatele ei, a sărutat-o uşor pe creştet. Pe curând!

– Noapte bună!

11

A doua zi, la ora opt, pe când Mercer stătea la masa pentru mic dejun și contempla oceanul, ignorând laptopul și fantazând despre ceva ce n-ar fi putut descrie dacă i s-ar fi cerut, sunetul telefonului a trezit-o din reverie. Era Noelle, care îi telefona din Franța, unde era ora prânzului. A salutat-o pe Mercer cu un „Bonjur" călduros, apoi și-a cerut scuze că o deranja din creație, dar ținea să o anunțe ceva înainte de încheierea zilei. Un bărbat pe nume Jake avea să meargă la magazinul ei a doua zi pentru a se întâlni cu Mercer. Jake era restauratorul și vopsitorul ei preferat și trecea pe la ea periodic. Acesta trebuia să repare un șifonier în atelierul de la subsol și ar fi fost un prilej excelent pentru ca Mercer să discute cu el despre vopsirea mesei de scris. Magazinul urma să fie închis și încuiat, dar Jake avea o cheie. Mercer i-a mulțumit, apoi au flecărit câteva minute despre Franța.

De îndată ce și-au luat la revedere, Mercer a sunat-o pe Elaine Shelby, care se afla la Washington. Cu o seară în urmă, Mercer îi trimisese un e-mail lung, prezentându-i toate amănuntele evenimentelor și discuțiilor de peste zi, astfel că Elaine era informată pe deplin. Pe neașteptate, Mercer avea să vadă ambele subsoluri în aceeași zi.

La amiază i-a telefonat lui Bruce și i-a spus că intenționează să accepte oferta lui pentru cele două cărți. Urma să meargă în centru a doua zi ca să îl întâlnească pe Jake, așa că putea veni și la magazin pentru a primi cecul. În plus, voia să vadă acel exemplar rar al romanului *De veghe în lanul de secară*.

– Perfect, a spus el. Luăm prânzul împreună?

– Sigur.

12

Elaine şi echipa ei au sosit după căderea întunericului, prea târziu pentru o întâlnire. A doua zi la ora nouă, Mercer a mers pe plajă până la podişca din lemn care ducea spre apartament. Elaine o aştepta pe trepte cu o ceaşcă de cafea. Avea nisip între degetele de la picioare. Ca de obicei, şi-au strâns mâinile cu fermitate, după care Elaine a spus:

– Ai făcut o treabă bună!

– Vom vedea, a răspuns Mercer.

Au intrat apoi în apartament, unde aşteptau doi bărbaţi, Graham şi Rick. Stăteau la masa din bucătărie, având în faţă câte o ceaşcă de cafea şi o trusă mare. După cum avea să afle Mercer curând, aceasta conţinea diverse jucării ale meseriei: microfoane, emiţătoare şi camere atât de mici, încât se întreba cum de puteau capta vreo imagine. Apoi au început să scoată diferite dispozitive, discutând variantele şi posibilităţile de folosire a lor.

Elaine nu o întrebase niciodată pe Mercer dacă era dispusă să poarte asupra ei o cameră ascunsă. Era de presupus că avea să îi ceară asta şi, preţ de un moment, s-a simţit iritată. În timp ce Graham şi Rick continuau să analizeze posibilităţile, Mercer simţea un nod în stomac. În cele din urmă, nu a mai rezistat şi a zis:

– E legal ce facem? Vorbesc de filmarea cuiva fără permisiunea sa.

– Nu e ilegal, i-a răspuns Elaine cu un zâmbet plin de încredere. Nu fi ridicolă! E ca şi cum ai fotografia pe cineva în public. Nu se cere permisiunea persoanei şi nici nu e vorba de divulgare.

Rick, cel mai vârstnic dintre cei doi, a adăugat:

– Nu pot intercepta o discuţie telefonică fără divulgare, dar guvernul nu a dat încă vreo lege prin care să interzică supravegherea cu camere de filmare.

– Oricând, oriunde, cu excepţia reşedinţelor private, a adăugat Graham. Nu uita de camerele de supraveghere care filmează clădiri, trotuare şi parcări. Nu este nevoie de aprobare pentru a filma pe cineva.

Elaine, care avea o funcţie mai mare decât cei doi, a adăugat:

– Îmi place eşarfa asta cu cataramă şi inel de fixare. S-o încercăm!

Eşarfa avea un amestec floral colorat şi părea scumpă. Mercer a împăturit-o în trei şi şi-a înfăşurat-o în jurul gâtului. Rick i-a întins inelul de prindere, o agrafă din aur cu câteva pietre false, iar ea a trecut capetele eşarfei prin el. Cu o şurubelniţă minusculă – şi apropiindu-se mult de ea –, Rick a examinat inelul cataramei şi a lovit-o uşor cu şurubelniţa.

– Vom instala camera chiar aici şi, practic, va fi invizibilă, a spus el.

– Cât de mare e?

Graham a ridicat-o de pe masă: un dispozitiv ridicol, mai mic decât o stafidă.

– Asta-i cameră? s-a mirat ea.

– De înaltă definiţie. O să-ţi arătăm. Dă-mi inelul cataramei.

Mercer şi-a dat jos eşarfa şi i-a întins-o lui Rick. El şi Graham şi-au pus ochelari cu lupe, folosiţi pentru operaţiuni chirurgicale, şi s-au apucat de treabă.

– Ştii cumva unde mergeţi să mâncaţi de prânz? a întrebat-o Elaine.

– Nu, nu mi-a spus. La unsprezece mă întâlnesc cu Jake la magazinul Noellei, iar după aceea merg alături ca să-l văd pe Bruce. Apoi vom merge să luăm prânzul, dar nu știu unde. Cum folosesc chestia asta?

– Nu trebuie să faci nimic, doar te comporți firesc. Camera va fi acționată de la distanță de Rick și Graham. Ei se vor afla într-o furgonetă din apropierea magazinului. Camera nu are și microfon, pentru că e prea mică, așa că nu trebuie să-ți faci griji în legătură cu ceea ce discutați. Nu avem habar ce se află în acele subsoluri, de aceea încearcă să filmezi totul. Caută uși, ferestre, alte camere.

– Și să cauți senzori de securitate pe ușile care duc la subsol, a adăugat Rick. Suntem aproape siguri că nu există uși care să ducă spre exterior. Ambele subsoluri par să se afle destul de jos, fără scări la exterior.

– Asta e prima noastră verificare și ar putea fi și ultima, a spus Elaine. Totul este important, dar noi căutăm manuscrisele – teancuri de hârtii cu dimensiuni mai mari decât cărțile.

– Știu cum arată un manuscris.

– Sigur că știi. Cauți sertare, dulapuri, orice loc în care ar putea încăpea.

– Dar dacă vede camera? a întrebat Mercer oarecum agitată.

Cei doi bărbați și-au dres glasul.

– Nu o va vedea pentru că nu se poate, a spus Elaine.

Rick i-a întins inelul cu cataramă și Mercer a trecut din nou capetele eșarfei prin ea.

– Activez, a spus Graham, apăsând câteva taste pe laptop.

– Vrei să te ridici și să te întorci, te rog? a spus Rick.

– Sigur.

În timp ce Mercer făcea asta, Elaine și cei doi bărbați priveau ecranul laptopului.

– Uimitor, a spus Elaine, aproape pentru sine. Mercer, vino să vezi!

Stând alături de masă și cu fața spre ușă, Mercer a aruncat o privire la ecran și a rămas surprinsă de claritatea imaginii. Canapeaua, televizorul, fotoliul, chiar și covorul ieftin se vedeau extrem de clar.

– Și totul de la camera asta, a spus ea.

– E simplu ca bună ziua, Mercer, a spus Elaine.

– Eşarfa nu se potriveşte cu nimic din ce port.

– Cum o să te îmbraci? a întrebat-o Elaine, întinzând mâna spre o geantă, din care a scos alte șase eşarfe.

– O rochiță roșie de plajă, cred, a spus Mercer. Nimic fistichiu.

13

Jake a deschis ușa și a încuiat-o după ce Mercer a intrat. După ce s-a prezentat, a spus că o cunoaște pe Noelle de mulți ani. Era un meșteșugar cu mâinile pline de bătături și cu barba albă, având aspectul unui muncitor harnic care își petrecuse întreaga viață cu ciocanul și cu alte scule în mână. Cu glas răgușit, i-a spus că masa de scris era deja la subsol. Ea l-a urmat pe trepte încet, de la distanță, ținând mâna pe balustradă și încercând să își aducă aminte că tot ce se afla în fața ei era filmat și analizat. După cele zece trepte, au ajuns într-o încăpere lungă și plină de lucruri, care părea să se întindă pe toată lungimea magazinului – care, din câte știa, avea doisprezece metri și jumătate lățime și cincizeci de metri lungime, la fel ca magazinul de carte de alături. Tavanul era înalt de cel mult doi metri și patruzeci, iar podeaua era din beton nefinisat. Tot felul de piese de mobilier și decorațiuni – dezasamblate, stricate, neterminate și desperecheate – erau depozitate la întâmplare de-a lungul pereţilor. Cu un aer nonşalant, Mercer s-a uitat peste tot, întorcându-se încet în toate direcţiile.

– Deci ăsta-i locul în care îşi ţine lucrurile bune, a spus ea, dar Jake nu avea simţul umorului.

Subsolul era bine luminat, iar în partea din spate exista un fel de cameră. Mai important decât atât, în zidul din cărămidă dintre acea încăpere şi subsolul de alături exista o uşă. Era cel în care Elaine Shelby şi camarazii ei misterioşi puteau paria că domnul Cable îşi ţinea ascunsă comoara. Zidul din cărămidă era vechi şi fusese văruit de multe ori, fiind acum de un gri-închis, însă uşa era mult mai nouă. Era din metal şi părea rezistentă, având doi senzori de securitate în colţurile de sus.

Echipa lui Elaine ştia că cele două magazine erau, practic, identice din punctul de vedere al lăţimii, lungimii, înălţimii şi dispunerii. Făceau parte din aceeaşi clădire, construită în urmă cu o sută de ani. Aceasta fusese împărţită în două în 1940, când se deschisese magazinul de carte.

Aflaţi într-o furgonetă parcată peste drum şi privind ecranele laptopurilor, Rick şi Graham au fost încântaţi să vadă uşa care lega cele două subsoluri. Stând pe o canapea din apartament, Elaine a avut aceeaşi reacţie. Mergi mai departe, Mercer!

Masa de scris se afla în mijlocul încăperii, având sub ea ziare desfăcute, deşi podeaua aceea adunase nenumărate picături de lacuri şi de vopsele de-a lungul anilor. Mercer a examinat-o cu atenţie, ca şi cum ar fi fost doar un obiect scump, şi nu un pion în jocul lor. Jake a scos apoi o paletă de culori de vopsele şi i-a vorbit despre câteva, dar Mercer s-a arătat greu de mulţumit. În cele din urmă, a ales o vopsea de un albastru pastelat pe care Jake urma să o aplice într-un strat subţire, pentru a crea aspectul unui obiect vechi, care suferise multe. Nu avea acea culoare în camioneta lui și îi trebuiau câteva zile ca să o găsească.

Grozav! Asta însemna că putea reveni într-o nouă vizită, pentru a vedea progresele înregistrate de el. Și... cine știe? Având în vedere jucăriile pe care Rick și Graham le aveau în trusa lor, probabil că data viitoare urma să aibă camere de filmare și în cercei.

Când Mercer a întrebat dacă exista o baie acolo, Jake a făcut un semn din cap spre partea din spate a încăperii. Ea nu s-a grăbit să ajungă acolo. După ce a folosit baia, a mers spre partea din față, unde Jake șlefuia tăblia mesei de scris. În timp ce el stătea aplecat, ea a rămas în fața ușii metalice pentru a capta cele mai bune imagini ale ei. Însă exista posibilitatea să existe acolo o cameră ascunsă, care o urmărea, nu? Impresionată de înțelegerea situației și a experienței în creștere, s-a retras. La urma urmelor, putea deveni o spioană acceptabilă.

S-a despărțit de Jake la ușa principală și a ocolit colțul, îndreptându-se spre un local cu delicatese cubaneze. A comandat un *ice tea* și s-a așezat la o masă. După un minut, Rick a intrat și a plătit o băutură răcoritoare. S-a așezat în fața ei și, zâmbind, a spus aproape în șoaptă:

– Ai făcut o treabă perfectă.

– Cred că m-am purtat firesc, a spus ea, simțind că nodul din stomac dispăruse pentru moment. Mai funcționează camera?

– Nu, am oprit-o. O reactivez când intri în magazinul de carte. Să nu procedezi altfel. Camera funcționează perfect și ne-ai oferit imagini din plin. Suntem încântați că există o ușă de legătură între cele două subsoluri. De data asta, să te apropii cât poți de mult de ea când vii din cealaltă parte.

– Nu-i nicio problemă. Presupun că voi pleca din librărie și voi merge cu Bruce să luăm prânzul. Camera va mai funcționa?

– Nu.

– Iar eu voi sta vizavi de Cable vreme de cel puțin o oră. Nu vă îngrijorează că ar putea observa ceva?

– După ce ieși din subsol, te duci la baie, cea de la etajul încăperii principale. Îți scoți eșarfa și inelul cu cataramă și le pui în poșetă. Dacă el remarcă asta, îi spui că eșarfa îți ținea prea cald.

– Îmi place ideea. Mi-ar fi greu să mănânc știind că țin îndreptată o cameră spre fața lui.

– Ai dreptate. Acum vei pleca, iar eu voi rămâne o vreme.

Mercer a intrat în magazinul de carte la 11.50 și l-a văzut pe Bruce rearanjând ziarele pe un raft din partea din față. În ziua aceea, costumul lui din bumbac avea dungi fine într-o nuanță slabă de albastru. Până atunci, Mercer remarcase cel puțin șase nuanțe ale costumelor lui și bănuia că mai avea și altele. Papionul era gălbui, cu un model în pătrate. Ca întotdeauna, purta pantofi din piele de căprioară, murdari, fără șosete. Niciodată nu purta șosete. El i-a zâmbit, a pișcat-o ușor de obraz și i-a spus că arată grozav. L-a urmat în camera primelor ediții și l-a văzut ridicând un plic de pe birou.

– Zece mii pentru cele două cărți pe care Tessa le-a împrumutat acum treizeci de ani. Ce părere ar avea ea?

– Ar spune: „Care-i partea mea din profit?“

Bruce a râs și a spus:

– Noi ne alegem cu profiturile. Am doi clienți care vor *Condamnatul*, așa că îi voi asmuți unul împotriva celuilalt și voi câștiga două mii cinci sute de dolari dând doar câteva telefoane.

– Chiar așa?

– Nu, nu întotdeauna, e doar norocul zilei. De aceea îmi place meseria asta.

– Am o întrebare. Exemplarul acela din *De veghe în lanul de secară* de care ai adus vorba... Dacă te-ai hotărî să-l vinzi, cât ai cere pe el?

– A început să-ți placă și ție meseria asta, nu?

– Nu, nicidecum. Nu am mintea pregătită pentru afaceri. Eram curioasă, atâta tot.

– Anul trecut am refuzat o ofertă de optzeci de mii. Nu e de vânzare, dar, dacă aș fi cumva silit să o scot pe piață, aș începe de la o sută de mii.

– Deloc rău.

– Ai spus că vrei s-o vezi.

Mercer a ridicat din umeri ca și cum i-ar fi fost indiferent, apoi a spus în treacăt:

– Sigur, dacă nu ești prea ocupat.

Era evident că Bruce voia să se laude cu cărțile lui.

– Pentru tine nu-s niciodată prea ocupat. Hai cu mine!

Au trecut de scară, prin sectorul cu cărți pentru copii, și au ajuns în partea din spate a magazinului. Scara ce pornea de acolo se găsea înapoia unei uși încuiate care nu sărea în ochi, lăsând impresia clară că nu se folosea prea des. O cameră supraveghea ușa dintr-un colț aflat la înălțime. În partea ei de sus era fixat un senzor. Bruce a descuiat cu o cheie, apoi a desfăcut un dispozitiv de oprire și a răsucit o clanță veche, care nu era încuiată. A deschis ușa și a aprins lumina.

– Fii atentă, a spus el când a început să coboare.

Mercer a rămas în urmă, privind cu atenție, așa cum i se spusese. El a aprins o altă lumină când a ajuns în josul scării.

Subsolul era împărțit în două secțiuni. Cea din față, mai spațioasă, cuprindea scara și ușa din metal care o lega de subsolul Noellei, de-a lungul unor rafturi vechi din lemn gemând de mii de cărţi nedorite de nimeni şi de şpalturi şi exemplare nedestinate vânzării.

– Părţii de aici i se spune cimitir, a spus Bruce, făcând semn către rafturile vechi. Orice magazin de carte are o cameră de gunoaie.

După câţiva paşi spre partea din spate a subsolului, Bruce s-a oprit lângă un zid din cărămizi din zgură care se vedea clar că fusese adăugat la multă vreme după construirea clădirii. Mergea pe înălţimea şi pe lăţimea încăperii şi părea să fi fost bine fixat pe loc. În zidul acela era o uşă metalică, având o tastatură numerică alături. În timp ce Bruce a tastat cifrul, Mercer a observat o cameră de supraveghere care atârna de o grindă veche, fiind aţintită spre uşă. S-a auzit un bâzâit însoţit de un clinchet, apoi au trecut pragul uşii şi Bruce a aprins lumina. Temperatura era perceptibil mai scăzută.

Încăperea părea închisă din toate părţile cu şiruri de rafturi lipite de pereţii din cărămizi de zgură. Podeaua era din beton cu un finisaj neted, iar tavanul era făcut dintr-un material fibros. Mercer nu ştia cum să îl descrie, însă l-a filmat pentru a stabili experţii. După mai puţin de o oră, aceştia aveau să socotească dimensiunea încăperii, care avea doisprezece metri lăţime şi cam aceeaşi adâncime; era spaţioasă, cu o masă elegantă în mijloc; tavanul avea doi metri şi patruzeci înălţime; îmbinările erau perfecte; toate acestea indicau că acea cameră era etanşă, sigură şi ignifugată.

– Cărţile sunt afectate de lumină, de căldură şi de umezeală, de aceea toate acestea trebuie controlate. Practic, aici nu există umiditate, iar temperatura este permanent de treisprezece grade. Fără lumină solară, evident.

Rafturile erau făcute dintr-un metal gros, cu uşi din sticlă, astfel încât cotoarele cărţilor erau la vedere. Existau şase rafturi în fiecare unitate, având rafturile de jos la o înălţime de şaizeci de centimetri de podea şi partea de sus cu vreo zece centimetri peste capul ei, bănuia ea. Rick şi Graham urmau să confirme asta.

– Unde sunt primele ediţii ale Tessei? a întrebat ea.

Bruce s-a îndreptat spre peretele din spate şi a vârât o cheie într-un panou lateral, îngust, aflat alături de rafturi. După ce a răsucit-o, s-a auzit un clic şi toate cele şase uşi din sticlă au fost eliberate. A deschis al doilea raft de sus.

– Chiar aici, a spus el, scoţând exemplarele din *Condamnatul* şi *Meridianul sângelui*. Sunt în perfectă siguranţă în noul lor cămin.

– Într-adevăr, a spus ea. Impresionant, Bruce! Câte cărţi ai aici?

– Câteva sute, dar nu sunt toate ale mele. A făcut apoi un semn către peretele de lângă uşă şi a spus: Pe acelea le depozitez pentru clienţi şi prieteni. Câteva exemplare rare stau în regim de consignaţie. Am un client care e în divorţ şi îşi ascunde cărţile aici. S-ar putea să fiu citat şi să mă văd silit să ajung la tribunal, iar asta nu ar fi pentru prima oară. Dar mint întotdeauna pentru a-mi proteja clientul.

– Şi acela ce e? a întrebat ea, arătând spre un fişet înalt şi masiv care se afla într-un colţ.

– E o cameră de valori în care păstrez cărţile cu adevărat scumpe.

Bruce a format un cod pe tastatura numerică – Mercer a avut grijă să se uite cu atenţie – şi încuietoarea unei uşi groase s-a deschis pe loc. În partea de sus şi în centru se aflau trei rafturi, toate mărginite de ceea ce păreau a fi cotoarele unor cărţi false, unele având imprimate titlurile cu litere aurii. Bruce a tras afară una de pe raftul din mijloc şi a întrebat-o:

– Ştii ce e aceea o benă?

– Nu.

– E o cutie protectoare, făcută pe comandă pentru fiecare carte. Evident, aceste cărţi au apărut în diferite formate, de aceea şi benele variază ca dimensiuni. Apropie-te!

Mercer s-a apropiat de masa mică din mijlocul încăperii. Bruce a aşezat cutia protectoare pe tăblie, a deschis-o şi a scos cartea cu delicateţe. Supracoperta era închisă într-o copertă laminată din plastic transparent.

– Ăsta e primul meu exemplar din *De veghe în lanul de secară*. L-am luat din colecţia personală a tatălui meu, acum douăzeci de ani.

– Deci ai două exemplare?

– Nu, am patru. Desfăcând partea din faţă a ambalajului, a arătat spre o uşoară decolorare. O uşoară pătare aici şi vreo două ciupituri pe supracopertă, dar a rămas un exemplar aproape perfect.

Apoi a lăsat cartea şi cutia protectoare pe masă şi s-a întors la camera de valori. În timpul acesta, Mercer s-a întors, pentru ca Rich şi Graham să aibă o imagine din faţă. La fund, sub cele trei rafturi pe care se aflau cele mai rare cărţi, existau patru sertare, toate închise bine în acele momente.

Dacă Bruce chiar deţinea manuscrisele, atunci acolo a fi trebuit să se afle. Cel puţin aşa credea ea.

El a aşezat apoi încă o cutie protectoare pe masă şi a spus:

– Asta e cea mai recentă ediţie a mea din cele patru, cea cu autograful lui Salinger. A deschis cutia, a extras cartea şi a deschis-o la pagina de titlu. Fără dedicaţie, fără dată, doar cu autograful lui, care, aşa cum ţi-am spus, e foarte rar. Pur şi simplu, refuza să-şi semneze cărţile. Înnebunise, nu crezi?

– Aşa se spune, a răspuns Mercer. Astea sunt minunate.

– Exact, a spus el, încă mângâind cartea. Câteodată, când am o zi foarte proastă, mă furişez aici şi mă încui în camera asta, după care scot câteva cărţi. Încerc să-mi imaginez cum a fost în 1951, când J.D. Salinger a publicat primul lui roman. Mai publicase câteva nuvele, unele în *The New Yorker*, dar nu era foarte cunoscut. Editura Little, Brown a publicat la început zece mii de exemplare, iar acum cartea se vinde în tiraje de un milion de exemplare pe an, în șaizeci şi cinci de limbi. Habar n-avea ce se va întâmpla. Asta l-a îmbogăţit şi l-a făcut celebru, dar nu a reuşit să gestioneze atenţia ce i se acorda. Cei mai mulţi critici consideră că, într-un fel sau altul, a clacat.

– Am predat opera lui acum doi ani.

– Deci îl cunoşti bine.

– Nu e unul dintre preferaţii mei. Repet, prefer scriitoarele, mai ales cele în viaţă.

– Și vrei să vezi cea mai rară carte scrisă de o femeie, fie ea în viaţă sau moartă?

– Sigur.

Bruce s-a întors la camera de valori, iar Mercer a filmat fiecare pas făcut de el, mişcându-se puţin în spate pentru a îndrepta camera minusculă pentru o vedere frontală. El a găsit cartea și a revenit la masă.

– Ce zici de Virginia Woolf, *O cameră separată*[1]? A deschis cutia și a scos cartea. Publicată în 1929. Prima ediţie, un exemplar aproape perfect. Am găsit-o acum douăzeci de ani.

– Mi-a plăcut mult cartea asta. Am citit-o când eram în liceu și m-a inspirat să devin scriitoare – ori măcar să încerc.

– E foarte rară.

– Îţi dau zece mii pe ea.

Au râs amândoi, iar el a spus politicos:

---

[1] *O cameră separată,* roman apărut la editura Univers, 1999 (n.tr.)

– Îmi pare rău. Nu e de vânzare. I-a întins-o, iar ea a deschis-o. Apoi a spus: A fost foarte curajoasă. A spus celebrele cuvinte: „O femeie trebuie să aibă bani şi o cameră a ei dacă vrea să scrie literatură“.

– A fost un suflet torturat.

– Sunt convinsă. S-a sinucis. Oare de ce suferă scriitorii atât de mult, Bruce? a zis Mercer, închizând cartea şi dându-i-o înapoi. De ce au un comportament atât de distructiv, ajungând chiar la sinucidere?

– Nu înţeleg sinuciderea, dar cred că e vorba de băutură şi de obiceiuri proaste. Prietenul nostru Andy a încercat să explice asta cu mulţi ani în urmă. A spus că totul e din cauză că viaţa de scriitor devine lipsită de disciplină. Nu ai şef, nici supraveghetor, nu trebuie să faci pontaj sau să respecţi orele de muncă. Scrii dimineaţa, scrii noaptea. Bei când ai chef. Şi îţi închipui că scrii mai bine dacă eşti mahmur, dar nu sunt convins de asta.

Bruce a vârât cărţile înapoi în cutii, apoi le-a aşezat în camera de valori.

Dintr-un impuls, Mercer l-a întrebat:

– Ce e în sertarele acelea?

Fără să ezite câtuşi de puţin, el i-a răspuns:

– Manuscrise vechi, dar nu valorează mare lucru, dacă le compar cu aceste cărţi. John D. MacDonald e unul dintre preferaţii mei, mai ales seria cu Travis McGee, iar acum câţiva ani am putut cumpăra două dintre manuscrisele lui originale de la un alt colecţionar.

În timp ce spunea asta, a închis uşa: era evident că sertarele nu erau pentru prezentare.

– Ai văzut de ajuns? a întrebat-o el apoi.

– Da. Bruce, a fost fascinant! Asta este o lume despre care nu ştiam nimic.

– Rareori se întâmplă să mă fălesc cu aceste cărți. Comerțul cu cărți rare se desfășoară cu discreție. Nimeni nu știe că eu dețin patru exemplare din *De veghe în lanul de secară* – și vreau ca lucrurile să rămână așa. Nu există case de marcat, nimeni nu ne urmărește, iar multe tranzacții se desfășoară pe întuneric.

– Secretele tale rămân ascunse. Nu cred că există cineva căruia să vreau să-i povestesc asta.

– Mercer, nu mă înțelege greșit. Totul e legal. Declar profiturile și plătesc impozite, iar dacă aș muri subit, proprietatea mea ar cuprinde aceste valori.

– Toate? a întrebat ea zâmbind.

El i-a răspuns la zâmbet și a zis:

– Da, mai toate.

– Bineînțeles.

– Ei, acum ce zici de un prânz de afaceri?

– Sunt ruptă de foame.

14

Rick, Graham și Elaine au mâncat la cină niște pizza livrată la domiciliu, însoțită de câteva băuturi răcoritoare. În acel moment, mâncarea nu prezenta nicio importanță. Au stat la masa din apartament și au revăzut zeci de fotografii din filmul realizat de Mercer. Le oferise optsprezece minute de imagini din depozitul Noellei și douăzeci și două din cel al lui Bruce; patruzeci de minute de dovezi prețioase care îi entuziasmaseră enorm. Deși studiaseră totul, acestea urmau să fie analizate de laboratorul lor din Bathesda. Elementele principale erau clare: mărimea bolții, dimensiunile camerei de valori, prezența camerelor de supraveghere și a senzorilor de securitate; încuietorile de la uşi; tastaturile numerice pentru deschiderea uşilor. Seiful cântărea aproape patru sute de kilograme şi era făcut din oţel foarte rezistent; fusese produs cu cincisprezece ani în urmă de o fabrică din Ohio, vândut on-line şi instalat de un contractor din apropiere de Jacksonville. Când se închidea, era protejat de cinci încuietori din plumb şi blocat în mod hidraulic. Putea rezista la o temperatură de aproape 850°C timp de două ore. Deschiderea lui nu reprezenta o problemă, dar marea provocare era să se ajungă la el fără să se declanşeze alarmele.

Şi-au petrecut după-amiaza în jurul mesei, deseori discutând înflăcăraţi, alteori în conversaţii telefonice cu colegii din Bethesda. Elaine conducea activitatea lor, dar avea nevoie de colaboratori. Existau multe păreri ale oamenilor din domeniu, iar ea i-a ascultat pe toţi. FBI-ul îi făcea să îşi consume inutil cea mai mare parte a timpului. Era cazul să apeleze la cei de la FBI? Să îi conducă spre suspectul lor preferat? Să le spună tot ce aflaseră până atunci despre Bruce Cable? Elaine considera că nu era cazul, cel puţin deocamdată. Şi avea motive întemeiate: nu exista nicio dovadă pentru a convinge un magistrat federal că Bruce Cable avea manuscrisele ascunse în subsol. Pentru moment, aveau doar un pont furnizat de o sursă din Boston, o filmare de patruzeci de minute din subsol şi câteva fotografii extrase din acea filmare. După părerea celor doi avocaţi ai lor de la Washington, pur şi simplu, nu existau suficiente dovezi pentru a se obţine un mandat de percheziţie.

Şi, ca întotdeauna, când intrau în acţiune, cei de la FBI preluau controlul şi schimbau regulile. Deocamdată, ei nu ştiau nimic despre Bruce Cable şi nu aveau habar de cârtiţa pe care Elaine o strecurase pe lângă acesta. Elaine voia ca lucrurile să rămână astfel cât mai mult posibil.

Un scenariu sugerat de Rick, dar fără prea mare entuziasm, presupunea o diversiune, precum un incendiu. Un mic incendiu după miezul nopții la parterul magazinului de carte și, în timp ce alarmele urlau și monitoarele de securitate arătau tot felul de lucruri, puteau pătrunde în subsol dinspre depozitul Noellei, realizând spargerea și recuperarea. Riscurile erau multe și mari, cel mai mic dintre ele fiind comiterea câtorva infracțiuni. Dar dacă manuscrisele nu se aflau acolo? Ce se întâmpla dacă Gatsby și amicii lui erau ascunși în altă parte, fie pe insulă, fie altundeva în țară? Cable ar fi fost atât de iritat, încât le-ar fi răspândit după aceea pe tot globul – asta dacă nu o făcuse deja.

Elaine a stabilit planul la scurt timp după ce Rick adusese vorba despre asta. Erau presați, dar încă aveau suficient timp la dispoziție, iar fata lor făcuse o treabă magnifică. În mai puțin de patru săptămâni, reușise să îl seducă pe Cable și să pătrundă în cercul prietenilor lui apropiați. Îi câștigase încrederea și le pusese la dispoziție patruzeci de minute valoroase de filmare și sute de fotografii rezultate din asta. Se apropiau – ori cel puțin așa socoteau. Era necesar să mai aibă răbdare și să aștepte să vadă ce avea să se întâmple în continuare.

Dar trebuia găsit răspuns la o întrebare importantă. Analizaseră de ce un negustor de cărți dintr-un orășel, având magazinul într-o clădire veche, era atât de fanatic în privința măsurilor de securitate. Și cum el era principalul lor suspect, tot ce făcea era văzut cu o suspiciune crescândă. Mica fortăreață din subsol era folosită pentru protejarea bunurilor dobândite pe căi ilegale, corect? Nu neapărat. Acum știau că acolo se aflau o sumedenie de cărți valoroase. După prânz, Mercer anunțase că, pe lângă cele patru exemplare din *De veghe în lanul de secară* și *O cameră separată*, mai existau aproximativ cincizeci de cărți în casete de protecţie aliniate pe rafturile seifului. Bolta în sine conţinea câteva sute de cărţi.

Elaine lucra în domeniu de peste douăzeci de ani, dar era uimită de inventarul lui Cable. Tratase cu anticariate de prestigiu care deţineau cărţi rare şi pe care le cunoştea bine. Acestea cumpărau şi vindeau cărţi, folosind cataloage şi website-uri, apelând şi la alte mijloace de marketing pentru a-şi spori vânzările. Colecţiile lor erau vaste şi bine reprezentate prin reclame. Ea şi oamenii din echipa ei se întrebaseră deseori dacă un actor minor pe această scenă precum era Cable putea strânge un milion de dolari pentru a cumpăra manuscrisele Fitzgerald. Însă acum găsise un răspuns la această întrebare: Bruce Cable avea mijloacele necesare.

CAPITOLUL ȘAPTE

FATA DE UN WEEKEND

1

Invitaţia la cină era seacă. Asta pentru că era invitat şi Andy Adam, iar Bruce insista ca în seara aceea să nu se bea alcool. Dar şi pentru că scriitoarea aflată în turneu, o anume Sally Aranca, renunţase la băutură în urmă cu câţiva ani şi prefera să nu se afle în compania unor oameni care beau.

Bruce îi spusese lui Mercer la telefon că Andy era pe punctul de a pleca din nou la o cură de dezalcoolizare şi încerca cu disperare să rămână treaz până ajungea la izolare. Mercer era încântată să dea o mână de ajutor, aşa că a acceptat cu plăcere regulile.

La sesiunea de autografe, doamna Aranca şi-a fermecat publicul – format din aproape cincizeci de persoane – vorbind despre activitatea ei şi citind o scurtă scenă din ultimul roman. Se făcuse cunoscută în genul poliţist printr-o serie având ca personaj principal o femeie-detectiv particular din San Francisco, unde locuia. Mercer frunzărise cartea în cursul după-amiezii şi, când a urmărit-o vorbind, şi-a dat seama că protagonista semăna foarte mult cu Sally: puţin peste treizeci de ani, alcoolică în reabilitare, divorţată fără copii, spirituală, inteligentă și, desigur, foarte atrăgătoare. Publica în fiecare an și călătorea intens, oprindu-se întotdeauna la Bay Books; și, de obicei, când Noelle nu era în oraș.

După autografe, cei patru au mers la un restaurant cu specific franțuzesc din apropiere, Le Rocher, care se bucura de o bună reputație. Bruce a comandat imediat două sticle de apă minerală și i-a înapoiat chelneriței lista de vinuri. Din când în când, Andy arunca priviri spre alte mese, lăsând impresia că dorea cu disperare să înșface un pahar de vin; însă a adăugat o felie de lămâie în paharul lui cu apă și s-a potolit.

Se târguia cu editorul lui în legătură cu ultimul contract, care prevedea un avans mai mic decât la precedentul. Având un excelent simț al umorului și al autocriticii, le-a povestit cum trecuse de la un editor la altul până când toate editurile din New York se săturaseră de el. Le epuizase până la ultima. Sally le-a povestit despre frustrările sale de început, până ajunsese să fie publicată. Primul ei roman fusese respins de cel puțin zece agenți și de nenumărate edituri, dar continuase să scrie. Și să bea. Prima ei căsătorie se destrămase când își prinsese soțul înșelând-o, iar viața ei fusese un calvar. Îi fuseseră respinse și următoarele două romane. Din fericire, câteva prietene interveniseră în viața ei și astfel găsise voința de a renunța la băutură. Pentru cel de-al patrulea roman, alesese genul polițist; își crease personajul și, brusc, agenții începuseră să o caute. Erau prevăzute și drepturi opționale pentru ecranizare și se apucase serios de scris. Acum, după ce publicase opt cărți, seria era consacrată și câștiga în popularitate.

Cu toate că și-a spus povestea fără nicio urmă de îngâmfare, Mercer a simțit o undă de invidie. Sally scria tot timpul. Trecuse vremea slujbelor prost plătite și a împrumuturilor de la părinţi; scria şi publica o carte pe an. Totul părea foarte uşor. Iar Mercer putea recunoaşte în sinea ei că fiecare scriitor pe care îl cunoscuse manifesta o înclinaţie răutăcioasă spre invidie; asta era natura celor din branşă.

La aperitive, discuţia a deviat brusc spre băutură şi Andy a recunoscut că avea probleme. Sally şi-a exprimat compasiunea, dar s-a arătat severă şi i-a dat câteva sfaturi. Ea renunţase la băutură în urmă cu şapte ani, iar această schimbare îi salvase viaţa. Exemplul ei era inspirator şi Andy i-a mulţumit pentru sinceritate. Din când în când, Mercer avea sentimentul că participă la o întrunire a Alcoolicilor Anonimi.

Era evident că Bruce ţinea mult la doamna Aranca şi, pe măsură ce masa se prelungea, Mercer realiza că ea se bucura de mai puţină atenţie. „Nu fi ridicolă, şi-a spus ea, doar se cunosc de ani întregi." Dar de îndată ce a înţeles asta, nu a mai putut scăpa de această senzaţie şi totul a devenit mai vădit, cel puţin pentru ea. Bruce o atingea afectuos pe Sally pe umăr, iar mâna lui zăbovea acolo.

Au sărit peste desert, apoi Bruce a plătit. În timp ce mergeau pe Main Street, el a pretins că trebuie să treacă pe la magazin ca să stea de vorbă cu paznicul, iar Sally a plecat cu el. Și-au urat noapte bună, iar Sally i-a promis lui Mercer că îi va trimite un e-mail şi că va păstra legătura cu ea. Când Mercer era pe punctul să se îndepărteze, Andy i-a spus:

– Hei, ai timp să bem ceva?

Ea s-a oprit şi s-a întors cu faţa la el.

– Nu, Andy, nu e o idee bună. Mai ales după o asemenea cină.

– Cafea, nu alcool.

Trecuse de ora nouă şi Mercer nu prea avea ce face acasă. Poate că, dacă avea să bea o cafea cu Andy, avea să îl ajute. Au traversat strada şi au intrat într-o cafenea pustie. Barmanul le-a spus că urmează să închidă peste jumătate de oră. Au comandat două ceşti de cafea fără cafeină şi s-au aşezat la o masă de afară. Magazinul se afla vizavi. După câteva minute Bruce şi Sally au ieşit şi au dispărut pe stradă, luând-o în direcţia Casei Marchbanks.

– Va sta la el în noaptea asta, a spus Andy. Mulţi scriitori fac la fel.

Mercer s-a gândit puţin, apoi l-a întrebat:

– Noelle intră în planurile lor?

– Nicidecum. Bruce are preferatele lui. Iar Noelle are preferaţii ei. În partea de sus a turnului există o cameră rotundă, cunoscută drept „camera scriitorilor". E destul de multă acţiune acolo.

– Nu cred că înţeleg, a spus Mercer, deşi pricepea perfect.

– Au o căsătorie deschisă, Mercer, iar aventurile sunt acceptate, chiar încurajate. Presupun că se iubesc. Dar nu au reguli stricte.

– Mi se pare foarte bizar.

– Nu şi lor. Ei par fericiţi.

În cele din urmă, bârfele povestite de Elaine se verificau.

– Un motiv pentru care Noelle petrece atât de mult timp în Franţa este că are acolo un prieten vechi. Cred că şi el e căsătorit, a spus Andy.

– Păi... de ce nu? Sigur că da.

– Tu n-ai fost căsătorită, nu?

– Corect.

– Eu am încercat de două ori şi sigur nu recomand asta nimănui. Ai pe cineva?

– Nu. Ultimul meu prieten m-a părăsit acum un an.

– Ai cunoscut aici pe cineva interesant?

– Bineînţeles. Pe tine, pe Bruce, pe Noelle, pe Myra, pe Leigh, pe Bob Cobb... Sunt mulţi oameni interesanţi aici.

– Ai vrea să te apropii de vreunul?

Andy era cu cel puţin cincisprezece ani mai în vârstă decât ea, un băutor înrăit, scandalagiu în baruri – având cicatrice care dovedeau asta –, o adevărată brută care nu prezenta nimic interesant pentru ea.

– Andy, încerci să mă agăţi?

– Nu. Mă gândeam doar să luăm cina cândva.

– Nu pleci curând în lagărul băutorilor, după cum zicea Myra, nu?

– Peste trei zile și mă chinui ca dracu' să rămân treaz până atunci. Și nu mi-e ușor. De fapt, beau cafeaua asta călduţă fără cafeină și încerc să mă prefac că e o votcă dublă cu gheaţă. Și îmi omor vremea pentru că nu vreau să mă întorc acasă, chiar dacă acolo n-am nicio picătură de băutură. În drum spre casă o să trec pe lângă două magazine de băuturi, încă deschise, și va trebui să lupt cu mine ca să nu opresc mașina și să intru în vreunul.

Vocea lui s-a stins încet.

– Îmi pare rău, Andy.

– Să nu-ţi pară! Doar să nu ajungi în starea mea. E groaznic.

– Aș vrea să te ajut.

– Poţi face asta. Roagă-te pentru mine, da? Nu-mi place că sunt atât de slab.

Ca și cum ar fi vrut să evite atât cafeaua, cât și discuţia, Andy s-a ridicat brusc și a plecat. Mercer a încercat să spună ceva, dar nu și-a găsit cuvintele. L-a urmărit cu privirea până când a dispărut după un colţ, apoi a dus ceștile la bar. Străzile erau tăcute; doar cafeneaua, magazinul de carte și cel de dulciuri mai erau deschise. Parcase mașina pe

Third Street, dar, dintr-un anumit motiv, a trecut pe lângă ea, a traversat intersecţia şi a mers până în apropiere de Casa Marchbanks. În turn, în camera scriitorilor, era o lumină aprinsă. A rărit paşii şi, ca un făcut, lumina s-a stins.

A recunoscut că era curioasă – dar oare nu simţea şi o undă de gelozie?

2

După cinci săptămâni în căsuţa Tessei, sosise vremea să plece pentru câteva zile. Connie, soţul ei şi cele două fete adolescente ale lor erau pe drum, pentru a-şi petrece vacanţa anuală pe plajă. Politicoasă, ba chiar îndatoritoare, Connie o invitase să rămână, dar lucrul acesta nu era posibil. Ştia că fetele aveau să folosească telefoanele toată ziua, iar soţul să vorbească doar despre magazinele lui de iaurt congelat. Deşi era modest în legătură cu succesul lui în afaceri, muncea nonstop. Mercer ştia că avea să se trezească la cinci în fiecare dimineaţă, să bea cafele în timp ce transmitea e-mailuri, să verifice livrări şi tot aşa; probabil că nici măcar nu avea să apuce să îşi înmoaie picioarele în ocean. Connie spusese în glumă că el nu rezistase niciodată acolo două săptămâni încheiate. Mereu intervenea câte o situaţie de criză, iar el dădea fuga la Nashville ca să-şi salveze compania.

De scris nici nu putea fi vorba, deşi, în ritmul în care lucra, n-avea să rămână în urmă cu romanul.

Connie era cu nouă ani mai mare decât Mercer, dar cele două surori nu fuseseră niciodată prea apropiate. Cum mama lor era internată, iar tatăl interesat doar de sine, fetele crescuseră, practic, singure. La vârsta de optsprezece ani, Connie plecase la colegiul SMU și nu se mai întorsese acasă. Își petrecuse o vară la casa de pe plajă cu Tessa și Mercer, dar în acea perioadă era înnebunită după băieți și o plictiseau plimbările pe plajă, supravegherea țestoaselor și lecturile interminabile. Plecase când Tessa o prinsese fumând marijuana.

Acum, surorile își trimiteau câte un e-mail pe săptămână; discutau la telefon o dată pe lună, păstrând o relație amicală și optimistă. Mercer o vizita ocazional dacă se afla aproape de Nashville, deseori la o altă adresă. Se mutau frecvent și întotdeauna în case mai mari, din cartiere mai elegante. Urmăreau îndeplinirea unui vis confuz și Mercer se întreba deseori cum aveau să arate când urmau să îl realizeze. Cu cât câștigau mai mulți bani, cu atât cheltuiau mai mult, iar ea, care trăia în sărăcie, se minuna de comportamentul lor consumist.

Exista o poveste nespusă, care nu fusese discutată niciodată, în primul rând pentru a nu da naștere unor resentimente. Connie avusese norocul de a beneficia de patru ani de educație la un colegiu privat fără să contracteze niciun împrumut. Asta i se datorase tatălui lor, Herbert, și afacerii cu automobile Ford. Cu toate astea, la data la care Mercer se înscrisese la Sewanee, bătrânul își pierduse și cămașa de pe el, contemplând falimentul. Ani la rând, Mercer îi purtase pică lui Connie pentru norocul pe care îl avusese, mai ales că nu îi oferise niciun ban pentru a o sprijini. Acum, după ce datoriile din studenție dispăruseră în mod miraculos, Mercer era hotărâtă să treacă peste toate acele resentimente. Asta putea deveni însă o altă provocare, având în vedere că locuințele lui Connie deveneau tot mai mari în fiecare an, în vreme ce Mercer nu știa nici unde avea să doarmă peste câteva luni.

Adevărul era că nu voia să își petreacă timpul cu sora ei. Trăiau în lumi diferite, care le îndepărtau permanent. Îi mulțumise pentru invitația de a rămâne cu familia ei, dar amândouă răsuflaseră ușurate când Mercer refuzase. Motivase că intenționa să plece câteva zile de pe insulă, pentru a lua o pauză, și că era posibil să meargă la o prietenă. Elaine îi închiriase un mic apartament într-o pensiune de pe plajă, aflată la trei kilometri spre nord de casă, pentru că Mercer nu plănuise să plece nicăieri. Următoarea mișcare avea să îi aparțină lui Cable și nu își putea permite să fie departe de insulă.

Vineri, în weekendul dinaintea sărbătorii de 4 Iulie, a făcut ordine în casă și și-a îndesat hainele, obiectele de toaletă și câteva cărți în două genți din pânză. În timp ce trecea din cameră în cameră ca să stingă luminile, se gândea la Tessa și la drumul parcurs de ea în ultimele cinci săptămâni. Stătuse departe de locul acela vreme de unsprezece ani și revenise cu mari emoții, dar reușise în scurt timp să uite de moartea cumplită a bunicii și să retrăiască amintirile la care ținea. Acum pleca dintr-un motiv întemeiat, dar urma să se întoarcă după două săptămâni și casa avea să fie doar a ei. Însă nimeni nu putea ști sigur pentru cât timp – asta depindea de domnul Cable.

După cinci minute cu mașina pe Fernando Street, Mercer a ajuns la hanul Farul. În mijlocul curții exista o imitație de far maritim, pe care și-l amintea bine din copilărie. Hanul era o clădire construită în stil Cape Cod[1], având douăzeci de camere de închiriat și oferind un dejun la care se putea mânca pe săturate. Oamenii aflați în minivacanța

[1] Casă scundă, lungă și fără etaj, construită simplu și solid, pentru a rezista furtunilor și vânturilor puternice (n.tr.)

de weekend inundau deja insula. Un anunţ îi prevenea că nu mai existau camere libere.

Având un loc al ei şi ceva bani în buzunar, Mercer spera ca, după instalarea acolo, să şi reuşească să scrie ceva.

3

Duminică dimineaţa târziu, când Main Street era animată de participanţii la piaţa săptămânală a fermierilor, iar grupurile de vilegiaturişti aglomerau trotuarele căutând ciocolată caldă, îngheţată şi probabil vreo masă liberă pentru a mânca de prânz, Denny a intrat în Bay Books pentru a treia oară în decurs de o săptămână, ducându-se să arunce o privire în sectorul cărţilor poliţiste. Cu şlapi, o şapcă de camuflaj, un şort tip cargo şi un tricou rupt, trecea cu uşurinţă drept un vizitator prost îmbrăcat, care nu atrăgea atenţia nimănui. El şi Rooker se aflau în oraş de o săptămână, vizitând locurile de interes turistic şi urmărindu-l pe Cable, o mică supraveghere care nu reprezentase vreo mare provocare. Când nu era în magazinul lui, negustorul de cărţi se afla fie undeva în oraş, ca să ia prânzul sau să rezolve diverse treburi, fie în frumoasa lui casă, de obicei singur. Erau însă prevăzători, întrucât Cable adora măsurile de securitate. Magazinul şi casa lui erau doldora de camere şi de senzori şi orice mişcare greşită putea însemna un dezastru.

Aşteptau şi vegheau, încercând să rămână răbdători, deşi răbdarea lor cam ajunsese la capăt. Smulgerea de informaţii prin tortură de la Joel Ribikoff şi ameninţarea lui Oscar Stein la Boston fuseseră floare la ureche în comparaţie cu ce se confruntau acum. Probabil că violenţa care dăduse roade până atunci nu avea să funcţioneze şi de data asta. Atunci avuseseră nevoie doar de două nume. Acum, voiau marfa. Un atac asupra lui Cable, a soției lui sau a cuiva la care ținea putea declanșa o reacție care să ruineze totul.

4

Marți, 5 iulie. Mulțimile plecaseră, iar plajele erau din nou pustii. Insula părea să se trezească încet sub soarele torid, încercând să scape de mahmureala unui weekend prelungit. Mercer stătea pe o canapea îngustă și citea o carte numită *Soția din Paris,* când un bip al laptopului a anunțat-o că primise un e-mail. Era de la Bruce, care scria: „Treci pe la magazin când mai ajungi prin centru".

Ea i-a răspuns: „Bine. Se întâmplă ceva?"

„Întotdeauna. Am ceva pentru tine. Un mic dar."

„Mă plictisesc. Vin acolo peste vreo oră."

Când Mercer a intrat, magazinul era gol. Vânzătoarea de la tejgheaua principală a salutat-o cu o mișcare din cap, prea somnoroasă ca să vorbească. Mercer s-a dus la etaj și a comandat un latte, apoi a găsit un ziar și a început să citească. După câteva minute, a auzit sunetul unor pași care urcau scara și a înțeles că era Bruce. În dimineața aceea purta un costum din bumbac cu dungi galbene și un papion verde cu albastru. Spilcuit ca întotdeauna. Și-a luat o cafea și au ieșit amândoi pe balconul care se afla deasupra trotuarului de pe Third Street. Acolo nu era nimeni. S-au așezat la o masă aflată la umbră, sub un ventilator de tavan, și au sorbit din cafele. Bruce i-a întins darul. Era o carte învelită în hârtia albă cu albastru a librăriei. Mercer a rupt ambalajul și s-a uitat la carte: *Clubul norocoaselor,* de Amy Tan[1].

[1] Roman publicat de editura Polirom în 2004 (n.tr.)

– E o primă ediţie cu autograf, a spus Bruce. Ai zis că e una dintre scriitoarele contemporane preferate de tine, aşa că am căutat-o.

Mercer rămăsese fără grai. Nu avea habar cât valora cartea aceea şi nu ţinea să întrebe, dar era o primă ediţie preţioasă.

– Bruce, nu ştiu ce să zic...

– „Mulţumesc“ e întotdeauna de ajuns.

– Mi se pare nepotrivit. Pur şi simplu, nu pot accepta.

– Prea târziu. Am cumpărat-o deja şi ţi-am pus-o în mână. Consider-o un dar de bun venit pe insulă.

– Atunci, mulţumesc!

– Cu mare plăcere! Prima ediţie a avut un tiraj de treizeci de mii de exemplare, aşa că nu este chiar atât de rară. Până la urmă s-a vândut într-un milion de exemplare cartonate.

– A fost aici, la magazin?

– Nu, nu face multe turnee.

– Mi se pare incredibil, Bruce. Nu trebuia.

– Dar am făcut-o, iar acum îţi inaugurezi colecţia.

Mercer a râs, apoi a aşezat cartea pe masă.

– Nu visam să colecţionez prime ediţii. Sunt cam scumpe pentru mine.

– Ei, nici eu nu visam să fiu colecţionar. Dar s-a întâmplat asta. A aruncat apoi o privire la ceas şi a întrebat-o: Eşti grăbită?

– Sunt scriitoare cu termene clare.

– Bine. N-am mai spus povestea asta de mulţi ani, dar uite cum a început colecţia mea.

A luat o sorbitură, s-a rezemat de spătarul scaunului, şi-a încrucişat picioarele şi i-a povestit cum a descoperit cărţile rare ale tatălui său, luând câteva pentru sine.

5

Cafeaua a devenit un pretext pentru masa de prânz, astfel că s-au îndreptat pe jos spre restaurantul din port, așezându-se înăuntru, unde aerul era mult mai răcoros. Ca de obicei la prânzurile de afaceri, Bruce a comandat o sticlă de vin – acum era un Chablis. Mercer s-a declarat de acord, apoi a comandat fiecare câte o salată. El i-a povestit despre Noelle, spunându-i că îi telefona în fiecare zi și că vânătoarea ei de antichități mergea bine.

Mercer s-a gândit să îl întrebe cum mergea aventura cu prietenul ei francez. Încă o dată, i se părea greu de crezut că cei doi puteau fi atât de deschiși în legătură cu aventurile lor. Probabil că acest lucru nu era neobișnuit în Franța, dar Mercer nu cunoscuse nicio pereche care să fie atât de dispusă să împartă plăcerile. Desigur, cunoștea oameni care își înșelaseră partenerul, dar când erau prinși asupra faptului, nu exista decât acceptarea. Pe de o parte, aproape că admira capacitatea cuiva de a se iubi îndeajuns încât să îi permită celuilalt să se distreze după cum voia; pe de altă parte însă, decența ei de persoană născută în sud amenda sever această vulgaritate.

– Am o întrebare, a spus ea, schimbând subiectul. În cartea Taliei, mai precis în povestea dintre Zelda Fitzgerald și Hemingway, cum a început totul? Cum suna scena de început?

Bruce a zâmbit larg, apoi s-a șters la gură cu șervetul.

– Ei, în sfârșit, ăsta-i un progres. Vorbești serios când spui că vrei să scrii povestea?

– Tot ce se poate. Am citit două cărți despre familia Fitzgerald și despre Hemingway pe când se aflau la Paris și am mai comandat câteva.

– Ai comandat?

– Da, de pe Amazon. Îmi pare rău. Sunt mult mai ieftine, înţelegi?

– Aşa am auzit. Comandă-le la mine şi-ţi fac o reducere de 30%.

– Dar îmi place să citesc şi e-books.

– Of, tânăra generaţie! a zâmbit el, apoi a luat o gură de vin şi a adăugat: Dă-mi voie să mă gândesc. A trecut mult timp... doisprezece, poate treisprezece ani. Iar Talia a rescris cartea de atâtea ori, încât uneori eram derutat.

– Din câte am citit până acum, Zelda l-a detestat pe Hemingway, mai ales că el era un bătăuş şi o brută şi exercita o influenţă nefastă asupra soţului ei.

– Probabil că e adevărat. Mi se pare că exista o scenă în romanul Taliei în care cei trei se aflau în sudul Franţei. Dintr-un motiv sau altul, Hadley, soţia lui Hemingway, era în Statele Unite, iar Ernest şi Scott beau serios în fiecare zi. În viaţa reală, Hemingway s-a plâns în câteva rânduri că Scott nu era în stare să reziste la băutură. După jumătate de sticlă de vin, ajungea sub masă. Hemingway era un sac fără fund şi putea bea mai mult decât oricine. Scott era un alcoolic înrăit de la douăzeci de ani şi nu s-a lăsat niciodată. Dimineaţa, la amiază şi seara, el era întotdeauna gata să bea ceva. Zelda şi Hemingway flirtau şi, în cele din urmă, au găsit o şansă după un prânz, când Scott dormea dus într-un hamac. Au făcut dragoste într-o cameră de oaspeţi, la nici zece metri de Scott, în timp ce el sforăia de zor. Ceva de genul ăsta... dar repet, e ficţiune, aşa că poţi scrie orice doreşti. Aventura s-a încins după ce Hemingway a ajuns să bea şi mai mult, iar Scott încerca să ţină pasul. Când i se stingeau luminile, amicul lui, Ernest, şi soţia lui se furişau în cel mai apropiat pat pentru o scurtă partidă de sex. Zelda era topită după Ernest. Iar el părea înnebunit după ea, dar o îndemna astfel din motive evidente. Devenise deja un curtezan în serie. Când s-au întors la Paris, iar Hadley a revenit din SUA, Zelda a vrut să continue distracţia, dar Ernest se săturase de ea. De mai multe ori a afirmat că era nebună. De aceea s-a purtat urât cu ea şi a părăsit-o, iar după aceea Zelda l-a urât. Aşa că, pe scurt, ăsta e romanul, draga mea.

– Şi crezi că se va vinde?

Bruce a râs şi a spus:

– Vai de mine, în ultima vreme ai devenit mercenară. Ai venit aici cu ambiţii literare, iar acum vrei să intri în lumea bună a literaturii.

– Bruce, nu vreau să mă întorc în sala de curs, iar în prezent sunt departe de a fi curtată de o mulţime de colegii. Nu am nimic, nimic, în afara celor zece mii de dolari de la tine, graţie degetelor lipicioase ale bunicii Tessa. Trebuie să vând câteva cărţi ori să mă las de scris.

– Da, se va vinde. Ai adus vorba de *Soţia din Paris*, o poveste bună despre Hadley şi Hemingway de pe vremea aceea, care s-a vândut foarte bine. Mercer, eşti o scriitoare bună, poţi reuşi.

Ea a zâmbit şi a luat o gură de vin, după care a spus:

– Mulţumesc. Am nevoie de încurajare.

– Aşa suntem toţi, nu?

Au mâncat în tăcere preţ de câteva momente, apoi Bruce a ridicat paharul şi s-a uitat la vin.

– Îţi place acest Chablis?

– E delicios.

– Ador vinul, poate prea mult. Însă la prânz e un obicei prost. Mă face să fiu mai lent după-amiaza.

– De aceea s-a inventat siesta, a spus ea ca să îl ajute, făcându-l să continue.

– Adevărat. Am un mic apartament la etaj, un fel de bar pentru cafea, și e perfect pentru un pui de somn după prânz.

– Asta e o invitație, Bruce?

– Ar putea fi.

– Asta e cea mai bună replică a ta: „Hei, fato, hai să tragem un pui de somn"?

– Mi-a fost de folos uneori.

– Ei, acum nu merge, a răspuns Mercer. S-a uitat în jur, apoi și-a șters colțurile gurii cu șervetul. Nu mă culc cu bărbați căsătoriți, Bruce. Cum să zic... am făcut-o de două ori și în niciun caz nu a fost plăcut. Bărbații căsătoriți au poveri pe care nu sunt dispusă să le suport. Pe de altă parte, o cunosc pe Noelle și-mi place foarte mult.

– Te asigur că ei nu-i pasă.

– Mi se pare greu de crezut.

El zâmbea ca și când ea nu știa cum stăteau, de fapt, lucrurile, iar el era încântat să o lămurească. Uitându-se în jur pentru a se asigura că nu îl putea auzi nimeni, s-a aplecat spre ea și a coborât glasul:

– Noelle e în Franța, la Avignon. Când merge acolo, stă în apartamentul ei, pe care îl are de ani întregi. Pe aceeași stradă există un apartament mult mai mare, deținut de Jean-Luc, prietenul ei. El e căsătorit cu o femeie mai în vârstă, care e plină de bani. Jean-Luc și Noelle sunt apropiați de cel puțin zece ani. În realitate, ea l-a cunoscut înainte de a mă întâlni pe mine. Iau masa împreună, ies în oraș și chiar călătoresc împreună când soția lui în vârstă este de acord.

– Așadar, soția lui aprobă asta?

– Desigur. Sunt francezi. Totul e fără cuvinte, discret și foarte civilizat.

– Și nu te deranjează? Mi se pare foarte ciudat.

– Nu, nu mă deranjează deloc. Așa stau lucrurile. Vezi tu, Mercer, am știut cu mulți ani în urmă că nu sunt făcut pentru monogamie. Nu cred că există vreo persoană făcută pentru asta, dar n-am intenţia să comentez aşa ceva. Până să ajung la colegiu, mi-am dat seama că există o sumedenie de femei frumoase şi că nu poţi fi fericit doar cu una. Am încercat să stabilesc o relaţie, am avut cinci sau şase prietene, dar lucrurile nu au mers, pentru că nu pot rezista în faţa unei femei frumoase, indiferent de vârsta ei. Din fericire, am cunoscut-o pe Noelle, care gândeşte la fel despre bărbaţi. De căsătoria ei s-a ales praful cu mulţi ani în urmă pentru că avea un prieten şi se culca cu doctorul ei.

– Şi-atunci aţi încheiat o înţelegere?

– N-am dat mâna, dar, la data la care am hotărât să ne căsătorim, ştiam regulile. Uşa stă larg deschisă, cu condiţia să păstrăm discreţia.

Mercer a clătinat din cap şi s-a uitat în altă parte.

– Regret, dar n-am mai cunoscut nicio pereche care să aibă o asemenea înţelegere.

– Nu-s convins că e chiar atât de neobişnuit.

– Vai, te asigur că e foarte neobişnuit. Tu consideri că e firesc pentru că o faci. Ascultă, l-am prins pe prietenul meu înşelându-mă şi mi-a trebuit un an ca să trec peste asta. Încă îl urăsc.

– Îmi susţin cauza. Iei lucrurile prea în serios. Ce înseamnă o mică aventură din când în când?

– O aventură? Soţia ta se culcă cu prietenul ei francez de cel puţin zece ani. Numeşti asta o aventură?

– Nu, e mai mult de atât, dar Noelle nu-l iubeşte. Aici e vorba de camaraderie.

– Nu mai spune! Deci, noaptea trecută, când Sally Arcana a rămas în oraş, a fost vorba doar de o aventură sau de camaraderie?

– Nici una, nici alta. Cui îi pasă? Sally vine aici o dată pe an şi ne distrăm puţin. Numeşte asta cum doreşti.

– Dar dacă Noelle ar fi fost aici?

– Ascultă, Mercer, nu se sinchisește. Dacă i-ai telefona acum și i-ai spune că luăm masa de prânz împreună și că vorbim despre un pui de somn după, apoi ai întreba-o ce părere are, te asigur că ar râde și ar spune: „Hei, sunt plecată de două săptămâni, de ce v-a luat atâta timp?“ Vrei s-o sunăm?

– Nu.

– Ești prea crispată, a spus Bruce râzând.

Mercer nu se gândise niciodată că ar fi crispată; de fapt, se socotea destul de deschisă și dornică să accepte aproape orice. Însă în acel moment se simțea ca o puritană și se detesta pentru asta.

– Nu, nu sunt.

– Atunci, hai să trecem la fapte!

– Îmi pare rău, dar nu pot accepta chiar atât de ușor.

– Cum crezi. Ți-am oferit doar un pui de somn, nimic mai mult.

Au chicotit amândoi, dar încordarea dintre ei părea palpabilă. Și știau că discuția nu se încheiase aici.

6

Era întuneric când s-au întâlnit la capătul dinspre plajă al aleii podite cu lemn. Mareea era joasă, iar pe plaja largă nu se afla nimeni. Strălucirea lunii pline lumina oceanul. Au mers desculțe spre marginea apei, plimbându-se apoi ca două prietene care purtau o discuție oarecare.

Conform instrucțiunilor, Mercer îi trimisese cu sfințenie e-mailuri lui Elaine în fiecare seară, precizând până și detalii legate de lecturi și de ceea ce încerca să scrie. Elaine știa aproape totul, deși Mercer nu menționase nimic despre eforturile lui Cable de a se culca cu ea. Poate că avea s-o facă mai târziu, în funcţie de ceea ce se putea întâmpla.

– Când ai sosit pe insulă? a întrebat-o Mercer.

– În după-amiaza asta. Mi-am petrecut ultimele două zile la birou cu echipa şi cu toţi experţii noştri – tehnicieni, specialişti în operaţiuni, până şi şeful meu, patronul companiei.

– Ai un şef?

– A, desigur. Eu conduc proiectul, dar şeful meu ia hotărârile finale, atunci când ajungem acolo.

– Unde?

– Deocamdată nu ştim sigur. Asta e săptămâna a şasea şi, sinceră să fiu, încă nu ştim ce va urma. Ai fost magnifică, Mercer, iar progresele înregistrate de tine în primele cinci săptămâni au fost mai mult decât uimitoare. Suntem foarte încântaţi. Însă acum, după ce am obţinut fotografii şi imagini video, când te-ai insinuat serios în cercul lui Cable, analizăm ce să facem în continuare. Nivelul nostru de încredere este foarte mare, dar mai avem de făcut câţiva paşi.

– O să ajungem şi acolo.

– Îmi place încrederea ta.

– Mulţumesc, a spus Mercer pe un ton plictisit, deja sătulă de laude. Am o întrebare. Nu sunt convinsă că e înţelept să preiau subiectul acestui roman despre Zelda şi Hemingway. Mi se pare prea comod dacă Bruce Cable posedă manuscrisele Fitzgerald. Suntem pe pista cea bună?

– Dar romanul a fost ideea lui.

– Ar putea fi o capcană, un mod de a mă pune la încercare.

– Ai vreun motiv să crezi că te-ar bănui de ceva?

– Nu tocmai. Am petrecut suficient timp cu Bruce şi cred că am ajuns să îl ghicesc. E foarte inteligent, alert şi fermecător şi, pe de o parte, e un tip cinstit, cu care e uşor să stai de vorbă. S-ar putea să fie înșelător în legătură cu unele dintre afacerile lui, dar nu și când e vorba de prietenii lui. Poate fi brutal de onest și nu suportă proștii, dar are în el o bunătate care e autentică. Îmi place, Elaine, dar și el pe mine – și vrea să ne apropiem mai mult. Dacă ar fi bănuitor, cred că mi-aș da seama.

– Plănuiești să te apropii mai mult de el?

– Vom vedea.

– Dar minte în legătură cu căsătoria lui.

– Adevărat. Se referă la Noelle ca la soţia lui. Presupun că ai dreptate când spui că nu sunt căsătoriţi cu adevărat.

– Ţi-am spus tot ce știm. Nu există evidenţe nici în Franţa, nici aici cu privire la cererea sau obţinerea unui certificat de căsătorie S-ar putea să se fi căsătorit în altă ţară, dar nu așa susţin ei.

– Nu știu cât de apropiaţi vom deveni și nu cred că asta se poate planifica. Ideea este că eu cred că-l cunosc suficient de bine ca să depistez orice urmă de scepticism.

– Atunci, mergi înainte cu romanul sugerat de el. Asta îţi va oferi prilejul de a discuta despre Fitzgerald. Ar fi o idee bună să scrii primul capitol și să i-l dai spre lectură. Poţi face asta?

– A, bineînţeles. Totul e ficţiune. În prezent, nimic din viaţa mea nu mai este real.

7

Următorul efort al lui Bruce, la fel de nonșalant ca și precedentul, a dat roade. A sunat-o pe Mercer joi după-amiază și i-a spus că Mort Gasper, legendarul editor de la Ripley Press, se afla în oraș, în trecere cu ultima lui soţie. Gasper venea pe insulă aproape în fiecare vară și stătea la Bruce și Noelle. Era vorba doar de o mică cină, doar ei patru, vineri, la o oră târzie, o modalitate plăcută de a sfârși săptămâna.

După câteva zile în care mâncase cu precădere ceea ce se oferea la dejunul pensiunii, Mercer devenise claustrofobă și chiar dorea o evadare. Era disperată să revină la casa de pe plajă și număra zilele până când Connie și trupa ei urmau să plece acasă. Pentru a nu mai scrie, Mercer se plimba pe plajă tot timpul, având grijă să stea la kilometri distanță de casă și să fie atentă la oricine ar fi putut avea vreo legătură cu ea.

Îi prindea bine să îl cunoască pe Mort Gasper – asta ar fi putut să o ajute într-o bună zi în cariera ei pe ducă. În urmă cu treizeci de ani, el cumpărase editura Ripley pe o nimica toată și transformase mica afacere neprofitabilă într-una importantă, care rămăsese sfidător de independentă. Având un fler sclipitor în a descoperi talente, strânsese și promovase o mulțime de scriitori cunoscuți atât pentru aspirațiile lor literare diverse, cât și pentru capacitatea de a vinde cărți. Adept al obiceiurilor anacronice din epoca de aur a tiparului, Mort păstrase tradiții precum prânzurile de trei ore și petrecerile de lansare până la miez de noapte în apartamentul lui din Upper West Side. Era, fără niciun dubiu, cea mai contrastantă figură din lumea editurilor și nu dădea semne că s-ar fi schimbat, chiar dacă se apropia de șaptezeci de ani.

Vineri după-amiază, Mercer a petrecut două ore citind articole vechi de ziar despre Mort. Niciunul dintre ele nu era plictisitor, ba dimpotrivă. Un articol vechi de doi ani vorbea despre un avans de două milioane de dolari pe care Mort îl plătise unei stele necunoscute care avea un roman de debut, ce se vânduse în zece mii de exemplare. Nu avea regrete și numise asta „un târg". Un altul menționa ultima lui căsătorie cu o femeie cam de vârsta lui Mercer. O chema Phoebe și era redactor la Ripley.

Phoebe a întâmpinat-o în ușa Casei Marchbanks la ora opt seara, vineri, iar după ce a salutat-o călduros, a prevenit-o că „băieții" se apucaseră să bea deja. În timp ce a urmat-o prin bucătărie, Mercer a auzit zumzetul unui blender. Bruce pregătea daiquiri cu lămâie pe terasa din spate și purta doar un șort și un tricou de golf. A sărutat-o scurt pe ambii obraji și i-a prezentat-o lui Mort, care a salutat-o printr-o îmbrățișare feroce și cu un zâmbet molipsitor. Era desculț și purta o cămașă lungă până aproape de genunchi. Bruce i-a pus în mână un pahar cu daiquiri și a umplut din nou celelalte pahare, apoi s-au așezat cu toții pe scaunele din răchită din jurul unei mese mici, încărcată cu reviste și cărți.

Având în vedere conjunctura, era de așteptat ca Mort să conducă discuția, iar asta îi convenea lui Mercer. După a treia sorbitură, simțise o ușoară amețeală și se întrebase cât rom pusese Bruce în acel cocktail. Mort tuna și fulgera în legătură cu alegerile prezidențiale și cu starea îngrijorătoare a politicii americane, subiect care o lăsa rece pe Mercer, însă Bruce și Phoebe păreau animați și reușeau să îl facă pe Mort să vorbească în continuare.

– Vă deranjează dacă fumez? a întrebat el apoi fără să se adreseze cuiva anume, întinzând mâna după o cutie din piele aflată pe masă.

Și-au aprins amândoi câte un trabuc de culoare neagră și, curând, o ceață albăstruie a început să plutească deasupra lor. Bruce a luat carafa și a umplut din nou toate paharele. În timpul unei pauze neașteptate din monologul lui Mort, Phoebe a reușit să intervină:

– Deci, Mercer, Bruce spune că lucrezi la un roman.

Mercer știa că subiectul avea să fie abordat la un moment dat în cursul serii.

– Bruce e generos, a răspuns ea zâmbind. Acum mai mult visez decât scriu.

Mort a suflat în față un nor de fum, apoi a spus:

– *Ploaie de octombrie* a fost un debut bun. Foarte impresionant. Cine l-a publicat? Nu mai țin minte.

Zâmbind condescendent, Mercer a spus:

– Păi, Ripley l-a respins.

– Adevărat, o decizie prostească, dar așa-i în domeniul ăsta. Ghicești bine în privința unor cărți și greșești cu altele, iar asta face parte din viață.

– A fost publicat de Newcombe și am avut unele dispute.

El a pufnit dezaprobator și a spus:

– O adunătură de saltimbanci. N-ai plecat de acolo?

– Ba da. Contractul actual e cu Viking. Încă mai e valabil. Ultima oară când mi-a telefonat, editorul m-a informat că am întârziat trei ani.

Mort a izbucnit în râs, apoi a spus:

– Doar trei ani? Sunt norocoși. Săptămâna trecută m-am răstit la Doug Tannenbaum pentru că trebuia să predea un manuscris acum opt ani. Scriitorii ăștia!

– Vorbești despre munca ta? a intervenit apoi Phoebe.

Mercer a zâmbit și a clătinat din cap.

– Nu prea am despre ce să vorbesc.

– Ce agentă ai? a întrebat-o Mort.

– Gilda Savitch.

– Îmi place fata asta. Am luat prânzul cu ea luna trecută.

„Mă bucur că o agreezi“, a fost Mercer pe punctul să spună, ceea ce însemna că romul începuse să își facă efectul.

– N-a menționat numele meu, nu-i așa?

– Nu-mi amintesc. A fost un prânz lung, a spus el cu glas tunător, apoi a sorbit din pahar.

Phoebe s-a interesat apoi de Noelle, iar asta i-a ţinut ocupaţi vreme de câteva minute. Mercer a observat apoi că în bucătărie nu era nicio mişcare, nici vreun semn că se pregătea ceva de mâncare. Când Mort s-a scuzat şi s-a dus la baie, Bruce a revenit la blender pentru a mai prepara o carafă de daiquiri. Femeile au discutat despre vară, vacanţe şi alte lucruri de acest fel. Phoebe şi Mort urmau să plece a doua zi spre Keys, unde aveau să stea o lună. Activitatea editurilor era redusă în iulie şi complet paralizată în august, iar cum Mort era şeful, îşi puteau permite să părăsească oraşul timp de şase săptămâni.

De îndată ce Mort s-a întors, aşezându-se comod pe scaun cu băutura şi trabucul, s-a auzit soneria, iar Bruce a dispărut. A revenit apoi cu o cutie mare de mâncare livrată de un restaurant, pe care a aşezat-o pe masă.

– Cel mai bun tacos cu peşte de pe insulă. Biban de mare fript, prins în dimineaţa asta.

– Cum, ne serveşti tacos adus la pachet? a întrebat Mort neîncrezător. Nu-mi vine să cred! Eu te duc la cele mai bune restaurante din New York şi tu ne dai aşa ceva?

În timp ce protesta, aproape că s-a aruncat asupra cutiei.

– Ultima oară când am luat masa în oraş, m-ai dus la un restaurant de delicatese îngrozitor, aproape de biroul tău, iar plăcinta aceea cu carne de vită a fost atât de rea, încât am fost pe punctul să vărs. Şi tot eu am plătit.

– Bruce, tu vinzi cărţi, a spus Mort, muşcând aproape jumătate din taco. Scriitorii se aleg cu mese sofisticate. Mercer, data viitoare când vii la New York, o să mergem la un restaurant de trei stele.

– O invitaţie, a spus ea, ştiind că asta n-avea să se întâmple niciodată.

Având în vedere ritmul în care îşi golea paharul, cu siguranţă a doua zi dimineaţă n-avea să-şi mai amintească prea multe. Şi Bruce se dezlănţuise, bând mai agresiv decât văzuse ea până atunci. Renunţase la sorbituri rare de vin, la umplerea cu măsură a paharului, la comentariile despre vechimea în ani şi despre producător, dar şi la autocontrol. Acum, cu părul lăsat pe umeri şi desculţ, părea să spună: „La naiba, doar e vineri seara, sunt după o săptămână încărcată!"

Mercer sorbea din băutura cu gheaţă şi încerca să îşi aducă aminte câte pahare băuse. Cum Bruce îi umplea mereu paharul, îi era greu să ţină socoteala. Era ameţită şi simţea că ar fi trebuit să o lase mai moale. După ce a mâncat un taco, s-a uitat în jur, căutând o sticlă de apă sau nişte vin, dar pe terasă nu era nimic: doar o carafă proaspătă cu daiquiri, părând să-i aştepte.

Bruce le-a umplut din nou paharele şi a început să povestească despre daiquiri, băutura lui preferată pe timpul verii. În 1948, un scriitor american, A. E. Hotchner, s-a dus în Cuba ca să îl găsească pe Ernest Hemingway, care a locuit acolo spre sfârşitul anilor '40 şi începutul anilor '50. Cei doi s-au împrietenit, iar în 1966, la câţiva ani după moartea lui Hemingway, Hotchner a publicat o carte celebră, *Papa Hemingway.*

După cum era de aşteptat, Mort l-a întrerupt imediat.

– L-am cunoscut pe Hotchner, a spus el, cred că încă trăieşte. Trebuie să aibă în jur de o sută de ani.

– Să presupunem că i-ai cunoscut pe toţi, Mort, a răspuns Bruce.

În timpul primei vizite a lui Hotchner, cu intenţia de a-i lua un interviu lui Hemingway, acesta s-a arătat rezervat. Hotchner l-a sâcâit şi, în cele din urmă, s-au întâlnit într-un bar aflat nu departe de casa lui Hemingway. La telefon, acesta din urmă a spus că localul era renumit pentru daiquiri. Întrucât Hemingway a întârziat, Hotchner şi-a comandat un daiquiri în timp ce aştepta. Era delicios şi tare și, cum nu era băutor, a tras de el mult timp. A trecut o oră. Aerul din bar era încins și înăbușitor, de aceea a mai comandat un pahar. După ce a băut jumătate din el, și-a dat seama că vedea dublu. Într-un târziu, când a sosit, Hemingway a fost tratat ca o celebritate. Era evident că își petrecea mult timp acolo. Și-au strâns mâinile, iar Ernest a comandat daiquiri. Hotchner abia s-a atins de băutură, în vreme ce Ernest și-a golit imediat paharul. Apoi a mai golit unul. Cât sorbea din al treilea, a observat că noul lui tovarăș de băutură nu bea; punându-i la îndoială bărbăţia, i-a spus că dacă voia să stea de vorbă cu marele Ernest Hemingway, ar face bine să bea ca un bărbat adevărat. Hotchner și-a făcut curaj și a încercat, iar curând localul a început să se învârtă cu el. Mai târziu, când Hotchner a încercat să ridice capul, Ernest și-a pierdut interesul față de conversaţie și, cu un nou pahar de daiquiri, a început să joace domino cu localnicii. La un moment dat – Hotchner își pierduse orice simţ al timpului, Ernest s-a ridicat și a spus că sosise vremea cinei. Hotchner a trebuit să îl urmeze. În drum spre ieșire, a întrebat:

– Câte pahare am băut?

Barmanul s-a gândit o clipă și a spus în engleză:

– Tu patru, iar Papa șapte.

– Ai băut șapte pahare? a întrebat Hotchner, nevenindu-i să creadă.

La fel ca și localnicii, Ernest a râs.

– Șapte nu înseamnă nimic. Recordul de aici, deţinut de mine, e de șaisprezece. Și am plecat acasă pe picioarele mele.

Mercer începuse să se simtă de parcă ajunsese și ea la al șaisprezecelea.

– Țin minte că am citit *Papa* când lucram la serviciul de corespondenţă de la Random House, a spus Mort. Ghiftuit cu taco, şi-a reaprins trabucul. Bruce, ai cumva o primă ediţie din asta?

– Am două, una în stare foarte bună, cealaltă nu tocmai. Nu prea găseşti multe în ziua de azi.

– Ai mai făcut achiziţii interesante în ultima vreme, Bruce? l-a întrebat apoi Phoebe.

„Altele decât manuscrisele Fitzgerald, furate de la Princeton", s-a gândit Mercer, dar Bruce nu era îndeajuns de beat ca să îi scape asta.

Mercer îşi simţea pleoapele tot mai grele.

– Nu chiar, a răspuns Bruce. Recent, am găsit un exemplar din *Condamnatul*.

Ca să nu se lase mai prejos – şi probabil că în istoria editurilor din New York nu exista nimeni care să fi trăit atât de multe poveşti legate de băutură sau care să le fi aflat din surse mai sigure –, Mort s-a apucat să relateze despre o încăierare la beţie din apartamentul lui, când, la ora două dimineaţa, Norman Mailer nu mai găsise rom şi se apucase să arunce cu sticle goale în George Plimpton. Era atât de amuzantă, încât părea greu de crezut, dar Mort era un povestitor cu experienţă.

Apoi Mercer s-a surprins moţăind. Ultimul sunet pe care l-a mai auzit a fost acela al blenderului care vâjâia, semn că se pregătea o nouă carafă de daiquiri.

8

S-a trezit într-un pat străin şi, în primele secunde, s-a temut să se clintească, pentru că orice mişcare amplifica durerea pulsatorie din frunte. Ochii îi ardeau, aşa că i-a închis. Avea gura şi gâtlejul uscate. Un zgomot din stomac o amenința că lucrurile puteau să se înrăutățească. De acord, o mahmureală; mai avusese și supraviețuise. Ziua putea să i se pară lungă, dar ce naiba? Nimeni nu o obligase să bea atât de mult. Trezește-te, fato! Vechea zicală din colegiu era mai valabilă decât oricând: „Dacă vrei să te prostești, trebuie să fii rezistentă".

Stătea întinsă pe o saltea moale și groasă din puf, cu straturi de lenjerie fină în jurul ei. Mâna Noellei, fără îndoială. După ce se alesese cu atâția bani, Mercer investise în câteva seturi de lenjerie fină și, în acele momente, se simțea ușurată că purta așa ceva. Spera că Bruce fusese impresionat. A deschis din nou ochii și a clipit de câteva ori, reușind apoi să-și concentreze atenția asupra hainelor ei: șortul și bluza ei fuseseră aranjate frumos pe un scaun din apropiere, modul lui Bruce de a-i spune că nu fusese vorba de smulgerea lor în ideea de a ajunge mai repede în pat. Cu ochii închiși din nou, Mercer s-a adâncit și mai mult în așternuturi.

După sunetele tot mai estompate ale blenderului, nu-și mai amintea nimic. Cât dormise pe scaunul de pe terasă în timp ce restul își spuneau poveștile, clipind unul către altul și zâmbind spre ea? Reușise să meargă pe picioarele ei, probabil cu puțin sprijin, ori Bruce se văzuse silit să o care până în turnul de la etajul doi? Își pierduse cunoștința, în stilul celor din colegiu, ori se dusese la culcare și fusese condusă în pat?

Simțea deja ceva neplăcut în stomac. Oare le stricase mica petrecere de pe terasă cu o scenă de nedescris, de care nici Bruce, nici ceilalți n-aveau să aducă vorba? Gândul la un asemenea episod o făcea să îi fie și mai greață.

A aruncat apoi încă o privire spre șort și bluză: nu păreau să aibă pete sau urme de vărsături.

Apoi i-a venit în gând o idee consolatoare. Mort era cu patruzeci de ani mai vârstnic decât ea și făcuse o carieră din scandaluri şi beţii. Probabil că vărsase de multe ori şi trecuse prin mai multe stări de mahmureală decât toţi autorii lui laolaltă, aşa că nimic nu ar fi trebuit să-l şocheze. Mai degrabă s-ar fi simţit amuzat. Şi cui îi păsa de Phoebe? Mercer n-avea s-o mai revadă niciodată. Pe de altă parte, trăind alături de Mort, văzuse de toate. Iar Bruce cu siguranţă văzuse multe.

După o bătaie uşoară în uşă, Bruce a intrat discret în cameră. Purta un halat de baie din tricot pluşat de culoare albă şi avea cu el o sticlă cu apă şi două pahare mici.

– Ei, bună dimineaţa, a spus el încet, aşezându-se pe marginea patului.

– 'Neaţa, a răspuns ea. Chiar voiam nişte apă.

– Şi eu, a spus el, umplând de îndată paharele.

După ce le-au golit, el a turnat din nou.

– Cum te simţi? a întrebat-o apoi.

– Nu prea bine. Tu?

– Am avut o noapte lungă.

– Cum de-am ajuns aici?

– Ai adormit pe terasă şi te-am ajutat eu să ajungi la pat. Phoebe nu a mai rezistat nici ea mult după tine, dar eu şi Mort ne-am mai aprins câte un trabuc şi am continuat să bem.

– Aţi depăşit recordul lui Hemingway?

– Nu, dar cred c-am fost pe aproape.

– Bruce, spune-mi, m-am făcut de râs?

– Deloc. Ai adormit. Nu puteai conduce, aşa că te-am adus la culcare.

– Mulţumesc. Nu-mi amintesc mare lucru.

– N-ai ce să-ţi aminteşti. Toţi ne-am făcut criţă.

Mercer a golit paharul, iar el i l-a umplut din nou. Ea a făcut semn apoi spre şort şi spre bluză şi a întrebat:

– Cine m-a dezbrăcat?

– Eu. A fost o adevărată plăcere.

– Ai profitat de asta cumva?

– Nu, dar m-am gândit la asta.

– Un adevărat gentleman.

– Întotdeauna. Ascultă, în baie e o cadă mare, cu picioare. Ce-ar fi să faci o baie lungă și fierbinte, să bei apă în continuare, în timp ce eu mă duc să pregătesc ceva pentru dejun? Am nevoie de câteva ouă cu bacon și cred că și tu. Simte-te ca acasă! Mort și Phoebe au început să se foiască și vor pleca destul de curând. După ce pleacă, îți aduc micul dejun în pat.

– Sună bine, a răspuns ea zâmbind. Mulțumesc.

El a plecat, închizând ușa în urma lui. Mercer avea două soluții. Fie să se îmbrace și să coboare, încercând să îi evite pe Mort și pe Phoebe, apoi să îi spună lui Bruce că trebuie să plece și să dispară, pur și simplu. Dar nu era o idee bună să se miște repede. Avea nevoie de timp ca să își revină, să fie sigură că stomacul n-avea să i se revolte, să se relaxeze și poate să mai doarmă un pic, ca să se trezească pe deplin din amețeală. Și nu era convinsă că ar fi putut să conducă. Nici gândul de a reveni în micul apartament de la han nu o ispitea, iar ideea de a face o baie fierbinte părea irezistibilă în acel moment.

Fie să urmeze planul lui Bruce, ceea ce avea s-o ducă în același pat cu el. Acest lucru, socotea ea, ajunsese până în punctul în care consecințele erau inevitabile.

Și-a mai turnat un pahar cu apă și a coborât încet din pat. S-a întins și a inspirat adânc, simțindu-se deja un pic mai bine. Nu mai era amenințată de greață. A intrat în baie, a dat drumul la apă și a găsit spumantul. Un ceas digital de pe masa de machiaj arăta ora 8.20. În ciuda evidentelor probleme fizice, dormise aproape zece ore.

Apoi Bruce a intrat în baie, încă în halat, ca să verifice cum se descurca. A așezat o altă sticlă cu apă minerală alături de cadă și a întrebat-o:

– Cum te mai simţi?

– Mult mai bine, a răspuns Mercer.

Bulele de spumant acopereau mai toată goliciunea ei, deși nu în întregime. El s-a uitat lung și aprobator, apoi a zâmbit.

– Mai ai nevoie de ceva?

– Nu, e foarte bine.

– Am treabă în bucătărie. Nu te grăbi!

Apoi a plecat.

9

Mercer a stat în apă aproape o oră, apoi a ieșit și s-a șters. A găsit un halat asemănător atârnat pe ușa băii și l-a îmbrăcat. Într-un sertar a descoperit un morman de periuţe de dinţi nefolosite. A desfăcut una, și-a periat dinţii și s-a simţit apoi mult mai bine. Și-a luat lenjeria intimă și și-a văzut poșeta alături de șort și de bluză. Și-a scos iPad-ul, a aranjat pernele, s-a urcat din nou în pat și și-a aranjat cuibul.

Citea când Bruce a intrat în cameră cu o tavă pentru micul dejun, pe care a așezat-o elegant alături de ea.

– Bacon, ouă jumări, brioșe cu gem, cafea tare și, pentru orice eventualitate, un cocktail mimosa.

– Nu sunt convinsă că mai am nevoie de alcool în momentul ăsta, a spus ea.

Mâncarea arăta și mirosea delicios.

– Cui pe cui se scoate. S-ar putea să-ţi prindă bine.

A dispărut apoi preţ de o secundă și a revenit cu o tavă pentru sine. După ce s-a așezat alături de ea, cu tava lipită de a ei, îmbrăcaţi în halate de baie, a ridicat paharul cu picior şi a spus:

– Noroc!

Au luat câte o înghiţitură, apoi au început să mănânce.

– Deci, asta e faimoasa cameră a scriitorilor, a spus ea.

– Ai auzit de ea?

– Ruina multor sărmane fete, se pare...

– Toate fiind dispuse.

– Deci, e adevărat. Tu te ocupi de fete, iar Noelle de băieţi?

– Adevărat. Cine ţi-a povestit despre asta?

– De când păstrează scriitorii secretele?

Bruce a râs şi a vârât în gură o fâşie de bacon. După două sorbituri din cocktail, pe măsură ce romul din seara trecută se amesteca cu şampania abia desfăcută, ameţeala revenea cu repeziciune. Din fericire, baia îi potolise lui Mercer stomacul, iar mâncarea era delicioasă.

Făcând un semn din cap spre un perete curbat, cu rafturi din podea până în tavan, a întrebat:

– Ce sunt astea? Alte prime ediţii?

– Un talmeş-balmeş fără prea mare valoare. Diverse.

– E frumoasă camera – evident, aranjată de Noelle.

– Să uităm de ea pentru moment. Probabil că acum ia prânzul cu Jean-Luc.

– Şi asta nu te deranjează?

– Nicidecum. Hai, Mercer, am mai purtat discuţia asta!

Au mâncat în tăcere preţ de câteva minute, ignorând pentru moment cafeaua, dar nu şi cocktailurile. Pe sub pilotă, el a început să o mângâie uşor pe coapsă.

– Nu ţin minte când am făcut ultima oară sex având o asemenea mahmureală.

– Vai, eu o fac tot timpul! De fapt, e cel mai bun leac.

– Cred că tu știi mai bine.

El s-a furișat din pat și și-a așezat tava pe podea.

– Termină-ți băutura, i-a spus apoi, iar ea i-a dat ascultare.

Bruce a ridicat tava ei și a pus-o deoparte, după care și-a scos halatul și l-a aruncat de-a curmezișul patului, spre capăt. A ajutat-o să se dezbrace și, imediat ce au rămas goi, s-a afundat sub pilotă.

10

Duminică dimineața, târziu, pe când lucra în biroul ei de acasă, Elaine Shelby a primit un telefon de la Graham, de pe insula Camino.

– Eseu, a anunțat el. Se pare că fata noastră și-a petrecut noaptea în casa cea mare.

– Povestește-mi, a spus ea repede.

– A parcat peste drum de casă pe la ora 8.00 seara trecută, iar mașina ei este încă acolo. O altă pereche a plecat în dimineața asta, dar nu le știu numele. Mercer și Cable au rămas înăuntru. Plouă torențial și e o dimineață perfectă pentru puțin sex. Dă-i înainte, fato!

– Era și timpul. Să mă ții la curent.

– Așa voi face.

– Sosesc luni-dimineață.

Denny și Rooker vegheau la rândul lor. Observaseră plăcuțele de înmatriculare din Carolina de Nord și trăseseră câteva concluzii. Știau numele lui Mercer, istoricul ultimelor ei slujbe, adresa actuală de la hanul Farul, tot ceea ce publicase, precum și faptul că deținea parțial casa de pe plajă. Știau că Noelle Bonnet era plecată din oraș și că magazinul ei era închis. Știau tot ce se putea afla, doar că nu aveau habar ce să facă în continuare.

11

Furtuna a continuat, devenind o scuză suplimentară de a rămâne în pat. Mercer, care nu făcuse sex de șase luni, nu se mai sătura. Bruce, un profesionist cu experiență, avea o sete și o rezistență care ei i se păreau uimitoare în anumite momente. După o oră – sau fuseseră două? –, s-au prăbușit și au adormit. Când s-a trezit, Bruce plecase. A îmbrăcat halatul de baie, a coborât la parter și l-a găsit în bucătărie, purtând obișnuitul lui costum din bumbac și pantofii uzați. Era proaspăt și cu ochii limpezi de parcă ar fi fost pregătit pentru o nouă zi de lucru la magazinul de carte. S-au sărutat, iar el a cuprins-o cu mâinile de fund pe sub halat.

– Ai un corp minunat, a spus apoi.

– Mă părăsești?

S-au sărutat din nou, îmbrățișându-se îndelung și puternic. El s-a retras ușor, apoi a spus:

– Trebuie să văd ce mai e la magazin. Vânzările cu amănuntul sunt cumplite, știi?

– Când te întorci?

– Curând. O să aduc ceva pentru prânz și mâncăm pe terasă.

– Trebuie să plec, a spus ea fără nicio tragere de inimă.

– Unde? Înapoi la hanul Farul? Fii serioasă, Mercer, mai rămâi! Mă întorc cât ai clipi. Plouă cu găleata, vântul vuiește, cred că suntem sub avertizare de tornadă. Ce naiba, e periculos acolo! Ne vârâm în pat și citim toată după-amiaza.

– Sunt convinsă că ți-e gândul doar la citit.

Rămâi în halat și mă întorc.

S-au sărutat și s-au atins din nou, apoi el s-a smuls din îmbrățișare, a sărutat-o scurt pe obraz și a plecat. Mercer și-a turnat o ceașcă de cafea și s-a dus pe terasa din spate, unde s-a instalat într-un balansoar și a urmărit ploaia. Era tentată să se socotească o târfă, o stricată plătită să își folosească trupul pentru a induce o impresie falsă – dar nu gândea asta din suflet. Bruce Cable era un afemeiat fără leac, care se culca cu orice femeie, indiferent de motivele ei. Acum era ea. Săptămâna următoare avea să fie alta. Nu se sinchisea de credință și de încredere. Ea de ce ar fi făcut-o? El nu impunea nicio obligație, nu se aștepta la nimic și nu oferea asigurări. Pentru el, era vorba exclusiv de plăcerea fizică, iar pentru ea, în acele momente, era valabil același lucru.

Alungând din minte orice sentiment de vinovăție, a zâmbit gândindu-se că avea să petreacă un weekend romantic în patul lui.

Bruce nu a întârziat mult. Au mâncat câte o salată și au băut vin, apoi au urcat în turn pentru o nouă rundă de sex. În timpul unei pauze, Bruce a adus o sticlă de Chardonnay și un roman gros. Au hotărât să citească pe terasa din spate, stând pe scaunele din răchită și ascultând răpăitul ploii. El avea romanul lui, iar ea, iPad-ul.

– Chiar îți place să citești de pe chestia aia? a întrebat-o el.

– Sigur. Cuvintele sunt aceleași. Ai încercat vreodată?

– Cu ani în urmă, cei de la Amazon mi-au oferit unul. Nu mă puteam concentra. S-ar putea să fie o prejudecată.

– Hai, fără glumă! Mă-ntreb de ce.

– Ce citești?

– *Pentru cine bat clopotele*. Alternez între Hemingway și F. Scott și încerc să le citesc pe amândouă până la capăt. Ieri am terminat *Ultimul magnat*.

– Şi?

– E remarcabil, având în vedere că, atunci când l-a scris, se afla la Hollywood, străduindu-se să câştige ceva bani şi decăzând din punct de vedere fizic şi emoţional. Şi atât de tânăr. Încă o tragedie.

– A fost ultimul lui roman, cel pe care nu l-a terminat?

– Aşa se spune. Ce risipă de talent...

– Asta e tema de casă pentru romanul tău?

– Probabil. Nu sunt sigură. Tu ce citeşti?

– Se cheamă *Tsunamiul meu preferat*, un prim roman al unui tip care nu scrie prea grozav.

– Ce titlu oribil!

– Da. Şi nici textul nu e mai bun. Am parcurs cincizeci de pagini şi mai am şase sute, dar deja mă chinui. Ar trebui să existe o regulă a editurilor care să impună ca romanele de debut să se limiteze la cel mult trei sute de pagini, nu crezi?

– Aşa cred. Al meu a avut doar 280.

– Al tău a fost perfect.

– Mulţumesc. Şi crezi că-l vei termina?

– Mă-ndoiesc. Citesc din fiecare carte doar primele o sută cincizeci de pagini, iar dacă scriitorul nu-mi reţine atenţia, o abandonez. Sunt prea multe cărţi bune de citit ca să-mi pierd vremea cu unele proaste.

– Aşa gândesc şi eu, doar că mă limitez la cincizeci de pagini. N-am înţeles niciodată oamenii care trec printr-o carte deşi nu le place cu adevărat, fiind hotărâţi să o termine dintr-un motiv nelămurit. Aşa era Tessa. Azvârlea deoparte o carte după primul capitol, apoi o relua şi, mârâind şi bombănind, mergea înainte, cale de patru sute de pagini, până la capătul nefericit. N-am înţeles niciodată asta.

– Nici eu.

Bruce a luat o gură de vin, s-a uitat spre curtea din spate, după care și-a reluat lectura. Mercer a așteptat până când el a dat pagina, apoi l-a întrebat:

– Mai ai și alte reguli?

El a zâmbit și a pus romanul deoparte.

– Ah, Mercer, draga mea, am lista mea. Se numește „Primele zece reguli de bază ale lui Cable pentru a scrie ficțiune". Un ghid alcătuit de un expert care a citit peste patru mii de cărți.

– Și l-ai dat și altora?

– Când și când. O să ți-l transmit prin e-mail, dar nu ai nevoie de el.

– Poate că da. Dă-mi o sugestie, două.

– În fine, urăsc prologurile. Tocmai am terminat romanul unui tip care e în turneu și care va veni aici săptămâna viitoare. Începe fiecare carte cu prologul tipic, ceva dramatic, precum un ucigaș care urmărește o femeie, sau prezintă un cadavru, după care îl lasă pe cititor agățat, trece la capitolul 1, care, bineînțeles, n-are nicio legătură cu prologul, apoi la capitolul 2, care, desigur, nu are nimic de-a face nici cu capitolul 1, nici cu prologul, apoi, după treizeci de pagini, îl aruncă pe cititor înapoi spre acțiunea din prolog, care deja a fost uitată.

– Hai că-mi place! Continuă!

– O altă greșeală de începător este prezentarea a douăzeci de personaje în primul capitol. Cinci sunt de ajuns – și nu derutezi cititorul. Apoi, dacă simți nevoia să apelezi la dicționarul de sinonime, caută un cuvânt cu trei silabe sau mai puține. Posed un vocabular bogat și nimic nu mă irită mai mult decât un scriitor care se dă mare folosind cuvinte lungi, pe care nu le-am mai văzut până atunci. Apoi, te rog, folosește semnele citării pentru dialoguri, altfel e derutant.

Regula numărul cinci: cei mai mulţi scriitori spun prea multe, de aceea caută să taie anumite lucruri, cum ar fi fraze fără noimă, aruncate, pur şi simplu, acolo, şi scene inutile. Aş putea continua.

– Chiar te rog. Ar trebui să iau notiţe.

– Nu, nu-i nevoie. N-ai nevoie de sfaturi. Scrii frumos, Mercer, doar că-ţi trebuie o poveste.

– Mulţumesc, Bruce, am mare nevoie de încurajare.

– Vorbesc foarte serios şi nu te măgulesc pentru că ne aflăm în miezul unei mici orgii de weekend.

– Aşa se cheamă? Credeam că e vorba doar de o aventură.

Au râs amândoi, apoi au mai luat o înghiţitură de vin. Ploaia se oprise și se instala acum o negură deasă.

– Tu ai scris vreodată? l-a întrebat Mercer.

El a ridicat din umeri şi s-a uitat în altă parte.

– Am încercat, chiar de câteva ori, dar n-am încheiat nimic. Nu e domeniul meu. De aceea respect scriitorii, cel puţin pe cei buni. Îi salut şi îmi place să promovez toate cărţile lor, dar pe piaţă se aruncă o mulţime de rahaturi. Şi mă simt frustrat când oamenii cu talent, ca Andy Adam, îl risipesc cu obiceiuri proaste.

– Ai vreo veste de la el?

– Încă nu. E închis şi nu poate fi contactat. Probabil că ne va telefona peste vreo săptămână. Asta e cea de-a treia sau a patra internare la dezalcoolizare și cred că șansa nu e de partea lui. În adâncul sufletului, nu vrea să se lase de băut.

– Tare trist...

– Pari somnoroasă.

– Probabil din cauza vinului.

– Să tragem un pui de somn!

Cu un oarecare efort, s-au urcat într-un hamac şi s-au aşezat într-o îmbrăţişare strânsă. Au rămas nemişcaţi în timp ce hamacul se legăna uşor.

– Ai vreun plan pentru seara asta? l-a întrebat ea apoi.

– Mă gândeam s-o petrecem la fel.

– Și eu, dar m-am cam săturat de casa asta.

– Da, trebuie să ieşim pentru cină.

– Dar eşti căsătorit, Bruce, iar eu sunt doar fata ta de un weekend. Dacă ne vede cineva?

– Mercer, nu-mi pasă, iar Noelle nu se sinchiseşte. De ce-ar trebui să-ţi faci griji?

– Nu ştiu. Mi se pare anapoda să iau cina la cine ştie ce restaurant şic, sâmbătă noaptea, cu un bărbat căsătorit.

– Cine-a spus că va fi un restaurant şic? E o bombă, un local de lângă râu care oferă însă o mâncare grozavă şi nimeni dintre cei de acolo nu cumpără cărţi.

Ea l-a sărutat, apoi şi-a lăsat capul pe pieptul lui.

12

Duminica a început la fel cum începuse şi sâmbăta, dar fără mahmureală. Bruce i-a servit micul dejun în pat, clătite şi cârnaţi, după care au petrecut două ore frunzărind *New York Times*. Pe măsură ce se apropia amiaza, Mercer simţea nevoia unei pauze. Pe când se pregătea să îşi ia rămas-bun, Bruce i-a spus:

– Ascultă, în după-amiaza asta lipseşte o vânzătoare şi magazinul va fi plin. Trebuie să mă duc la treabă.

– Bună idee. Acum, că ştiu regulile privind scrierea de ficţiune, mă duc şi eu să îmi notez câteva lucruri.

– Sunt întotdeauna fericit să fiu de folos, a spus el zâmbind, sărutând-o în treacăt pe obraz.

Au dus tăvile la bucătărie şi au pus vasele în maşina de spălat. Bruce a dispărut în apartamentul principal de la etajul întâi, iar Mercer s-a întors în turn, unde s-a îmbrăcat în grabă și a plecat fără să-și mai ia rămas-bun.

Nu era clar dacă realizase ceva în cursul acelui weekend. Aventura din dormitor fusese plăcută, desigur, și ajunsese să îl cunoască pe Bruce mai bine decât până atunci, însă ea nu se dusese acolo pentru sex și nici ca să scrie romanul dorit de el. Era plătită cu generozitate ca să adune indicii și să ajute la soluţionarea unei infracţiuni. În privinţa asta, simţea că realizase prea puţin.

Ajunsă în apartamentul ei, a îmbrăcat un bikini și s-a admirat în oglindă, încercând să își amintească toate cuvintele minunate pe care el le spusese despre corpul ei. Era zveltă și bronzată și se mândrea foarte mult cu felul în care își folosise corpul. A îmbrăcat apoi o cămașă albă din bumbac, și-a luat sandalele și a plecat într-o plimbare lungă pe plajă.

13

Bruce a sunat-o pe la șapte seara, spunându-i că îi era groaznic de dor de ea și că nu își putea imagina cum ar fi fost să petreacă noaptea fără ea. Apoi a rugat-o să treacă pe la magazin pentru a bea ceva după ce avea să închidă.

Sigur. Ce altceva putea să facă? Pereţii micului apartament de la han păreau să o apese și scrisese mai puţin de o sută de cuvinte.

A intrat în magazin cu câteva minute înainte de ora nouă. Bruce se ocupa de ultimul client și părea să lucreze singur. După ce clientul a plecat, a încuiat imediat ușa și a stins luminile.

– Vino cu mine, i-a spus apoi.

A condus-o în sus pe scară, prin cafenea, stingând luminile în timp ce mergea. A descuiat o ușă pe care ea nu o observase și a intrat în apartamentul lui.

– Peștera mea de bărbat, a spus el după ce a aprins lumina. Am locuit aici în primii zece ani după ce am cumpărat magazinul. Pe vremea aceea se întindea pe tot etajul, însă apoi am creat cafeneaua. Ia loc.

I-a făcut semn apoi către o canapea lungă, acoperită cu perne și pilote, lungă cât peretele. În fața canapelei era un televizor mare, cu ecran plat, instalat pe o masă scundă, iar în jurul ei, rafturi cu cărți.

– Vrei șampanie? a întrebat-o el, ducându-se în spatele unui mic bar și deschizând frigiderul.

– Sigur.

A luat o sticlă și i-a scos dopul repede, apoi a umplut două pahare și a spus:

– Noroc!

Au ciocnit paharele, iar el a băut aproape tot paharul dintr-o înghițitură.

– Chiar aveam nevoie de ceva de băut, a spus el, ștergându-se la gură cu dosul unei mâini.

– Evident. Te simți bine?

– Am avut o zi grea. Una dintre angajate mi-a telefonat și mi-a spus că e bolnavă, așa că am lucrat la parter. E greu să găsești vânzătoare bune.

Și-a golit paharul și l-a umplut din nou. Apoi și-a scos haina, și-a desfăcut papionul și cămașa și și-a descălțat pantofii. S-au așezat pe canapea și s-au scufundat între perne.

– Cum a fost ziua de azi? a întrebat-o el, luând încă o gură de șampanie.

– Ca de obicei. M-am plimbat pe plajă, am stat la soare, am încercat să scriu, m-am întors pe plajă, am încercat să mai scriu ceva şi am dormit puţin.

– Ah, viaţa de scriitor... Devin gelos.

– Am reuşit să evit prologul, am pus semne de citare la dialoguri, am eliminat cuvintele lungi şi aş mai fi tăiat ceva, dar nu prea mai am ce.

Bruce a râs şi a mai luat o gură de şampanie.

– Eşti adorabilă, ştiai asta?

– Iar tu eşti un escroc sentimental, Bruce. Ieri-dimineaţă m-ai sedus şi...

– De fapt, a fost de dimineaţă, la amiază şi noaptea.

– Şi o luăm de la capăt. Întotdeauna ai fost atât de afemeiat?

– A, da. Întotdeauna. Ţi-am spus deja, Mercer. Am o slăbiciune ucigătoare pentru femei. Când văd una frumoasă, n-am decât un singur gând. Aşa am fost încă din colegiu. Când ajungeam la Auburn şi eram înconjurat brusc de mii de fete drăguţe, parcă înnebuneam.

– E nesănătos. Nu te-ai gândit să urmezi o terapie?

– Poftim? Cine are nevoie de aşa ceva? Pentru mine, e un joc, iar tu trebuie să recunoşti că mă descurc destul de bine.

Ea a încuviinţat din cap şi a luat încă o sorbitură. Paharul ei se golise, aşa că Bruce i l-a umplut din nou.

– Uşurel, băiete, a spus ea, dar Bruce a ignorat-o. După ce el a revenit pe canapea, Mercer l-a întrebat: Ai fost vreodată îndrăgostit?

– O iubesc pe Noelle. Şi ea mă iubeşte. Amândoi suntem foarte fericiţi.

– Dar iubirea înseamnă încredere şi angajament, precum şi împărtăşirea fiecărui aspect al vieţii voastre.

– A, dar împărtăşim totul, crede-mă.

– Eştl lipsit de orice speranţă.

– Nu fi chiar atât de limitată, Mercer! Nu vorbim despre iubire – vorbim despre sex. Pură plăcere fizică. Tu nu ţii să te legi de un bărbat căsătorit, iar eu nu vreau relaţii de lungă durată. Vom relua oricând doreşti sau ne putem opri chiar acum. Vom rămâne prieteni, fără nicio obligaţie.

– Prieteni? Câte prietene ai?

– Ca să fiu sincer, niciuna. Poate câteva cunoştinţe agreabile. Ascultă, dacă mi-aş fi închipuit că te apuci să mă analizezi, nu ţi-aş fi telefonat.

– Atunci, de ce ai făcut-o?

– Mi-am închipuit că îţi este dor de mine.

Au râs amândoi. Apoi, brusc, Bruce și-a așezat pe masă paharul cu picior, după care l-a luat și pe al ei și l-a pus alături. Luând-o de mână, i-a spus:

– Hai cu mine! Vreau să-ţi arăt ceva.

– Ce anume?

– Am o surpriză pentru tine. Vino! E jos.

Încă desculţ, a condus-o afară din apartament, apoi prin cafenea spre parter şi spre uşa care dădea în subsol. A descuiat-o, a aprins lumina şi au coborât împreună treptele din lemn spre subsol. A mai aprins apoi o lumină și a format codul care descuia seiful.

– Sper să nu mă dezamăgești, a spus ea aproape în șoaptă.

– N-o să-ţi crezi ochilor.

După ce a tras uşa groasă din metal care dădea spre seif, a păşit înăuntru şi a aprins o altă lumină. S-a dus apoi la seif și a tastat un alt cod, aşteptând până când cinci bolţuri hidraulice s-au retras. Cu un clic puternic, uşa a fost eliberată, iar Bruce a deschis-o încet. Mercer a urmărit totul cât de atent putea, ştiind că va trebui să noteze fiecare amănunt pentru Elaine și echipa sa. Interiorul încăperii părea a fi la fel cum îl văzuse prima oară. Bruce a tras unul dintre cele patru sertare de jos și l-a deschis. În el se aflau două cutii identice din lemn, având formă pătrată; mai târziu, ea avea să aprecieze latura lor ca fiind de treizeci și cinci de centimetri, iar lemnul, de cedru, bănuia ea. Bruce a scos o cutie și s-a dus la o măsuță din centrul încăperii. I-a aruncat un zâmbet, ca și cum i-ar fi dezvăluit o comoară rară.

El a ridicat partea de sus a cutiei, care avea trei balamale mici. Înăuntru se afla ceva ce părea a fi o cutie din carton de culoare cenușie. Cu grijă, a ridicat-o din lădiță și a așezat-o pe masă.

– Asta se cheamă cutie de depozitare și arhivare. E făcută din scândură fără acizi și lignină și este folosită de majoritatea bibliotecilor și colecționarilor serioși. Asta provine de la Princeton. A deschis cutia și a spus cu mândrie: manuscrisul original al *Ultimului magnat*.

Mercer a rămas cu gura căscată și cu ochii măriți de uimire, apoi s-a apropiat și mai mult. A încercat să vorbească, dar nu își găsea cuvintele.

Înăuntru a văzut un teanc gros de aproape zece centimetri de file decolorate de dimensiunea celor pentru scrisori. Filele aveau un aspect îmbătrânit – erau relicve din alte vremuri. Nu exista vreo pagină de titlu – se părea că Fitzgerald se azvârlise, pur și simplu, în primul capitol, gândindu-se să pună lucrurile în ordine mai târziu. Scrisul nu era frumos și era greu de descifrat, iar pe margini apăreau adnotări încă de la început. Bruce a atins marginile manuscrisului, apoi a spus:

– În 1940, când a murit subit, romanul era departe de a fi terminat, dar el a lucrat după un plan și a lăsat o mulțime de note și de rezumate. Avea însă un prieten apropiat, pe nume Edmund Wilson, care era editor și critic, iar acesta a asamblat romanul şi l-a publicat un an mai târziu. Mulţi îl consideră cel mai bun roman al lui Fitzgerald, roman pentru care, aşa cum ai spus, şi-a ruinat sănătatea.

– Glumeşti, nu? a reuşit ea să spună.

– În legătură cu ce?

– Cu manuscrisul ăsta. E cel furat?

– Da, dar n-am făcut-o eu.

– Am înţeles. Cc caută aici?

– E o poveste foarte lungă și nu vreau să te plictisesc cu amănunte, mai ales că multe dintre ele îmi sunt necunoscute și mie. Toate cinci au fost furate toamna trecută din biblioteca Firestone de la Princeton. Lovitura a fost dată de o bandă de hoţi care s-au speriat când FBI-ul i-a înşfăcat pe doi dintre ei aproape imediat. Ceilalţi s-au descotorosit de pradă și au dispărut. Manuscrisele au pătruns discret pe piaţa neagră. După aceea, au fost vândute separat. Nu știu unde sunt celelalte patru, dar bănuiesc că au fost scoase din ţară.

– De ce te-ai amestecat în asta, Bruce?

– E prea complicat, dar nu sunt chiar atât de implicat. Vrei să atingi paginile?

– Nu. Și nu-mi place că sunt aici. Mă face să devin agitată.

– Calmează-te! Îl ascund aici pentru un prieten.

– Al naibii prieten mai ai!

– Așa e. Facem afaceri de multă vreme și am încredere în el. E în tratative pentru o tranzacţie cu un colecţionar din Londra.

– Și ţie ce-ţi iese?

– Nu mult. Mă aleg și eu cu câţiva dolari.

Mercer s-a îndepărtat și a ajuns în celălalt capăt al mesei.

– Se pare că, pentru câţiva dolari, îţi asumi un risc considerabil. Deţii un bun furat, de mare valoare. Asta e o infracţiune gravă și te-ai putea alege cu o condamnare serioasă.

– E infracţiune dacă sunt prins.

– Iar acum m-ai făcut complice la planul ăsta, Bruce. Vreau să plec imediat.

– Stai, Mercer, eşti prea încordată. Nu rişti, nu câştigi. Şi nu eşti complice la nimic, fiindcă nu va afla nimeni. Cum ar putea cineva să dovedească faptul că ai văzut manuscrisul ăsta?

– Nu ştiu. Cine l-a mai văzut?

– Numai noi doi.

– Noelle nu ştie?

– Bineînţeles că nu. Nu-i pasă. Ea își vede de afacerile ei, iar eu de ale mele.

– Și o parte a afacerilor tale implică traficul de cărţi şi de manuscrise furate?

– Când și când.

A închis apoi cutia de depozitare şi a aşezat-o înapoi în cea din lemn. Cu grijă, a băgat-o în sertar și l-a închis.

– Chiar vreau să plec, a spus apoi Mercer.

– Bine, bine... N-am crezut că o să te sperii atât de tare. Ai spus că tocmai ai terminat *Ultimul magnat* și mi-am zis că o să fii impresionată.

– Impresionată? Aş putea fi copleşită, uimită, speriată de moarte... dar impresionată nu-s, Bruce. E o nebunie.

El a închis seiful, apoi și încăperea și a stins treptat luminile în timp ce urcau treptele. Ajunşi la parter, Mercer a pornit spre uşă.

– Unde pleci? a întrebat-o el.

– Plec. Te rog să-mi deschizi uşa.

Bruce a prins-o de mână, a făcut-o să se întoarcă, apoi a îmbrăţişat-o strâns și i-a spus:

– Ascultă, îmi pare rău, mă crezi?

Ea s-a tras înapoi şi a zis:

– Vreau să plec. Nu mai stau niciun minut în magazinul ăsta.

– Stai, Mercer, reacţionezi exagerat. Să mergem sus şi să terminăm şampania!

– Nu, Bruce, nu sunt în stare de nimic. Nu-mi vine să cred!

– Îmi pare rău!

– Ai mai spus-o – acum te rog să-mi deschizi uşa.

El a găsit cheia şi a descuiat. Mercer s-a grăbit să iasă fără să mai scoată vreo vorbă, apoi a mers până după colţ, unde parcase maşina.

14

Planul fusese conceput pe baza unor presupuneri şi speculaţii şi, în mare măsură, pe baza unor speranţe, dar acum reuşise. Aveau dovada, răspunsul de care aveau nevoie cu atâta disperare – dar putea Mercer să meargă mai departe? Putea face oare următorul pas crucial şi să dea telefonul care avea să îl trimită pe Bruce la închisoare pentru următorii zece ani? Mercer s-a gândit la prăbuşirea lui, la ruină şi umilinţă, precum şi la groaza lui de a fi prins în flagrant, arestat, dus în faţa magistraţilor şi apoi închis. Ce avea să se întâmple cu frumosul lui magazin? Cu casa lui? Cu prietenii? Cu colecţia lui de cărţi rare, la care ţinea atât de mult? Cu banii lui? Trădarea ei ar fi avut consecinţe uriaşe, şi ar fi adus prejudicii mai multor persoane. Probabil că Bruce Cable merita ceea ce putea să i se întâmple, dar nu acelaşi lucru meritau angajatele lui, prietenii lui şi nici măcar Noelle.

La miezul nopţii, Mercer se afla încă pe plajă, înfăşurată într-un şal, cu degetele picioarelor înfipte în nisip, privind oceanul luminat de lună și întrebându-se din nou de ce acceptase propunerea lui Elaine Shelby. Știa răspunsul, dar banii păreau mult mai puțin importanți acum. Distrugerea pe care era pe cale să o declanșeze era mult mai importantă decât banii care stăteau la baza ei. Adevărul era că îl plăcea pe Bruce Cable – îi plăceau zâmbetul lui frumos și purtarea dezinvoltă, aspectul atrăgător, garderoba lui unică, spiritul și inteligența, admirația lui față de scriitori, priceperea lui de amant, prezența lui printre alții, prietenii și reputația sa, precum și farmecul lui, care părea uneori magnetic. În secret, se simțea emoționată să se afle atât de aproape de el, să facă parte din cercul lui de prieteni intimi și, da, să fie încă una dintre femeile de pe lunga lui listă. Datorită lui, în acele șase săptămâni se distrase mai mult decât în ultimii șase ani.

Pe moment, o soluție era să păstreze tăcerea și să lase lucrurile să își urmeze cursul. Elaine, grupul ei și probabil FBI-ul aveau să continue să facă ceea ce trebuia. Mercer putea juca teatru, prefăcându-se frustrată pentru că nu putea realiza mai mult. Reușise să ajungă în subsol și le furnizase o sumedenie de dovezi. La naiba, chiar se culcase cu Bruce și probabil că avea să o mai facă. Își dăduse toată silința și avea să continue să facă acel joc. Poate că Bruce urma să scape de *Magnat* așa cum spusese, fără să lase urme, lansându-l în vastitatea tulbure a pieții negre, iar seiful lui avea să fie gol când agenții federali ar fi pătruns acolo. Nu peste mult timp, cele șase luni aveau să se încheie și ea să plece de pe insulă, ducând cu sine amintiri plăcute. Poate că avea să se întoarcă pentru a-și petrece vacanțele de vară în căsuța ei ori, și mai bine, într-un turneu de lansare de carte, cu un roman bun. Iar apoi cu altul.

Înțelegerea nu era legată de succesul operațiunii. Indiferent de rezultat, avea să fie plătită. Împrumutul contractat în studenție devenise deja de domeniul trecutului. Jumătate din onorariu era acum în bancă. Era convinsă că și cealaltă jumătate urma să ajungă în contul ei, așa cum i se promisese.

În noaptea aceea a ajuns să se convingă că era de preferat să păstreze tăcerea, să lase zilele liniștite de vară să se scurgă alene și să nu facă valuri. Toamna avea să vină destul de curând, iar ea să se afle altundeva.

Existau binele și răul din punct de vedere moral? Convenise să participe la un plan al cărui scop principal era abordarea subtilă a lui Cable și găsirea manuscriselor. În cele din urmă, reușise asta, deși numai din cauza unei gafe de necrezut comise de el. Având-o în centru pe Mercer, operațiunea era o reușită. Ce drept avea ea să pună acum la îndoială legitimitatea planului? Bruce intrase în mod deliberat în acea conspirație care presupunea să scape de manuscrise, să le vândă cu un profit și să le țină departe de deținătorul lor de drept. În cazul lui Bruce Cable, nu se putea vorbi de o moralitate deosebită. Avea reputația de a face afaceri cu cărți furate și recunoscuse asta în fața ei. Cunoștea riscurile și părea să le accepte cu ardoare. Mai devreme sau mai târziu avea să fie prins, fie pentru infracțiunea de acum, fie pentru alta, comisă într-un alt moment.

Mercer s-a ridicat și a început să se plimbe pe malul mării, uitându-se la valurile domoale care împingeau în tăcere spuma pe nisip. Nu erau nori, iar nisipul alb se putea vedea cale de kilometri întregi. La orizont, pe oceanul plat, licăreau luminile a vreo douăsprezece bărci de pescuit creveți. Fără să își dea seama, ajunsese la Debarcaderul de Nord, o pasarelă lungă din lemn care ajungea până departe în apă. De la întoarcerea pe insulă evitase zona, pentru că acolo fusese Tessa adusă la mal de ape. De ce se afla nepoata ei acolo în acele momente?

Urcând treptele, Mercer a mers până la capătul debarcaderului, apoi s-a rezemat de o balustradă și a privit lung spre orizont. Ce ar fi făcut Tessa? În primul rând, Tessa nu s-ar fi aflat niciodată într-o situație atât de delicată. Nu și-ar fi permis să se compromită. Nu s-ar fi lăsat ademenită de bani. Pentru Tessa, ce era drept era drept și ce era rău era rău; ea nu admitea zonele gri. Minciuna era un păcat; cuvântul dat trebuia respectat; un târg, odată încheiat, nu mai putea fi anulat, indiferent de neplăceri.

În timp ce în mintea ei se ducea o luptă feroce, Mercer suferea cumplit. Într-un târziu, la o oră neomenească dinspre dimineață, a hotărât că singura modalitate de a păstra tăcerea era să înapoieze banii și să plece. Chiar și așa, trebuia să păstreze un secret care aparținea de drept altora, celor buni. Tessa ar fi disprețuit-o dacă dădea înapoi în acele momente.

A ajuns în pat în jurul orei trei, fără să poată să adoarmă. La cinci, a telefonat.

15

Elaine era trează și sorbea pe întuneric din prima ceașcă de cafea a zilei, în vreme ce soțul ei dormea alături. Planul impunea încă o deplasare pe insula Camino, cea de-a zecea sau a unsprezecea de până atunci. Urma să ia același zbor de la Reagan National până la Jacksonville, unde aveau să o aștepte Rick și Graham. Aveau să se întâlnească în casa conspirativă de pe plajă și să analizeze situația. Erau entuziasmați, întrucât fata lor își petrecuse weekendul cu ținta pe care o vizau. Urmau să o convoace pentru o discuție spre sfârșitul după-amiezii și să afle știri noi.

La 5.01, toate planurile ei au zburat pe fereastră.

Când telefonul a sunat și a văzut apelantul, s-a dat jos din pat și s-a dus la bucătărie.

– E cam devreme pentru tine.

– Nu e chiar atât de isteţ cum am crezut noi, a spus Mercer. Are manuscrisul de la *Ultimul magnat*, iar seara trecută mi l-a arătat. E în camera secretă într-un seif, așa cum am bănuit.

Elaine a analizat informaţia și a închis ochii.

– Ești sigură?

– Da. În baza copiilor pe care mi le-ai arătat, sunt foarte sigură.

Elaine s-a așezat pe un scaun, apoi a spus:

– Povestește-mi totul.

16

La ora șase, Elaine l-a sunat pe Lamar Bradshaw, șeful unităţii de recuperare a obiectelor rare, și l-a trezit din somn. Și planurile lui pentru ziua aceea au fost date peste cap. Două ore mai târziu, s-au întâlnit în biroul lui din Hoover Building, de pe Pennsylvania Avenue, pentru o informare completă. După cum era de așteptat, Bradshaw s-a arătat nemulţumit că Elaine și echipa ei puseseră la cale un plan atât de complicat pentru a-l spiona pe Bruce Cable, un suspect despre care ei discutaseră doar în treacăt în cursul lunii precedente. Cable se afla pe lista FBI-ului, dar numai din cauza reputaţiei lui. Bradshaw nu îl luase în serios. FBI-ul detesta investigaţiile paralele, private, dar în acele momente ciorovăiala pe un teren de luptă nu ar fi fost productivă. Bradshaw s-a văzut silit să lase deoparte mândria și să admită că Elaine Shelby reușise încă o dată să descopere bunurile furate. Au încheiat un scurt armistițiu, pentru că pacea trebuia să fie precumpănitoare, și au făcut planuri comune.

17

Bruce Cable s-a trezit la ora șase în apartamentul său de deasupra magazinului. A băut cafea și a citit o oră, după care a coborât în biroul din camera primelor ediții. A pornit computerul și a început să își revadă inventarul. Cea mai neplăcută parte a muncii lui era aceea de a hotărî ce cărți n-aveau să se vândă, fiind returnate editurilor pentru credit. Fiecare carte înapoiată reprezenta un eșec propriu, dar după douăzeci de ani aproape că se obișnuise cu acest proces. Vreme de o oră a umblat prin magazinul cufundat în semiîntuneric, scoțând cărți de pe rafturi și mese, stivuindu-le cu tristețe în partea din spate a depozitului.

Ca întotdeauna, la 8.45 s-a întors în apartament, a făcut un duș scurt și și-a îmbrăcat costumul obișnuit din bumbac, iar la nouă fix a aprins luminile și a deschis ușa magazinului. Când au sosit primele două angajate, Bruce le-a pus imediat la treabă. Jumătate de oră mai apoi, a coborât la subsol și a descuiat ușa care ducea în depozitul Noellei. Jake era deja acolo, bătând cuișoare în spătarul unui șezlong vechi. Masa de scris a lui Mercer era terminată și așezată deoparte.

După câteva amabilități, Bruce i-a spus:

– Prietena noastră, domnișoara Mann, nu va mai cumpăra masa. Noelle vrea să o expedieze la o adresă din Fort Lauderdale. Scoate-i picioarele și găsește o ladă potrivită.

– Am înţeles, a spus Jake. Astăzi?

– Da, e urgent. Apucă-te de treabă.

– Am înţeles, domnule.

18

La ora 11.06, un avion cu reacţie a decolat de pe aeroportul Dulles International. La bord se aflau Elaine Shelby şi doi asociaţi ai ei, precum şi Lamar Bradshaw împreună cu patru agenţi speciali. Pe drum, Bradshaw a discutat din nou cu procurorul general al Floridei, iar Elaine a sunat-o pe Mercer, care se ascunsese într-o bibliotecă pentru a scrie, motivând că i se părea imposibil să creeze ceva la han. Elaine a socotit că era preferabil să stea departe de magazin vreo două zile, iar Mercer a asigurat-o că nu plănuia nicidecum să se apropie de el. Se cam săturase de Bruce şi avea nevoie de o pauză.

La ora 11.20, o furgonetă fără însemne a parcat pe Main Street din Santa Rosa, vizavi de magazinul de carte. Cei dinăuntrul acesteia au îndreptat o cameră video spre uşa magazinului Bay Books şi au filmat toate persoanele care intrau şi ieşeau. O altă furgonetă, cu alţi doi agenţi operativi, a parcat pe Third Street şi a început supravegherea. Misiunea lor era aceea de a filma şi a monitoriza orice transport care intra şi ieşea din magazin.

La 11.40, un agent îmbrăcat în şort şi cu sandale a intrat şi s-a uitat prin magazin. Nu l-a văzut pe Cable. A cumpărat cu numerar o versiune a romanului *Porumbiţa singuratică* şi a părăsit magazinul. În prima furgonetă, un tehnician a deschis caseta, a scos cele opt CD-uri şi a instalat o cameră de luat vederi minusculă şi o baterie.

La 12.15, Cable, însoţit de o persoană necunoscută, a plecat să mănânce de prânz. Cinci minute mai târziu, o agentă, tot în şort şi sandale, a intrat în magazin cu caseta audio a *Porumbiţei singuratice*. A băut o cafea la etaj, a pierdut ceva timp, apoi a revenit la parter şi a ales două cărţi ieftine. Când vânzătoarea s-a dus în spatele magazinului, a pus înapoi pe raft cutia cu *Porumbiţa singuratică* şi a scos caseta următoare, *Ultimul spectacol cinematografic* (Larry McMurtry). În cele din urmă, a plătit cărţile şi versiunea audio a romanului şi a întrebat-o pe vânzătoare dacă ştie un local bun unde ar putea să mănânce de prânz. În prima furgonetă, agenţii se uitau pe ecranul unui laptop. De acolo, aveau o vedere frontală a oricărei persoane care intra în magazin. Nu puteau decât să spere că nimeni nu va dori să asculte prea curând lectura romanului *Porumbiţa singuratică*.

La 12.31, avionul cu reacţie închiriat a aterizat pe micul aeroport de pe insula Camino, aflat la zece minute de mers cu maşina de centrul oraşului Santa Rosa. Rick şi Graham erau acolo pentru a-i întâmpina pe Elaine şi pe cei doi asociaţi ai ei. Două maşini de teren i-au luat pe Bradshaw şi pe oamenii din echipa lui. Cum era luni, au găsit camere libere la hotel, cel puţin pentru câteva zile, iar alte câteva camere fuseseră rezervate la un hotel din apropierea portului, la mai puţin de cinci minute de mers până la magazin. Bradshaw a ocupat apartamentul cel mai spaţios, stabilindu-şi acolo postul de comandă. Au aranjat câteva laptopuri pe o masă, iar supravegherea video de la camerele de luat vederi a pornit pe ecrane, desfăşurându-se nonstop.

După un prânz luat pe fugă, Mercer a sosit la apartament angrenându-se într-o serie de prezentări precipitate. Era uimită de acel spectacol de forţă şi i se făcea rău la gândul că ea îi dezlănțuise pe toți oamenii aceia împotriva lui Bruce Cable, care nu bănuia nimic.

Având-o pe Elaine în spate, a fost interogată de Bradshaw și de un alt agent special, pe nume Vanno. Le-a repetat povestea fără să ignore nimic – în afara amănuntelor intime din acel weekend prelungit, o mică aventură care părea acum doar o zbenguială nostalgică de demult. Bradshaw a rugat-o să se uite la o serie de fotografii de detaliu ale manuscriselor lui Fitzgerald, făcute cu ani în urmă de cei de la Princeton. Elaine avea și ea un set, așa că Mercer le văzuse deja pe toate. După părerea ei, ceea ce văzuse cu o seară în urmă în camera securizată din subsol era originalul romanului *Ultimul magnat*.

Da, putea fi un fals. Orice era posibil, dar ea nu credea asta. De ce ar fi fost Bruce atât de grijuliu cu un manuscris fals?

Când Bradshaw a repetat întrebarea pentru a treia oară, ba chiar pe un ton suspicios, Mercer a întrebat iritată:

– Nu facem toți parte din aceeași echipă?

Vanno a încercat să liniștească lucrurile, spunând încet:

– Sigur că da, Mercer, dar trebuie să știm totul exact.

– Tot ce v-am spus este cât se poate de exact.

După o oră de discuții, Mercer era convinsă că Elaine Shelby era mult mai inteligentă decât Bradshaw și Vanno. Însă Elaine o dăduse pe mâna FBI-ului și nu încăpea nicio îndoială că ei aveau să conducă ostilitățile până la sfârșit. Într-o pauză, Bradshaw a primit un telefon de la procurorul-șef adjunct din Jacksonville și situația a devenit mai încordată. Se părea că un magistrat federal de acolo insista să audieze „martorul“ în persoană, în loc să îi permită acestuia să facă declarația prin video. Asta îi nemulțumea pe Bradshaw și pe Vanno, dar nu prea aveau de ales.

La ora 2.15, Mercer a fost îmbarcată într-o mașină avându-l la volan pe Rick și în dreapta șoferului pe Graham. Ea și Elaine stăteau pe bancheta din spate. Au urmat mașina de teren a agenților FBI pe drumul de ieșire de pe insulă, pornind înspre Jacksonville. Pe podul de peste râul Camino, Mercer a spart tăcerea:

– Haideți să spunem lucrurilor pe nume! Ce se întâmplă?

Rick și Graham au rămas cu privirile îndreptate în față și nu au scos nicio vorbă. Elaine și-a dres glasul și a spus:

– E vorba de procedurile FBI, dolarii pe care-i plătești ca impozite. Agentul federal Bradshaw e supărat pe procurorul acestui district – și el fiind federal – și toți par a fi supărați pe magistratul federal care emite mandatul de percheziție. Au crezut că există o înțelegere prin care să poți rămâne pe insulă ca să depui mărturie prin video. Bradshaw spune că așa procedează tot timpul, dar, din motive neclare, acest magistrat federal vrea să te audieze personal. Și așa, uite că ne îndreptăm spre tribunal.

– Tribunal? N-ai spus nicio vorbă despre tribunal.

– Spre clădirea tribunalului federal. Probabil că ne vom întâlni cu magistratul în particular, în biroul lui, sau altundeva. Nu te îngrijora.

– Ți-e ușor să vorbești. Dar eu am o întrebare. Dacă Bruce Cable e arestat, poate fi judecat chiar dacă e prins că deține manuscrisul furat?

Elaine s-a uitat în față și a zis:

– Graham, tu ești avocat.

– Am diplomă de Drept, dar n-am folosit-o niciodată. Dar, nu, un acuzat nu poate fi silit să pledeze vinovat. Prin urmare, oricine este acuzat de vreo infracțiune poate cere să fie judecat. Însă asta nu se va întâmpla în cazul de față.

– De ce nu?

– În cazul în care Cable are manuscrisul, vor exercita o presiune enormă asupra lui ca să vorbească. Recuperarea tuturor manuscriselor e mult mai importantă decât pedepsirea hoților și a escrocilor. Îi vor oferi lui Cable tot felul de înțelegeri salvatoare ca să mărturisească totul și să îi conducă spre alții. Nu avem idee cât de multe știe, dar putem paria că va începe să ciripească pentru a-și salva fundul.

– Dar dacă, din întâmplare, ar fi judecat, nu există posibilitatea să fiu chemată ca martor, nu-i așa?

Cei trei au rămas tăcuți, în timp ce Mercer aștepta un răspuns. După o pauză lungă și supărătoare, ea a spus:

– Ascultă, Elaine, nu ai pomenit nimic de tribunale și sigur nu mi-ai spus că s-ar putea să depun mărturie împotriva lui Cable. N-o să fac asta.

Elaine a încercat să o liniștească.

– Mercer, nu va trebui să depui mărturie, crede-mă. Ai făcut o treabă grozavă și suntem mândri de tine.

– Elaine, nu-ncerca să mă duci cu vorba, s-a răstit Mercer, cu glas mai aspru decât și-ar fi dorit.

O vreme nimeni nu a mai scos nicio vorbă, iar starea de încordare a persistat. Erau pe șoseaua Interstate 95, care mergea spre sud și pătrundea în periferia orașului Jacksonville.

Tribunalul era o clădire înaltă și modernă, cu multe etaje și fațada din sticlă. Li s-a făcut semn să pătrundă printr-o intrare laterală și au oprit mașina într-o mică parcare. La coborâre, agenții FBI au înconjurat-o, ca și cum ar fi avut nevoie de protecție. Liftul s-a umplut cu însoțitorii ei. Câteva minute mai apoi, au intrat în zona stăpânită de procurorul districtului Middle din Florida, fiind dirijați spre o sală de conferințe, unde au început să aștepte. Bradshaw și Vanno și-au scos telefoanele și s-au apucat să trimită mesaje. Elaine a vorbit cu cei de la Bethesda. Rick și Graham păreau să poarte discuții importante. Mercer a rămas singură lângă masa masivă, pentru că nu avea cu cine să vorbească.

După circa douăzeci de minute, un tânăr energic într-un costum de culoare închisă – la dracu', toți purtau asemenea costume – a intrat cu un aer hotărât și s-a prezentat ca fiind Janeway, asistent al procurorului. Le-a explicat tuturor că magistratul, un anume judecător Philby, era prins într-o audiere pe viață și pe moarte și că, în fine, s-ar putea să mai dureze ceva timp. Janeway a mai spus că dorea să-i ia o declarație lui Mercer, dacă nu se opunea cineva.

Mercer a ridicat din umeri. Avea de ales?

Janeway a plecat, apoi a revenit cu alți doi bărbați în costume de culoare închisă, care s-au prezentat. Mercer a dat mâna cu ei.

Aceștia și-au scos imediat carnetele de notițe și s-au așezat la masă, față în față cu ea. Janeway a început să pună întrebări și imediat a devenit evident că știa prea puține lucruri despre acel caz. Treptat – și dureros –, Mercer a completat golurile din informațiile pe care le avea Janeway.

19

La ora 4.50, Bradshaw și Vanno l-au urmat pe Janeway în biroul judecătorului Arthur Philby, care i-a primit ca și cum i s-ar fi încălcat proprietatea. Avusese o zi grea și părea iritat. Mercer s-a așezat la capătul altei mese lungi, alături de un grefier, care i-a cerut să ridice mâna dreaptă și să jure că va spune adevărul. O cameră video era îndreptată spre martoră. Judecătorul Philby, fără robă neagră, stătea în celălalt capăt al mesei, ca un rege pe tron.

Vreme de o oră, Janeway şi Bradshaw i-au adresat întrebări, iar Mercer a repetat aceeaşi poveste pentru a treia oară în ziua aceea. Bradshaw a scos câteva fotografii de dimensiuni mari ale subsolului, ale camerei în care se afla seiful și ale seifului în sine. Philby i-a întrerupt în repetate rânduri cu diverse întrebări, astfel că cea mai mare parte a declaraţiei ei a fost repetată de cel puţin două ori. Cu toate acestea, Mercer și-a păstrat stăpânirea de sine, gândindu-se amuzată că Bruce Cable era mult mai agreabil decât acei indivizi, pe care ar fi trebuit să îi socotească drept buni.

După ce Mercer a terminat de dat declaraţia, și-au strâns lucrurile și i-au mulţumit judecătorului pentru timpul acordat și pentru efortul său. „Lăsa-ţi-o baltă, a fost cât pe ce să le spună acesta, doar sunt plătit ca să mă aflu aici." Lui Mercer i s-a permis să plece, astfel că a părăsit în grabă clădirea împreună cu Elaine, Rick și Graham. După ce clădirea federală a rămas în urma lor, Mercer a întrebat:

– Ce se va întâmpla în continuare?

– Acum pregătesc mandatul de percheziţie. Declaraţia ta a fost perfectă și judecătorul este convins.

– Și când vor ataca magazinul de carte?

– Curând.

CAPITOLUL OPT

LIVRAREA

1

Denny se afla pe insulă de zece zile și își pierdea răbdarea. El și Rooker îl urmăriseră pe Cable și îi cunoșteau toate mișcările, ceea ce fusese o sarcină simplă și monotonă. O urmăriseră și pe Mercer și îi cunoșteau și ei obiceiurile, o altă treabă ușoară.

Intimidarea dăduse roade în cazul lui Oscar Stein din Boston și probabil că asta era singura lor armă utilă. Ca și în cazul lui Stein, Cable nu putea cere ajutorul poliției. Dacă avea manuscrisele, putea fi silit să încheie un târg. Dacă nu, aproape sigur știa unde se aflau.

De obicei, Cable pleca de la magazin la ora șase și se ducea acasă. La 5.50 în acea după-amiază, Denny a intrat în magazin și s-a prefăcut că se uită prin jur. Din fericire – și spre norocul lui Cable, de fapt –, acesta avea treabă în subsol, iar angajatele lui nu erau dispuse să divulge informația.

Cu toate acestea, pe Denny îl părăsise norocul. După luni de zile în care umblase nestingherit prin aeroporturi, vămi și puncte de control de securitate, folosind diverse identități, pașapoarte și deghizări, plătind în numerar la hoteluri și la moteluri când era posibil, se socotea foarte inteligent, dacă nu chiar invincibil.

În ultimii ani însă, FBI-ul își perfecționase tehnologia de recunoaștere facială, un software cunoscut sub numele de FacePrint. Acesta folosea un algoritm pentru calcularea distanței dintre ochii, nasul și urechile unei persoane și, în câteva milisecunde, compara rezultatul cu o bancă de fotografii relevante într-o anumită investigație. În „Dosarul Gatsby“, cum porecliseră cei de la FBI cazul manuscriselor furate, banca de date era relativ redusă: cuprindea doar o duzină de fotografii ale celor trei hoți, făcute la biblioteca Firestone, deși Jerry Steengarden și Mark Driscoll erau închiși, și câteva sute de fotografii ale unor oameni cunoscuți sau suspectați ca fiind activi în lumea obiectelor de artă, artefactelor și cărților furate.

Când Denny a intrat în magazin, camera ascunsă în *Porumbița singuratică* i-a reținut fața, după cum se întâmplase și în cazul celorlalți clienți care trecuseră prin raza ei începând cu amiaza acelei zile. Imaginea a fost transmisă către laptopul din partea din spate a furgonetei parcate pe partea cealaltă a străzii și, lucrul și mai important, către uriașul laborator criminalistic al FBI-ului de la Quantico, Virginia. La câteva secunde după ce pășise în magazin, Denny a fost identificat drept cel de-al treilea hoț din „Dosarul Gatsby“. Doi fuseseră prinși. Trey, cel de-al patrulea, încă se descompunea pe fundul lacului din Poconos, astfel că nu putea fi găsit sau implicat în ceva. Ahmed, cel de-al cincilea, încă se ascundea în Europa.

După un sfert de oră, Denny a ieșit din magazin, s-a dus după colț și a urcat într-o Honda Accord din 2011. Cea de-a doua furgonetă l-a urmărit de la distanță, apoi l-a pierdut din ochi, dar l-a găsit în parcarea motelului Briza mării, aflat pe plajă, la câteva sute de metri de hanul Farul. S-a organizat supravegherea.

Honda Accord fusese închiriată de la o agenţie din Jacksonville, a cărei reclamă era „închiriaţi o rablă" şi care nu se sfia să primească plăţile în numerar. Numele de pe cererea de închiriere era Wilbur Shifflet, iar directorul agenţiei a recunoscut în faţa celor de la FBI că avusese impresia că permisul de conducere emis în Maine părea fals. Shifflet plătise o mie de dolari în numerar pentru închirierea pe o perioadă de două săptămâni şi renunţase la asigurare.

Agenţii FBI au fost uluiţi auzind această ştire, realizând norocul incredibil pe care îl avuseseră. Dar de ce dădea târcoale magazinului unul dintre hoţi, la opt luni după săvârşirea furtului? Şi el o urmărea pe Mercer? Avea vreo legătură cu Cable? Erau multe întrebări derutante care trebuiau să îşi găsească răspuns mai târziu, dar, pe moment, acest lucru era un semn că Mercer avea dreptate. În subsol se găsea cel puţin un manuscris.

La apusul soarelui, Denny a ieşit din camera 18, iar Rooker din cea alăturată. Au mers o sută de metri până la Surf, un renumit bar aflat în aer liber, unde au mâncat sandviciuri şi au băut bere. Cât timp au mâncat, agenţii FBI au intrat în biroul de la Briza mării şi i-au prezentat managerului un mandat de percheziţie. În camera 18 au găsit sub pat o geantă sport. Aceasta conţinea un pistol cu calibrul 18 mm, şase mii de dolari în numerar şi permise de conducere false, emise în Tennessee şi în Wyoming. Însă nimic nu trăda identitatea reală a lui Wilbur. Agenţii nu au găsit nimic de valoare în camera alăturată.

Când au revenit la Briza mării, Denny şi Rooker au fost arestaţi şi conduşi, într-o tăcere totală şi în maşini separate, la biroul FBI din Jacksonville. Au fost înregistraţi şi amprentaţi.

Ambele seturi de amprente au fost comparate cu acelea din banca de date, iar la ora zece adevărul era cunoscut. Amprentele culese pe vremea când era militar au dezvăluit numele lui adevărat: Dennis Allen Durban, în vârstă de treizeci și trei de ani, născut la Sacramento. Pe Rooker l-a dat de gol cazierul: Bryan Bayer, în vârstă de treizeci și nouă de ani, născut la Green Bay, Wisconsin. Ambii au refuzat să coopereze și au fost duși în celule. Lamar Bradshaw a hotărât să îi facă uitați câteva zile și să aștepte știri legate de arestarea lor.

Mercer se afla cu Elaine, Rick și Graham în casa conspirativă, jucând gin rummy și pierzând timpul. Li se spusese despre arestări, dar nu cunoșteau amănuntele. Bradshaw a sunat la ora unsprezece, a vorbit cu Elaine și i-a comunicat elementele-lipsă. Lucrurile se petreceau cu repeziciune. A doua zi avea să fie punctul culminant. Cât despre Mercer, Bradshaw a spus doar atât:

– Scoateți-o de pe insulă.

2

În cursul zilei de marți au supravegheat magazinul chiar mai atent decât până atunci, dar nu au constatat nimic ieșit din comun. Nu au mai apărut hoți care să dea târcoale, nici livrări de pachete dubioase. Un camion UPS a livrat șase cutii cu cărți la ora 10.50, dar a plecat fără să încarce nimic. Cable se afla ba la etaj, ba în magazin, ajutând cumpărătorii sau citind ca întotdeauna în locul lui preferat. Bineînțeles, la ora 12.15 a plecat la masă, revenind o oră mai târziu.

La ora cinci, Lamar Bradshaw și Derry Vanno au intrat în magazin și i-au spus lui Cable că vor să discute cu el. Discret, Bradshaw i-a spus:

– FBI.

L-au urmat în sala primelor ediţii, unde el a închis uşa. Le-a cerut să se prezinte, iar ei au scos imediat insignele. Vanno i-a întins un mandat de percheziţie şi a spus:

– Am venit să percheziţionăm subsolul.

Rămas în picioare, Bruce a întrebat:

– De acord, dar ce căutaţi?

– Manuscrise furate din colecţia F. Scott Fitzgerald, proprietatea bibliotecii Princeton, a spus Bradshaw.

Bruce a râs şi, fără să ezite nicio clipă, a spus:

– Vorbiţi serios?

– Arătăm ca doi oameni serioşi?

– Cred că da. Vă deranjează dacă citesc ăsta? a întrebat Bruce, fluturând mandatul de percheziţie.

– Chiar te rog. În clipa de faţă, avem cinci agenţi în magazin, inclusiv noi doi.

– Bine, simţiţi-vă ca acasă. Găsiţi cafea la etaj.

– Ştim.

Bruce s-a aşezat la birou şi a citit mandatul fără să se grăbească. A răsfoit paginile, lăsând clar impresia că nu este îngrijorat. Când a terminat, a spus:

– Bun, e destul de clar. S-a ridicat, s-a întins şi s-a gândit ce să facă în continuare. E limitat strict la subsol, corect? a spus apoi.

– Cât se poate de corect, a răspuns Bradshaw.

– Acolo am multe lucruri de valoare şi, în fine, voi, băieţii de la FBI, sunteţi renumiţi că întoarceţi lucrurile cu susul în jos când intraţi cu mandate.

– Vezi prea multe seriale poliţiste, a spus Vanno. Ştim ce avem de făcut, iar dacă vei coopera, nimeni din magazin nu va şti că am fost aici.

– Mă-ndoiesc de asta.

– Să mergem!

Ţinând în mână mandatul de percheziţie, Bruce i-a condus spre partea din spate a magazinului, unde au întâlnit alţi trei agenţi, toţi îmbrăcaţi ca şi cum ar fi fost turişti. Bruce i-a ignorat şi a descuiat uşa care dădea spre subsol. A aprins lumina, apoi le-a spus:

– Fiţi atenţi la trepte.

Ajuns în subsol, a mai aprins alte câteva lumini şi s-a oprit la uşa camerei de valori, unde a tastat codul. A deschis, a aprins luminile, iar după ce agenţii s-au îngrămădit înăuntru, a făcut un semn spre pereţi şi a spus:

– Toate acelea sunt prime ediţii rare. Nu prezintă interes, presupun.

Un agent a scos o cameră video de mici dimensiuni şi a început să filmeze interiorul camerei de valori.

– Deschide seiful, i-a spus apoi Bradshaw lui Bruce, iar acesta s-a conformat.

După ce a deschis uşa seifului, a făcut un semn spre rafturile de sus şi a zis:

– Toate lucrurile de acolo sunt foarte rare. Vreţi să le vedeţi?

– Poate mai târziu, a răspuns Bradshaw. Să începem cu acele patru sertare.

Știa precis ce dorea.

Bruce l-a tras pe primul. Conţinea două cutii din lemn de cedru, aşa cum spusese Mercer. L-a ridicat pe primul, l-a aşezat pe masă şi a ridicat capacul.

– Acesta e manuscrisul original al romanului *O nuanţă mai închisă decât ambra,* de John D. MacDonald, din 1966. L-am cumpărat acum zece ani și încă mai am factura pentru a dovedi asta.

Bradshaw şi Vanno s-au aplecat deasupra manuscrisului.

– Te superi dacă îl atingem? a întrebat Vanno.

Amândoi aveau experiență și știau ce fac.

– Sunteți invitații mei.

Manuscrisul era dactilografiat, iar paginile erau în stare bună, aproape fără să se fi decolorat. L-au frunzărit, dar curând le-a pierit interesul.

– Și în celălalt? a întrebat Bradshaw.

Bruce a scos cea de-a doua cutie din lemn de cedru, apoi a așezat-o alături de prima și a ridicat capacul.

– Ăsta-i un alt manuscris de MacDonald, *Ploaia argintie și singuratică*, roman publicat în 1985. Am și pentru el o factură.

Manuscrisul era ordonat dactilografiat, având adnotări pe margini. Pentru a lămuri lucrurile, Bruce a adăugat:

– MacDonald a trăit pe o ambarcațiune pe care nu prea avea curent electric. Folosea o mașină de scris Underwood și era meticulos când lucra. Manuscrisele lui sunt incredibil de ordonate.

La drept vorbind, agenților nu le prea păsa, dar au răsfoit totuși câteva pagini.

Ca să se distreze, Bruce a continuat:

– Nu știu sigur, dar nu cumva Fitzgerald are manuscrisele scrise de mână?

Nu a primit niciun răspuns.

Bradshaw s-a întors spre seif și a spus:

– Al doilea sertar.

Bruce l-a deschis, iar cei doi agenți s-au apropiat și mai mult, străduindu-se să vadă. Au procedat la fel cu al treilea și al patrulea, fără să găsească nimic. Bradshaw a aruncat o privire înnebunită spre Vanno, care se holba la sertarele goale cu o expresie ce îi trăda neîncrederea.

Aproape amețit, Bradshaw a spus:

– Goleşte conţinutul seifului.

– Nicio problemă, a răspuns Bruce, dar este evident, cel puţin pentru mine, că o persoană v-a dat informaţii proaste, domnilor. Nu mă ocup de comerţul cu lucruri furate şi nici nu m-aş atinge de manuscrisele Fitzgerald.

– Goleşte seiful, a repetat Bradshaw, ignorându-i cuvintele.

Brucc a așezat cele două manuscrise MacDonald în sertarul de sus, apoi a întins o mână spre raftul de deasupra și a scos o casetă în care se afla *De veghe în lanul de secară*.

– Vrei să-l vezi?

– Da, i-a răspuns Bradshaw.

Bruce a deschis caseta cu grijă și a scos cartea. A ţinut-o în sus pentru a fi văzută de ei și filmată de cameră, apoi a pus-o înapoi.

– Și vreţi să le vedeţi pe toate?

– Exact.

– E o pierdere de vreme. Astea sunt romane publicate, nu manuscrise.

– Știm asta.

– Casetele acestea sunt făcute pe comandă pentru fiecare carte şi sunt mult prea mici pentru a conţine un manuscris.

Acest lucru era evident, dar timpul pierdut nu mai conta şi, în plus, se impunea o percheziţie amănunţită.

– Următorul, a spus Bradshaw, făcând un semn din cap spre rafturile din seif.

Metodic, Bruce a deschis casetele și a scos cărţile una câte una, punându-le apoi deoparte. În timp ce își vedea fericit de treabă, Bradshaw și Vanno clătinau din cap uluiţi, holbându-se unul la celălalt și dându-și ochii peste cap. În general, arătau la fel de uimiţi ca un cuplu de agenţi păcăliţi.

După ce toate cele patruzeci și opt de cărți au fost aranjate în teancuri pe masă, seiful s-a golit, cu excepția celor două manuscrise vechi MacDonald din sertarul de sus. Bradshaw s-a apropiat de seif ca și cum ar fi căutat compartimente secrete, dar era clar că nu exista niciun spațiu pentru așa ceva. S-a scărpinat în barbă, apoi și-a trecut degetele prin părul rărit.

– Dar astea ce sunt? a întrebat apoi Vanno, făcând semn cu mâna spre rafturile cu cărți de pe pereți.

– Sunt ediții rare, a răspuns Bruce, cărți publicate cu mult timp în urmă. O colecție pe care am alcătuit-o în douăzeci de ani. Repet, sunt romane, nu manuscrise. Presupun că vreți să le vedeți pe toate.

– Da, de ce nu? a spus Vanno.

Bruce a scos cheile și a început să descuie rafturile de cărți. Agenții au început să verifice șirurile de cărți, fără a găsi însă nimic care să semene cât de cât cu un manuscris masiv. Bruce îi urmărea cu atenție, pregătit să intervină dacă vreo carte era scoasă din raft. Însă ei au fost precauți și profesioniști, iar după o oră percheziția din camera de valori s-a încheiat fără vreun rezultat. Fusese examinat fiecare centimetru pătrat. După ce agenții au ieșit unul în spatele celuilalt, Bruce a închis ușa, dar nu a mai încuiat-o.

Bradshaw a aruncat apoi o privire prin subsol și a văzut rafturile ticsite cu cărți vechi, reviste, șpalturi și exemplare nedestinate vânzării.

– Te superi dacă aruncăm o privire pe-aici? a întrebat el într-o ultimă încercare de a descoperi ceva.

– Păi, conform mandatului, percheziția se limitează la camera de valori, a spus Bruce, dar ce naiba? Uitați-vă! N-o să găsiți nimic.

– Deci, consimţi.

– Sigur. De ce nu? Să mai pierdem ceva vreme.

Agenţii au scotocit prin camera cu cărţi neutilizabile vreme de o jumătate de oră, ca şi cum s-ar fi străduit să amâne concluzia inevitabilă. Era de neconceput să se recunoască înfrânţi, dar, în cele din urmă, au fost nevoiţi să renunţe. Bradshaw i-a întins mâna lui Bruce şi a spus:

– Ne cerem scuze pentru deranj.

Bruce i-a strâns mâna şi l-a întrebat:

– Aşadar, asta s-a făcut doar pentru mine ori încă sunt suspect?

Bradshaw a scos o carte de vizită din buzunar şi i-a întins-o lui Bruce.

– O să-ţi telefonez mâine şi-ţi voi răspunde la întrebare.

– Grozav! Dar mai bine ar fi să-l rog pe avocatul meu să te sune.

– Chiar te rog!

După plecarea agenţilor, Bruce a observat că două vânzătoare de la tejgheaua din faţă se uitau fix la el.

– De la DEA[1], a spus el. Căutau un laborator de metamfetamină. Acum, înapoi la treabă!

3

Cel mai vechi bar de pe insulă era Salonul piraţilor şi se afla la trei intersecţii spre est faţă de magazinul de carte. După căderea întunericului, Bruce s-a întâlnit cu avocatul lui, Mike Wood, ca să bea ceva cu el. S-au retras

[1] Drug Enforcement Administration – Administraţia de Combatere a Drogurilor (n.tr.)

într-un colţ şi, la un pahar de whisky, Bruce i-a povestit cum decursese percheziţia. Mike era prea experimentat ca să îl întrebe pe Bruce dacă ştia ceva despre manuscrisele furate.

– E posibil să aflu dacă mai sunt încă în vizorul lor? l-a întrebat apoi Bruce.

– Probabil. O să-i telefonez mâine individului, dar presupun că răspunsul e da.

– Aş vrea să aflu dacă voi fi supravegheat în următoarele şase luni. Ascultă, Mike, săptămâna viitoare plec în sudul Franţei ca să stau cu Noelle. Dacă tipii ăştia au de gând să mă urmărească pretutindeni, aş vrea să ştiu asta. La dracu', o să le transmit numărul zborului şi o să le telefonez când ajung acasă. N-am nimic de ascuns.

– O să-i spun asta tipului, dar deocamdată trebuie să presupunem că îţi urmăresc orice mişcare, că îţi ascultă telefonul şi că îţi citesc orice e-mail sau mesaj.

Bruce a mimat neîncrederea şi frustrarea, deşi, în ultimele două luni, trăise permanent cu impresia că cineva, probabil FBI-ul, îl urmărise şi îl ascultase.

În ziua următoare, miercuri, Mike Wood l-a sunat pe mobil pe Bradshaw de patru ori, fiind trimis direct la căsuţa lui vocală. A lăsat mesaje, dar nu a primit răspuns la niciunul. Bradshaw a sunat joi, confirmând că domnul Cable era o persoană care prezenta interes pentru FBI, dar nu mai era o ţintă a investigaţiei.

Mike l-a informat pe Bradshaw că, foarte curând, clientul său avea să părăsească ţara şi i-a transmis numărul zborului şi hotelul din Nisa unde avea să stea câteva zile împreună cu soţia sa. Bradshaw i-a mulţumit pentru informaţii şi i-a spus că FBI-ul nu manifesta interes faţă de călătoriile externe ale lui Cable.

4

Vineri, Denny Durban și Bryan Bayer, cunoscut și sub numele de Joe Rooker, au fost expediați pe calea aerului spre Philadelphia, apoi duși cu două mașini la Trenton, unde au fost din nou amprentați și plasați în celule separate. Apoi Denny a fost condus într-o cameră de interogare și, după ce a fost așezat la masă, i s-a oferit o ceașcă de cafea și i s-a spus să aștepte. Mark Driscoll și avocatul lui, Gil Petrocelli, au fost conduși de agentul special McGregor până în holul din afara camerei de interogare și, prin geamul cu vedere unidirecțională, l-au văzut pe Denny, stând singur și părând plictisit.

– L-am încălțat pe amicul tău, i-a spus McGregor lui Mark. L-am prins în Florida.

– Și ce-i cu asta? a răspuns Petrocelli.

– Până acum i-am prins pe trei dintre voi, cei trei care au pătruns în biblioteca Firestone. Ai văzut de ajuns?

– Da, a spus Driscoll.

Au ieșit din hol și au intrat într-o altă cameră de interogare, la două uși mai departe. După ce s-au așezat în jurul unei măsuțe, McGregor a spus:

– Nu știm cine a mai fost implicat în furt, dar au mai existat și alții. Cineva din afara bibliotecii a creat diversiunea, în vreme ce voi trei vă aflați înăuntru. Altcineva a pătruns în sistemul de securitate al campusului și al rețelei de alimentare cu energie electrică. Asta înseamnă cinci oameni, poate mai mulți – doar tu ne poți spune asta. Suntem pe cale să recuperăm manuscrisele și curând vom avea un set proaspăt de acuzații. Vrem să-ți facem cea mai bună ofertă, domnule Driscoll. Ciripești și pleci fără probleme. Ne spui totul și vom face uitate toate acuzațiile împotriva ta. Te includem în programul de protecție a martorilor și te ducem într-un loc plăcut, cu acte noi, unde vei avea o slujbă bună și tot ce îți dorești. Dacă va fi vorba de o judecată, va trebui să revii pentru a depune mărturie, dar, sincer să fiu, nu cred că se va întâmpla asta.

Opt luni de detenție îi fuseseră de ajuns lui Mark. Denny reprezenta pericolul, iar acum, după ce el fusese neutralizat, o mare parte din presiune dispăruse. Amenințarea răzbunării se redusese considerabil. Trey nu era un tip violent și oricum era un fugar. Dacă Mark ar fi mărturisit numele adevărat al lui Trey, acesta ar fi putut fi prins cât de curând. Ahmed era un tocilar prăpădit, specialist în computere, care se temea și de umbra lui. Ideea că el s-ar fi putut răzbuna i se părea foarte improbabilă.

– Lăsați-mă să mă gândesc, a spus Mark apoi.

– Mai vorbim despre asta, a zis Petrocelli.

– Bine, azi e vineri. Ai la dispoziție weekendul ca să te hotărăști. Mă întorc luni-dimineață. După aceea, toate ofertele se anulează.

Luni, Mark a făcut târgul.

5

Marți, 19 iulie, Bruce Cable a zburat de la Jacksonville la Atlanta, unde s-a îmbarcat pe un avion Air France care zbura nonstop până la Paris. Apoi a pierdut două ore în aeroport până la îmbarcarea în cursa spre Nisa. A sosit acolo la ora opt dimineața și a luat un taxi până la Hôtel Pérouse, un hotel distins și elegant de la marginea mării, pe care el și Noelle îl descoperiseră cu zece ani în urmă, în cursul primei lor călătorii în Franța. Ea stătea în hol, așteptându-l. Purta o rochie albă și o pălărie șic din pai, cu boruri late, arătând ca o adevărată franțuzoaică. S-au sărutat și s-au îmbrățișat de parcă nu se văzuseră de ani întregi, apoi au mers ținându-se de mână spre terasa de lângă piscină, unde au băut șampanie și s-au sărutat din nou. Când Bruce a spus că îi era foame, s-au dus în camera lor de la etajul trei și au comandat prin room-service. Au mâncat pe balcon și au stat la soare. Plaja se întindea pe kilometri întregi dedesubtul lor, iar dincolo de ea, Coasta de Azur fierbea în soarele dimineții. Bruce nu avusese nicio zi liberă de luni întregi și era cât se poate de pregătit să se relaxeze. După un somn lung, după care n-a mai simțit diferența de fus orar, au mers la piscină.

Ca întotdeauna, el s-a interesat de Jean-Luc, iar Noelle i-a spus că era bine. Îi transmitea salutări. Ea l-a întrebat de Mercer și Bruce i-a povestit totul. Se îndoia că aveau să o mai revadă.

Spre sfârșitul după-amiezii, au părăsit hotelul și s-au plimbat cinci minute prin Orașul Vechi, o secțiune cu formă triunghiulară veche de secole și atracția principală a orașului. S-au lăsat purtați de mulțime, privind piețele de pe trotuarele aglomerate, uitându-se la vitrinele buticurilor de pe străzile prea înguste pentru circulația automobilelor, mâncând înghețată și bând cafea la câte una dintre numeroasele cafenele de pe trotuare. Au șerpuit pe alei și s-au rătăcit în câteva rânduri, dar niciodată pentru multă vreme: marea se vedea mereu la următorul colț de stradă. Au mers mai mult ținându-se de mână, aproape lipiți, părând că se agață unul de celălalt.

6

Joi, Bruce și Noelle au dormit până târziu, au luat dejunul pe terasă, apoi au făcut duș, s-au îmbrăcat și au revenit în Orașul Vechi. S-au plimbat prin piețele de flori și s-au minunat de varietățile spectaculoase, multe dintre acestea fiindu-i necunoscute chiar şi Noellei. Au băut câte un espresso la o altă cafenea şi au urmărit grupurile de oameni strânse în jurul catedralei din Place Rosetti. La amiază, au plecat din Oraşul Vechi, ajungând pe o stradă ceva mai lată, pe care câteva maşini se străduiau să circule. Au intrat pe furiş într-un magazin de antichităţi şi Noelle a vorbit cu proprietarul. Un ajutor i-a condus în spate, unde se afla un mic atelier ticsit de mese şi de şifoniere în diferite stadii de restaurare. Bărbatul a făcut semn către o ladă din lemn şi i-a spus Noellei că abia sosise. Ea a verificat documentul de expediţie lipit pe un colţ şi i-a cerut omului să deschidă lada. Acesta a găsit bormaşina și s-a apucat să scoată cele douăsprezece şuruburi lungi de cinci centimetri care fixau capacul. A lucrat încet, metodic, aşa cum făcea probabil de mulţi ani. Bruce l-a urmărit atent, în vreme ce Noelle părea interesată de o altă masă veche. Când omul a terminat, el și Bruce au ridicat capacul lăzii şi l-au pus deoparte.

Noelle i-a spus ceva meşterului, care a dispărut. Bruce a scos spuma protectoare din ladă şi, brusc, el şi Noelle au văzut masa de scris a lui Mercer. Sub tăblia ei erau pereţii din faţă ai celor trei sertare care fuseseră scoase pentru a crea o ascunzătoare. Folosind un ciocan cu vârf spintecat, Bruce a desfăcut cu grijă suprafaţa. Înăuntru erau cinci cutii identice din lemn de cedru, toate făcute pe comandă, după specificaţiile lui, de un tâmplar de pe insula Camino.

Gatsby şi prietenii lui.

7

Şedinţa a început la nouă dimineaţa, lăsând impresia că urma să devină un adevărat maraton. Masa lungă era deja acoperită cu hârtii împrăştiate, de parcă participanţii lucraseră ore în şir. În capătul celălalt al încăperii fusese plasat un ecran mare, iar alături de acesta se aflau un platou cu gogoşi şi două carafe cu cafea. Agentul McGregor şi alţi trei agenţi FBI s-au aşezat de o parte a mesei. Carlton, procurorul adjunct, s-a aşezat pe partea cealaltă, flancat de câţiva bărbaţi tineri, care, în costumele lor de culoare închisă, păreau că nu ştiu să zâmbească. La capătul celălalt, simţindu-se încolţit sub privirile tuturor, stătea Mark Driscoll, având-l alături pe credinciosul lui avocat, Petrocelli.

Mark savura deja nenumărate gânduri încântătoare privind viaţa în libertate, într-o lume nouă. Era pregătit să vorbească.

McGregor a fost cel care a început discuţia.

– Să începem cu echipa. În interior au fost trei, corect?

– Corect. Eu, Jerry Steengarden şi Denny Durban.

– Și ceilalţi?

– În afara bibliotecii a rămas Tim Maladano, poreclit Trey. Nu ştiu de unde a venit, pentru că şi-a trăit viaţa mai mult ca fugar. Mama lui, o femeie pe nume Iris Green, locuieşte pe Baxter Road în Muncie, Indiana. Puteţi merge să discutaţi cu ea, dar cred că nu şi-a văzut băiatul de ani întregi. Trey a evadat acum doi ani dintr-o închisoare federală din Ohio.

– Cum se face că ştii unde locuieşte mama lui? a întrebat McGregor.

– A făcut parte din plan. Am memorat o grămadă de chestii inutile ca să ne convingem că vom păstra tăcerea în eventualitatea că vreunul dintre noi va fi prins. Ameninţarea cu răzbunarea, care părea reală atunci.

– Și când l-ai văzut pe Trey ultima oară?

– Pe 12 noiembrie anul trecut, ziua în care eu şi Jerry am plecat de la cabană spre Rochester. L-am lăsat acolo cu Denny. Nu am idee unde-ar putea fi.

Pe ecran a apărut o fotografie şi Trey le-a zâmbit.

– El e, a spus Mark.

– Şi el ce rol a avut?

– Să creeze diversiunea. El a provocat toată nebunia aceea cu bombe fumigene şi artificii. Tot el a telefonat la 911, spunând că în campus este un pistolar care împuşcă studenţi. Şi eu am dat telefon de două sau de trei ori, din interiorul bibliotecii.

– Bine, o să revenim la asta. Cine a mai fost amestecat?

– Am fost cinci, iar al cincilea a fost Ahmed Mansour, american de origine libaneză. El a lucrat de acasă, din Buffalo. Nu a fost la locul faptei în noaptea aceea. E hacker, falsificator şi expert în computere. A avut o carieră îndelungată într-un serviciu de informaţii, dar a fost concediat şi a devenit infractor. Are în jur de cincizeci de ani, e divorţat şi trăieşte cu o femeie pe Washburn Street numărul 662, în Buffalo. Din câte ştiu, n-are cazier.

Cu toate că Mark era filmat şi înregistrat, cei patru agenţi FBI şi cei cinci tineri cu feţe sumbre de la procuratură scriau de zor, ca şi cum notiţele lor ar fi fost extrem de importante.

– Bun, dacă aţi fost doar cinci, cine e individul ăsta? a întrebat McGregor.

Pe ecran a apărut faţa lui Bryan Bayer.

– Nu l-am văzut în viaţa mea.

Petrocelli a intervenit:

– E individul care m-a luat la palme în parcare, acum câteva săptămâni. M-a avertizat să-i spun clientului meu să-şi ţină gura.

– L-am prins împreună cu Denny, în Florida, a spus McGregor. Un criminal de carieră pe nume Bryan Bayer, dar care trecea drept Rooker.

– Nu-l cunosc, a spus Mark. N-a făcut parte din echipă. Cred că Denny l-a cooptat ca să caute împreună manuscrisele.

– Nu ştim prea multe despre el şi nu vrea să vorbească, a precizat McGregor.

– Nu a participat, a spus Mark.

– Să revenim la echipă. Spune-ne despre plan. Cum a început totul?

Mark a zâmbit, s-a destins, a luat o gură sănătoasă de cafea şi a început să povestească.

8

Undeva în Paris, pe malul stâng al Senei, în inima arondismentului şase, pe Rue St. Sulpice, domnul Gaston Chapelle avea un anticariat mic şi dichisit, care se schimbase prea puţin în ultimii douăzeci şi opt de ani. Astfel de magazine erau răspândite peste tot în centrul oraşului, fiecare având un profil aparte. Domnul Chapelle se ocupa de romane franţuzeşti, spaniole şi americane din secolele al XIX-lea şi XX. La două uşi mai departe pe aceeaşi stradă, un prieten avea de vânzare hărţi şi atlase vechi. După colţ, un altul făcea comerţ cu gravuri vechi şi scrisori trimise dc figuri istorice. În general, puţini intrau şi ieşeau din magazinele lor; aveau mulţi amatori care se mulţumeau să se uite la vitrine, dar puţini păşeau înăuntru. Clienţii lor erau colecţionari serioşi din întreaga lume, nu turişti care să caute ceva de citit.

Luni, 25 iulie, la ora unsprezece, domnul Chapelle a închis magazinul și a urcat într-un taxi care îl aștepta. Douăzeci de minute mai târziu, acesta a oprit în fața unei clădiri de birouri de pe Avenue Montaigne, din arondismentul opt, și domnul Chapelle a coborât. Când a intrat în clădire, s-a uitat cu precauție în urmă, deși nu se aștepta să vadă ceva neobișnuit. Conform legislației franceze, cel puțin, misiunea lui nu era nicidecum ilegală.

A vorbit apoi cu o recepționeră încântătoare și a așteptat cât ea a telefonat cuiva din clădire. El s-a plimbat prin hol, admirând obiectele de artă de pe pereți și încercând să descopere anvergura și puterea ambițiilor firmei de avocatură Scully&Pershing, al cărei nume era scris cu litere mari de culoarea bronzului. Aceasta avea birouri în Paris și – a numărat el – în patruzeci și patru de orașe din țări importante, precum și în câteva mai puțin însemnate. Petrecuse ceva timp pe website-ul firmei și știa că Scully se lăuda cu trei mii de avocați, fiind cea mai extinsă companie din lume.

După ce prezența lui a fost aprobată, recepționera l-a sfătuit să meargă la etajul doi. Domnul Chapelle a pornit pe scări și curând a găsit biroul unui anume Thomas Kendrick, partener important, ales exclusiv pentru că absolvise Universitatea Princeton. După absolvire, obținuse două diplome în Drept, una la Universitatea Columbia, iar a doua la Sorbona. Domnul Kendrick avea patruzeci și opt de ani și era născut în Vermont, dar avea acum dublă cetățenie. Era căsătorit cu o franțuzoaică și, după Sorbona, nu mai părăsise Parisul. Se specializase în litigii complexe cu caracter internațional și, cel puțin la telefon, se arătase reticent în a-i acorda o întrevedere proprietarului unui modest magazin de carte. Însă domnul Chapelle insistase.

Vorbind în franceză, au trecut rapid de formalitățile rigide de început și domnul Kendrick a întrebat:

– Așadar, ce pot face pentru dumneavoastră?

Domnul Chapelle i-a răspuns:

– Aveți legături strânse cu Universitatea Princeton, pentru că ați făcut parte cândva din consiliul de administrație. Presupun că îl cunoașteți pe președinte, domnul Carlisle.

– Da. Sunt foarte legat de universitatea pe care am absolvit-o. V-aș putea întreba de ce este important acest lucru?

– Este chiar *foarte* important. Am un prieten care are o cunoștință, iar această persoană îl știe pe omul care deține acum manuscrisele Fitzgerald. Acest om vrea să le înapoieze Universității Princeton, contra unui onorariu, desigur.

Fațada profesională, foarte severă, adoptată de Kendrick a dispărut imediat, iar ochii i s-au bulbucat, arătând ca și cum tocmai ar fi primit un șut în vintre.

Chapelle a continuat:

– Eu sunt doar un intermediar, la fel ca dumneavoastră, Avem nevoie de ajutor.

Ultimul lucru de care domnul Kendrick avea nevoie era o nouă sarcină, mai ales că lui nu-i ieșea niciun ban din asta – și avea să își piardă și timp prețios. Cu toate acestea, ideea de a fi implicat într-o tranzacție atât de unică și minunată era aproape copleșitoare. Dacă îi putea da crezare individului din fața lui, el, Kendrick, avea să joace un rol vital în readucerea acasă a unor bunuri pe care universitatea absolvită de el le prețuia mai mult decât orice. Și-a dres glasul și a spus:

– Din câte înțeleg, manuscrisele sunt întregi și în siguranță, da?

– Desigur.

Kendrick a zâmbit, dar gândurile îi alergau cu repeziciune.

– Și livrarea unde va avea loc?

– Aici. La Paris. Livrarea se va planifica atent, iar instrucțiunile trebuie respectate cu strictețe. Evident, domnule Kendrick, avem de-a face cu un infractor aflat în posesia unor valori neprețuite, care vrea să nu fie prins. E foarte inteligent și calculat, iar dacă va apărea cel mai mic pas greșit, vreo confuzie sau sugestie că ar fi în pericol, manuscrisele vor dispărea pentru totdeauna. Cei de la Princeton vor avea doar această unică șansă de a recupera manuscrisele. Înștiințarea poliției ar fi o eroare deosebit de gravă.

– Nu am idee dacă cei de la Princeton vor lua legătura cu FBI-ul. Nu am cum să știu asta, e limpede.

– În cazul acesta, nu va mai avea loc nicio tranzacție. Cei de la Princeton nu vor mai vedea niciodată manuscrisele.

Kendrick s-a ridicat și și-a îndesat mai adânc cămașa scumpă în pantalonii costumului. Apoi s-a dus la fereastră, a privit afară fără să vadă nimic și a spus:

– Care este prețul?

– O avere.

– Desigur. Trebuie să le dau o idee celor de la Princeton.

– Patru milioane pentru fiecare manuscris. Nenegociabil.

Fiind o persoană care se ocupa de procese în care erau în joc miliarde, prețul acelei răscumpărări nu l-a speriat nicidecum pe Kendrick. După cum nu avea să-i sperie nici pe cei de la Princeton. Kendrick se îndoia că universitatea la care studiase avea chiar atât de mulți bani la dispoziție, însă existau donații de douăzeci și cinci de miliarde de dolari și mii de studenți provenind din familii bogate.

Kendrick s-a îndepărtat apoi de fereastră, spunând:

– Evident, va trebui să dau câteva telefoane. Când ne putem revedea?

– Mâine, a răspuns Chapelle ridicându-se. Şi vă avertizez din nou, domnule Kendrick, orice amestec al poliţiei aici sau în Statele Unite ar fi catastrofal.

– Înţeleg. Vă mulţumesc pentru că aţi trecut pe aici, domnule Chapelle.

Şi-au strâns mâinile, apoi şi-au spus la revedere.

A doua zi de dimineaţă, la ora zece, o limuzină Mercedes de culoare neagră a oprit pe Rue de Vaugirard, în faţa Palatului Luxembourg. Thomas Kendrick a coborât de pe bancheta din spate şi a pornit pe trotuar. A intrat în renumitele grădini pe poarta din fier forjat şi paşii l-au purtat odată cu grupurile de turişti spre Lacul Octogonal, unde sute de oameni, atât parizieni, cât şi vizitatori, îşi petreceau dimineaţa, stând pe bănci, citind şi bucurându-se de soare. Copiii îşi dirijau bărcuţele de jucărie pe apă. Perechi de tineri amanţi stăteau lungiţi pe zidul scund din beton al lacului, mângâindu-se şi sărutându-se. Grupuri de alergători se agitau, vorbeau şi râdeau. Ajuns la monumentul închinat lui Delacroix, lui Kendrick i s-a alăturat, fără niciun salut, Gaston Chapelle, care avea în mână o geantă diplomat. Au continuat să se plimbe pe aleile late, îndepărtându-se de lac.

– Sunt urmărit? a întrebat Kendrick.

– Sunt oameni aici, desigur. Omul care deţine manuscrisele are complici. Eu sunt urmărit?

– Nu. Vă asigur.

– Bine. Presupun că discuţiile pe care le-aţi purtat au fost fructuoase.

– Plec în Statele Unite peste două ore. Mâine mă întâlnesc cu cei de la Princeton. Ei înţeleg regulile. Domnule Chapelle, după cum bănuiţi, vor dori să verifice.

Fără să se oprească, Chapelle a scos o mapă din geantă.

– Asta va fi de ajuns, a spus el.

Kendrick a luat mapa din mers.

– Pot şti ce e înăuntru?

Chapelle i-a aruncat un zâmbet poznaş şi a spus:

– E prima pagină din capitolul 3 al romanului *Marele Gatsby*. Din câte îmi dau seama, e autentică.

Kendrick s-a oprit ca trăsnit şi a bolborosit:

– Dumnezeule mare!

9

Doctorul Jeffrey Brown a traversat în fugă campusul Princeton şi a urcat vioi treptele scării care ducea la Nassau Hall, clădirea administraţiei. De când era director al Diviziunii Manuscrise de la biblioteca Firestone, nici nu-şi mai amintea când intrase ultima oară în biroul preşedintelui. În orice caz, ştia sigur că nu fusese convocat vreodată la o şedinţă anunţată ca „urgentă". Slujba lui nu fusese niciodată atât de incitantă.

Secretara îl aştepta, conducându-l imediat în impresionantul birou al preşedintelui Carlisle, care l-a întâmpinat stând în picioare. Doctorul Brown i-a fost prezentat imediat consilierului universităţii, Richard Farley, precum şi lui Thomas Kendrick. Pentru Brown, cel puţin, încordarea din biroul era palpabilă.

Carlisle i-a strâns pe toţi patru în jurul unei mese de conferinţă, apoi i-a spus lui Brown:

– Îmi cer scuze pentru că v-am luat din scurt, dar ni s-a adus ceva spre verificare. Ieri, la Paris, domnului Kendrick i s-a adus o filă despre care se susţine că ar fi prima pagină din manuscrisul original al romanului *Marele Gatsby,* de F. Scott Fitzgerald. Aruncaţi o privire la ea.

A împins mapa spre el şi a deschis-o. Scoţând un sunet de uimire, Brown s-a uitat la pagină, a atins cu delicateţe colţul din dreapta sus, apoi şi-a îngropat faţa în palme.

10

Două ore mai târziu, preşedintele Carlisle a convocat o a doua şedinţă la aceeaşi masă. Doctorul Brown plecase, iar pe scaunul lui stătea Elaine Shelby. Alături de ea era Jack Lance, clientul ei şi director executiv al companiei de asigurări care trebuia să plătească douăzeci şi cinci de milioane de dolari. Încă suferea după ce sclipitorul ei plan de a-l prinde pe Bruce Cable dăduse greş, dar îşi revenea cu repeziciune după ce i se dăduse de înţeles că în joc ar fi manuscrisul. Știa că Bruce Cable nu mai era pe insula Camino, dar nu știa că se afla în Franţa. Cei de la FBI ştiau că el plecase la Nisa, dar nu îl urmăriseră. Și nici nu o informaseră pe Elaine.

Thomas Kendrick şi Richard Farley s-au aşezat în faţa lui Elaine şi Lance. Preşedintele le-a întins mapa, apoi a spus:

– Aceasta ne-a fost oferită ieri, la Paris. E o mostră din *Marele Gatsby* şi i-am verificat autenticitatea.

Elaine a deschis mapa şi a aruncat o privire. Lance a făcut acelaşi lucru, dar niciunul dintre ei nu a avut vreo reacţie. Kendrick le-a povestit despre întâlnirea cu Gaston Chapelle şi le-a prezentat condiţiile înţelegerii.

Când a încheiat, Carlisle a zis:

– Evident, prioritatea noastră este să recăpătăm manuscrisele. Ar fi bine dacă am prinde escrocul, dar acum acest lucru nu prezintă prea mare importanţă.

– Aşadar, nu îi includem şi pe cei de la FBI? a întrebat Elaine.

– Legal vorbind, nu suntem obligaţi, a spus Farley. Nu văd nimic incorect într-o tranzacţie privată, dar am vrea să auzim şi părerea dumneavoastră. Îi cunoaşteţi mai bine decât noi.

Elaine a împins mapa câţiva centimetri mai departe de ea şi s-a gândit ce să răspundă. Apoi a rostit rar, cântărindu-şi bine cuvintele:

– Acum două zile, am vorbit cu Lamar Bradshaw. Cei trei oameni care au furat manuscrisele sunt închişi, iar unul dintre ei a făcut o înţelegere cu FBI-ul. Ceilalţi complici nu au fost găsiţi, dar FBI-ul are numele lor şi continuă cercetările. În ceea ce îi priveşte pe cei de la FBI, infracţiunea s-a soluţionat. S-ar arăta iritaţi de o asemenea înţelegere privată, dar ar înţelege. Sinceră să fiu, vor răsufla uşuraţi dacă manuscrisele vor fi recuperate.

– Aţi mai procedat vreodată în acest mod? a întrebat Carlisle.

– Da, de câteva ori. Recompensa se plăteşte în secret. Bunurile sunt înapoiate. Toată lumea e fericită, îndeosebi proprietarul. Şi escrocul, presupun.

– Nu ştiu ce să spun, a zis apoi Carlisle. Avem relaţii foarte bune cu FBI-ul. Au acţionat impecabil încă de la început. Mi se pare incorect să îi excludem în acest moment.

– Dar FBI-ul nu are nicio autoritate în Franţa, i-a răspuns Elaine. Vor fi siliţi să implice autorităţile de acolo şi noi vom pierde controlul. Vor fi implicaţi mulţi oameni, iar situaţia ar putea deveni încurcată. O mică greşeală – ceva ce nimeni nu poate anticipa – şi manuscrisele vor dispărea.

– Presupunând că le primim, cum va reacţiona FBI-ul când totul se va termina? a întrebat Farley.

Zâmbind, Elaine a răspuns:

– Îl cunosc foarte bine pe Lamar Bradshaw. Dacă manuscrisele revin în siguranţă în biblioteca dumneavoastră, iar hoţii sunt închişi, va fi cu siguranţă fericit. Va continua investigaţia câteva luni şi poate escrocul va face o greşeală, dar el şi cu mine vom bea ceva şi vom râde pe săturate la Washington, iar asta curând.

Carlisle s-a uitat la Farley şi la Kendrick şi, într-un târziu, a spus:

– În regulă. Să lucrăm fără ei. Acum, problema spinoasă a banilor. Domnule Lance?

Directorul executiv şi-a dres glasul, apoi a răspuns:

– Presupunând că escrocul are toate cele cinci manuscrise, calculul e uşor. Cât sunteţi dispus să daţi din cele douăzeci de milioane?

Fără să ezite, Lance a spus:

– Noi vom da jumătate. Nimic în plus.

Era mai mult decât sperase Carlisle, pentru că, în calitatea sa de cadru universitar, se simţea oarecum dezavantajat în încercarea de negociere cu un director executiv cu mare experienţă. S-a uitat la Farley şi i-a spus:

– Pregăteşte cealaltă jumătate.

11

Pe Rue St. Sulpice, la mai puţin de doisprezece metri de uşa din faţă a librăriei Gaston Chapelle, se afla Hôtel Proust, o clădire veche, ciudată, cu trei etaje, cu camere mici şi un singur lift, îndeajuns de spaţios pentru a permite transportul unui adult împreună cu bagajul său. Folosind un paşaport canadian fals, Bruce plătise în numerar pentru o cameră de la etajul doi.

După ce a instalat la fereastră o cameră de supraveghere dirijată spre faţada magazinului deţinut de Gaston, a urmărit transmisia în direct pe iPhone-ul lui din camera de la Hôtel Delacroix, aflat pe colţ cu Rue de Seine. Noelle, din camera ei de la Hôtel Bonaparte, urmărea şi ea. Pe patul ei se aflau cele cinci manuscrise, fiecare pus într-un alt tip de sacoşă.

La ora unsprezece, ea a plecat cu una dintre ele şi, ajunsă în hol, i-a cerut recepţionerei să nu trimită cameriste în camera ei, întrucât soţul ei dormea. A părăsit hotelul, a traversat strada şi s-a oprit lângă vitrina unui butic care vindea rochii. Bruce a trecut pe lângă ea şi, fără să se oprească, a luat sacoşa. Noelle a revenit în camera de hotel pentru a proteja restul manuscriselor şi pentru a urmări ce se întâmpla la magazinul lui Gaston.

Plimbându-se pe lângă fântâna arteziană a bisericii St. Sulpice şi străduindu-se să se amestece printre turişti, Bruce a pierdut ceva timp încercând să capete curaj pentru ceea ce urma. Următoarele câteva ore aveau să îi schimbe viaţa în mod spectaculos. Dacă pica în vreo capcană, avea să fie trimis acasă încătuşat şi aruncat în închisoare ani buni. Dar, dacă planul îi ieşea, avea să fie un om bogat şi doar Noelle ar fi ştiut de această aventură. A mai mers cale de câteva intersecţii, mereu în cerc pentru a ajunge înapoi şi a-şi pierde urma. În cele din urmă, sosise momentul să înceapă livrarea.

A intrat în magazin şi l-a găsit pe Gaston cercetând un atlas vechi, prefăcându-se concentrat asupra lui, dar urmărind, de fapt, ce se întâmpla pe stradă. Nu avea clienţi. Vânzătoarea lui primise o zi liberă. Au mers în biroul lui aglomerat de cărţi din spatele magazinului şi Bruce a scos o cutie din lemn de cedru. A deschis-o, apoi a desfăcut cutia de arhivare dinăuntru şi a spus:

– Primul, *Dincoace de paradis*.

Gaston a atins uşor prima pagină şi a spus în engleză:

– Arată perfect.

Bruce l-a lăsat în contemplare. A deschis şi a închis uşa, aruncând priviri într-o parte şi în alta a străzii înguste, apoi s-a îndepărtat cu un aer nepăsător. Noelle a urmărit imaginile din camera sa de la Hôtel Proust şi nu a văzut nimic neobişnuit.

Folosind un telefon mobil cu cartelă prepaid, Gaston a telefonat la un număr al băncii Credit Suisse din Geneva şi l-a informat pe cel care i-a răspuns că prima tranzacţie se încheiase. Conform instrucţiunilor lui Bruce, cufărul pentru răscumpărare se afla în aşteptare la banca din Zürich. Tot conform instrucţiunilor, prima tranşă a fost transmisă către un cont de la banca AGL din Zürich, iar la sosirea confirmării, suma s-a trimis spre un alt cont dintr-o bancă din Luxemburg.

Aflat în camera lui, în faţa laptopului, Bruce a primit un e-mail prin care se confirmau cele două tranzacţii.

Un Mercedes negru a oprit în faţa magazinului lui Gaston şi Thomas Kendrick a coborât. A intrat şi a ieşit în mai puţin de un minut, apoi a plecat cu manuscrisul. S-a dus direct la biroul lui, unde doctorul Jeffrey Brown îl aştepta împreună cu un alt bibliotecar de la Princeton. Au deschis cutiile şi s-au minunat în faţa marelui premiu.

Era nevoie de răbdare, dar aşteptarea s-a dovedit chinuitoare. Bruce şi-a schimbat hainele şi a plecat într-o nouă plimbare lungă. La o cafenea de pe trotuar, de pe Rue des Écoles din Cartierul Latin, a reuşit cu greu să vâre pe gât o salată. La două mese mai departe, Noelle stătea cu o ceaşcă de cafea în faţă. S-au ignorat unul pe celălalt până la plecarea lui cu un sac de spate, pe care ea îl aşezase pe un scaun. La câteva minute după ora unu, a intrat din nou în magazinul de carte al lui Gaston și l-a surprins discutând cu un client. Bruce s-a retras în spatele magazinului și a așezat sacul pe biroul lui Gaston. Când acesta a reușit să scape de client, au deschis împreună cea de-a doua cutie din lemn de cedru și au privit scrisul lui Fitzgerald. Bruce a spus:

– *Cei frumoși și blestemați*. Publicat în 1922 și, probabil, romanul pentru scrierea căruia a făcut cel mai mic efort.

– Pare în regulă.

– Sună, a spus Bruce, apoi a plecat.

Cincisprezece minute mai târziu, transferurile telegrafice au fost confirmate. La scurt timp după aceea, același Mercedes negru a oprit în același loc, iar Thomas Kendrick a luat de la Gaston volumul al doilea.

După ordinea publicării, *Marele Gatsby* era următorul, dar Bruce îl păstra pentru final. Averea lui se aduna în mod elegant, însă îl îngrijora ultima livrare.

A găsit-o pe Noelle stând la umbra unui ulm în Grădinile Luxembourg. Avea lângă ea o sacoșă din hârtie cu numele unei brutării. Pentru mai multă siguranță, capătul unei baghete ieșea din partea de sus a sacoșei. Bruce a rupt o bucată și a mâncat din ea cât timp s-a îndreptat spre anticariatul lui Gaston. La ora 2.30 a intrat în magazin, i-a predat prietenului său sacoșa și ce mai rămăsese din baghetă, împreună că *Tandrețea nopții*, după care a plecat grăbit.

Pentru a încurca lucrurile, cea de-a treia telegramă a plecat spre o filială Deutsche Bank din Zürich, apoi spre un cont numeric dintr-o bancă londoneză. După ce au fost confirmate și acestea două, averea lui a trecut de la șapte cifre la opt.

Kendrick a apărut din nou pentru a ridica manuscrisul numărul trei. Aflat în biroul lui Kendrick, doctorul Jeffrey Brown simțea că amețește pe măsură ce colecția se completa.

Cel de-al patrulea manuscris, al romanului *Ultimul magnat*, era ascuns într-o sacoşă de la o sală de gimnastică Nike, pe care Noelle a dus-o până într-un magazin de carte poloneză de pe Boulevard St. Germain. În timp ce ea frunzărea o carte, Bruce a luat sacoşa şi a mers preţ de patru minute, până la librăria Chapelle. Băncile elveţiene se închideau la ora cinci. Cu câteva minute înainte de ora patru, Gaston i-a telefonat lui Thomas Kendrick şi i-a transmis o veste sumbră. Cunoştinţa lui voia să fie plătit în avans pentru *Gatsby*. Kendrick şi-a păstrat calmul, susţinând că acest lucru nu era acceptabil. Încheiaseră o înţelegere şi, deocamdată, ambele părţi îşi respectaseră obligaţiile.

– Adevărat, a spus domnul Chappelle cu glas politicos. Însă, aşa cum consideră persoana mea de legătură, există pericolul ca el să facă livrarea finală, iar oamenii dumneavoastră să hotărască să anuleze ultima tranşă de bani.

– Dar dacă noi facem plata şi el hotărăşte să păstreze manuscrisul? a întrebat Kendrick.

– Cred că este un risc pe care trebuie să vi-l asumaţi, a spus Gaston. Omul e de neclintit.

Kendrick a inspirat adânc şi s-a uitat la faţa doctorului Brown, pe care se citea oroarea.

– Vă telefonez peste un sfert de oră, i-a spus el lui Gaston.

Doctorul Brown vorbea deja la telefon cu cei de la Princeton, unde preşedintele Carlisle nu se dezlipise de birou în ultimele cinci ore. Practic, nu aveau ce discuta. Cei de la Princeton voiau manuscrisul *Gatsby* mai mult decât dorea escrocul cele patru milioane. Erau nevoiţi să rişte.

Kendrick l-a sunat pe Chapelle şi i-a transmis vestea. La 4.45, când a fost confirmat transferul de bani, Chappelle l-a sunat pe Kendrick şi l-a informat că manuscrisul *Gatsby* se afla pe bancheta din spate a unui taxi care aştepta în faţa clădirii de birouri de pe Avenue Montaigne.

Kendrick s-a năpustit afară din birou, avându-i pe urme pe doctorul Brown şi pe colegul lui. Au gonit pe scara lată, au trecut în viteză pe lângă recepţionera uimită şi au ieşit din clădire în timp ce Gaston cobora din taxi. Acesta le-a înmânat o geantă diplomat destul de groasă şi le-a spus că acolo se afla *Gatsby*, mai puţin prima pagină din capitolul 3.

Stând rezemat de un copac la nici cincisprezece metri distanţă, Bruce Cable a urmărit schimbul şi a râs pe săturate.

EPILOG

Peste noapte, douăzeci de centimetri de zăpadă acoperiseră campusul, iar la jumătatea dimineţii, echipele de îngrijitori, folosind pluguri şi lopeţi, se străduiau să cureţe aleile şi treptele scărilor, astfel încât cursurile să se desfăşoare fără probleme. Studenţii cu ghete şi cu haine groase nu zăboveau deloc între cursuri. Temperatura era mult sub zero grade, iar vântul devenise muşcător.

Potrivit programului pe care îl găsise on-line, ea trebuia să ajungă la un amfiteatru din Quigley Hall ca să predea un curs de scriere creativă. El a găsit clădirea şi sala şi a reuşit să se ascundă şi să stea la căldură în holul de la etajul întâi până la ora 10.45. Apoi s-a strecurat din nou în vremea iernatică şi a umblat de colo până colo pe un trotuar de lângă clădire, prefăcându-se că vorbeşte la telefon ca să evite orice suspiciune. Era prea frig ca să îl ia cineva în seamă sau să se sinchisească. Înfofolit cum era, putea trece drept student. Ea a ieşit pe uşă şi s-a îndepărtat înconjurată de studenţi, o mulţime ce se mărea pe măsură ce se goleau şi alte clădiri pentru următoarele cursuri. A urmărit-o de la distanţă şi a observat că era însoţită de un tânăr cu un sac de spate. Au cotit pe câteva străzi, lăsând impresia că se îndreaptă spre

Strip, un şir de magazine, cafenele şi baruri din apropiere de campusul Universităţii Southern Illinois. Au traversat apoi o stradă, iar însoţitorul ei a luat-o de braţ ca să o ajute. După un timp în care au mers parcă tot mai repede, el i-a eliberat braţul.

Au intrat într-o cafenea, iar Bruce a pătruns într-un bar alăturat. Şi-a vârât mănuşile într-un buzunar al paltonului şi a comandat o cafea fără zahăr. A aşteptat un sfert de oră, cât să se încălzească, apoi a intrat în cafenea. Mercer şi prietenul ei stăteau ghemuiţi la o măsuţă, având paltoanele şi fularele drapate pe spătarele scaunelor şi câte un pahar cu espresso în faţă. Păreau să discute aprins. Bruce a ajuns alături de masă înainte ca Mercer să îl observe.

– Bună, Mercer, a spus el, fără să îl bage în seamă pe prietenul ei.

Ea l-a privit cu un aer năucit, părând să nu mai poată să respire. Bruce s-a întors spre prietenul ei şi i-a spus:

– Iartă-mă, dar vreau să discut ceva cu ea. Vin de departe.

– Ce mama dracului? a exclamat tânărul, pregătit să sară la bătaie.

Ea l-a atins pe mână şi a zis:

– Stai liniştit. Lasă-ne singuri câteva minute.

Tânărul s-a ridicat încet în picioare, şi-a luat cafeaua şi, când s-a îndepărtat, l-a atins din mers pe Bruce, care s-a prefăcut că nu ia în seamă gestul. S-a aşezat apoi pe scaunul proaspăt părăsit şi i-a zâmbit lui Mercer.

– Isteţ băiat. Unul dintre studenţii tăi?

Ea şi-a revenit din uimire şi a spus:

– Serios? Chiar te interesează?

– Nicidecum. Mercer, arăţi grozav, doar că nu mai eşti bronzată.

– E februarie în Midwest și ne aflăm departe de plajă. Ce dorești?

– O duc bine, mulțumesc de întrebare. Dar ție cum îți merge?

– Grozav. Cum de m-ai găsit?

– Doar nu te ascunzi. Mort Gasper a luat prânzul cu agenta ta literară, care i-a spus trista poveste a lui Wally Starke, care a murit a doua zi după Crăciun. Aveau nevoie de un înlocuitor de urgență în primăvara asta pentru scriitorul care ținea cursul și ai apărut tu. Îți place aici?

– N-am probleme. E frig și bate vântul cât se poate de mult, a spus ea luând o înghițitură de cafea.

Niciunul nu și-a dezlipit privirea de la celălalt.

– Cum merge noul roman? a întrebat el zâmbind.

– Bine. E pe jumătate terminat și scriu în fiecare zi.

– Despre Zelda și Ernest?

Ea a zâmbit amuzată.

– Nu, aceea a fost o idee ridicolă.

– E adevărat, dar ai lăsat impresia că ți-ar plăcea, dacă-mi amintesc bine. Care e povestea?

Mercer a inspirat adânc, apoi și-a plimbat privirea prin cafenea. Zâmbind, a spus:

– E despre Tessa, despre viața ei pe plajă și despre nepoata ei, dar și despre aventura ei cu un bărbat mai tânăr. Totul frumos și literar.

– Porter?

– Cineva care seamănă cu el.

– Îmi place ideea. Cei de la New York au citit ceva din roman?

– Agenta mea a citit prima jumătate și a fost entuziasmată. Cred că va merge. Bruce, nici nu-mi vine să cred, dar mă bucur să te revăd. Acum, după ce am depășit starea de șoc...

– Și eu mă bucur să te revăd, Mercer. Nu eram convins că asta se va mai întâmpla vreodată.

– Și de ce se întâmplă acum?

– E vorba de o treabă neterminată.

Ea a luat o înghițitură de cafea și și-a șters buzele cu un șervețel.

– Spune-mi, Bruce, când ai început să mă suspectezi?

El s-a uitat la cafeaua ei, o varietate de latte cu prea multă spumă și cu ceva caramel turnat deasupra.

– Îmi dai voie? a întrebat el, întinzând mâna spre pahar.

Ea nu a spus nimic, iar el a sorbit din cafea.

– Din momentul în care ai apărut, a răspuns el. În acea perioadă, eram în alertă și urmăream fiecare chip nou – și asta pe bună dreptate. Aveai acoperirea perfectă și te-am crezut o vreme. Pe de altă parte, am socotit că ar putea fi un plan sclipitor, gândit de altcineva. A cui a fost ideea, Mercer?

– Prefer să nu spun.

– Foarte bine. Cu cât ne apropiam mai mult, cu atât mai bănuitor deveneam. Iar în acea perioadă, simțul meu visceral îmi spunea că oamenii răi mă încolțeau. Prea multe fețe necunoscute în magazinul meu, prea mulți falși turiști care își făceau de lucru pe acolo... Tu mi-ai confirmat temerile, de aceea am acționat.

– Și-ai scăpat basma curată, nu?

– Exact. Am avut noroc.

– Felicitări!

– Mercer, ești o amantă grozavă, dar o spioană de toată jena.

– Le iau pe ambele drept complimente.

A sorbit din pahar, apoi i l-a întins. După ce Bruce i l-a înapoiat, Mercer a întrebat:

– Așadar, care e treaba neterminată?

– Să te-ntreb de ce ai făcut-o. Ai încercat să mă trimiţi la închisoare.

– Nu asta riscă toţi escrocii când hotărăsc să se ocupe de bunuri furate?

– Mă faci escroc?

– Bineînţeles.

– Ei, atunci cred că tu eşti o târfuliţă şireată.

Ea a râs şi a spus:

– În regulă, acum suntem chit. Mai ai şi alte apelative pentru mine?

– Nu, deocamdată nu, a râs el.

– Bruce, aş găsi o sumedenie de cuvinte care să te caracterizeze, dar cele frumoase ar fi mai multe decât cele urâte.

– Cred c-ar trebui să-ţi mulţumesc. Aşadar, să revenim la întrebarea mea. De ce-ai făcut-o?

Ea a inspirat adânc şi s-a uitat din nou în jur. Prietenul ei stătea într-un colţ şi butona telefonul.

– Banii. Eram fără niciun sfanţ, plină de datorii, vulnerabilă... Am multe scuze, serios. E ceva ce voi regreta mereu. Bruce, îmi cer iertare!

El a zâmbit şi a spus:

– De aceea sunt aici. Asta mi-am dorit.

– Scuze?

– Da. Şi le accept. Nu-ţi port pică.

– Întotdeauna ai fost generos.

– Îmi pot permite, a spus el şi amândoi au râs.

– Bruce, de ce-ai făcut-o? Cum să zic... privind în urmă, a meritat, dar a fost incredibil de riscant.

– Crede-mă, n-am plănuit asta. Am mai cumpărat şi am mai vândut cărţi rare pe piaţa neagră. Cred că zilele acelea au trecut, dar în perioada aceea îmi vedeam de treabă. Apoi, brusc, am primit un telefon. Un lucru a dus la altul şi m-am lăsat purtat de val. Am întrezărit ocazia, am hotărât să n-o ratez și în curând am devenit posesorul manuscriselor. Dar nu știam ce să fac... N-am avut idee cât de aproape erau băieții răi decât după ce-ai apărut tu. Când mi-am dat seama că aveam o spioană în casă, a trebuit să întreprind ceva. Tu ai făcut să se întâmple totul, Mercer.

– Încerci cumva să-mi mulțumești?

– Da. Sincer, îți sunt recunoscător.

– Nu ai de ce. După cum știm amândoi, sunt o spioană deplorabilă.

Au mai luat câte o înghițitură de cafea, fiind evident că le plăcea discuția.

– Bruce, să-ți spun ceva. Când am citit că manuscrisele s-au întors la Princeton, am râs pe săturate. M-am simțit ridicol fiindcă fusesem prostită, dar am zis: „Mergi înainte, Bruce!"

– A fost o mare aventură, dar m-am liniștit.

– Mă îndoiesc.

– Jur. Ascultă, Mercer, vreau să te întorci pe insulă. Locul acela înseamnă mult pentru tine. Căsuța, plaja, prietenii, magazinul, Noelle și cu mine... Ușa îți e oricând deschisă.

– Dacă spui tu… Ce mai face Andy? Mă gândesc mereu la el.

– E treaz și hotărât să rămână așa. Merge de două ori pe săptămână la întrunirile Alcoolicilor Anonimi și scrie ca un dement.

– Asta-i o veste minunată.

– Săptămâna trecută am vorbit cu Myra despre tine. Au apărut întrebări legate de plecarea ta intempestivă, dar nimeni nu bănuiește nimic. Acolo ți-e locul și țin să te asigur că ești liberă să vii să ne vezi. Termină romanul și facem o petrecere de pomină.

– Ești foarte amabil, Bruce, dar alături de tine o să fiu mereu bănuitoare. S-ar putea să mă întorc, dar gata cu aventurile.

El i-a strâns mâna, apoi s-a ridicat și a spus:

– Mai vedem noi. A sărutat-o pe creștet și a adăugat: Deocamdată, la revedere!

Mercer l-a urmărit mergând printre mese și ieșind din cafenea.

Nota autorului

Permiteţi-mi să cer scuze Universităţii Princeton. Dacă ceea ce scrie pe website-ul său este adevărat – şi nu am motive să pun asta la îndoială –, atunci manuscrisele F. Scott Fitzgerald sunt găzduite de biblioteca Firestone. Nu cunosc acest lucru cu maximă certitudine. Nu am văzut niciodată acea bibliotecă şi am stat departe de ea cât timp am scris acest roman. În ceea ce mă priveşte, aceste manuscrise ar putea fi în subsol, în pod sau într-un mormânt secret, păzite de oameni înarmaţi. Nu am făcut niciun efort de a respecta acurateţea în această privinţă, în primul rând pentru că nu aş vrea să îi ofer vreunui suflet nechibzuit inspiraţia de a comite o asemenea infracţiune.

După primul meu roman, am descoperit că a scrie cărţi este mai uşor decât a le vinde. Cum nu ştiam nimic despre aspectele vânzării cu amănuntul, m-am bizuit pe un vechi prieten, Richard Howorth, proprietarul librăriei Square Books din Oxford, Mississippi. El a citit manuscrisul şi a găsit nenumărate modalităţi de a-l face mai bun. Mulţumesc, Rich.

Lumea cărţilor rare este fascinantă şi eu doar cochetez cu ea. Când am avut nevoie de ajutor, am apelat la Charlie

Lovett, la Michael Suarez şi la Tom şi Heidi Congalton, proprietarii firmei Between the Covers Rare Books. Multe mulţumiri.

David Routh m-a scos din încurcătură în ceea ce priveşte Chapel Hill, la fel şi Todd Doughty din Carbondale.

Cuprins

RAO
CARTE DE BUZUNAR
– ADULȚI –

OPERE XX / CLASICI CONTEMPORANI

H.E. Bates	*Ușor bătea vântul spre Franța*
Albert Camus	*Fata și reversul / Nunta / Mitul lui Sisif / Omul revoltat / Vara / Exilul și împărăția*
Rafael Chirbes	*Împușcăturile vânătorului*
Miguel Delibes	*Doamna în roșu pe fundal cenușiu • Cinci ore cu Mario*
Romain Gary	*Prima dragoste, ultima dragoste • Rădăcinile cerului*
Louis Guilloux	*Sângele negru*
Hermann Hesse	*Gertrud / Rosshalde / Ultima vară a lui Klingsor*
Franz Kafka	*Castelul • Procesul*
Andre Malraux	*Antimemoni, vol. 1 – Oglinda limburilor • Condiția umană*
Henry de Montherlant	*Bestiarele • Demonul binelui • Fetele • Leproasele • Visul*
Josep Pla	*Noapte de primăvară • Strada îngustă*
Juan Rulfo	*Câmpia în flăcări • Pedro Paramo*
Ernesto Sabato	*înainte de tăcere*
Jean-Paul Sartre	*Muștele / Cu ușile închise / Morți fără îngropăciune / Diavolul și bunul Dumnezeu / Sechestrați din Altona*
Michel Tournier	*Fecioara și căpcăunul • Gaspar, Melhior & Baltazar • Picătura de aur • Regele Arinilor*
Virginia Woolf	*Anii • Camera lui Jacob • Doamna Dalloway Eseuri alese / Arta lecturii • Eseuri alese / Portrete în oglindă între acte • Jurnalul unei scriitoare • Orlando • Schite Spre Far • Valurile*

RAO CONTEMPORAN

Antonio Alamo	*Incendierea paradisului*
Federico Andahazi	*Anatomistul • Cetatea ereticilor • Conchistadorul • Mironosițele • Secretul culorii pure*
Iuri Andruhovyci	*Douăsprezece inele*
Jean-Daniel Baltassat	*Tainele donei Isabel*
Julian Barnes	*Privind în soare*
Arturo Barea	*Copilăria unui răzvrătit*
Romano Battaglia	*O inimă curată*
Tonino Benacquista	*Alter ego*
Carmen Covito	*Urâțica*
Don DeLillo	*Mao II*
Nicolas Dickner	*Nikolski*
Dimitre Dinev	*O lumină deasupra capului*

E.L. Doctorow	*Labirintul apelor*
Margaret Drabble	*Drumul strălucitor*
Marguerite Duras	*Amanta engleză • Hiroshima, dragostea mea • India Song*
Dominique Fernandez	*îngerul destinului*
Robert Finley	*Indiile accidentale*
Paolo Giordano	*Singurătatea numerelor prime*
Martin Gulich	*Bellinzona, noaptea • Îmbrățișarea*
Joseph Heller	*Catch-22 • Ora închiderii*
Kazuo Ishiguro	*Nemângâiati*
Luis Garcia Jambrina	*Vise paralele*
Regis Jauffret	*Case de nebuni*
Julia Kristeva	*Moarte la Bizanț • Samuraii*
Chan Koonchung	*Imposibila lume utopică a lui Champa, șoferul*
Javier Marias	*Inima atât de albă*
Carlos Maria Dominguez	*Casa de hârtie*
Adolfo Puerta Martin	*Azucena noaptea*
Patrick Modiano	*Dora Bruder*
Rosa Montero	*În inima injrnului • Povestea regelui străveziu • Stăpân iubit • Ziua inocenților • Instrucțiuni pentru salvarea lumii*
Juan Manuel de Prada	*Păsărici*
Adolf Muschg	*Pot merge și singur și alte povestiri de dragoste*
Yann Queffelec	*Nuntă nemiloasă*
Kenzaburo Oe	*Strigătul înăbușit • O experiență personală • O viață liniștită*
Felipe Benitez Reyes	*Caruselul iluziilor*
Juan Carlos Somoza	*Clara sipenumbra • Peștera ideilor*
Andrzej Stasiuk	*Călătorind spre Babadag • Fado • Nouă • Djermania*
Antonio Skarmeta	*Dansul victorie • Neruda văzut de armeta • Poștașul lui Neruda*
Philippe Sollers	*Călătorii timpului • Steaua amanților • Secretul*
Ali Smith	*Accidental*
Rose Tremain	*Restaurația*
Angela Vallvey	*Micile neajunsuri ale fericirii*
Manuel Vazquez Montalban	*Pianistul*
Enrique Vila-Matas	*Asasina cultivată • Bartleby & Co • Parisul nu are sfârșit*
Sandro Veronesi	*Arde Troia • Forța trecutului • Haos calm*
Banana Yoshimoto	*N.P.*
Richard Wagner	*Miss București*

THRILLER, AVENTURI, ACȚIUNE, ROMANCE, DRAMĂ, SF

Lino Aldani	*Crucea de gheată*
Lawrence Alexander	*Rubicon*
Ted Allbeury	*De o parte și de alta a frontiere*
Will Adams	*Codul lui Alexandru*
Karin Alvtegen	*Trădarea*

Karin Alvtegen	*Rușinea*
Andreas Albes	*Comoara*
Kevin J. Anderson	*Anticorpii*
Jeffrey Archer	*În linie dreaptă • Nici un ban în plus, nici un ban în minus • Primul între egali*
Clélie Avit	*Sunt aici*
Esmahan Aykol	*Hotelul Bosfor*
Nicole Baart	*Departe*
Cristina Bajo	*Grădina otrăvurilor*
David Baldacci	*Putere absolută*
Toby Ball	*Arhivele*
Noel Barber	*Plâns și râs*
Cljve Barker	*Cabal • Everville*
Michael Baden & Linda Kenney	*Tăcerea*
Deborah Bee	*Ultima amintire*
James Becker	*Primul apostol*
Peter Behrens	*Legea viselor*
Raymond Benson	*Să nu mori azi*
Marco Bettini	*Culoarea sângelui*
Marcelo Birmajer	*Povesti cu bărbați însurați*
William Peter Blatty	*Exorcistul*
Stephen Booth	*Câinele negru • Sălașul morții*
Sam Bourne	*A treia femeie*
Gayle Brandeis	*Licitația lui Flan*
Andrew Britton	*Americanul*
Dan Brown	*Codul lui DaVinci • Conspirația • Îngeri și demoni • Fortăreața digitală • Simbolul pierdut • Inferno*
John Brunner	*Rețelele infinitului*
D.W Buffa	*Trandafirul negru*
Candace Bushnell	*Frumusețe de vânzare • Totul despre sex*
Mark Burnell	*A treia femeie*
Jared Cade	*Răzbunare mortală*
Tom Cain	*Ținta*
Ian Caldwell & Dustin Thomason	*Misterul manuscrisului*
Mireille Calmel	*Patul lui Alienor* • Seria *Femeia pirat: Slujitorii regelui / Jocul umbrelor* • Seria *Jocul lupoaicelor – Camera blestemată / Răzbunarea lui Isabeau*
W. Bruce Cameron	*Câinele, adevăratul meu prieten*
Isabel Camblor	*Nopțile Cenusăresei*
Rino Cammilleri	*Justiție divină*
Thomas Caplan	*Actorul care a devenit spion*
Martin Capparos	*Enigma Valfierno*
Andrea de Carlo	*O mare de adevăruri • Un om liber*
John Le Carre	*Casa Rusia • Chemare din tărâmul morții • Managerul nopții • Micuța toboșăreasă • Oamenii lui Smiley • Omul nostru din Panama • Premiantul • Un spion desăvârsit*
Chris Carter	*Francezul • Gheena • Înfruntă viitorul*
John Case	*A opta zi • Codul genetic • Întâiul călăreț al Apocalipsei • Sindromul*
Lincoln Child	*Infernul de gheață • Inima furtunii*

Agatha Christie	*13 la cină • A treia fată • Asupritul și alte povestiri • Cadavrul din bibliotecă • Ceasurile • Cei patru mari • Cei cinci purceluși • Chiparosul trist • Cine l-a ucis pe Roger Ackroyd? • Conacul dintre dealuri • Cortina: Ultimul caz al lui Poirot • Crăciunul lui Poirot • Crima din Orient Express • Crimă în Mesopotamia • Crimă la vicariat • Crimă pe terenul de golf • Cu cărțile pe masă • Cum bate valul • Doamna McGinty a murit • După înmormântare • Elefanții nu uită • Hotel Bertram • Întâlnire cu moartea • Jocuri de oglinzi • Mâna ascunsă • Martorul mut • Misterioasa afacere de la Styles • Misterul crimei fără cadavru • Misterul din Caraibe • Misterul Trenului Albastru • Moarte în nori • Moarte pe Nil • Muncile lui Hercule • Nemesis • O crimă anunțată • O supradoză de moarte • Oglinda spartă • Pericol la End House • Petrecerea de Halloween • Pisica printre porumbei • Poirot investighează • Poirot: Primele cazuri • Răul sub soare • Tragedie în trei acte • Trenul de Paddington • Ucigașul abc • Ultimele cazuri ale lui Miss Marple • Vânătoarea de crime* *TOP 10: 13 Probleme • Casa strâmbă • Către zero • Noapte nefârșită • Vinovat fără vină • Zece negri mititei*
Tom Clancy	*Cardinalul de la Kremlin • Centrul de comandă V – Echilibru de forțe • Dezbină și cucerește • Linia de demarcație • Misiune de onoare • Rainbow six (2 vol.) • Stare de asediu • Vânătoarea lui Octombrie Roșu*
Stephen Clarke	*În ce* merde *te bagă dragostea • În viață ai parte și de* merde
Piero Colaprico	*Soția campionului*
Martina Cole	*Afacerea*
Didier Convard	*Cei cinci templieri ai lui Iisus • Triunghiul secret*
Robin Cook	*Criza • Marker • Răpirea • Risc asumat*
Michael Cordy	*Lucifer • Codul lui Isus*
Bernard Cornwell	*Eretic • Harlequin • Vagabond*
Clive Cussler	*Aurul incașilor • Vântul negru • Comoara Marelui Han*
Antoine B. Daniel	*Seria Inca – Aurul din Cuzco • Machu Picchu, Cetatea Secretă • Dansul zeilor • Lanțurile de aur*
Misha Defonseca	*Printre lupi*
Jeffery Deaver	*A douăsprezecea carte • Dansând cu moartea • Grădina fiarelor • Fereastra*

	spartă • Maimuța de piatră • Scaunul gol • Moartea vine on-line • Camera ucigașă
Tessa DeLoo	*Gemenele*
Nelson DeMille	*Căderea nopții • Fabrica de spioni • Fiica generalului • Odiseea lui Talbot • Plum Island • Spencerville • Focul sălbatic*
Gustavo Dessal	*Operațiunea Afrodita și alte povestiri*
William Diehl	*Domnie în iad • Eureka*
Markus C. Schulte von Drach	*Furor*
Richard Doetsch	*Hoții paradisului • Dincolo de credință*
Micheel Dobbs	*Culisele puterii • Atac la rege*
Jessica Duchen	*Violonista*
Robert Dugoni	*Stăpânul juriului • Victimele puterii*
Marc Dugain	*Blestemul lui Edgar • O execuție obișnuită*
Susanne Dunlap	*Sărutul lui Liszt*
Dominick Dunne	*Un anotimp în purgatoriu*
Joe Dunthore	*Submarin*
David Anthony Durham	*Mândria Cartaginei*
Daniel Easterman	*Ziua mâniei*
Andreas Eschbach	*Premiul Nobel • Filmul Isus • Un bilion de dolari • Ultimul dintre ei*
Ben Elton	*Crimă în direct • Popcorn • Prima victimă*
Paul Erdman	*Panica din '89*
Veit Etzold	*Tăietura finală*
Barbara Ewing	*Rosetta*
Giorgio Faletti	*Cu ochii altuia • Dincolo de un destin evident • Eu ucid*
Roopa Farooki	*Dulciuri amare*
Sebastian Faulks	*Jocul cu diavolul*
Joshua Max Felman	*Cartea lui Iona*
Zoe Feraris	*În căutarea lui Nouf*
Robert Ferrigno	*Rugă pentru asasin*
Ludmila Filipova	*Labirintul de pergament*
Joseph Finder	*Instinct ucigaș • Jocul puterii*
Janet Fitch	*Leandrul alb • Paint it black. Destin în negru*
Ian Fleming	*Bărbatul cu pistolul de aur • Caracatița și alte povestiri • Doar pentru ochii tăi • Operațiunea Thunderball • Spionul care m-a iubit • Trăiești numai de două ori*
Ken Follett	*Alb infinit • O avere periculoasă • O misiune riscantă • Prin urechile acului • Zbor periculos • Un loc numit libertate • Printre lei • Pe aripi de vultur • Bani de hârtie • Omul din Sankt Petersburg • Codul „Rebecca“*
Colin Forbes	*Fără cruțare • Înfruntarea • Pe muchie de cuțit • Rinocerul*
Frederick Forsyth	*Afganul • Al patrulea protocol • Alternativa diavolului • Dosarul Odessa*

	• Fantoma din Manhattan • Ziua șacalului
Tana French	*Liniștea umbrelor*
Katia Fox	*Semnul de aramă*
Laurence Gardner	*Stirpea Sfântului Graal*
Tom Gabbay	*Conspirația Berlin*
Max Gallo	*Seria Romanii – Spartacus – revolta sclavilor • Nero – domnia antihristului • Titus Seria Crucea Occidentului – Întru acest semn vei învinge • Parisul în rugăciune*
Ignacio Garcia – Valino	*Cele două morți ale lu Socrate*
Kathleen O'Neal Gear & W Michael Gear	*Trădarea. Viața pierdută a lui Isus*
Tess Gerritsen	*Ucenicul*
Randa Ghazy	*Poate astăzi nu omor pe nimeni*
David Gibbins	*Atlantida*
William Gibson	*Chrome • Contele Zero*
Thomas Gifford	*Asasini • Puterea destinului*
Mark Gimenez	*Culoarea legii*
William C. Gordon	*Vasele chinezești*
Sue Grafton	*A de la alibi • B de la bandit • C de la cadavru • D de la datornic*
James Grady	*Câini turbați*
John Grisham	*... Și vreme e ca să ucizi • Apelul • Camera morții • Campionul din Arkansas • Cazul pelican • Clientul • Firma • Fotbal și pizza • Frăția • Juriul • Litigiul • Nevinovatul • Omul care aduce ploaia • Partenerul • Avocatul străzii • Testamentul • Ultimul jurat • Un altfel de Crăciun • Șantajul • Șirul de platani*
Claudia Gross	*Maestra runelor*
Luigi Guarnieri	*Mireasa evreică*
J.M. Guelbenzu	*Moartea vine de departe*
Francisco Munoz Guerrero	*Colinele Edenului*
Kevin Guilfoile	*Joc de umbre*
Diana Haeger	*Curtezana*
Thomas Harris	*Dragonul roșu • Hannibal*
Colin Harrison	*Recuperatorul*
Mo Hayder	*Omul-Pasăre • Tokyo • Tratamentul • Insula porcilor*
Terry Hayes	*Călătorul*
David Hewson	*Constelația câinelui • David Hewson*
Luis de la Higuera	*Autopsia Satanei*
Antonio Hill	*Vara jucăriilor moarte*
Matt Hilton	*Pulbere de oase*
Chuck Hogan	*Încercuirea*
Wolfgang Hohlbein	*Anubis*
Anthony Horowitz	*Un banc criminal*
Travis Holland	*Povestea arhivarului*
Mike Horn	*Luptând cu imposibilul*
Gregg Hurwitz	*Nu te încrede în nimeni*

Conn Iggulden	*Seria Împăratul – La porțile Romei • Moartea regilor*
Steve Jackson	*Mentorul*
Christian Jacq	*Seria Piatra luminii – Nefer cel Tăcut • Femeia Înțeleaptă • Paneb cel Zelos • Locașul adevărului • Seria Misterele lui Osiris – Arborele vieții • Uneltirile răului • Calea de foc • Marele secret • Afacerea Tutankhamon • Ce dulce e viața la umbra palmierilor • Din dragoste pentru Philae • Seria Mozart – Marele magician • Fiul Luminii*
PD. James	*Farul • Fiul omului • Gustul morții • Moartea unui expert • Moarte în Sfântul Ordin • O meserie nepotrivită pentru o femeie • Păcat originar • Sala crimelor*
Robert Jordan	*Seria Roata Timpului – Ochiul lumii • În căutarea Cornului Dragonul renăscut • Coroana de săbii • Calea pumnalelor Umbra se întinde • Focurile cerului • Seniorul haosului*
Joseph Kanon	*Misterele Berlinului*
John Katzenbach	*Analistul • Omul din umbră • Omul nepotrivit • Povestea unui nebun • Războiul lui Hart • Ziua răfuielii*
Matthew Kneale	*Pe când eram la Roma*
Sue Monk Kidd	*Jilțul sirenei • Viața secretă a albinelor*
Natsuo Kirino	*Afară • Grotesc*
Bernard Knight	*Cadavrul meșterului făurar • Căutările coronerului John • Dincolo de liman • Înfricoșătoarea taină • Potirul otrăvit*
Tom Knox	*Secretul genezei*
Dean Koontz	*Unicul supraviețuitor • Soțul • Speranță de viață Seria Frankenstein – Fiul rătăcitor – cartea întâi • Orașul nopții – cartea a doua • Seria Jane Hawk – Zona invizibilă*
William Kotzwinkle	*E.T. Extraterestrul*
Chris Kuzneski	*Semnul crucii*
Jack Lance	*Pirofobia*
Tim LaHaye & Jerry B. Jenkins	*Seria Supraviețuitorii – Supraviețuitorii • Armata pătimirilor • Nicolae • Pecetluirea sfinților • Apollyon • Cavalerii Apocalipsei • Posedatul • Semnul*
Martin Langfield	*Cutia răului*
Guy Lawson	*Tipii cu armele*
Michael Lawson	*Cercul interior*
Frederic Lenoir, Violette Cabesos	*Promisiunea îngerului*
Fredeic Lenoir	*Oracolul Lunei*
John Lescroart	*Al treisprezecelea jurat • Jurământul • Audierea • Justiție exemplară • Vinovăția*

Paul Levine	*Să-i omorâm pe toți avocații • Solomon vs. Lord • Un alibi în larg*
Franco Limardi	*Doar o lacrimă*
David Lindsey	*Chipul asasinului • Legile tăcerii*
Robert Lohr	*Automatul de șah*
Brian Lowry	*Nu vă încredeți*
Charles Maclean	*Chipul întunericului*
Emily St. John Mandel	*Simfonia itinerantă*
Esteban Martin	*Pictorul umbrelor*
Richard Matheson	*Sunt o legendă*
Daphne du Maurier	*Verișoara mea Rachel • Hanul Jamaica*
Peter Mayle	*Hoțul de vinuri • Din nou în Marsilia • Din nou în Provence • Un an în Provence • Provence pentru totdeauna • Un an mai bun • Viață de câine • Provence de la A la Z • Lecții de franceză • La vânătoare de Cézanne*
Colum McCann	*Zoli • Dansatorul*
Andy McNab & Robert Rigby	*Îngerii morții*
Andy McNab	*Misiune specială*
Gerhard Meier	*Țărmul vânturilor*
Biba Merlo	*12 luni*
Walter M. Miller Jr.	*Cantica pentru Leibowitz*
Jorge Molist	*Întoarcerea catarilor • Regina ascunsă*
Christian Mork	*Dragul de Jim*
Marcia Muller	*Trofee și lucruri moarte*
Guillaume Musso	*Si după...*
David Morrell	*Cârtițe*
Katherine Neville	*Opt • Focul*
Bill Napier	*Tripticul*
John O'Farrell	*Perfect bărbătesc • Avertisment poate să conțină urm de alune*
Serdar Ozkan	*Trandafirul dispărut*
George Pelecanos	*Grădinarul nopții*
Tony Parsons	*Copil și bărbat • Lecție de viață • Soția mea favorită • Spiritul familiei • Trusa criminalistică*
Stel Pavlon	*Codul Atlantidei*
Elizabeth Peters	*Mormântul păsării de aur*
James Patterson	*Primul pe lista morții • A 2-a șansă • Al 3-lea caz • 4 iulie • Al 5-lea călăreț • Invizibil • Casa de pe plajă • De-a v-ați ascunselea • Detectivul Alex Cross*
James Patterson & Andrew Gross	*Salvamarul*
James Patterson & Michael Ledwige	*Grădina zoologică*
James Patterson & Maxine Paetro	*A 6-a țintă • Al 7-lea cer • A 8-a mărturisire • A 9-a judecată • Bikini*
James Patterson & Howard Roughan	*Croaziera*
Marie Phillips	*Zeii puși pe rele*
Ralph Peters	*Flăcări din cer*
Michael Pitre	*5-uri și 25-uri*
Terry Pratchett	*Seria Lumea disc – Stranii surate • Piramide • Gărzi, gărzi • Eric • Imagini mișcătoare • Domnul cu coasa*

	• Prin cele străinătăți • Zei mărunți • Magie de ambe sexe • Lumina fantastică • Seniori și doamne • Bărbați sub arme
Douglas Preston	*Codicele • Canionul Tiranozaurului*
Douglas Preston & Mario Spezi	*Monstrul din Florența*
Douglas Preston & Lincoln Child	*Focul alb*
Barbara Quick	*Fecioarele lui Vivaldi*
Christoph Ransmayr	*Ultima lume*
Kathy Reichs	*Oase încrucișate • Oase frânte*
Matthew Reilly	*Planul Majestic 12 • Templul • Zona 7*
Anne Rice	*Plecarea din Egipt • Seria Cronicile vampirilor – Interviu cu un vampir • Regina damnaților • Povestea hoțului de trupuri • Vampirul Armand • Seria Cronicile vrăjitoarelor – Ora vrăjitoarelor • Lasher • Taltos • Vampirul Vittorio • Mumia*
Nerea Riesco	*Ars Magica*
Gianni Riotta	*Alborada • Prințul norilor*
Michael Robotham	*Suspectul*
Belinda Rodik	*Benvenuto Cellini*
James Rollins	*Furtuna de nisip • Harta oaselor • Ordinul negru • Virusul lui Iuda*
Philip Le Roy	*Ultima armă*
Emili Rosales	*Orașul invizibil*
Robert Rosenberg	*Camera de montaj*
Jack Ross	*Recviem*
Pino Roveredo	*Să-mi dai de știre • Copil drag*
Craig Russel	*Roșu pentru totdeauna*
Gregory Samak	*Cartea secretă*
Michael Sammaritano	*Conspirația Siciliană*
John Saul	*Creatura • Întuneric • Mâna dreaptă a diavolului • Prezența • Somnambulii*
Manda Scott	*Boudica (Visul vulturului) • Craniul de cristal*
Karin Slaughter	*Obsesia • Post mortem*
Scott Smith	*Ruinele • Un plan simplu*
Wilbur Smith	*Magul • Ultimul papirus • Căutarea • Festinul leilor • Sunetul tunetului • Sanctuarul • Puterea sabiei • Furia • Vulpea aurie • Războinicii Nilului • Vremea morții • Zeul deșertului • Păsări de pradă • Musonul • Orizontul albastru • Triumful soarelui*
Teresa Solana	*O crimă imperfectă • Scurtătură înspre Paradis*
Rowan Somerville	*Sfârșitul somnului*
Nicholas Sparks	*Accidentul • Miracolul • Mesaj de departe • Nopți în Rodanthe • Nunta • Refugul • Talismanul norocos • Ultimul cântec • Privește-mă! • Dragă John • Cel mai de preț cadou • Cel mai lung drum*
Peter Spiegelman	*Pisica roșie*

Ben Stephenson	*O posibilă problemă de viață și de moarte*
Emma Staub	*Vacanță în Mallorca*
Patricio Sturlese	*Taina inchizitorului*
Tess Stimson	*Clubul infidelilor*
Paul Sussman	*Armata lui Cambyses • Oaza ascunsă • Labirintul lui Osiris*
Valerie Tasso	*Insațiabilă*
Andrew Taylor	*Trilogia Roth: Jocul de-a destinul • Judecata străinilor*
Michael Teitelbaum	*Aventurile Omului-Păianjen • Bărbații în negru II*
Jeet Thayil	*Narcopolis*
Brad Thor	*Act de război*
Michael Tolkin	*Printre morți*
J.R.R. Tolkien	*Povești neterminate*
P.J. Tracy	*Operațiunea Monkeewrench • Momeala vie*
Scott Turow	*Eroi obișnuiți • Erori judiciare • Nevinovat • Prejudicii morale*
John Twelve Hawks	*Râul întunecat*
James Twining	*Soarele negru*
John Trenhaile	*Legile sângelui • Unealta răului*
Barbara Victor	*Coriander*
Philipp Vandenberg	*Pergamentul uitat • Dosarul Golgota • Făuritorul de oglinzi*
A.E. Van Vogt	*Cartea lui Van Vogt*
Mara Volkers	*Mireasa magului*
Ernest Volkman	*Spionaj*
A.J. Zerries	*Taina lui Van Gogh*
Wolfram zu Mondfeld & Barbara zu Wertheim	*Școala gladiatorilor*
Louise Welsh	*Tamerlan trebuie să moară*
Cameron West	*Pumnalul Medici*
Michael White	*Inelul familie Borgia • Arta crimei*
Andrew Wilson	*Minciuna*
Mitchel Zuckoff	*13 ore*

ISTORIE, SOCIOLOGIE, FILOZOFIE, POLITICA, RELIGIE

Vartan Arachelian	*Toamna pătimirii noastre*
Carlos Castaneda	*Al doilea cerc de putere • Cealaltă realitate • Darul vulturului • Focul lăuntric • Învățăturile lui Don Juan • Pase magice • Povestiri despre putere*
DeVrye Catherine	*Ceai fierbinte cu miere și lămâie*
Guy Debord	*Comentarii asupra Societății spectacolului • Societatea spectacolului*
Jose Freches	*Eu, Buddha*
Enrique de Vicente	*Puterile oculte ale minții*
Marie-France Etchegoin & Frederic Lenoir	*Ancheta asupra Codului lui da Vinci*
J.F Fogel, B. Rosenthal	*Sfârșit de secol la Havana*

Roland Jacquard	*În numele lui Usama bin Laden*
Lynn Picknet, Clive Prince	*Conspirația Stargate*
Alan Butler & Stephen Dafoe	*Seria Cavalerii Templieri – Misterul dezvăluit*
Maurizio Ferraris	*Alo? Unde ești?*
Fernando Savater	*Cele șapte păcate capitale • Cele zece porunci ale secolului al XXI-lea*

TOP SECRET

Thom Burnett	*Cine conduce, de fapt, lumea? • Cine a câștigat, de fapt, cursa spațială?*
Noam Friedlander	*Ce este Opus Dei?*
John Gibb	*Cine te urmărește?*
Lindsay Porter	*Cine sunt Illuminati?*
Andy Stern	*Cine a câștigat războiul petrolului?*

MEMORII, JURNALE, BIOGRAFII

Madeleine Albright	*Doamna secretar de stat*
Bill Clinton	*Viața mea*
Hillary Rodham Clinton	*Istorie trăită*
Zlata Filipovic	*Jurnalul Zlatei*
Chris Kyle	*Lunetistul american*
Maria Lorentz	*Eu am fost spioana care l-a iubit pe Fidel Castro*
Regina Noor	*Regina Noor – Calea spre credință*
Ilie Năstase	*Mr. Năstase*
Marianne Pearl	*O inimă neînfricată*
Aung San Suu Kyi	*Vocea speranței*

www.raobooks.com | www.facebook.com/rao.editura
office@rao.ro | libraria.rao@rao.ro